# AS ALMAS DA ACADEMIA BLACKWOOD

I. V. MARIE

# AS ALMAS DA ACADEMIA BLACKWOOD

Tradução
Vivian Sbravatti

1ª edição

Galera
RIO DE JANEIRO
2025

PREPARAÇÃO
Beatriz D'Oliveira

REVISÃO
Paula Prata
Rachel Agavino

DIAGRAMAÇÃO
Abreu's System

CAPA
Capa adaptada do design original de Liz Dresner

MAPA
Virginia Allyn

ARTE DE CAPA
Abel Klaer

TÍTULO ORIGINAL
*Immortal Consequences*

CIP-BRASIL. CATALOGAÇÃO NA PUBLICAÇÃO
SINDICATO NACIONAL DOS EDITORES DE LIVROS, RJ

M287a

Marie, I. V.
As almas da Academia Blackwood / I. V. Marie; tradução Vivian Sbravatti. – 1. ed. – Rio de Janeiro: Galera Record, 2025.
(As almas da Academia Blackwood; 1)

Tradução de: *Immortal consequences*
ISBN 978-65-5981-690-3

1. Ficção americana. I. Sbravatti, Vivian. II. Título. III. Série.

CDD: 813
CDU: 82-3(73)

25-99647.1

Carla Rosa Martins Gonçalves – Bibliotecária – CRB-7/4782



Texto revisado segundo o Acordo Ortográfico da Língua Portuguesa de 1990.

Direitos exclusivos de publicação em língua portuguesa somente para o Brasil adquiridos pela
EDITORA GALERA RECORD LTDA.
Rua Argentina, 120 – Rio de Janeiro, RJ – 20921-380 – Tel.: (21) 2585-2000,
que se reserva a propriedade literária desta tradução.

Impresso no Brasil

ISBN 978-65-5981-690-3

Seja um leitor preferencial Record e
assine a nossa newsletter
Cadastre-se no site www.record.com.br

Atendimento e venda direta ao leitor:
sac@record.com.br

EDITORA AFILIADA

*Para Mami e Papi,*
*Eu nunca teria acreditado em mim mesma, se vocês não tivessem acreditado antes em mim.*
*Te quiero millones de millones.*

# PARTE I

## QUANDO ELA CAIU

# 1

# WREN

Wren Loughty não se preocupara em trancar a porta do quarto. Já tinha aceitado que não adiantava fingir que trancas e escudos protetivos fariam qualquer diferença. Era simples: não dava para evitar o inevitável. Então, quando acordou com um par de mãos tapando sua boca, sentindo o perfume familiar de menta e sândalo, não ficou muito surpresa.

Na verdade, já estava esperando.

O que a deixou desconcertada foi o sonho esquisito que tivera com sua mãe, momentos antes. Sempre achara estranho que ainda tivessem a capacidade de dormir e sonhar. Não era para os mortos sonharem. Embora, pensando bem, não estivessem mortos... não de verdade. Existiam em um limbo. Um lugar paralelo à vida e à morte, bem à beira do nascimento e na aurora do pós-vida.

Fosse lá o que isso significasse.

Ela tentava não pensar muito na natureza transitória do purgatório.

Uma luz fraca adentrava pelas cortinas translúcidas, iluminando o teto decorado com trepadeiras no formato de uma lua crescente. Wren piscou, ajustando a visão à escuridão, e voltou a focar sua atenção no intruso.

O conhecido olhar cinza-pálido de Augustine Hughes a encarava de cima com certa presunção, o lado direito dos lábios curvado em um risinho.

— Espero que me perdoe por acordá-la tão bruscamente, Loughty. — Ele a encarava com muita precisão. — Tinha que garantir que você não ia gritar e estragar meu disfarce. Sabe... levando em conta o seu histórico.

Wren resmungou, irritada. Era verdade que ela tinha a reputação de perturbar os outros alunos na Casa Pettyworth. A inspetora Marigold recebera muitas reclamações a respeito de seus terrores noturnos escandalosos, que acordavam os outros com frequência e os faziam sair correndo do dormitório.

Era um defeito... até ela concordava que precisava dar um jeito naquilo.

August se aproximou mais.

— Posso confiar que não vai fazer um escândalo se eu te soltar?

Wren semicerrou os olhos em um alerta e tentou retrucar com uma chuva de obscenidades, mas sua voz estava abafada pela mão dele. De qualquer forma, a mensagem tinha sido clara.

Não me provoque.

August sorriu e tirou a mão, com o corpo ainda perigosamente próximo.

— Não precisamos discutir. Não estou aqui para brigar, querida.

— Então talvez na próxima você possa bater na porta, em vez de cobrir a minha boca feito um serial killer maluco — retrucou Wren, afastando-o.

Sua camisola era grossa o bastante para que não ficasse com vergonha do olhar de reprovação de August quando se levantou da cama e foi até a janela.

Ela moveu o trinco e a abriu, e um vento fresco adentrou o quarto. O brilho prateado de Blackwood a cobriu em feixes delicados, dançando através da espessa névoa noturna. Seria fácil confundir a luz etérea com o brilho da lua, mas Wren sabia que não era isso.

Não havia lua no céu. Nem Terra. Nem universo. Nenhum mundo que já conhecera.

Nada disso existia em Blackwood.

Não de verdade.

August se recostou na cabeceira da cama, de braços cruzados e o rosto com aquele sorrisinho de sempre. Estava vestido com o uniforme habitual: calças pretas com uma camisa social branca, as mangas dobradas nos antebraços musculosos e um colete preto sobre o torso. Uma pequena cicatriz marcava a pele embaixo do olho direito, um detalhe peculiar que sempre intrigara Wren, embora nunca tivesse perguntado como ele a conseguira.

Raramente conversavam sobre suas antigas vidas. E ela não queria ser a primeira a puxar o assunto.

Apesar de sua animosidade, Wren admitia que ela teria achado August atraente se tivessem se conhecido em vida. Ele tinha uma beleza padrão, com o maxilar bem-definido e cachos escuros e desgrenhados. Isso sem mencionar como era intimidador e conseguia se safar da maioria das situações com seus olhos penetrantes e o sotaque inglês elegante. Talvez tivessem se conhecido em uma viagem de férias. Ela conseguia imaginar August deitado todo confiante em uma praia, com suor escorrendo pelos músculos e resquícios de protetor solar agarrados à pele naturalmente bronzeada enquanto se deleitava ao calor dos raios de sol.

O *sol.*

Nossa, como sentia falta do sol.

— Está gostando da vista? — August inclinou a cabeça para o lado. — Posso pintar um retrato seu, se quiser.

Wren revirou os olhos.

— O que você quer?

— Eu estava indo dar uma caminhada noturna — explicou ele com naturalidade, unindo as mãos atrás das costas.

— E achou que eu estaria interessada em te acompanhar porque…?

— Porque… — Ele tirou o anel prateado que usava no indicador e o atirou no ar como se fosse uma moeda. — Por acaso, fiquei sabendo que um novo aluno vai cair em Blackwood hoje à noite.

O corpo inteiro de Wren se retesou. Era bem provável que ele estivesse blefando, já que August não era a pessoa mais confiável de Blackwood, mas a ideia ainda era chocante.

Todo mundo sabia que a chegada de um novo aluno era um evento raro, que acontecia apenas uma vez a cada poucas décadas. Blackwood funcionava como um reloginho, e raramente tinha alguma mudança no cronograma. A escola tinha orgulho de sua ordem e equilíbrio, de manter a tradição. Mas um novo aluno chegara havia menos de um ano, o que significava que, se August estivesse falando a verdade… alguma coisa tinha mudado no cronograma.

— Digamos que eu escolha acreditar nisso — disse Wren. — Por que eu iria com você para assistir?

— Ah, Loughty. — August riu. — Você é a pessoa mais competitiva que eu já tive o desprazer de conhecer. Não precisa fingir que essa linda cabecinha não está sempre preocupada.

— Isso não é verdade. — Era, sim. — Já pensou que talvez você esteja projetando suas próprias inseguranças em mim? Que é *você* quem está preocupado com a possibilidade de o novo aluno ser melhor do que você em condução?

August ficou sério.

— Condução?

Ela endireitou os ombros.

— Sim. É o que a gente faz, não é?

— Não. — A expressão dele ficou tensa quando deu um passo à frente, a madeira velha rangendo sob o peso da sua bota de couro. — Nós *ceifamos* almas. Não damos as mãos e saltitamos pelo pôr do sol com elas. — Ele balançou a cabeça em desaprovação. — Meu Deus, Loughty. Pensei que você já teria entendido melhor as coisas, a essa altura.

— Não é...

Wren engoliu em seco. Não estava a fim de entrar em mais um debate com ele. E, para falar a verdade, ela *estava* curiosa. Não conseguia evitar aquele seu lado inerentemente humano que ansiava por saber mais. Que desejava uma compreensão mais profunda de tudo ao seu redor.

Ela se perguntou se aquilo passaria... *quando* passaria.

— Olha... — Ela suspirou. — Só acho que estamos os dois minimizando nossa curiosidade. Talvez estejamos bem interessados em sermos bons no que fazemos. Em sermos os melhores. Talvez...

— Já entendi — interveio August, balançando uma das mãos. — Somos dois babacas competitivos. Você já deixou claro.

*Babacas competitivos.* Era um jeito de dizer. Wren achava que *inimigos declarados* era uma descrição melhor para seu relacionamento conturbado, mas não se preocupou em corrigi-lo.

Desde que Wren morrera e caíra em Blackwood, August tinha se tornado parte de sua existência, como uma farpa inflamada e incômoda que não conseguia arrancar, por mais que tentasse. Não sabia ao certo por que ele escolhera importunar a ela, especificamente, pelo resto da eternidade, mas também tentava não se preocupar muito em desvendar a mente labiríntica de Augustine Hughes.

Wren passou por ele em direção ao guarda-roupa. Vestiu o costumeiro sobretudo preto e deu uma olhada em August através do espelho manchado da penteadeira. Ele tinha começado a olhar despretensiosamente os livros didáticos encapados com couro que adornavam as várias estantes dela, perpassando o indicador pelas lombadas empoeiradas.

— Como você sabe?

Ele não voltou o olhar para ela.

— Sei o quê?

— Que outro aluno foi selecionado — explicou Wren, discretamente colocando sua adaga de prata favorita no bolso do sobretudo. — É uma discrepância gigante no cronograma. Faz menos de um ano que um novato entrou...

— Emilio — disse August, completando seu pensamento. — Sim. Eu sei.

— Isso não responde à minha pergunta.

August parou e olhou para ela por sobre o ombro.

— É tão difícil assim confiar em mim? Vai ser muito mais divertido se você parar de fazer tantas perguntas.

Wren sabia que o mais responsável seria dizer não. Seria fácil. Ela podia mandá-lo embora, voltar para a cama e fingir que August nunca nem a tinha acordado. Mas se *realmente* tivesse um novo aluno entrando em Blackwood naquela noite, então ela estava determinada a saber mais.

— Tá bom. — Ela suspirou, gesticulando para a porta. — Vai na frente.

August sorriu, triunfante.

— Agora, sim. — Ele estalou os dedos e a porta se abriu. — Depois de você.

Wren ignorou o olhar de satisfação no rosto dele ao passar.

Uma luz laranja iluminava a soleira da porta, vinda das dezenas de arandelas de ferro que adornavam o corredor, que era coberto por um papel de parede de um profundo carmesim, com bordas descascando e puído pelo tempo. Pequenos filamentos de vegetação tinham se infiltrado pela sanca, envolvendo-a como uma teia de aranha e se esticando em direção ao teto.

Wren roçava os dedos na parede enquanto andavam.

— Então... você se preparou para a prova de Calligan de amanhã de manhã?

August ergueu as sobrancelhas e a encarou com curiosidade.

— Loughty, querida, está tentando puxar papo comigo?

— Não estou… — Wren se interrompeu, sentindo o pescoço ficar quente. — Foi *você* que me forçou a sair da cama!

August se recostou na parede.

— Ninguém te forçou a nada.

— Bom, você também não me deu muita opção.

— Nossa... — Ele esfregou o rosto, exasperado. — Olha. Você ainda pode dar meia-volta. Estamos a apenas alguns passos do seu quarto. A última coisa de que preciso é você me vilanizando por ter te *convidado* para uma coisa.

Uma porta rangeu ao se abrir à esquerda deles.

— Dá pra falar mais baixo? — Maya Romero apareceu na porta do quarto, seu cabelo preto e curtinho todo bagunçado e arrepiado. — Sei que vocês não conhecem o conceito de descanso, mas a maioria de nós está tentando dormir.

— Desculpe, Maya — disse Wren com um sorriso arrependido. — Só estamos indo dar uma volta.

— Depois do horário de recolher?

August tomou a frente.

— Algum problema com isso?

Maya se retesou por instinto.

— Não. Mas… um grupo de Ascendidos foi visto lá no Pátio Principal. Mandaram pelo menos uma dúzia de alunos para o reformatório. — Ela esticou o pescoço e olhou pelo corredor com nervosismo. — Acho que vocês não deviam testar a sorte tão perto assim do Decênio.

Wren xingou baixinho. *É claro.* Ficara tão preocupada com a chegada de um novo aluno que quase se esquecera de que a cerimônia de abertura aconteceria na tarde seguinte. Se fossem pegos… arruinaria suas chances de serem nomeados.

A cada dez anos, os alunos da Academia Blackwood eram analisados para participar do Festival Decênio. Das centenas de alunos da escola, apenas um garantiria a nomeação, minuciosamente escolhido por suas habilidades e talentos pelo diretor e os seis inspetores. O nomeado então participaria de quatro provas para testar suas habilidades em magia. Na verdade, as provas eram mera formalidade. Uma tradição tão antiga quanto os Decênios em si. Na história de Blackwood, nem um único nomeado tinha fracassado nas provas.

Embora sempre houvesse o risco de se ser o primeiro.

Quando todas as provas eram completadas, o nomeado recebia como prêmio uma escolha: se graduar formalmente como aluno e se tornar um Ascendido oficial ou se aventurar no desconhecido e cruzar para o Outro Lado, dando descanso à sua alma.

Para sempre.

O único problema era que ninguém sabia como era o Outro Lado. Era uma aposta. Risco total.

Para Wren, a resposta sempre tinha sido muito clara. Com controle total sobre sua magia e libertos de seu eterno trabalho como ceifadores, os alunos Ascendidos eram realocados para um prédio especial do campus e recebiam a responsabilidade de ajudar os inspetores nas aulas. E era exatamente o que Wren pretendia fazer, se fosse escolhida para o Decênio.

Ela só precisava achar uma maneira de excluir August da equação.

— Não vamos ser pegos — prometeu Wren. — Te dou minha palavra.

Maya assentiu, despedindo-se com um aceno meio grogue, e fechou a porta. August bufou e seguiu caminhando, enquanto Wren dava o melhor para acompanhar o ritmo dele.

— Ela devia aprender a não se meter onde não é chamada — resmungou ele.

— Na verdade, ela é bem legal — retrucou Wren. — Você sabe o significado da palavra *legal*, né?

— Acho que não. Me dá o exemplo de uma frase com ela?

— Ha, ha. Engraçadinho. — Wren revirou os olhos. — Bem, *você* bem que podia aprender a ser um pouco mais legal. As pessoas estão começando a achar que você é um cadáver ambulante. Nada além de uma alma perdida, sem sentimentos.

August sorriu e Wren jurou ver uma pontinha de pesar no brilho de seus olhos cinza.

— Não, minha doce Loughty. Se eu tivesse perdido todos os meus sentimentos, seria um Damiano. E, por mais que poder ilimitado pareça *empolgante*, acho que minha humanidade ainda está intacta.

Por enquanto.

Wren conseguia ver August como um membro da Ordem dos Damianos. Já tinha pensado nisso inúmeras vezes.

Apesar de a localização exata da Ordem dos Damianos ser um mistério, havia boatos de que ficava bem na fronteira de Blackwood, escondida no meio da floresta, protegida por seus galhos e folhas secas. Os Damianos cultuavam um poder maior, uma entidade estranha conhecida apenas como O Desalmado, que garantia a eles a habilidades de se livrar de sua humanidade e acessar magia das sombras.

Ao longo da história, alguns alunos de Blackwood tinham escolhido se aventurar além dos portões de ferro em busca da Ordem dos Damianos, preparados para sacrificar a pouca humanidade que ainda lhes restava por uma fonte de poder eterno. Mas se tornar um Damiano significava abrir mão completamente da sua parte humana. A parte que ainda restava, mesmo depois de chegarem a Blackwood. A que sentia saudades de casa. De conexão.

Diziam que, quanto mais magia das sombras um Damiano criava, mais sua alma se modificava, apodrecendo e decaindo até ele se tornar mais sombra do que carne. Sem senso moral. Sem uma consciência para guiar suas decisões. As sombras corrompiam a alma, consumindo cada gota da pessoa que costumava ser.

E quando se estava completamente consumido... não havia como voltar atrás.

— Ah, relaxa essa cabecinha — zombou August ao virar uma esquina. — Quase dá para ouvir as engrenagens girando. Não tenho nenhum interesse em entrar para a Ordem dos Damianos. Só gosto de te irritar.

— Tá. Fico feliz de saber que você não planeja entrar para um culto que faz lavagem cerebral. Quer um prêmio? Talvez uma festa?

— Não precisa. — August sorriu para ela por cima do ombro quando se aproximaram das portas arqueadas de madeira na entrada da Casa Pettyworth. — Ver a sua cara quando eu for escolhido para esse Decênio é o único prêmio que eu quero.

— Nossa, como você é prepotente. — Wren disfarçou sua raiva com um sorriso impassível. — É bem possível que você não seja nem nomeado. *De novo.* Quantos anos já foram, velhote? Pelo menos uns cem? — Ela ergueu as sobrancelhas e sorriu com satisfação. — Ficaria preocupada, se fosse você. Seu tempo está acabando.

— Ainda tenho muito tempo — resmungou August, na defensiva. — A maioria dos alunos leva *centenas* de anos para começar a sentir o Esquecimento. Você não vai se livrar de mim tão cedo.

Wren estremeceu ao pensar na transição infame, perdendo a sensação de vitória.

O Esquecimento.

Era a maneira encontrada por Blackwood para manter o equilíbrio, uma parte da ordem natural. Quando um aluno já estava lá há algumas centenas de anos, começava gradativamente a perder as memórias de sua vida passada, um sinal de que sua alma estava pronta para a transição para a nova fase de seu dever eterno. Assim que o aluno se esquecia completamente de quem tinha sido quando vivo, era removido para sempre de Blackwood e enviado para realizar a fase final de seu dever no Éter, ceifando almas para o resto da eternidade. Por mais cruel que parecesse, era simplesmente o ciclo do pós-vida, ou ao menos era isso que diziam os inspetores. Havia cerca de quinhentos alunos na Academia Blackwood, e o Esquecimento era a forma de a instituição se livrar de um aluno e receber um novo.

Mas era também o motivo para todo mundo ficar desesperado para ser nomeado.

Os Decênios eram a única escapatória desse fim inevitável.

— Você já… — Wren procurou pelas palavras certas, a respiração travada.

— Não — respondeu August, de alguma forma sabendo o que ela ia perguntar. — Minhas memórias ainda estão intactas.

— Isso é bom, né? — Wren o observou com cautela. — Não é possível que você *queira* passar pelo Esquecimento. Sei que memórias podem ser dolorosas, mas nada é pior do que viver o resto da sua existência ceifando almas perdidas em um ciclo eterno.

Uma expressão angustiada tomou o rosto de August. Por um momento de tensão, Wren pensou que ele talvez abaixasse um pouco a guarda, permitindo a ela um vislumbre do seu passado.

Mas então August só deu um risinho rouco e disse:

— Bom, não temos que nos preocupar com isso, né? Levando em conta que sou a principal opção para esse Decênio.

— E como você tem tanta certeza?

— A inspetora Marigold me falou.

Wren fechou os punhos ao sentir uma onda de fúria em seu peito.

— Sério?

— Sim. — August se aproximou. — Isso te incomoda?

— De jeito nenhum — respondeu ela, desafiando-o ao se aproximar ainda mais. — Porque não é verdade.

— Acha que estou mentindo? — perguntou August, achando graça em vez de ficar ofendido.

— Sei que está.

— Nunca mentiria para você, minha querida. Você só não tem imaginação.

Wren resmungou, perdendo a paciência.

— O que você quer dizer com isso?

— Quero dizer que você não está pensando em *como* obtive essa informação. — Os olhos cinza dele brilhavam de satisfação. — Ficaria surpresa com as coisas que dá para conseguir com um pouquinho de manipulação.

Wren arfou, incrédula.

— Você não fez isso.

August sorriu, triunfante.

— Ah, fiz, *sim*.

— Não se pode usar magia psíquica em um inspetor! É totalmente fora dos limites!

— Ah, não é nada tão dramático. Só dei um empurrãozinho. Só uma faísca para arrancar a informação dela.

— Você mexeu com a *mente* dela.

August arqueou uma sobrancelha.

— E desde quando você liga para as regras de Blackwood? Não me lembro de você ser tão certinha na semana passada, quando usou aquele feitiço de disfarce para escapar do toque de recolher.

— É diferente.

Wren não precisava se explicar. A verdade era que vivia se revirando na cama durante a noite. Atormentada por sonhos sobre a vida que deixara para trás. Wren estava em Blackwood há dezoito anos. O mesmo tempo que tinha ficado viva. Mas ainda não conseguia silenciar completamente aquela voz em sua cabeça que desejava o conforto de casa. Se deixasse, ainda se lembrava dos longos verões caminhando pela orla, sentindo a espuma das ondas nos pés. O ar fresco do outono balançando as folhas amarelas acima da casa de sua família no Maine. Dias de neve que passava perto da lareira, escutando Etta James e assando biscoitos de gengibre.

Sua mãe, tão ruiva quanto ela, sentada ao piano. As linhas de expressão em sua pele, causadas por anos de gargalhadas.

— Que conveniente — zombou August, puxando-a de volta à realidade. — Mas talvez seja hora de você apenas me parabenizar pela nomeação iminente. — Ele enfiou as mãos nos bolsos e deu um suspiro nostálgico. — Augustine Hughes. Membro dos Ascendidos. Até que soa bem.

— Você até pode ser um forte candidato — disse Wren, um tanto amargurada —, mas eu também sou.

Ele deu de ombros.

— Acho que tem razão. Mas… eu ceifo almas mais rápido do que você. O que, apesar da sua capacidade irritante de sempre conquistar marcos altos, *realmente* faz diferença no fim das contas.

— Bem. Tenho certeza de que não sou a primeira garota a te falar isso, mas mais rápido nem sempre é melhor.

— Não foi isso… — August se interrompeu e deu uma risadinha. — Sabe, Loughty, acho que você é a única pessoa atrevida o suficiente para falar assim comigo. Isso sem mencionar minha vida anterior…

— É mesmo? — Wren ergueu uma sobrancelha em surpresa fingida. — O misterioso Augustine Hughes vai *mesmo* me contar alguma coisa de sua vida passada?

— Não nessa eternidade, querida.

Wren foi tomada por uma raiva silenciosa. Nossa, ele sabia provocá-la.

— Ah. — August se recostou na soleira da porta. — Olha aí o olhar de desdém que eu conheço. Ficou chateada?

— Até parece.

Ela sabia que estava apenas satisfazendo o desejo perverso dele de enlouquecê-la por completo, mas não conseguia evitar sentir raiva. Na verdade, naquele momento, estava tentando decidir entre pegá-lo pelo pescoço ou usar a ponta de sua adaga escondida para arrancar o olho dele. Nenhuma opção parecia sensata, dado que, não importava o quanto ela tentasse, Augustine Hughes não poderia ser morto.

— Ah, qual é — provocou ele. — Não precisa de violência. Já passamos dessa fase de joguinhos, não?

— Não sei, não. Talvez devêssemos testar.

— Você podia me apunhalar de novo — comentou August, com um dar de ombros. — Isso sempre melhora seu humor.

— Ainda que te atormentar me dê uma alegria enorme, não precisa se preocupar. Não vou arriscar minha nomeação só para poder quebrar seu pescoço ou te empurrar de um prédio de novo. — Wren deu um sorrisinho e cruzou os braços. — Não em público, ao menos. Talvez eu considere te mutilar em particular, de tempos em tempos. Só para manter o ânimo.

— Que generosa você. — August riu.

Wren deu um passo à frente, na tentativa de ultrapassá-lo, mas ele esticou o braço, obstruindo a passagem.

Ela suspirou.

— Dá licença?

— Você se esqueceu de calçar sapatos. Não quero que se machuque.

Eles sorriram diante da ideia.

Dor.

Wren nunca imaginou que sentiria falta disso. O ardor de um corte de papel. A dor pungente das cólicas menstruais. O latejar chato de uma enxaqueca. Desejava dor. Os dois desejavam. Era por isso que se atormentavam sem piedade, desesperados para encontrar um jeito de, apesar de tudo, sentirem-se vivos.

Mas, para decepção dos dois, nunca tinham sucesso.

Wren colocou uma das mãos no braço de August, a ponta dos dedos roçando sua pele, sentindo-o ficar tenso. *Isso* ela sabia que ele ainda era capaz de sentir. Aquela emoção de... alguma coisa. De estar muito perto de outra pessoa. Ou de cruzar um limite que não deveria ter sido cruzado, que dirá admitido.

— Acho que dou conta — disse ela, com um sorriso, e ele abaixou o braço, convidando-a a avançar com um gesto. — Mas, como sempre, obrigada pela preocupação, August.

# 2

# EMILIO

Emilio Córdova pressionou a ponta quente da vela no antebraço e franziu o cenho. Dava para sentir o cheiro de pele queimando. Ele viu a pele marrom derretendo para formar um vergão, que formou uma bolha e se enrugou. Sentiu inclusive uma pontada sutil, uma pressão leve, como o delicado roçar de uma pena.

Com um suspiro, ergueu a vela e observou o ferimento se curar quase que instantaneamente.

Outra tentativa inútil de se sentir humano, mais uma vez frustrada pelo fato imutável de que Emilio não estava vivo. Precisava se lembrar disso o tempo todo. Até escrevera a afirmação em pedaços de papel, que colara pelas paredes do quarto.

*Você não está vivo.*

Só precisava aceitar. Pelo menos era isso que lhe diziam. Mas como Emilio podia aceitar que morrera acidentalmente aos dezessete anos? Ainda se lembrava da festa. As luzes estroboscópicas, multicoloridas, que piscavam no salão. A batida do baixo vibrando em seu peito. O gosto amargo das pílulas na sua língua e o alívio doce que veio depois.

Mas o alívio doce tinha sido doce *demais*.

E ali estava ele.

Morto.

A pior parte era que não fazia ideia de por que não cruzara para o Outro Lado. Claro, tinha seus defeitos, mas era motivo suficiente para sujeitá-lo ao desassossego eterno? Achava que não. Mas, no fim, achava que as circunstâncias não eram terríveis.

Ele sempre desejara que magia existisse de verdade.

— Você tem que parar de fazer essas coisas — disse uma voz familiar vinda de cima, com um forte sotaque francês que ecoava melódico no ar.

Emilio ergueu os olhos para o mezanino do segundo andar da Biblioteca e encontrou Olivier sentado com as pernas penduradas através das grades.

— Nunca vai mudar. Você sempre vai se curar.

Emilio não esperava encontrar ninguém naquela noite. Já tinha passado do horário de recolher da noite anterior à cerimônia de abertura do Decênio, o que significava que os outros alunos não arriscariam serem pegos. Emilio, no entanto, sabia que não devia se iludir, porque não tinha chance alguma de ser nomeado. De qualquer forma, tinha criado o hábito de se infiltrar na Biblioteca de noite, mergulhar em pergaminhos antigos e em pilhas de apostilas. Era o seu segredinho. Sua droga preferida. *A embriaguez do conhecimento.* Apesar de estar em Blackwood há apenas um ano, quase sempre sentia que conhecia a escola melhor do que qualquer pessoa, memorizando todos os fatos aos quais tinha acesso. Por exemplo, como a localização central de Blackwood no purgatório a tornava um núcleo de magia. E como o Éter — o local onde as almas perdidas atravessavam para o purgatório — existia em um plano além de sua compreensão, acessado somente pelo portal escondido na Câmara Opala. Como a escola mantinha precariamente o delicado equilíbrio do pós-vida dentro de seus edifícios e saguões imensos.

Mas havia pontos-cegos. Alguns assuntos nebulosos, sem informações concretas a que os alunos pudessem ter acesso. Emilio sempre tivera curiosidade de aprender mais sobre a origem de Blackwood... sobre como a escola fora criada. Mas não encontrava nada. Nada além de uma explicação básica de que o local apenas sempre existira, pairando no coração do purgatório, uma linha vital na teia complexa que compunha o pós-vida.

— No que você está pensando? — A voz doce de Olivier o trouxe de volta para a realidade.

— Meu único pensamento é que você devia parar de me espionar.

Emilio reuniu as apostilas e as jogou na mochila, ignorando o pânico que sentia. Isso acontecia com frequência, principalmente perto de

Olivier. Era um sentimento adoravelmente humano. E, no momento, inconveniente demais.

— Não estou te espionando. Talvez você fique surpreso de saber que não é o único que gosta de um pouco de paz e silêncio.

Olivier estalou os dedos e se materializou na frente de Emilio com uma lufada de fumaça preta.

— Merda... — xingou Emilio baixinho, soltando um suspiro trêmulo. — Te falei para não fazer mais isso. Suas pernas funcionam. Use elas!

Olivier franziu o cenho e soprou uma mecha de cabelo loiro para longe dos olhos.

— Mas não é nem de perto tão divertido. Além disso, trabalhei muito para aprender a lançar um feitiço de realocação. Agora vou usar a meu favor.

— É isso que está fazendo agora? — Emilio o olhou com cautela. — Querendo *me* usar a seu favor?

— Como assim, meu amor?

— Não vou te dar as respostas da prova de Calligan. De novo, não.

Olivier fez beicinho, como uma criança magoada.

— Qual é, Emilio. Não é o que melhores amigos fazem? Se ajudam em momentos de crise?

— Nós — Emilio gesticulou entre eles — não somos melhores amigos.

— Bons amigos?

Emilio cruzou os braços.

— Conhecidos?

Um suspiro alto escapou de sua garganta.

— Ah, tudo bem. Não vou precisar delas mesmo. — Olivier caminhou em direção à janela aberta, saltando com habilidade as grossas trepadeiras pelo chão. — Se é assim que você lida com as coisas, que seja. Mas nós dois sabemos que você enlouqueceria neste lugar maldito, se não fosse por mim.

Emilio pensou em responder, mas segurou a língua, jogando a mochila nas costas. Fez menção de rumar para a porta, mas Olivier se apressou e o segurou com gentileza pelo pulso.

— Espere.

A palavra saiu com um sussurro. Emilio ficou tenso ao sentir a mão de Olivier contra o seu pulso. Em outra vida, tinha certeza de que Olivier sentiria sua pulsação errática sob os dedos. A agitação nervosa correndo por suas veias. Mas agora? Nada. Apenas um vazio vibrando entre eles.

— Não vai embora — sussurrou Olivier. — Não quero te incomodar. Eu... eu realmente estou *tentando* ser seu amigo.

— Por quê?

Olivier deu de ombros.

— Porque eu acho que você é... bom. E é difícil achar gente com essa qualidade por aqui.

Emilio balançou a cabeça.

— Você está enganado.

— Estou?

Emilio soltou a mão de Olivier, ignorando o vazio deixado por seu afastamento.

— Se eu fosse bom de verdade, não teria vindo para cá. Claramente, devo ter feito algo pra merecer.

— Você vai ficar maluco tentando entender por que Blackwood te escolheu. — Os olhos verdes de Olivier analisaram o rosto de Emilio. — Te aconselho a aceitar a situação como um destino inevitável. Não tinha nada que você pudesse ter mudado. Nada que pudesse ter feito diferente. Simplesmente... é assim.

— Nossa, que filósofo — resmungou Emilio, bufando. — Quando ficou tão sábio?

— Sempre fui — anunciou Olivier com orgulho. — Você que escolhe não escutar.

Era verdade que Emilio sempre tentava ignorar Olivier e não ficar pensando nele. Não era nada pessoal. Emilio só prometera a si mesmo que não tentaria fazer amigos. Estava morto. Então, de que adiantaria? E, se queria assegurar a nomeação ao Decênio em ciclos futuros, tinha que focar em estudar, não em escutar as histórias fantásticas e repetitivas de Olivier.

Não que Olivier não fosse divertido. Ele era uma brisa de ar fresco naquele vazio que consumia a maioria dos dias de Emilio. Uma névoa sobrenatural recobria o ambiente de Blackwood, uma correnteza cinzenta que vazava por todas as fendas do mundo deles.

Mas Olivier era diferente.

Ele era um raio de sol. Uma brecha na escuridão. Uma chama na tundra fria e implacável. Talvez Olivier fizesse com que Emilio se sentisse normal. Como uma pessoa real, tangível, não só uma entidade levitante presa em um repositório de carne e osso. Não que fosse admitir isso em voz alta. Não tinha por que inflar ainda mais o ego de Olivier.

Bem no fundo, Emilio sabia que Olivier era o mais perto de um amigo que tinha. Ele sabia que, se uma hora precisassem formar duplas, seus olhos se encontrariam e um acordo silencioso se fecharia. E, sem falar nenhuma palavra, com apenas um aceno, um saberia de imediato o que o outro estava pensando. Unidos por uma conexão. Uma compreensão mútua.

Eu te enxergo. Você me enxerga.

— ... e sei que ando enchendo seu saco mais do que de costume, mas estou ficando cada vez mais apreensivo com o Decênio — dizia Olivier, embora Emilio tivesse se distraído com os próprios pensamentos. — E com você ser nomeado e me deixar para trás.

Emilio se aproximou, de repente alerta.

— Você acha que *eu* estou sendo considerado para a nomeação? O que te leva a pensar isso?

— Suas notas, claro. Todo mundo sabe que você está entre os melhores alunos. — Olivier deu de ombros. — Sem falar que todos os inspetores te adoram.

Emilio ficou vermelho e encarou a porta.

— Mas sou péssimo nas tarefas de ceifamento.

Ele não estava sendo modesto. Suas habilidades de ceifamento eram medíocres. Suas últimas tarefas no Éter quase viraram desastres, e ele teria fracassado miseravelmente se Olivier não estivesse por perto para dar um jeito nas coisas.

— E é apenas meu primeiro Decênio. Não vou ser escolhido no primeiro.

Olivier fez um gesto de "deixa pra lá" e voltou a olhar para a janela. Emilio o seguiu, observando o jardim logo além da névoa. Um cobertor de névoa encobria o chão, mas era possível perceber vagamente os dormitórios à distância pelo brilho das velas iluminando as várias janelas arqueadas.

— Suas habilidades de ceifamento vão melhorar com o tempo. O que você tem, o que te faz único, é sua habilidade de reter uma quantidade absurda de informações, como uma enciclopédia humana. — Olivier riu e franziu o nariz. — Talvez *humana* não seja o termo apropriado, mas você entendeu.

— E daí? — Emilio deu de ombros. — O conhecimento não vai me levar a lugar algum.

— Conhecimento é *tudo* — desafiou Olivier. — É uma fonte de poder. Um eco da própria vida. E você é capaz de adquirir conhecimento com uma velocidade que a maioria de nós não consegue nem imaginar, então você é valioso.

— Tá — resmungou Emilio. — Valioso. Uma peça de uma máquina. Algo a ser usado e manipulado...

— Não foi isso que eu quis dizer. — Olivier colocou as mãos nos ombros de Emilio. — Você, meu amor, é valioso para si mesmo. E é uma qualidade que todo Ascendido deveria ter.

Emilio não respondeu, então Olivier o analisou de perto, e compreendeu quase que imediatamente.

— Você não... *quer* se tornar um Ascendido?

Emilio se remexeu.

— Você parece surpreso.

Olivier recolheu as mãos e se recostou na janela.

— É só que, bem... Não consigo imaginar querer cruzar para o Outro Lado. E se você só... deixar de existir?

— Não dá para saber — respondeu Emilio. — E se o Outro Lado na verdade for...

— Ah, deixa disso. — Olivier deu uma risadinha, com uma amargura desconhecida entremeada em suas palavras. — Não é possível que você acredite que tem algum tipo de paraíso celestial nos esperando do Outro Lado.

— Não sei — sussurrou Emilio, percebendo que seu pescoço estava ficando vermelho. — Tem que ter algo lá, certo?

— Se Blackwood me ensinou alguma coisa — falou Olivier, subindo no peitoril da janela —, foi que a ideia rudimentar que as pessoas têm sobre a morte é apenas um atalho. Respostas simples e diretas que o cérebro de ervilha delas consegue entender. Sei que não preciso te falar que o pós-vida é muito mais do que uma divisão nítida entre bom e mau. É... complexo. E, considerando que ninguém sabe ao certo o que nos espera do Outro Lado, não tenho muita vontade de me jogar no desconhecido e acabar em um lugar do qual talvez não goste muito.

— Então você prefere existir aqui para sempre? Em Blackwood?

Olivier hesitou, como se não esperasse aquela pergunta.

— Sim... Acho que sim.

— Mas uma hora a gente vai transicionar — relembrou Emilio. — Se esquecer de quem é. Da antiga vida. Das memórias.

Olivier fez uma careta.

— Ainda tenho tempo antes de ter que me preocupar com o Esquecimento.

— Quanto tempo?

— Eu... — Olivier riu, mas seu olhar era sombrio. Havia um peso em seus ombros que não estava ali antes. — Não se preocupe comigo, Emilio. Sou indestrutível. *Você*, por outro lado... — Ele balançou a cabeça. — Tem que haver uma maneira de te convencer a não cruzar para o Outro Lado.

Emilio sentiu um aperto repentino no peito. Queria falar a verdade para Olivier... que parte dele estava desesperada para provar que era bom o bastante para cruzar. Que tinha valor. Ele era assombrado por isso desde o dia que chegara. A dúvida. A incerteza.

Porque talvez *não fosse* bom o bastante. Talvez merecesse aquela punição. Emilio sempre fora covarde, cheio de dúvidas e inseguranças. Nunca se esforçava *de verdade*. Seus pais o amavam, mas ele sabia que estavam sempre esperando que Emilio tomasse jeito. Que fizesse jus ao seu potencial.

Mas ele só os decepcionara.

— Emilio? — Olivier o observava atentamente, com preocupação. — Você está bem?

— Não sei. — Emilio esfregou a nuca. — Eu só... Só queria não ter que pensar nisso. Queria ainda estar vivo.

— Mas não está — retrucou Olivier com uma seriedade surpreendente. — E, apesar disso, está aqui. Pode pensar. Pode falar. Pode *sentir*. E tudo bem, talvez você não tenha pulsação e não sinta dor, e muita coisa não faça sentido, mas... está aqui. E pode continuar lastimando e desejando uma vida que já não te pertence, ou pode tomar o controle da existência que recebeu. — Ele inspirou profundamente, seus olhos brilhando com bom humor. — Além disso, nem *tudo* é horrível. Se você nunca tivesse vindo a Blackwood… nunca teríamos nos conhecido.

A respiração de Emilio ficou presa na garganta. Estava tentando formular uma resposta coerente quando observou uma movimentação do lado de fora. Correu para a janela, parando colado a Olivier. Sua barriga se retesou involuntariamente com a proximidade entre eles, mas Emilio fingiu não prestar atenção a isso.

— Olha.

Duas figuras. Uma garota e um garoto, presumiu. O garoto era alto, de ombros largos, seus cachos iluminados pelo brilho etéreo de Blackwood. O cabelo ruivo da garota estava preso de qualquer jeito em uma trança que chegava à cintura.

Estranho.

Ela estava descalça.

— São… — A voz de Olivier morreu quando se inclinou mais. — Acho que são August e Wren. Parece que estão indo para o portão principal.

Emilio foi tomado por um pavor intenso. A dupla infame eram as últimas duas pessoas que queria encontrar no calar da noite. Nunca tinha tido coragem de falar com Wren, pois sabia que ela era a melhor aluna e uma das pessoas mais brilhantes que já tinha conhecido. E August era… bem… *August.* Se olhasse para ele por muito tempo, podia acabar com uma adaga enfiada na barriga ou tomando veneno no chá da manhã. Não que alguma dessas coisas *realmente* machucassem, mas eram uma inconveniência.

Todos os alunos de Blackwood tinham a habilidade de se curar magicamente, mas um machucado fatal podia levar *semanas* para melhorar. Às vezes até meses. Ninguém queria ser o infeliz passando quase metade do ano em coma na enfermaria em vez de se concentrar nas notas e solidificar suas chances no Decênio.

Emilio tinha ficado tão paralisado ao ver os dois cruzando a densa névoa que nem percebera Olivier indo para a porta.

— Aonde você vai? — perguntou ele em um sussurro frenético.

— Aonde você acha? Se eles estão arrumando confusão, quero fazer parte.

— Por quê? — resmungou Emilio.

Olivier parou na porta, dando meia-volta para encará-lo. Ele abriu aquele sorrisinho infame, mostrando suas covinhas.

— Por que não?

Emilio preferia ficar no conforto da Biblioteca, estudando para a prova da manhã seguinte, mas sabia que Olivier não pretendia ficar para trás e, apesar de tudo, Emilio não tinha a intenção de deixá-lo ir sozinho. Então, assentindo juntos, a dupla se virou em direção à porta, ombro a ombro, passo a passo, e saíram para a noite.

# 3

# IRENE

Irene Manette Bamford não ligava de quebrar as regras. Na verdade, acreditava piamente que as regras não existiam para serem seguidas. Eram apenas sugestões que podiam ser manipuladas conforme sua vontade.

Eram maleáveis.

Flexíveis.

Uma fechadura, por exemplo. Falando de forma prática, uma fechadura de metal era instalada com a intenção de não deixar ninguém entrar. A regra implícita, que Irene não pretendia seguir, era que uma pessoa não podia abrir uma fechadura que não pertencesse a ela. Que, sem ter a chave nem a posse da fechadura, a pessoa não deveria manipular o metal com um feixe de magia e um estalar dos dedos.

Mas era exatamente isso que Irene estava fazendo naquele momento.

Ou melhor, o que estava *tentando* fazer. Parecia que o inspetor Calligan reforçara a fechadura de metal com algum tipo de escudo de proteção que a impedia de acessar as propriedades físicas da tranca.

Irene franziu a testa e bateu o pé para aliviar a pressão que crescia entre suas têmporas.

Como o escudo de proteção não cedia, ela baixou as mãos, frustrada.

O plano, que era para ser simples, teria que ficar mais complicado do que esperara. Com o escudo protetor extra, Irene agora teria que desmanchar a barreira. Não era que não conseguisse... francamente, havia poucas coisas que Irene não conseguia fazer. Mas ela não tinha nenhum interesse em encantamentos da ordem de magia defensiva. Seu interesse era outro: magia corpórea.

O tipo de magia que podia decepar partes do corpo e rasgar carne.

No entanto, aquela infeliz reviravolta foi um lembrete irritante de que era essencial diversificar seus interesses. Porque, para ser a melhor, e Irene *tinha* que ser a melhor, não podia ser boa só em magia corpórea, teria que dominar todas as formas de magia ensinadas em Blackwood, achando-as importantes ou não. Se quisesse garantir sua nomeação para o Decênio, precisava de um reforço extra.

E os detalhes da prova de amanhã eram exatamente o tipo de reforço que Irene buscava.

Se ao menos conseguisse abrir a maldita fechadura.

Irene estava prestes a arremessar uma bola de fogo na porta quando sentiu a presença de outra pessoa no ar. A pressão familiar vibrou em seu peito. Os pelos em sua nuca se eriçaram, em alerta.

Ela não hesitou.

Em um movimento rápido, pegou a faca em sua cintura e a enfiou na barriga do aluno desavisado que estava atrás dela. Um arquejo engasgado de descrença ecoou diante dela quando ergueu o rosto para se deparar com um par de olhos âmbar conhecido.

Os olhos de Masika.

— Ah. — Irene riu, divertida. — Oops.

— Oops? — Masika a encarou, chateada. — Você me *esfaqueou*.

Irene suspirou.

— Bem, eu obviamente não sabia que era você.

— Não entendo por que você insiste em andar com essa coisa ridícula. — Masika arrancou a faca da barriga, o sangue respingando em suas sapatilhas cor de vinho. O ferimento logo começou a se curar debaixo de seu suéter rasgado. — Claramente, não vai te ajudar em nada. É bem teatral, na minha opinião.

— Pode não causar nenhum dano, mas ainda é uma inconveniência. — Irene arrancou a faca das mãos de Masika e a colocou de volta na bainha em sua cintura. — E você me conhece, Masi. Amo um bom drama. Deixa tudo mais interessante.

— Ama mesmo. — Os olhos âmbar de Masika se voltaram para a porta do escritório, desconfiados. — Imagino que tenha um motivo para você estar espreitando o escritório de Calligan depois do toque de recolher...

— Ele colocou algum tipo de energia defensiva na fechadura — resmungou Irene. — Aquele escroto é muito paranoico.

— Por que será, né? — Masika gesticulou para Irene sair da frente. — Deixa eu dar uma olhada.

Masika se aproximou da fechadura, os olhos semicerrados, a pele marrom-escura iluminada pelo brilho âmbar do candelabro ao lado dela. Colocou um cacho para trás da orelha e mordeu o interior da bochecha enquanto erguia a mão aberta e fechava os olhos. Faíscas douradas irromperam de sua pele, pairando no ar como poeira. As partículas efervesceram e se uniram para formar fios dourados e iridescentes que deslizaram pela superfície da fechadura.

— Aqui está... — Os lábios de Masika se curvaram num sorrisinho. — Parece que Calligan colocou um escudo molecular chatinho ao redor da fechadura. É um pouco mais complexo do que o encantamento de defesa energética comum. Tem camadas. Como se ele tivesse crochetado a magia defensiva em um padrão específico. — Os olhos dela seguiam fechados, a boca torta de concentração. — É bem inteligente, até.

— Me parece mais *irritante* — zombou Irene. — De qualquer forma, já tentei desmanchá-lo. Não vai ser tão simples ass…

— Consegui.

— O quê?

Masika baixou a mão e se encostou no batente. Cambaleava um pouco, e uma gota de suor escorria por sua testa. A magia estava cobrando seu preço — como sempre fazia com os alunos de Blackwood.

— Vai. Derrubei o escudo.

Irene hesitou, sem querer aceitar que a amiga tinha conseguido desmontar o escudo em questão de segundos. Ela sabia que Masika era talentosa, que sempre fora habilidosa em magia defensiva, mas não tinha se dado conta de que suas habilidades tinham ficado *tão* boas. Era irritante. E a deixava um pouquinho chateada.

A amizade delas dava certo porque estavam no mesmo nível. Onde Masika fracassava, Irene florescia. Onde Irene falhava, Masika era excelente. A balança estava equilibrada, nenhuma delas brilhava mais do que a outra. Mas Irene não se lembrava de Masika já ter mencionado que sabia desmanchar um escudo protetor multicamadas, que dirá um lançado por um inspetor.

Irene sentiu a balança pendendo, e não gostava do lado favorecido.

— Muito bem — disse ela, tomando o cuidado de manter seu tom de voz leve.

Deu um passo à frente e pressionou a ponta dos dedos contra a porta. Fragmentos prateados saíram de sua pele e foram direto para a fechadura. A magia corria por suas veias, uma corrente elétrica vibrando em seu peito. Ela via os átomos. Cada partícula da fechadura brilhava como a chama de uma vela. Só tinha que mexer o centro um pouquinho para a esquerda... segurá-lo ali por um segundo e...

Clique.

Com a mesma velocidade que o calor da magia percorrera suas veias, um tremor gelado subiu por sua coluna e seu peito. Uma leve onda de tontura. Conseguiu abafar a sensação, acostumada com o resultado do uso de grandes quantias de magia.

— Finalmente — sussurrou Irene quando a porta se abriu. Ela olhou para Masika por cima do ombro. — Vai entrar comigo?

— Você realmente acha que a prova do Calligan de amanhã vai ter alguma influência na nomeação? — perguntou Masika com um suspiro exasperado. — Tenho certeza de que já decidiram o nomeado.

— Não quero contar com a sorte. — Irene olhou para a fechadura aberta com uma expressão curiosa; havia uma semente de dúvida crescendo em seu peito. Ela pigarreou e resolveu se arriscar. — Então... como é que você fez aquilo?

— Fiz o quê?

— Desmanchou o escudo. — Irene gesticulou para a maçaneta da porta. — Você precisou de meros segundos.

— Andei praticando — disse Masika, despreocupada. — Algum problema?

— Não — rebateu Irene. — Só tô perguntando.

Era mentira, claro. Certamente *era* um problema. As duas sempre tinham praticado juntas. Faziam tudo juntas. Eram uma dupla. Inseparáveis. E agora Masika estava praticando sem Irene? Desenvolvendo habilidades que ultrapassavam as capacidades dela? Era alarmante. E Irene sentiu que tinha mais coisa escondida por baixo da máscara indiferente de Masika.

*Nunca confie nas pessoas ao seu redor*, a voz da mãe ecoou em sua cabeça. *Mesmo aquelas que considera amigas.*

Irene quase não pensava mais na mãe. Já tinha se passado tempo suficiente para que a memória dela se tornasse apenas um fragmento desimportante no cérebro de Irene. Mas às vezes suas palavras ainda lhe voltavam. Fora ela quem ensinara Irene a ter uma casca grossa e proteger suas emoções. Deixá-las guardadas e organizadas — longe de pessoas ignorantes o suficiente para tentar usá-las contra ela.

Em sua antiga vida, Irene se ressentia da mãe por tê-la criado dessa forma. Sempre fugindo. Se mudando constantemente. Um ciclo infinito de comprar drogas em vielas e ficar em motéis mofados. Irene sempre quisera deixar tudo aquilo para trás. Assentar-se em algum lugar, talvez até se mudar para a Coreia e morar com os avós, nas redondezas de Seul.

Nunca teve a oportunidade de ir, pois passou a maior parte da infância seguindo a mãe em sua fila interminável de amantes ferrados por toda Nova Inglaterra. Sabia pouca coisa a respeito da família que a mãe tinha deixado para trás. As únicas informações que conseguira ao longo dos anos, a mãe tinha deixado escapar enquanto a heroína corria por suas veias e soltava sua língua. Mas Irene sonhava. Sonhava segurar as mãos enrugadas dos avós e caminhar com eles pela grama alta e florida do campo. Sonhava com uma vida cheia de gargalhadas, uma vida que parecesse segura.

Uma vida bem, bem *diferente* da que sempre conhecera.

Mas tinha sido um sonho de criança. De uma criança estúpida e inocente, que não aceitava a realidade com a qual precisava lidar, da qual não podia escapar, não importava o quanto tentasse. E, apesar de ainda guardar algumas fantasias infantis, Irene logo aprendeu que não tinha a menor chance de fugir da vida que sua mãe lhe dera. Porque aquela vida tinha consequências.

E as consequências a levaram até ali.

— O que está esperando? — perguntou Masika, interrompendo os pensamentos de Irene.

Ela estalou os dedos e uma pequena chama se acendeu na palma de sua mão.

— Nada.

Irene abriu a porta, as dobradiças enferrujadas rangendo enquanto ela dava um passo hesitante para dentro. O escritório estava na penumbra, iluminado apenas pelo brilho pálido do céu entrando pelas janelas e pela luz que emanava da chama de Masika. Havia uma lanterna encantada na entrada, que Irene acendeu com um rápido estalar de dedos.

Pinturas de paisagens e estantes de livros empoeiradas adornavam as paredes de madeira, as prateleiras lotadas de apostilas encapadas em couro e pergaminhos antigos sobre magia ilusória. Até o ar estava pesado com o cheiro dos livros velhos.

— Deve estar em algum lugar da mesa dele — murmurou Irene para si mesma, percorrendo as pilhas de papéis jogadas sobre a mesa de madeira do centro do cômodo.

— Você podia só estudar, sabia? — Masika girava a chama na mão. — Ia te fazer bem.

— Eu estudo — resmungou Irene. — Mas preciso de uma vantagem. Todo mundo precisa de uma vantagem.

— Você está preocupada com o Decênio.

Um silêncio tenso as envolveu, como uma lufada de vento repentina. Irene congelou por inteiro, as mãos apertando com firmeza a borda da mesa. Sentia as emoções tomando conta, a raiva subindo por sua barriga, ameaçando escapar, sem controle.

Respirou fundo. E respirou fundo de novo.

Relaxa, Irene. Você está no controle.

— Não estou... preocupada — falou vagarosamente. — Estar preparada não é ruim. E, se existe alguma chance de essa prova idiota me impedir de ter acesso ao meu poder total, então vou dar um jeito.

Masika deu um passo à frente. Irene não olhou para ela, mas sentia os olhos da amiga em seu rosto.

— Olha... Eu entendo. O Decênio é importante para todos nós. Eu obviamente adoraria ser nomeada, mas... — As palavras de Masika se perderam quando ela suspirou baixinho. — É um jogo de sorte. Muitos de nós somos talentosos, bons o bastante, mas...

— *Eu* sou boa o bastante. — Irene deu um soco na mesa. Um potinho de tinta trepidou e caiu no chão. — Ninguém merece mais do que eu. Ninguém trabalhou tanto quanto eu.

Ela parou, acalmando a respiração. Estava se descontrolando, chegando à beira de explodir de raiva. Inspirou bem fundo e ergueu os olhos, finalmente encontrando o olhar de Masika.

— E se você acha que vou passar mais dez anos desperdiçando meu potencial... drenando minha magia até acabar jogada no Éter para ceifar almas insolentes pelo resto da eternidade... claramente você não me conhece.

O silêncio reverberou entre as duas. Havia uma emoção nos olhos de Masika que Irene não soube ler. Mas, antes que pudessem dizer qualquer outra coisa, algo chamou a atenção de Irene. Um grande envelope enfiado entre uma pilha de provas antigas. Ela soltou um suspiro de alívio.

— Ah, aqui está... Sabia que ia encontrar. Honestamente... Calligan devia dar uma limpadinha por aqui. Está uma completa...

— Irene... — Masika pigarreou. — Você ainda não está pensando na... *outra* opção, está?

Irene ficou surpresa. Não esperava por isso.

— O quê?

— No último Decênio... — começou Masika, suas palavras firmes e lentas. — Quando o Avery foi nomeado... Você ficou bêbada e fez um discurso a respeito de ser tornar uma Damiana. Você disse... *Prefiro ser engolida inteira pelas sombras do que gastar mais um segundo aqui.*

Irene se retesou.

— Eu não estava falando a sério.

— Porque essa não é uma opção. — Masika foi em direção a ela. — Abrir mão da sua humanidade te destruiria. Você... perderia todas as partes que pertencem à pessoa que era quando viva.

Mal sabia ela que era *exatamente* essa a razão pela qual Irene quis se unir a eles.

— Eu só estava bêbada. — Irene suspirou. — Falar aquilo foi... um erro.

— Promete?

A voz de Masika estava trêmula. A pergunta era um momento de fraqueza. Ela sabia. Ainda assim... ali estava ela. Expondo suas vulnerabilidades para Irene. Entregando seu coração em uma bandeja de prata.

Irene engoliu seu remorso.

— Prometo.

Não queria mentir para sua única amiga, mas não tinha escolha. Masika já perdera outra pessoa para a Ordem dos Damianos, há muito tempo, antes de Irene chegar em Blackwood. Irene sabia pouca coisa do que acontecera, pequenas informações que arrancara de Masika ao longo dos anos, mas os detalhes eram nebulosos. Tudo o que sabia era que Masika gostava de uma pessoa e a Ordem dos Damianos a levara embora.

O que significava que se Masika algum dia descobrisse que Irene *estava* pensando em se juntar a eles... nunca a perdoaria.

Por sorte, Masika não insistiu muito no assunto. Ela se inclinou abruptamente, como se alguma coisa a tivesse pego de surpresa.

— Onde é que eles estão indo?

— Quem?

Masika correu para a janela.

— É o Olivier. Está correndo para o portão principal com aquele novato.

Irene deu de ombros.

— E daí?

— Como assim "E daí"? Vai falar que não está nem um pouco curiosa pra saber aonde eles estão indo a essa hora da noite?

— Ah, realmente não me importo com os passeios noturnos de Olivier.

— Certo. — Masika deu uma risadinha. — Porque você prefere invadir escritórios e roubar arquivos confidenciais.

— Exatamente.

— Tá... mas e se *for* alguma coisa importante?

Algo se acendeu dentro de Irene.

— Tipo o quê?

— Não sei. — Masika abriu a janela e passou uma perna para fora, seus olhos âmbar iluminados pela luz prateada do céu. — Só tem um jeito de descobrir.

# 4

## AUGUST

Augustine Hughes não era confiável. Era cruel. Frio. As pessoas evitavam olhá-lo nos olhos. Os outros alunos corriam dele feito baratas, encurvados sobre seus livros enquanto sussurravam a seu respeito pelos corredores. Havia boatos de que a alma de August estava praticamente entremeada às paredes da Academia Blackwood. Que ele era parte da instituição há tanto tempo que tinha se perdido completamente, preso no submundo do purgatório.

E era isso mesmo que ele queria.

Ser temido tinha suas vantagens. Era sempre melhor que sentissem medo do que pena. Então, por mais que os boatos que corriam pelas veias de Blackwood não fossem verdadeiros, August nem tentava corrigi-los. Pelo contrário, até os encorajava. Queria que o deixassem em paz. Que evitassem se aproximar dele. Nossa, não se importaria nem um pouco se pensassem que era o diabo em pessoa. Tinha quase certeza de que incutira essa crença em todo mundo da Blackwood.

Bem, em *quase* todo mundo.

Ainda tinha o problema que era Wren Loughty.

A certinha, irritante e pedante da Wren, que bailava pelos corredores com aquele seu ar angelical. Não importava o quanto tivesse tentado diminuir a autoconfiança infinita dela de início, a opinião que Wren tinha de si mesma era quase tão inabalável quanto sua moral. E, por mais que suas brigas e joguinhos homicidas os mantivessem entretidos, ele estava começando a perceber que ela talvez tivesse uma chance real de conseguir a nomeação para o Decênio.

O que seria um problema *de verdade*.

Não era que desejasse o fracasso de Wren. Àquela altura, August a considerava… tolerável. E sabia que, embora nunca fosse admitir em voz alta, ninguém daria um Ascendido melhor do que Wren. Ela se daria bem entre a elite acadêmica. Seria adorada entre eles. Mas isso não mudava o fato de que só sua presença já era uma ameaça inevitável a tudo o que ele vinha tentando conquistar.

A verdade era que August não ligava nem um pouco para se tornar Ascendido. E certamente não se importava com a glória acadêmica. Mas provocar Wren com aquela rivalidade infantil era a única maneira de distraí-la. De impedi-la de descobrir o que ele *realmente* queria. E ele sabia, agora mais do que nunca, que devia mantê-la afastada. Solidificar a barreira entre eles, para o bem dela.

Então… por que a convidara para ir junto?

Tinha sido uma decisão impensada. Egoísta. Isso, podia admitir. Reconhecia a distorcida codependência entre eles, aquele magnetismo estranho que os aproximava. Mas não conseguia evitar. Sentia-se inexplicavelmente *atraído* por ela. Isso o tirava dos eixos.

— Dá pra parar de bater os pés? — reclamou Wren enquanto trilhavam o caminho debaixo da densa névoa. — Você não está sendo muito sutil.

August nem se virou para ela.

— Se você parasse de ser tão chata, talvez percebesse a barreira de som em volta de nós.

— A barreira… — Ela arfou. — Ah.

— Achou mesmo que eu não tomaria precauções? — Ele esticou a mão até encostar no limite da barreira, um escudo de luz azul ondulando no ar. — Não canse sua beleza… ninguém vai escutar a gente.

— Sabe — murmurou Wren, brincando com a ponta de sua trança —, já é a segunda vez que você me chama de bonita essa noite. Cuidado, August. Vão começar a achar que você gosta de mim.

Ele riu.

— Bem que você queria.

O sorriso implicante dela se transformou em uma cara feia.

— Deixa de ser um idiota arrogante.

August olhou para a frente.

— Então não me provoque.

Eles passaram pelo Pátio Leste, um espaço retangular adornado com esculturas de pedra e bancos de metal lavrado. Arbustos frondosos repletos de flores de tonalidades incomuns, como ameixa-escuro e azul-fluorescente, contornavam o espaço — prímulas, hamamélis, tulipas e lírios. A densa névoa cinza aumentava a cada segundo, tão grossa que August mal enxergava as próprias mãos.

Uma memória fugaz surgiu em sua mente.

Neblina densa cobrindo grama alta. Uma casa grande no topo de uma colina, tijolos vermelhos escondidos por trepadeiras espinhosas e flores do campo. Era uma casa, não um lar. Não havia aconchego nos grandes salões da propriedade, não era amor que mantinha a fundação de pé. Era uma fortaleza, uma prisão.

Mas ainda assim havia momentos de felicidade. Duas pessoas no mundo em quem ele podia confiar. A mãe. A irmã. Os corações de sua família, a cola que o impedia de desistir de vez da felicidade.

Os primeiros vislumbres da manhã iluminando sua pele. A grama orvalhada escorregando entre seus dedos.

A voz da irmã soou atrás dele.

— Augustine! Vai devagar!

Ele olhou por sobre o ombro. O cabelo escuro batia no rosto dela enquanto uma gargalhada lhe escapava da garganta. Alguns passos atrás da irmã, caminhava sua mãe, as mãos entrelaçadas diante do corpo, observando-os com uma expressão serena. Um leve sorriso. Embora fosse jovem, só um garoto, August sabia que aquele momento de felicidade passageira era muito importante para a mãe.

E, ainda que ninguém falasse isso em voz alta, ele sabia.

Eles eram tudo um para o outro.

A memória era tão antiga que tinha começado a se desvanecer, seus limites se embaçando. Não da maneira como as memórias sumiam no Esquecimento, desaparecendo por completo até que só restasse escuridão, mas da maneira como acontecia com as lembranças, com o tempo. Ficavam mais suaves. Mais distantes. Como se estivesse assistindo à vida de outra pessoa.

Mas, apesar de tudo, parte dele ainda se agarrava a ela. Desesperada para se apegar a alguma coisa viva e real.

Alguma coisa além do que tinha se tornado.

— August. — A voz de Wren o afastou dos pensamentos. — Aonde exatamente estamos indo?

Estavam passando pela familiar torre de tijolos da Biblioteca. Era o maior prédio do campus, coberto de trepadeiras que serpenteavam pela lateral em direção ao domo de vidro no topo. Quatro colunas coríntias flanqueavam a entrada, consumidas pela vegetação infinita que devorava as construções em Blackwood.

— O Salão Bonestrod dá acesso ao telhado.

Wren parou subitamente.

— Mas... é um prédio só para os docentes.

— Algum problema?

Wren bufou.

— Claro que tem problema! Podemos ser *banidos* do Decênio, se formos pegos. Sair escondido depois do horário é uma coisa. Invadir um prédio só para docentes, na noite anterior ao Decênio, é completamente irresponsável. Até para os seus padrões.

— Ah, qual é, Loughty. Cadê seu senso de aventura?

— Não sei. — Wren deu de ombros. — Devo ter deixado lá onde você deixou seu juízo.

August balançou a cabeça. Se ela quisesse ficar pra trás, que ficasse. Quanto mais longe dela, melhor. Mas, ao se distanciar dois passos, ouviu um resmungo alto e inconfundível, seguido de passos relutantes.

Ele abriu um sorrisinho.

— Sabia que você não ia resistir.

— Ah, cala a boca.

Demorou um tempo, passando pela parte do terreno que abrigava os dormitórios, descendo o caminho de cascalho ladeado por carvalhos, mas por fim chegaram ao infame Saguão Bonestrod. Ficava isolado dos outros prédios, bem pertinho dos portões principais. Alguns degraus levavam a uma porta arqueada, onde a palavra BONESTROD estava gravada em ouro velho, as letras entrelaçadas por trepadeiras. Wren hesitou atrás dele, que continuou andando, se aproximando da porta com uma das mãos esticada.

— Espere!

August olhou por sobre o ombro.

— O que foi dessa vez?

Wren abriu e fechou a boca, com uma expressão esquisita nos olhos.

— Só… — Ela soltou um suspiro trêmulo. — Tenha cuidado.

August parou, espantado com a sinceridade na voz dela. Uma esperança desconhecida brotou em seu peito, mas ele rapidamente afastou o sentimento, engolindo aquelas emoções ridículas e assentindo.

— Sempre.

Tinha praticado o encantamento a semana inteira, preparando-se para aquela noite. A barreira defensiva era bastante complexa, mas nada que não conseguisse desmantelar com um pouco de paciência. Faíscas douradas irromperam dos seus dedos, envolvendo a maçaneta e entrando na fechadura. Ele rangeu os dentes, enfrentando a tensão ferrenha que lhe tomou o corpo. Três segundos depois, a maçaneta se abriu com um *clique* satisfatório.

August sentiu uma onda inconfundível de exaustão, mas ignorou o fato ao se virar para encarar Wren.

— Impressionada?

Ela balançou a cabeça, refreando um sorriso.

— Nem um pouco.

Eles entraram, tendo o cuidado de fechar a porta sem fazer barulho.

— Nossa, tá com cheiro de cachorro molhado aqui dentro. — Wren tampou o nariz com a palma da mão e franziu a testa. — Que tal a gente se apressar?

August assentiu.

— Vem comigo.

Eles atravessaram o salão principal, passando por montes de poeira e galhos grossos que tinham entrado pelas janelas. Os tacos do chão estavam podres, pedaços de madeira sendo esmagados a cada passo. Tirando um relógio de pêndulo que tiquetaqueava ao longe, um silêncio ensurdecedor os envolvia, um denso *vazio* que deixou August todo arrepiado.

Ele chegou à escada em espiral nos fundos do prédio e deu uma olhadinha para Wren.

— Vamos lá.

Wren parou no pé da escada.

— Espere. Você não me contou como conseguiu essa informação.

— Tenho meus métodos. — Ele segurou o corrimão e deu o primeiro passo. — Agora, por que não guarda suas perguntas para depois e me segue, como uma boa…

Nem terminara a frase quando, de repente, se percebeu incapaz de se mexer, com uma adaga enfiada nas costas da mão. Olhou para baixo e encontrou Wren encarando-o, os olhos azuis semicerrados em desafio.

Para ser justo, ele não deveria ter dado as costas a ela.

— Quer mesmo terminar essa frase? — Wren inclinou a cabeça e pressionou ainda mais a adaga, perfurando a pele dele com facilidade. — Vai. Duvido.

— Você deve estar muito orgulhosa de si mesma. — August tentou libertar a mão da adaga, mas estava cravada bem fundo. — Ah, fala sério, Loughty. Você tem que admitir que isso é um pouco desnecessário.

— Não vou tirar até você me contar.

August escutou seus ossos sendo esmagados. Os ligamentos se rompendo. Obviamente, não doía, mas Wren tinha enfiado a lâmina fundo o bastante para encurralá-lo.

— Realmente achou que eu ia te seguir de boa vontade até um prédio abandonado e sinistro sem mais informações? — zombou Wren. — Até onde eu sei, você pode ter me trazido aqui para me empurrar do telhado. Devo admitir, é um ótimo plano. Eu estaria ocupada demais reconstruindo meus ossos para aparecer na aula de amanhã. Não pegaria bem, logo antes do Decênio.

August resmungou.

— Você é paranoica demais.

— Não — rebateu Wren, se aproximando mais. — Apenas esperta.

— E por acaso se esqueceu de que é *você* quem tem um histórico de me empurrar de prédios? — reclamou August com acidez. — Já fez isso duas vezes. E as duas pouco antes de uma prova.

Ele deu de ombros.

— Não é essa a questão.

August sentiu a raiva ferver. Uma emoção repentina. E apesar de, geralmente, manter o controle, não conseguiu impedir as chamas de escaparem de seus dedos.

— Meu Deus! — Wren se retraiu, mas não soltou a adaga.

August fechou o punho e apagou as chamas, uma fumaça preta subindo pelo ar.

Nenhum deles disse uma palavra, o silêncio reverberando entre os dois.

Os olhos de Wren brilhavam, entretidos.

— Está difícil controlar as emoções?

— Estou bem.

— Essas chamas irrompendo da sua pele discordam.

— É só que... — Ele respirou fundo. — Estou cansado.

— Cansado? — repetiu Wren. — Sério?

— Estou... mentalmente cansado, tá bom?

August segurou uma nova onda de raiva. As brasas ardiam dentro dele, aquela comichão familiar surgindo na ponta dos dedos. *Se controla, Augustine.*

— É isso que você quer ouvir? Que, às vezes, apesar de tudo, não consigo me controlar?

Wren se retesou.

— Não. Não é isso que quero ouvir.

— O quê, então?

— A verdade.

August soltou um suspiro exasperado.

Aquela garota ainda ia acabar com ele. Tinha certeza disso.

— Eu invadi o escritório do diretor Silas.

Ela arregalou os olhos, chocada.

— Você... *o quê?* Perdeu a cabeça? Por que é que você faria...

— Estava entediado — respondeu ele, dando de ombros. — Não tinha nada para fazer e, por acaso, o escritório dele estava vazio. Enquanto eu olhava as coisas na mesa dele, encontrei um livro.

— Um livro?

— Com uma lista de nomes. Nossos nomes. Os nomes de todos.

— Não estou entendendo. — Wren suspirou.

— Tinha o nome de todos os alunos que já foram selecionados para Blackwood. E lá tinha um nome que não reconheci. Na última página.

— Outro nome... — repetiu Wren. — O que vai fazer a travessia hoje à noite?

August assentiu.

— Louise Nordain. A data de hoje estava escrita em vermelho ao lado do nome dela. E como todos nós chegamos exatamente às três da manhã...

— Ela está para atravessar a qualquer momento — sussurrou Wren.

August soprou um cachinho para longe do rosto.

— Está feliz agora?

— Radiante.

Wren arrancou a adaga da mão dele. Estava guardando-a de volta em seu sobretudo quando August a tomou de supetão e a levou ao pescoço de Wren. Ela tropeçou, quase caindo para trás, mas conseguiu se segurar no corrimão, seus olhos procurando os dele.

— Seu arrogante do...

— Seja boazinha, Loughty.

August apoiou uma das mãos na parede atrás dela, a outra firmemente agarrada ao cabo da adaga. Ele sabia que Wren não sentia a ponta da adaga contra sua garganta, mas não tinha importância. Machucá-la nunca era seu objetivo.

Só irritá-la já era diversão o bastante.

— Olha só quem está perdendo tempo agora — provocou Wren, o queixo empinado. — Vai, faz. Se está *tão* entediado assim. Mas isso só vai estragar nossos sapatos.

— Foi você quem começou — respondeu ele, tranquilo.

— E sou eu quem vou terminar — rebateu ela. — Assim que minha pele se colar de novo, vou enfiar essa faca bem nas suas costas.

— Se está tentando flertar comigo — sussurrou August, se aproximando —, então devo admitir que... está dando certo.

Uma onda de arrepio tomou o ombro dela, e August não pôde evitar um risinho. Wren engoliu em seco.

— Qual é a graça?

— Nada. Só é... interessante, não acha? — Ele passou os dedos pela clavícula dela, satisfeito por ver seus olhos se abrindo e se fechando. — Não podemos sentir dor, mas podemos sentir... muito mais.

Os olhos de Wren prescrutaram o rosto dele, que sentiu um aperto no peito. Pegou-se chegando mais perto. Muito perto. Ultrapassando o limite que os dois tinham jurado em segredo nunca ultrapassar. Wren ficou tensa, mas não se mexeu. Na verdade, se inclinou para ele num movimento bem sutil.

O tempo parou. Os dois suspensos na escuridão. Uma vibração de expectativa em seus ossos.

Mas o momento não durou muito.

Wren empurrou August para longe, usando sua distração momentânea para roubar a adaga antes que ele pudesse impedir.

— Parece que você não está tão cansado assim, afinal. — Ela passou por ele, brincando com a adaga entre os dedos. — Que bom. Estava começando a pensar que o notório Augustine Hughes estava amolecendo.

Uma empolgação inevitável tomou conta dele.

— Eu não ousaria. — Ele assentiu e gesticulou em direção à escada. — Você primeiro, minha querida.

— Obrigada. Sempre um cavalheiro.

Um vento forte os recebeu assim que abriram a porta no topo da escadaria e saíram para o terraço. O ar tinha cheiro de fumaça, com notas de baunilha e âmbar, o cheiro familiar que perseguia Wren aonde quer que fosse. Ele se pegou chegando perto, hipnotizado por ela como uma mariposa relutante diante de uma labareda muito irritante.

A Academia Blackwood se espalhava ao norte. Uma paisagem de torres altas e abobadadas, de janelas arqueadas rosadas e contrafortes ornamentados. Carvalhos cobertos de galhos retorcidos e folhas secas alaranjadas decoravam quase todo o espaço aberto, adornando os edifícios com sombras opacas.

Ao sul ficava a floresta. As fronteiras inexploradas e ameaçadoras do purgatório, que à distância sussurravam promessas sedutoras de poder para os inocentes que lhes dessem ouvidos. A Ordem dos Damianos podia até tentar seduzir os alunos com suas falsas alegações, mas August não seria um deles. Entendia que não tinha como escapar de verdade de seu castigo eterno. Não haveria liberdade.

Não há salvação para os condenados.

— E agora? — Wren deu uma olhadinha para além da beirada. — A gente fica aqui se encarando até que alguém caia do céu?

August pigarreou.

— É, mais ou menos isso.

Ela franziu o cenho.

— Eu devia ter trazido um livro.

— Não sou distração suficiente pra você?

— Depende.

— De quê?

Um ruído distante os interrompeu. Ergueram os olhos ao mesmo tempo. Wren se voltou para August, olhos estreitados, e ele soube que estavam pensando a mesma coisa.

*Não estamos sozinhos.*

August libertou uma nova onda de chamas de suas palmas, se preparando. O fogo brotava de sua pele, subindo pelos antebraços. Magia elementar não era seu forte, mas sempre adorara fogo.

Wren, por outro lado, optou por algo mais elegante e sutil. Fios dourados irromperam de sua palma enquanto ela preparava uma barreira energética ao redor deles, o que provavelmente os salvaria se a pessoa do outro lado tentasse jogá-los do terraço.

Mais sons ecoaram atrás da porta. Botas pisando em madeira. O ranger do peso.

E então a porta se abriu.

August não hesitou. Uma onda de chamas jorrou de suas mãos e voou em direção à pessoa na porta. Foi só depois que o fogo escapou que reconheceu o rosto de Olivier o encarando, de olhos arregalados e boquiaberto.

Apesar da mira infalível de August, Olivier era irritantemente ágil e conseguiu desviar bem a tempo, fazendo com que o novato atrás dele sofresse o golpe.

— Relaxa! — exclamou Olivier, levantando os braços. — Somos só nós!

— O que vocês estão fazendo aqui? — perguntou August, irritado. — Vocês nos seguiram?

— Foi ideia *dele*! — gritou o novato, que August reconheceu como sendo Emilio.

O garoto soprava as chamas com urgência, resmungando enquanto a pele chamuscada em seu pescoço começava a se recuperar.

— Sou apenas uma vítima da curiosidade dele.

— Ah, você estava tão curioso quanto eu! — disse Olivier. — Admite, vai.

— Não estava! — Emilio bufou, olhando para todo mundo, nervoso.

— Apaga suas chamas — pediu Wren, atrás de August. — Eles são inofensivos.

August ficou tenso.

— Ele não respondeu minha pergunta.

— Tá bom. — Olivier se recostou no batente, com aquele ar presunçoso de sempre. — Sim. Seguimos vocês. Mas dá para nos culpar por isso?

— Por quê?

— Porque sou curioso.

— E alguém seguiu *vocês*? — questionou August. — Estão sozinhos?

— Claro que estamos! — exclamou Olivier. — Sou muito discreto.

— Errado — disse uma terceira voz, surgindo atrás dele. — Mas duvido que alguém esteja chocado com isso.

August conhecia aquela voz. Ardente. Suave como mel escorrendo por sua garganta.

— Irene.

Assim que o nome dela escapou de seus lábios, Irene se materializou em um sopro de fumaça vermelho-sangue, Masika ao lado dela. Eram como gêmeas siamesas. Aonde uma ia, a outra estava sempre logo atrás. Apesar da relação simbiótica, a dupla tinha diferenças gritantes. Os movimentos de Masika eram fluidos, como os de uma acrobata, como se seu corpo se movimentasse ao ritmo de uma música que só ela escutava. Irene, por outro lado, era dura e rígida, como encarar diretamente o fogo.

Seus olhos escuros o miravam de trás da franja.

— Que ótimo — resmungou Wren. — Blackwood inteira conseguiu nos encontrar?

Irene lançou um olhar mortífero para Wren.

— Só as pessoas com alguma inteligência. O que me faz questionar... Por que vocês estão aqui?

— August me convidou — respondeu Wren.

Irene bufou.

— Claro. Tá bom.

— É verdade — admitiu August. — Chamei ela pra vir comigo.

A breve expressão de ciúmes nos olhos de Irene não lhe passou despercebida. Apesar de fazer décadas desde que tinham terminado seu... bem, ele não sabia ao certo *como* chamar o tempo que passaram juntos. Não era um relacionamento, não de verdade, pelo menos. Relacionamentos eram baseados em amor, respeito mútuo e adoração. O que houvera entre eles nascera de puro desespero e solidão. De uma necessidade primordial de preencher o vazio com *qualquer coisa* que os fizesse se sentir minimamente vivos.

Mesmo assim, Irene se ressentia dele. Por mais que tivessem terminado alguns anos antes da chegada de Wren, Irene ainda a culpava, em vez de admitir que os dois eram péssimos um para o outro.

— Vocês dois estão finalmente se pegando? — perguntou Masika com um suspiro indiferente.

— Não! — gritaram August e Wren em uníssono, o que ele admitia que não os ajudou.

Wren devia ter pensado a mesma coisa, porque desviou o olhar rapidinho e mordeu o interior da bochecha.

— Tá bom — falou Masika, claramente achando graça. — Então ainda estão fingindo que se odeiam. Entendi.

— Tive uma ideia. — Olivier se aproximou de Irene, passando o braço pelos ombros dela. — E se a gente levar essa festinha para um lugar mais adequado? Talvez o meu *quarto*?

— Prefiro jogar gasolina no meu corpo e atear fogo — zombou Irene.

— Que encantadora. — Olivier se afastou dela e voltou para o lado de Emilio. — Alguém pode me explicar por que estamos aqui, então?

— Pergunte a eles. — Masika gesticulou em direção a August e Wren. — São eles que estamos seguindo.

— Bom, sinto dizer que é confidencial — respondeu August. — Loughty e eu temos um assunto para resolver.

— Que fofo. — Irene fingiu vomitar na própria mão.

Olivier deu uma risadinha.

— Ciúme não combina com você.

— Não estou com *ciúmes*. — Irene falou a palavra com nojo. — Do que é que eu teria ciúmes? Ela na verdade me fez o favor de tomar August como seu bichinho de estimação.

Wren inclinou a cabeça, confusa.

— *Bichinho de estimação?*

— Ah, não finja que não tem ele na palma da mão.

August avançou um passo.

— Já chega.

— O quê? É verdade — defendeu-se Irene. — Você está correndo atrás dela, como um cachorrinho apaixonado, desde que ela chegou.

— Irene... — murmurou Masika, meio rindo. — Se você está tentando provar que não está com ciúmes... acho que não está se saindo muito bem.

— Como é? — Irene se virou para a amiga, surpresa. — Você devia estar do meu lado!

— Ah, não seja tão dramática. Estou só te provocando.

Chamas surgiram na ponta dos dedos de Irene.

— Eu… não sou… *dramática.*

— Que estranho… — Olivier olhou para Masika com uma expressão implicante. — Não é exatamente esse o tipo de reação que uma pessoa dramática teria?

— Não quero atrapalhar. — A voz de Emilio tremeu quando ele pigarreou. — Mas… hum… acho que vocês precisam ver isso.

Ele estava de costas para o grupo, os olhos grudados nos portões principais. Todos se viraram, seguindo seu olhar.

August viu de imediato. A luz brilhante surgindo no céu preto, logo atrás das nuvens opacas, cintilando. Um silêncio tomou conta do grupo quando uma sensação de maravilhamento reverberou entre todos.

Wren foi a primeira a falar.

— Está começando?

— Acho que sim — sussurrou August.

— O que está começando? — perguntou Olivier, sem fôlego.

— Outro aluno está entrando em Blackwood — murmurou Irene. — Por isso vocês dois vieram aqui. Para terem uma boa visão da coisa.

— Esperta — comentou August.

— Um novo aluno… — Emilio balançou a cabeça. — Não é possível. Não era pra ter outro aluno por pelo menos mais…

A terra começou a tremer, interrompendo a fala de Emilio. Foi leve, no começo, só um tremelicar, e então o chão rachou e se abriu com um solavanco violento. O movimento foi tão repentino que nenhum deles teve tempo de se segurar.

Wren cambaleou para a beirada do terraço, claramente pega de surpresa. Seus olhos se arregalaram quando ela perdeu o equilíbrio, tropeçando para trás, cada vez mais perto…

Foi tão rápido que August quase não a segurou a tempo.

Mas conseguiu.

Ele se esticou e agarrou o casaco de Wren, puxando-a para si antes que ela caísse. Foi puro instinto. Um reflexo primitivo que tomou seu corpo sem aviso.

Soubera que Wren estava prestes a cair e tinha decidido salvá-la.

Ela arquejou quando seu peito colidiu com o dele. Cada nervo do corpo de August despertou. Cada milímetro de pele ardeu incontrolavelmente. Por um segundo, nenhum deles disse nada, apenas se encararam, como ímãs de polos opostos.

— Você está... — As palavras morreram nos lábios dele. Não conseguiu fazer a pergunta.

Wren assentiu.

— Estou bem.

Um som estridente os interrompeu. E então uma luz branca ofuscante desceu do céu como um túnel, um cilindro perfeito nascendo das nuvens pretas e se afunilando em direção ao chão junto aos portões de Blackwood.

A luz ficou mais intensa conforme uma forma começou a descender do céu. Dois braços. Duas pernas. Uma cabeça. Um corpo. Era uma pessoa. Uma alma. Assim como eles. E, conforme a figura descia devagar em direção ao chão, seu corpo inerte e sem vida envolto pela luz resplandecente, August não pôde evitar o surgimento de emoções indesejadas.

O novo aluno foi largado junto aos portões de ferro de Blackwood, envolto pela grama alta. Todos esperaram. Sabiam o que aconteceria em seguida. O aluno acordaria, desorientado e confuso, e os portões de Blackwood se abririam devagar, dando-lhe as boas-vindas.

Era o que tinha acontecido com todos eles. A mesma rotina. O mesmo resultado inevitável.

Mas então alguma coisa mudou.

Um fio de fumaça subiu do corpo. Uma escuridão ondulante.

Sombras.

Olivier avançou aos tropeços para mais perto da borda do terraço.

— O que está acontecendo?

— Não sei... — Emilio se juntou a ele com cuidado. — Isso não é normal.

— Aquilo lá é... — Irene deixou escapar uma risada maníaca. — Acho que é magia das sombras.

— Impossível — murmurou Masika, descrente.

O rosto de Wren se contorceu em puro terror.

— Não... não pode... não é possível...

— Ela é uma Damiana? — perguntou Olivier, perplexo.

— Ela não pode ser *Damiana*, pelo amor de Deus. — O tom de Irene foi direto e autoritário, mas August percebeu certa hesitação em suas palavras. — Acabamos de vê-la entrar em Blackwood. Não é... não é possível.

— Talvez seja uma ilusão — falou Emilio, com timidez. — Talvez nada disso seja real.

Masika balançou a cabeça.

— Acho que perceberíamos. E veja... — Ela ergueu a mão e conjurou as conhecidas runas violeta associadas à magia ilusória, mas elas rapidamente sumiram, como uma chama sendo extinta por uma brisa. — Nada. Não é uma ilusão.

Todos eles se deram conta ao mesmo tempo. A verdade que ninguém queria falar em voz alta.

Mas August falou.

— Aquelas sombras estão vindo dela — sussurrou ele.

Foi nessa hora que Louise despertou em um sobressalto, os olhos se abrindo de repente enquanto um grito de desespero escapava de seus lábios. Mesmo de onde estavam, August sentiu a pressão do grito dela, o som reverberando em nível supersônico. E então as sombras dançando contra sua pele se ergueram de forma imponente, pretas, opacas e infinitas, nascendo do corpo dela como filamentos de escuridão.

Uma figura se materializou do lado de fora dos portões, rompeu as sombras usando um contrafeitiço e se aproximou do corpo em convulsão de Louise. Quando sussurrou alguma coisa em seu ouvido, tudo sossegou.

As sombras sumiram. Os gritos cessaram.

Silêncio.

E então os seis observaram a figura pegar Louise do chão, carregá-la para a entrada principal de Blackwood e sumir em pleno ar.

# PARTE II

# UM EXERCÍCIO DE AUTOCONTROLE

# 5

# OLIVIER

Todo mundo sabia que Olivier Dupont não conseguia ficar quieto. Estava sempre agitado, brincando com o cabelo loiro que lhe caía sobre os olhos, ou remexendo nos punhos do casaco. Nenhum desses hábitos era surpreendente, dado que Olivier parecia existir em um estado perpétuo de inquietação. O pai dele, que testemunhava as muitas peculiaridades e a onipresente inquietude do filho, costumava tirar sarro de que talvez apenas a morte fosse ser forte o bastante para sedá-lo.

Bem, no fim das contas, a morte só piorou tudo.

No momento, não ajudava o fato de que Olivier tinha testemunhado algo que era, para todos os efeitos, impossível. Nunca vira magia das sombras. Só ouvira boatos. Lera livros. Mas nada poderia tê-lo preparado para a visão da novata envolta em tentáculos de sombras. O jeito como o mundo pareceu estremecer, como se todas as partículas do pós-vida tivessem se aberto e se partido ao meio.

Os alunos não tinham acesso a magia das sombras. Esse fato era inquestionável. No entanto, aquela menina, aparentemente inofensiva, tinha acabado de fazer o impossível. Conjurara sombras no momento em que entrou em Blackwood.

— Olivier! — Emilio o chacoalhou forte pelos ombros. — Acorda.

Olivier piscou. Deu uma olhada pelo terraço e percebeu que estavam sozinhos.

— Cadê os outros?

— Eles já desceram! Tentei chamar sua atenção, mas você estava… — Emilio gesticulou vagamente em sua direção. — Viajando.

— Entendi. — Olivier pigarreou e puxou seu colarinho. — Vamos embora, então.

Ele atravessou com rapidez o terraço, abrindo a porta de um modo que Emilio chamaria de *desnecessariamente dramático.* Ouviu os outros no pé da escada. Uma cacofonia de sussurros e passos nervosos. E, quando Olivier e Emilio desceram da escada em espiral, ele encontrou o restante do grupo espalhado pelo saguão de entrada. Wren estava parada como uma pedra, os braços ao redor de si mesma. Irene e Masika pareciam, de modo pouco surpreendente, entediadas pelas companhias.

August, cuja voz dominava o ambiente, estava recostado na porta dupla com uma calma sinistra.

— Vamos voltar para nossos quartos sem dizer nada — instruiu ele. — Fiquem quietos.

— Fiquem quietos? — repetiu Wren. — Você perdeu o juízo? Acabamos de ver uma aluna conjurar magia das sombras!

— Sem mencionar que não temos ideia de quem era aquela pessoa que a levou embora dos portões — acrescentou Masika. — Pelo que sabemos, pode ter sido um Damiano. O diretor Silas precisa saber disso… *agora.*

Era o caminho óbvio a tomar. Eles não tinham como lidar com a situação. Mas alguma coisa na sugestão de Masika claramente desagradou August, que se virou para ela com um olhar ameaçador.

— Não acho uma boa ideia.

— Por que não? — Wren suspirou, irritada. — Se tem alguém que vai saber o que fazer agora… é ele.

— Porque Augustine tem uma rixa contra nosso grande e nobre diretor — zombou Irene. — Não é?

— Não tenho uma… — August balançou a cabeça. — Olha. Só acho que não devíamos envolver o Silas, sendo que nem sabemos direito com o que estamos lidando.

— Com *quem* estamos lidando — corrigiu Masika. — Vocês não entendem? Não temos a menor ideia de quem acabou de entrar em Blackwood. Aquela menina pode fazer parte da Ordem dos Damianos!

— Ah, deixa de ser ridícula — murmurou Irene. — Ela *acabou* de morrer. Todos nós vimos ela cair em Blackwood com nossos próprios olhos.

— E também vimos ela conjurar magia das sombras — lembrou Emilio, aproximando-se de modo hesitante.

Irene se voltou para ele.

— Ninguém pediu sua opinião, novato.

— Calma — advertiu Olivier.

Irene o observou, abrindo um sorriso divertido, provocando-o a continuar. Implorando por uma briga. E ele daria o que ela queria. Se ela abrisse a boca para falar com Emilio daquele jeito de novo.

— Só estou dizendo que não podemos ignorar o que acabou de acontecer só porque achamos que é impossível — explicou Emilio, com cuidado. — Nos disseram que os Damianos são os únicos capazes de usar a magia das sombras… mas talvez não sejam. Talvez essa nova aluna tenha, sem querer, desbloqueado alguma coisa enquanto fazia a travessia.

— Bem, isso não ajuda em nada. — Irene suspirou. — Parece que não temos nem ideia do que estamos falando e devíamos envolver alguém que tenha. Tipo, *ah, não sei,* o diretor da escola?

August deu um tapa na porta.

— Já chega!

A intensidade de sua voz reverberou no espaço entre eles, gerando um silêncio inquieto no grupo.

— Vocês não entendem o que aconteceria, se procurássemos Silas? — Ele correu os olhos escuros e abatidos pelo ambiente. — Estaríamos nos dedurando.

Wren arfou.

— Sem nomeação… Estaríamos banidos do Decênio.

Olivier sentiu um arrepio. Como podiam ter esquecido? O Decênio estava logo ali, à espreita. Faltava menos de um dia para a cerimônia de abertura. Se procurassem o diretor Silas… destruiriam qualquer oportunidade que tinham de serem escolhidos.

Irene empalideceu.

— Eu… não pensei nisso.

— O que é exatamente o que estou propondo que a gente faça. — August suspirou. — *Pense.* Antes de fazer alguma coisa extremamente idiota que acabe com as nossas chances de nomeação. Agora, minha sugestão é que a gente volte para nossos quartos e…

Foi nesse exato momento que as portas de Bonestrod se abriram e uma lufada de vento espalhou folhas secas e amareladas por entre os pés deles.

Um triunvirato de rostos familiares os cumprimentou com carrancas idênticas: a inspetora Birdie, o inspetor Wesley e a inspetora Russo.

Birdie, que tinha quase 1,90 metro de altura, cabelo loiro tingido e olhos que pareciam turquesas polidas, estava à frente do trio. Wesley, de cabelo castanho-claro e olhos amarelo-esverdeados, os avaliava com nervosismo. Russo, por outro lado, estava estoica como sempre, sem expressão alguma no rosto e com os olhos escuros assustadoramente vazios.

Por um momento, ninguém falou nada. Os grupos opostos simplesmente se encararam, como se estivessem esperando que o outro tomasse a iniciativa.

Foi Birdie quem quebrou o silêncio com seu forte sotaque texano.

— Olha, mas que confusão dos infernos.

Olivier não parava de balançar a perna, considerando a ideia de se jogar pela janela. Preferia esperar as pernas quebradas se recuperarem do que lidar com a tensão sufocante que permeava o ar.

Depois de os seis explicarem o que tinham visto, Birdie exigira que eles a seguissem até o Memorium. Olivier ficou imediatamente nervoso ao ouvir o nome. Era uma construção lúgubre, sem vida, parecida com uma igreja, feita de granito e com janelas de vitrais. Pesadas portas de madeira estavam entalhadas ao pé de uma torre, e o lado direito do prédio despontava em direção ao céu.

Olivier o evitava a todo custo. O Memorium existia por um só motivo: para que os alunos prestassem homenagens a quem tinham perdido para a Ordem dos Damianos. Seu interior era praticamente vazio, com uma fileira de bancos de igreja adornando o centro do saguão principal. Um grande monumento de pedra inscrito com centenas de nomes ficava lá no final, flanqueado por pilhas e pilhas de cartas manchadas de lágrimas. Recordações deixadas por alunos que tinham fugido de Blackwood na busca pela Ordem dos Damianos.

Era para ser um local onde os alunos pudessem vivenciar o luto.

Mas Olivier o achava muito depressivo.

— Há quanto tempo eles estão lá dentro? — sussurrou Emilio ao seu lado.

Ele estava sentado, com as pernas encolhidas ao peito e o queixo apoiado nos joelhos.

Fazia apenas uns quinze minutos. Mais ou menos. Olivier tinha parado de contar.

Tinham chamado um aluno por vez ao escritório. Wren fora a primeira e, quando finalmente saiu, estava pálida, parecendo prestes a vomitar. August fora o segundo. Então Irene. E agora... Masika. Olivier não fazia ideia do que estava sendo dito a eles lá dentro, mas tinha certeza de que não era um convite para um café.

— Não deve demorar muito mais. — Olivier bocejou, alongando as pernas compridas diante de si. Batucou as coxas com os dedos. — Não sei você, mas estou me divertindo *muito*. Tomamos ar fresco. Tivemos uma conversa amigável. Testemunhamos uma cena aterrorizante de magia das sombras, que muito provavelmente vai nos deixar traumatizados pelo resto de nossa existência eterna. — Ele deu de ombros e fechou os olhos. — Já tive noites piores.

— Sem conversas — disparou uma voz anasalada.

Olivier abriu um dos olhos para espiar.

Everly Hawthorne. Ela estava diante da porta do escritório, os braços cruzados e o rosto fechado. Por mais que Everly parecesse inofensiva — mal tinha um metro e meio de altura, e usava os cabelos acobreados presos em duas marias-chiquinhas —, ela era parte dos Ascendidos. O que significava que Everly recebera o privilégio de passar o resto de sua existência mandando nos outros alunos e se deleitando com suas aprimoradas habilidades mágicas. E, o mais importante, tinha se livrado das consequências imortais do Esquecimento.

Olivier fechou os olhos e repassou suas memórias.

A pequena cabana no topo de uma colina coberta de musgos. O pai cuidando dos estábulos. A mãe costurando na sala. O papel de parede lavanda... não. Não era lavanda. Era azul. Não era?

— Você está bem? — sussurrou Emilio, baixinho.

Olivier abriu os olhos. Olhou para baixo e percebeu que fincara as unhas com tanta força na palma das mãos que fizera marcas de meia lua na pele. Ele rapidamente enfiou as mãos embaixo das pernas.

— Tudo uma maravilha.

Já fazia algumas semanas que percebera suas memórias lhe escapando. No começo, pensou que fosse só coisa da sua cabeça. A paranoia de saber que estava por ali há mais tempo do que a maioria. Mas então uma memória confusa se tornou duas. E duas se tornaram três. E então as memórias começaram não só a ficar confusas, mas a desaparecer por completo. Um vazio escuro criando raízes em seu cérebro, devorando pouco a pouco tudo o que fazia dele *ele*.

Não tinha como escapar do inevitável.

Seu tempo estava acabando.

— Everly, querida. — Olivier pigarreou. — Acha que poderia fazer a gentileza de me trazer um pouco d'água? Estou morrendo de sede.

Ela o encarou, olhos semicerrados.

— Já falei. Nada de conversas.

Aff. Nada pior do que um Ascendido que gostava de demonstrar poder. Olivier inspecionou o elástico dourado que adornava o dedo anelar dela — todo Ascendido ganhava um, uma forma de marcar o status "elevado". Mas havia outra coisa que fazia Everly se destacar como Ascendida, um detalhe peculiar que era difícil passar despercebido.

Os olhos dela brilhavam.

Era como se suas íris estivessem constantemente refletindo luz — os olhos de um predador reluzindo no escuro. No momento, aqueles olhos felinos estavam focados em Olivier, encarando-o com puro desprezo.

— Acha que estamos banidos do Decênio? — sussurrou Emilio.

Olivier deu de ombros.

— Não sei. Talvez. Provavelmente.

Ele fez o melhor que pôde para soar indiferente, mas na verdade... estava arrasado. Não porque pensara ter muitas chances de nomeação, mas porque, no fundo, tinha uma esperança. Se assegurasse a nomeação, poderia interromper sua transição.

Poderia se salvar.

Emilio choramingou e encostou a testa nos joelhos.

— Nunca mais dou ouvidos a você.

— Ah, fica quieto. — Olivier o cutucou, de brincadeira. — Você estava tão curioso quanto eu.

Emilio resmungou, sua voz abafada pela calça.

— Você é uma péssima influência.

Olivier deu um sorrisinho.

— Obrigado.

A porta se abriu e eles levantaram a cabeça ao mesmo tempo. Masika saiu, os braços ao redor de si mesma e os olhos no chão. Olivier estava pensando em chamá-la quando o inspetor Wesley colocou a cabeça para fora e gesticulou para ele.

— Sr. Dupont... é a sua vez. — Wesley então olhou para Emilio, ajeitou os óculos no nariz e deu um sorriso pesaroso para o rapaz. — Sr. Córdova. Devo dizer... Estou bem surpreso de vê-lo entre esse grupo de arruaceiros.

Emilio estremeceu.

— Acredite. Eu também estou.

Olivier se pôs de pé e uniu as mãos. Ao lado dele, Emilio murchou.

— Não se preocupe, meu amor — sussurrou Olivier, com um sorriso apologético. — Não vai ser nada. Eu prometo.

Emilio ergueu os olhos para ele.

— Você me deve uma.

O coração de Olivier se apertou.

— Eu sei.

Ele voltou a atenção para Wesley, endireitou os ombros e entrou com firmeza na sala.

Lá dentro, encontrou um escritório pequeno e modesto. Os cantos estavam cheios de poeira acumulada e havia um lustre de ferro pendurado de modo precário em uma das tábuas do teto. Havia uma grande janela na parede à esquerda, com uma quantidade impressionante de livros espalhados abaixo dela. A inspetora Birdie estava parada, de braços cruzados, ao lado da inspetora Russo. Era uma dupla cômica. Completos opostos. O Sol e a Lua. E tinha o Wesley, que Olivier descobrira que não podia ser comparado com qualquer corpo celeste.

Mas podia ser comparado a um furão nervoso.

— Vai... vai em frente. Pode se sentar — murmurou Wesley atrás dele, colocando a mão no ombro de Olivier, que seguiu as ordens com relutância, se aproximando da antiga mesa de mogno do outro lado do cômodo.

Ele não notou a figura à espreita no escuro até estar sentado.

— Sr. Dupont. Estou muito intrigado com o que seus amigos tão generosamente compartilharam comigo essa noite.

Olivier quase pulou da cadeira. Não era que nunca tivesse encontrado o infame diretor da escola, mas, dada a situação, sua presença era um choque indesejado.

— Diretor Silas. — Olivier pigarreou e se ajeitou na cadeira. — Nós tivemos uma noite e tanto. Mas acho que eu devia explicar que nós seis não somos exatamente amigos.

Silas emergiu das sombras. O duro *baque* de sua bengala reverberou pelas paredes enquanto ele se aproximava de Olivier, com um sorriso calculado nos lábios. Estava vestindo o usual casaco de lã azul-marinho, com o cabelo grisalho penteado para trás. Olivier sempre se perguntara a idade do diretor. Ele parecia estar beirando os quarenta anos, mas alguns alunos acreditavam que ele jamais estivera vivo. Que era Deus em pessoa. Outros acreditavam que fosse outra coisa, um ser eterno além da compreensão.

Na humilde opinião de Olivier, tudo aquilo era balela. E Silas, por mais intimidador que fosse, era apenas um homem.

— Ah, entendi. — Silas parou em frente à mesa. — Então que palavra você *usaria*?

Olivier deu um risinho cauteloso.

— Ah, talvez... *lamentavelmente conhecidos*?

O diretor deu um meio sorriso.

— Seja como for, vocês seis se meteram em um belo problema. Acredito que uma gama de infrações foi cometida esta noite. Ignorar o toque de recolher, desativar escudos de proteção, invadir prédios exclusivos para docentes... — Ele deu tapinhas com a mão enluvada na empunhadura dourada de sua bengala. — Não estou muito contente. Na verdade, estou *muito* decepcionado.

Olivier engoliu o nó em sua garganta.

— É compreensível.

Silas estreitou os olhos, que em geral eram castanhos, mas, submersos na escuridão do escritório, pareciam quase inteiramente pretos. Olivier fez de tudo para não se retrair sob aquele olhar.

— Claro, também tem a questão de Louise Nordain.

Olivier se retesou. Não esperava por aquilo.

— Então... você sabe?

Silas deu uma risadinha.

— É claro. Esta escola é *minha*. Eu me orgulho de saber quem entra e sai daqui. Na verdade, fui eu quem encontrei a garota e a carreguei para dentro.

— Foi você — sussurrou Olivier, se ajeitando na cadeira. — Então viu o que aconteceu. Ela conjurou magia das sombras, não foi?

— Vou lhe falar uma coisa, Sr. Dupont. — Silas avaliou Olivier por um segundo, seus lábios formando um sorriso plácido e desconcertante.

— O que vocês viram hoje à noite foi… bem preocupante. Parece que nossos inimigos estão ficando mais ousados em suas táticas para atrair os alunos de Blackwood.

— A Ordem dos Damianos — sussurrou Olivier.

Silas assentiu.

— Parece que as estratégias de *recrutamento* deles não estão mais dando certo. Bem poucos alunos deixaram Blackwood na última década, e é evidente que não somos os únicos que notamos esse fato.

Olivier se aproximou um pouco mais.

— O que o senhor está querendo dizer?

Silas suspirou, recostando-se na mesa.

— A magia das sombras que vocês viram hoje não estava vindo *de* Louise… mas sendo usada *contra* ela. Acreditamos que eles estavam tentando desvincular a alma dela de Blackwood, para poderem sequestrá-la.

— E isso é possível? — perguntou Olivier, espantado.

Silas assentiu em resposta.

— Parece que sim, mas, por sorte, não tiveram sucesso dessa vez. Mas… tenho certeza de que vão tentar de novo. A Ordem dos Damianos é capaz de qualquer coisa em sua busca pelo caos. Vão semear corrupção nas almas de Blackwood até que nosso precioso equilíbrio seja desfeito.

Olivier sentiu um frio subindo por seus braços e pernas. Caos no pós-vida. Era um pensamento aterrorizante.

— E agora?

Silas hesitou, diminuindo a tensão em suas sobrancelhas escuras, e abriu um sorriso sério para Olivier.

— Agora… eu só peço a sua colaboração.

Olivier hesitou.

— Minha… colaboração?

— Se vocês seis não compartilharem com os outros alunos o que viram esta noite, vou perdoar todas as suas infrações. Não terão que cumprir pena no reformatório, nem serão banidos do Decênio.

Em qualquer outra situação, uma lista de infrações tão flagrantes quanto as que tinham cometido os teria mandado direto para o reformatório, para esfregar o chão e organizar arquivos até que seus olhos murchassem. Mas agora Silas só queria a colaboração deles?

Parecia muito… simples. Muito direto ao ponto.

Mas quem era Olivier para recusar um milagre?

— É claro — respondeu, com um aceno de cabeça. — Não vou falar nada.

— Que bom. Muito bom. — Silas uniu as mãos em sinal de aprovação. Assim que Olivier se levantou da cadeira, tomado de alívio, escutou Silas pigarrear. — Mais uma coisa, Sr. Dupont.

Olivier o encarou.

— Sim?

— Apesar de confiar que o senhor seja um homem de palavra... devo lembrá-lo de que quebrar sua promessa teria repercussões sérias... das quais o senhor não gostaria nem um pouco. — Silas se aproximou, o cheiro terroso de magia antiga tomando o ar. Uma brisa estranha farfalhou as cortinas e causou arrepios nos braços de Olivier. — Fui claro?

Um silêncio pesado encheu o escritório. Os olhos de Olivier procuraram pelos inspetores. Todos pareciam igualmente estoicos, observando-o com uma quietude enervante. Ele sabia que não tinha como escapar. Que, se tentasse falar qualquer coisa sobre a magia das sombras, se tentasse alertar os outros alunos, estaria sendo monitorado. Sempre observado.

Olivier engoliu sua hesitação.

— Muito claro.

Silas assentiu mais uma vez, indicando a porta com um gesto autoritário.

— Que bom. Agora mande o último entrar.

# 6

# MASIKA

Masika Sallow saiu às pressas do prédio e inspirou fundo, meio engasgada. Apoiou-se nos próprios joelhos e fechou os olhos, obrigando a bile a parar de lhe subir pela garganta. Não deveria estar reagindo assim, não depois de como se empenhara, não depois de todos os anos tentando erradicar as memórias de sua consciência.

Ainda assim, estava acontecendo.

Bastara uma visita besta ao Memorium para que tudo voltasse à tona. Era enfurecedor. Queria esganar Catherine com as próprias mãos por fazê-la se sentir tão fraca. Tão pateticamente *humana*. Ninguém em sua antiga vida tinha conseguido cravar as garras em seu coração como Catherine fizera. Claro, ela teve uns romances de verão e alguns casinhos, mas nada concreto. Nada duradouro.

Bem, Catherine também não tinha durado.

— Ah, *por favor*, não vomita. — Irene estava recostada em um carvalho, o salto da bota apoiado contra o tronco. — Tô falando sério. Se você vomitar… eu também vou. Eu sou do tipo que vomita em apoio.

— Estou bem. — Masika respirou fundo e fechou os olhos. — Mas a pessoa que decidiu que gente morta ainda ia poder sentir náusea deveria ser torturada.

— Imagino que a sua conversa com Silas foi tão agradável quanto a minha.

Masika apertou a ponte do nariz.

— Aham. Foi *maravilhosa*.

Era bem verdade que a conversa com Silas não tinha ajudado a acalmar o tornado que consumia seu coração, mas não era o motivo principal daquela… reação. Ela não sabia bem como chamar. Um ataque de pânico, talvez. Mas se recusava a falar essas palavras em voz alta. Se recusava a reconhecer sua existência.

Seu pai tinha passado a vida toda sofrendo ataques de pânico, resultado de trauma mal resolvido e má sorte. E, apesar de ter vivido a maior parte da infância livre dos pensamentos paralisantes que pareciam assolar sua família, sempre soubera que era questão de tempo até sua sorte acabar.

Mesmo quando estava viva, Masika passava o tempo todo aguardando pelo colapso inevitável. Esperando o momento em que sentiria a chavinha dentro dela *virar.* Ficava sentada na escada da saída de emergência do prédio de tijolos vermelhos no coração de Toronto, observando o trânsito lá embaixo, os sons de sirene à distância e o murmurar das vozes se misturando ao vento. Fechava os olhos e procurava pela ansiedade dentro dela, a escuridão adormecida, e rezava para que ela nunca despertasse.

Mas o que ela não sabia, algo que nem imaginava, era que tinha coisa pior esperando por ela. Uma coisa muito mais sinistra. E, antes mesmo de reconhecer as mãos da morte envolvendo seu coração, tinha encarado aquele destino desgraçado.

— Você precisa de alguma coisa? — Irene diminuiu a distância entre elas. — A gente pode dar uma passada no quarto do Ezra. Tenho certeza de que ele tem alguma coisa que vai te acalmar… talvez um pouco de vinho encantado ajude...

Masika negou com a cabeça.

— Não. Eu estou bem.

Irene suspirou.

— Você quem sabe.

Ela deu um tapinha firme nas costas de Masika antes de se virar para o caminho de cascalho e partir em direção ao terreno principal. Apesar da persistente agitação em seu peito, como se estivesse cheio de abelhas, Masika se endireitou e a seguiu.

Os primeiros vislumbres da manhã tinham começado a se espalhar por Blackwood — a densa névoa noturna se dissipava, revelando um céu cor de ameixa com leves nuvens azuladas. Sem sol, só um brilho prateado que emanava do céu e iluminava o mundo em um véu translúcido.

Quanto mais Masika e Irene caminhavam, mais o mundo ao seu redor despertava. Até as árvores pareciam acordar de um sono profundo, resmungando e chacoalhando as folhas avermelhadas. Assim que o sinal matutino tocou no Salão Elísio, um grupo de alunos entusiasmados surgiu de Holsterd, a Casa que ficava ao lado da Biblioteca. Era um mar de casacos xadrez e tons neutros, uma paleta suave de camisas sociais e rendas.

Cada um deles recebia um uniforme exclusivo ao entrar em Blackwood. O de Irene era um vestido de seda preto com fendas dos dois lados e botas pretas de salto alto. O de Masika era uma camisa de gola alta cor de vinho e uma saia preta apertada no quadril e mais solta na bainha.

Os uniformes encaixavam. Não só fisicamente. Combinavam com *eles* — com sua essência.

— Então... o que acha? — Irene passou o braço pelo de Masika.

— Do quê?

— Da menina. Louise. Das sombras.

Masika fez sinal para ela ficar quieta e a puxou para mais perto.

— Tá tentando criar problema pra gente? Acabamos de prometer ao Silas que não íamos falar nada. Se alguém te escutar...

— Ninguém vai escutar. — Irene riu, revirando os olhos. — Dá uma olhada. Todo mundo tá muito ocupado se preparando para o Decênio.

Masika olhou o entorno, nervosa. Irene tinha razão. Havia uma eletricidade palpável no ar, uma corrente de ansiedade. Os alunos estavam reunidos em pequenos grupos, cochichando baixinho, os olhos arregalados e iluminados de esperança. Esses eram os sonhadores. Com bochechas rosadas e olhos sedentos. Os que realmente acreditavam que tinham uma chance de nomeação.

Era fácil identificar os realistas. Os alunos roendo suas canetas-tinteiro de ansiedade enquanto rabiscavam freneticamente seus diários esfarrapados. Aqueles empoleirados nos bancos, de cara fechada e com apostilas nas mãos. Não tinham esperança, pois haviam sucumbido ao destino. Afogavam-se nos estudos porque preferiam se perder nas tintas borradas e nas teias de aranha do que encarar a realidade.

Masika estava confortável em um meio-termo. No fundo, tinha esperança. Ninguém *queria* viver o Esquecimento. Ninguém queria passar a eternidade perambulando pelo Éter, ceifando almas perdidas em um ciclo infinito. Mas ela também entendia que conseguir a nomeação no Decênio não era fácil. Era um tiro no escuro. Por mais que só desejasse ter o direito de escolha, a oportunidade de decidir seu próprio destino, não ia se permitir ficar arrasada pela decepção.

— Tudo bem. — Masika suspirou, colocando um cacho atrás da orelha. — Podemos conversar sobre o assunto. Mas vamos pelo menos esperar até chegar à Ivory?

Irene resmungou.

— Você é muito paranoica.

— Não sou…

— Masika! Espera! — Uma voz alegre ecoou atrás delas e a dupla congelou por instinto.

Masika olhou por sobre o ombro e avistou um par de grandes olhos castanho-esverdeados envoltos por óculos pretos e quadrados.

Liza Mendez. Um pouco mais nova do que a maioria dos alunos de Blackwood; tinha dezesseis quando fez a travessia. A maioria dos estudantes escolhidos tinham entre dezessete e dezoito, o que Masika descobrira que era essencial para as almas se adaptarem a Blackwood. Almas adultas completamente formadas não tinham a característica efêmera necessária para atravessar o Éter. Almas jovens, no entanto, nutriam o perfeito equilíbrio entre a morte e a teimosia que as fazia se apegar à humanidade.

— Oi, Liza.

Irene beliscou o braço de Masika, que sabia o que o sinal significava. Me tira daqui.

— Queria saber se você tem um segundinho para conversar. — Liza olhou para as duas, seu olhar passando rapidinho por Irene. Elas não se davam muito bem. — Você já deve ter ficado sabendo que nós, as meninas da Holsterd, adoraríamos que você entrasse para nosso Clube de Estratégias Defensivas. Temos uma vaga, agora que… — A voz dela falhou. — Bem. Você sabe.

Claro que sabia. Todo mundo sabia.

Quinn Woodrow desaparecera no mês anterior. Bom, *desaparecer* não era bem a palavra. Ela deixara um bilhetinho no espelho da sua penteadeira. Uma explicação. Divagações sobre querer mais... sobre querer uma saída. E todo mundo sabia o que isso significava.

A Ordem dos Damianos.

A declaração do diretor Silas de que os números de recrutamento estavam baixíssimos não significava que alguns alunos não caíssem na armadilha das palavras venenosas da Ordem dos Damianos.

No fim, Quinn fora uma delas.

— É muita gentileza de vocês. — Masika sorriu. Quase *sentia* o olhar penetrante de Irene em seu rosto. — Mas acho que minha agenda não permite. Estou bem ocupada.

— *Bem* ocupada — enfatizou Irene.

— Bom… de qualquer forma… a gente ia amar uma visita sua, qualquer hora. — Liza sorriu e ajeitou os óculos no rosto. — Mas quem sabe…? Talvez uma de nós seja nomeada! Dá pra imaginar? Poder ficar nos Alojamentos dos Ascendidos? — Ela soltou um suspiro sonhador. — Fiquei sabendo que é encantado para ser ainda maior por dentro. Que tem *centenas* de andares.

— Bem, duvido que algum dia você vá descobrir pessoalmente — murmurou Irene, dando uma risadinha.

Masika deu uma cotovelada nela.

— Irene só quis dizer que… espero que alguma de nós descubra.

Liza sorriu, mas Masika viu a mágoa em seus olhos.

— Também espero.

Masika queria manter uma boa relação com Liza. Havia benefícios em fazer amizade com alunos de outras Casas. Às vezes, era útil.

Tinha Pettyworth, conhecida por abrigar alguns dos alunos de melhor desempenho acadêmico, mas reclusos ao extremo. Litterman, com os alunos mais arruaceiros e festeiros (com a rara exceção do Emilio), que tendiam a ser excelentes em magia ilusória. Um porão conectava Chambers e Fiddle, que abrigavam alunos com afinidade por magia elementar e uma inclinação para criar bebidas encantadas e outros elixires. Havia Ivory, claro, o dormitório em que Masika e Irene moravam, conhecida por seus alunos letais, que gostavam tanto de magia corpórea quanto de decoração chamativa. E, por fim, Holsterd, o dormitório de Liza, que era o lar de alguns dos melhores alunos em magia defensiva de toda a escola.

Masika ainda se lembrava de quando fora colocada na Casa Ivory. Era sua primeira noite em Blackwood e tinha sido levada ao escritório do diretor Silas para o ritual de iniciação. Pensara que seria algum teste sinistro — sua cabeça conjurara imagens de práticas de ocultismo esquisitas e sacrifícios ritualísticos assustadores. Mas, ao chegar no escritório, recebera uma única vela e instruções simples: *Segure a vela com uma das mãos e assopre o pavio.* Ao segurar a vela e assoprar de leve, uma chama roxa forte surgiu no pavio, quase chamuscando suas sobrancelhas.

E foi isso.

Estava oficialmente na Casa Ivory.

— Ah! O Nick está me chamando. — A voz de Liza trouxe Masika de volta ao presente. — Estou ajudando ele com o Comitê de Baile do Decênio. — Ela deixou escapar um sonzinho de entusiasmo. — Vocês já convidaram alguém?

Masika olhou por cima do ombro de Liza e viu Nick Aronson perto do Salão Sonder, o cabelo platinado esvoaçando ao vento. Usava a camisa branca de sempre e uma jaqueta jeans escura, com uma bolsa estilo carteiro pendurada no ombro. Ele ergueu a mão e acenou cordialmente para elas.

— Ah... não. — Masika soltou uma risadinha constrangida. — Nem sei se eu vou...

— Ah, *nós vamos*. — Irene passou o braço pelo ombro de Masika. — Meus planos são beber vinho até apagar e depois mergulhar pelada na fonte do Pátio Principal.

Liza conseguiu mascarar depressa seu desdém com um sorriso nervoso.

— Certo... bem... Vejo vocês duas na cerimônia de abertura! — Liza deu um passo para longe delas. — E boa sorte na prova de Calligan de hoje!

Masika observou Liza ziguezaguear pelo mar de corpos, o rabo de cabelo ruivo balançando. Assim que a multidão de alunos agitados a engoliu, Irene soltou um ronco longo e dramático.

— *Finalmente!* Aff, já conheci legumes mais interessantes do que ela.

— Você podia dar uma chance. Não é ruim ter Liza como amiga.

Irene deu de ombros.

— Quem precisa de amigos?

Discutir não ia levar a nada. Irene era uma fortaleza impenetrável de solidão e isolamento. Mantinha um círculo pequeno. Praticamente inexistente. Na verdade, talvez Masika fosse sua única amiga de verdade. Se é que podia chamar assim. Para ser honesta, a única coisa que a impedia de acreditar que Irene era totalmente desprovida de sentimentos era o fato de ter testemunhado algumas rachaduras em sua máscara de ferro. Pequenos vislumbres de humanidade abaixo da superfície.

Os momentos de dúvida. De medo. Como a vez que Irene entrara cambaleando no quarto de Masika, no meio da noite, encharcada de suor, choramingando a respeito de sua mãe estar indo buscá-la. Masika teve que ficar horas convencendo-a do contrário, afastando o cabelo suado de seu rosto, até que Irene pegou no sono. Devia ter sido um caso de sonambulismo, mas até sonhando ela soubera aonde ir.

Soubera encontrar sua amiga.

Ao se aproximarem da larga escadaria de pedra que levava à Casa Ivory, Masika percebeu alguma coisa espreitando à distância. A inspetora Violet as observava da varanda, as mãos enluvadas unidas no corrimão de ferro e os lábios apertados em reprovação.

— As histórias correm rápido por aqui — sussurrou Irene, voltando o olhar para o chão.

— Você acha que ela sabe?

— Olha só para ela. Está nos fulminando. Parece que chupou limão.

Masika olhou para a mulher e se retraiu. Os olhos de Violet eram duas lâminas enferrujadas cravadas em seu rosto. Ela *com certeza* sabia. Ao subirem os degraus, Masika prendeu a respiração, se preparando em silêncio para a punição inevitável.

— Bom dia. — Violet as cumprimentou com um aceno de cabeça sutil, mas sabido. — Acho que vocês duas deveriam subir e se preparar para o dia.

— Nos preparar? — repetiu Irene. — Só... isso? Não tem mais nada a nos dizer?

— Não sei do que você está falando. — Violet tirou uma mecha de cabelo preto do rosto e apertou mais o casaco de tweed contra o peito. — De qualquer jeito, estou de partida. Tentem não causar muitos problemas hoje, meninas.

Ela abriu um meio sorriso de lábios fechados ao descer os degraus em direção ao Pátio Principal.

Irene bufou.

— Mas o que foi isso? Não levamos nem uma bronca leve.

— Não sei — admitiu Masika.

Era um *pouco* estranho. A inspetora Violet, responsável por vigiar os alunos da Ivory e dar todas as aulas de magia espacial, era notoriamente rígida. O que significava que sua indiferença diante da desobediência delas era no mínimo estranha.

— Talvez ela já saiba que falamos com o Silas — disse Masika.

— Ótimo. Não ficaria surpresa se a escola inteira soubesse de tudo até o fim do dia.

Irene fez um gesto com o pulso e as portas duplas se abriram.

Tecidos cintilantes e aveludados em ricos tons de pedras preciosas adornavam o saguão principal da Casa Ivory — chaises longues deslumbrantes e longos tapetes com desenhos que imitavam penas de pavão. Um enorme lustre brilhante pendia do teto preto com pé-direito alto e inclinado, iluminando o espaço junto de uma fileira de velas derretidas dispostas sobre mesas de madeira escura, cada uma delas emanando uma chama roxa. Assim como em todos os outros edifícios de Blackwood, uma vegetação invasiva tomava as paredes, se espalhando pelo chão feito cobras. No fundo do cômodo havia uma janela do teto ao chão que oferecia uma vista do Pátio Principal — o maior quarteirão de Blackwood, que abrigava esculturas de pedra impressionantes e carvalhos tortos.

Masika passara incontáveis horas olhando por aquela janela.

Esperando.

— Você está bem? — Irene balançou uma mão diante do rosto dela.

— Estou bem.

As palavras saíram com facilidade. Masika dominara a arte de parecer bem. E não só ali, em Blackwood. Mesmo em sua antiga vida, as palavras saíam com facilidade. Um jeito de disfarçar seu lado mais sombrio.

— Estou bem. Só cansada. Tá tudo bem.

— Certo, bem... Vou ali em cima pegar minhas coisas. — Irene caminhou em direção à escada em espiral. — Te encontro aqui embaixo depois.

Masika assentiu, mas já estava caminhando em direção à janela, com a cabeça em outro lugar. Isso acontecia muito com ela. Como uma névoa densa tomando conta da sua cabeça. Às vezes, achava que era culpa do pai, que a genética dele finalmente fizera efeito. E às vezes achava que era outra coisa, maior que o pai, maior que Catherine.

Ela apoiou a mão contra o vidro frio.

Lá fora, um casal estava debaixo de um carvalho, em uma manta xadrez, com papéis espalhados diante deles. Destacavam-se na monotonia, uma fagulha de luz entre os mortos.

Houve um tempo em que Masika pensou ter encontrado essa *centelha*. A coisa que a motivaria a se agarrar à humanidade. Mas tinha ficado tão cega por seu entusiasmo que não percebera a semente florescendo no coração de Catherine.

A escuridão.

E, embora Masika tivesse alimentado esperanças de ser o bastante para iluminar aquela escuridão, para reprimir o apetite voraz de Catherine, sempre soubera, lá no fundo, que nada bastaria.

Sempre estivera destinada a amá-la e a perdê-la.

# 7

# WREN

A carta entrou por debaixo da porta sem fazer barulho. Wren tinha passado as primeiras horas da manhã se repreendendo em silêncio por ter dado ouvidos a August, andando de um lado para o outro, brincando sem parar com a ponta da trança. Estava tão distraída dando bronca em si mesma que só percebeu a carta segundos antes de sair do quarto.

Estava selada com cera vermelha marcada com o emblema da Academia Blackwood, a carcaça de um carvalho rodeada por fragmentos de ossos.

Ela a recolheu do chão e rompeu o selo. A carta era curta e concisa, as palavras escritas em tinta vermelho-sangue.

*Srta. Loughty.*

*Sua presença é requisitada em meu escritório. Já conversei com a inspetora Birdie e a informei, portanto, não se preocupe em se atrasar para a primeira aula.*

*Atenciosamente,*
*Diretor Silas.*

Ela leu as palavras várias e várias vezes, como se uma mensagem secreta pudesse atacá-la de repente, contornando cada letra com a ponta do dedo. Não fazia sentido nenhum. *Acabara* de falar com Silas.

Uma enxurrada de perguntas tomou conta da sua cabeça.

Por que ele precisaria falar com ela de novo?

Será que os outros tinham recebido a mesma carta?

Ele tinha mudado de ideia e não ia mais perdoar suas infrações?

O pânico tomou conta dela ao guardar a carta na gaveta da mesinha. Não sabia o que fazer com aqueles sentimentos. Diferente de outros alunos, Wren tinha uma boa reputação. Tinha notas exemplares, *claro*, mas era mais do que isso. Wren deixara mais do que óbvio que não estava interessada em apenas existir, que aceitara plenamente seu papel como aluna e o fundira à sua alma.

Não podia recuperar sua antiga vida, mas podia fazer o melhor para ser excelente na existência que tinha agora.

Era por isso que se afogava em lições de casa e apostilas. Por isso que exauria toda a sua energia estudando para as provas. Era a única coisa que *podia* controlar. A única coisa que não tinha sido alterada pelas mãos da morte.

Mas agora um erro idiota, uma decisão besta… e sua reputação estava arruinada.

Vestiu o sobretudo e caminhou em direção à porta. No entanto, ao abri-la, deu de cara com um enorme obstáculo. Um enorme e *irritante* obstáculo, com olhos cinza e uma enfurecedora expressão satisfeita.

— Sai.

August apoiou a mão no batente.

— Bom, não foram as boas-vindas animadas que eu esperava.

— Eu literalmente não tenho tempo para isso.

Wren passou por baixo do braço dele e partiu apressada pelo corredor. Escutou os passos familiares de August atrás dela. *Que ótimo.* Era a última coisa de que precisava.

— Tá correndo pra onde? — gritou August atrás dela. — Sua aula de instrução defensiva só começa daqui a vinte minutos.

— Uau. — Wren balançou a cabeça e riu. — Você é *tão* obcecado assim por mim?

— Não fique se achando, querida. — August correu para a alcançar, abrindo um sorriso arrogante. — Eu apenas tenho ótimas habilidades de observação.

— E, de alguma forma, nenhuma noção.

Ele parou de repente, apoiando as mãos dos dois lados do corredor, bloqueando a passagem dela mais uma vez.

— Ah, qual é. Me conta. — Os olhos dele a encaravam com uma precisão irritante. — Aonde está indo?

— Por que você quer saber?

Ele deu de ombros.

— Não sei. Talvez você tenha razão. Talvez eu seja *mesmo* obcecado por você.

— Parabéns. Aceitação é o primeiro passo.

— Sabe... você fica muito bonitinha chateada. — Os olhos de August analisaram o rosto dela. — Aparece essa ruga entre as suas sobrancelhas. Bem *aqui*. — Ele encostou o dedo na testa dela, que o afastou com um tapa.

— É, bom... é muito fácil ficar chateada perto de você. — Wren tentou ignorar o calor ardente pulsando em sua pele. Bem onde ele a tinha tocado. — Deve ser uma de suas maiores habilidades.

Ele sorriu.

— Estou lisonjeado.

— Tá bom, chega. Tenho um compromisso...

Wren tentou passar, mas August não permitiu, dando um passo para o lado para que seu rosto ficasse a centímetros do dela. Naquele mesmo momento, o brilho bem-humorado em seus olhos se transformou em algo mais frio, quase perigoso.

Suas próximas palavras foram vagarosas e deliberadas.

— Me fala... aonde está indo.

Wren bufou.

— Isso é uma ordem?

August deu de ombros.

— Talvez.

O silêncio recaiu sobre eles. Wren o encarou com uma quietude inabalável, sem ousar piscar ou desviar o olhar. Não tinha medo dele. Nunca tivera. Mas era, de certa forma, desconcertante estar assim tão perto dele... era estranho. Porque, admitindo ou não, Wren sabia que seu corpo não estava lhe pedindo para se esconder ou fugir, e sim para fechar o espaço entre eles.

E isso a aterrorizava mais do que qualquer coisa.

— August. — Falou o nome dele devagar. — Sinto muito, mas esse papel de bad boy não funciona comigo. — Ela se aproximou mais, fingindo tirar uma linha do colarinho dele. — Então... por que não sai da frente e vai encontrar outra pessoa para perturbar?

Por um momento, ele não disse nada, seu olhar ficando mais sombrio a cada segundo. Bem quando Wren achou que ia implodir com a tensão que permeava o ar, a postura de August mudou e o rosto dele voltou ao sorriso arrogante de sempre.

— Você *realmente* acabou de me chamar de bad boy?

— Ah, pelo amor de Deus. Deixa pra lá. Você não tem jeito.

Ela usou essa distração momentânea para passar por debaixo do braço dele e continuar andando. Para sua profunda decepção, August não entendeu o recado. Ele a seguiu enquanto ela abria as portas de Pettyworth e saía.

O céu em tom de ametista se estendia acima dela enquanto seguia pelo caminho estreito de cascalho que percorria o Pátio Leste rumo ao terreno central. Havia um friozinho no ar, o bastante para fazer arder a ponta do nariz e causar calafrios no pescoço.

— Olha. Só estou tentando garantir que estamos juntos nessa. — August a alcançou, andando no ritmo dela, as mãos bem fundo nos bolsos. — Principalmente depois da nossa conversinha com o Silas.

— E por que precisamos estar juntos nessa?

— Ah, não se faça de idiota, Loughty. — Ele baixou a voz e se aproximou. — Não estão nos contando tudo. Sei que você também percebeu. Tem alguma coisa errada.

Claro que tinha percebido. Toda a situação a deixara atordoada. A alarmante demonstração de magia das sombras realizada pela novata era aterrorizante por si só, mas então escutar que os Damianos estavam tentando sequestrar alunos? Que precisavam manter isso em segredo de todo mundo? Tudo parecia muito… calculado. Como se os inspetores estivessem esperando por tudo aquilo... já tivessem a explicação perfeita preparada. Mas o que ela devia fazer? Questionar as regras de Blackwood era praticamente uma blasfêmia. E a última coisa que Wren queria era dar a Silas outro motivo para tirar dela a nomeação do Decênio.

— Você pode até ter razão. — Wren suspirou, parando de andar. — Talvez *estejam* escondendo algo de nós. Mas a gente não pode fazer nada. Não era nem pra gente estar naquele terraço, pra começo de conversa. Só podemos confiar que Silas e o Conselho saibam o que estão fazendo. Se Louise for uma ameaça, vão dar um jeito nela.

— Certo. — August balançou a cabeça. — Só me relembra quem *exatamente* faz parte desse misterioso Conselho em que você confia tanto.

Wren abriu e fechou a boca.

— Eu... — Respirou fundo. — Eu não sei.

Na verdade, Wren nunca pensara muito nisso. O Conselho era formado por um grupo de Ascendidos e inspetores, todos selecionados com um único propósito: proteger Blackwood. Estavam encarregados de todos os escudos defensivos e estratégias contra a Ordem dos Damianos, mas os membros eram anônimos. Era como uma sociedade secreta entre a elite acadêmica… e Wren sonhava em participar dela um dia.

August se aproximou. Demais. Aquele cheiro familiar preencheu seu nariz — menta e outra coisa… algo quente, que lembrava nuvens de tempestade e trovão.

— Está mesmo disposta a acreditar em um grupo de pessoas que se recusa a mostrar a cara?

— Não sei. — Wren deu um passo vagaroso e deliberado para longe dele. — Mas sei que não estou disposta a confiar em você.

August se retraiu. Não tinha sido um truque de luz ou uma alucinação momentânea. Ele parecia… magoado. Mas, com a mesma rapidez com que a mágoa aparecera em seu rosto, ela desapareceu, dando lugar à máscara fria e apática que sempre usava.

— Que bom. — E lá estava o muro de novo entre eles. Sólido e resoluto. — Melhor manter as coisas assim.

Então ele se foi, se afastando pelo terreno, até se tornar só um pontinho ao longe.

— Srta. Loughty. — O diretor Silas olhou para Wren por trás dos óculos. — Por favor. Entre.

Aconchegantes tons terrosos e o brilho laranja do fogo da lareira se espalhavam pelo escritório de Silas como tinta esparramada, os cantos do ambiente envoltos em sombras. Seis pinturas adornavam a parede mais próxima da entrada, retratos dos inspetores: Birdie, Russo, Wesley, Violet, Marigold e Calligan. Cada um deles exalava o poder da magia antiga, com um senso de sabedoria no olhar. Os alunos nunca souberam como os inspetores foram selecionados, nem como Silas se tornara o diretor. Wren sempre presumira que eles apenas estavam ali desde o começo dos tempos. Assim que chegou em Blackwood, Wren pensou em perguntar a Marigold, mas August a fez mudar de ideia imediatamente.

Não se questiona os altos poderes que governam Blackwood, dissera ele. E acredite... às vezes, é melhor não saber.

Wren se aproximou da grande mesa de mogno no centro da sala. Silas tirou os óculos e os colocou em cima da mesa.

— Cômico, não é?

Wren se sentou, colocando as mãos trêmulas embaixo das pernas.

— O quê?

Ele apontou para os óculos com um sorriso tímido.

— Precisar de óculos no pós-vida. Parece um pouco... desnecessário.

Wren deu uma risadinha.

— O paradoxo da nossa existência.

Silas assentiu e deu um suspiro profundo.

— A nossa existência é *cheia* de paradoxos. Eu dou meu melhor para explicar o máximo que posso para os alunos, mas... temo que alguns estejam além de nossa compreensão. — Ele levou uma xícara de chá fumegante aos lábios. — Até mesmo para mim.

Wren se remexeu no assento.

— Diretor... Preciso admitir... que estou um pouco surpresa por encontrá-lo de novo tão cedo.

Ele riu e deu um pequeno gole.

— Ah, sim. Bem... Queria que nosso primeiro encontro tivesse ocorrido sob circunstâncias melhores. Não pensei que você fosse de quebrar as regras.

Porque ela não era mesmo. Era August quem gostava de quebrar as regras. Um notório dissidente, que se orgulhava de fazer o oposto do ordenado. Wren era a voz da razão.

Ela pigarreou.

— Eu sei. Foi um... erro. Um erro *muito* idiota, que planejo não cometer de novo. — Ela alisou a bainha da saia. — Não vou tentar justificar o meu comportamento. Ninguém me forçou a ir à Bonestrod. Eu só... espero que saiba que levo o meu papel muito a sério.

Silas assentiu.

— Eu sei. Sinto isso dentro de você. Esse desejo de ser excelente. É por isso que pedi que viesse me ver em particular... longe dos olhos vigilantes dos inspetores. — Ele pousou a xícara e sorriu. — Eles são um pouco intrometidos.

Wren se endireitou na cadeira.

— Sabe, Srta. Loughty... — continuou ele. — Apesar de admirar com frequência suas habilidades acadêmicas e mágicas... tem outra coisa que você possui e que é rara entre nossos alunos.

— O quê?

Silas se curvou para a frente.

— Bondade.

Wren ficou surpresa.

— Ah. Eu... Obrigada?

Ele deu uma risada divertida.

— Uma habilidade subestimada, se quer saber. Mas extremamente útil, se aplicada nas circunstâncias corretas.

— Sinto muito, diretor, mas não vejo como bondade é relevante.

Por um momento, Silas não disse nada. Ele se levantou da mesa, a mão na empunhadura da bengala, e caminhou para a janela arqueada que dava para o Pátio Principal. Abriu a cortina esmeralda, olhando para a multidão de alunos movendo-se lá embaixo.

— Estou preocupado com a nossa aluna nova. Louise Nordain. — Ele pausou, deixando o nome ecoar. — A transição dela para Blackwood foi maculada pelas mãos da Ordem dos Damianos. Preciso de alguém para monitorá-la. Garantir que ela se adapte bem e que não haja outras tentativas de sequestro.

Wren demorou um tempinho para compreender.

— Você quer que... *eu* monitore ela?

— Talvez *monitorar* não seja a palavra certa. — Silas sorriu e soltou a cortina. — Esperava que você pudesse... *ser amiga* dela.

Wren não sabia o que dizer. Em qualquer outra circunstância, não teria hesitado. Cair nas graças de Silas era tudo o que queria, e ser amiga de uma nova aluna era um preço baixo a pagar. Mas a ideia de se aproximar de uma aluna que era alvo da Ordem dos Damianos não a empolgava tanto.

Com o silêncio dela, Silas se aproximou.

— Pelo que sei, você quer ser nomeada nesse Decênio.

Wren ergueu rapidamente a cabeça para ele.

— Sim. Eu... Eu amaria servir Blackwood como uma Ascendida.

Silas assentiu.

— E tenho certeza de que nos serviria muito bem. E é por isso que espero que concorde com essa tarefa simples. Acredito que isso solidificaria suas chances na cerimônia de abertura de hoje à noite.

Ela ficou boquiaberta. Não tinha nenhum erro de comunicação ali. Entendeu claramente o que Silas estava sugerindo.

Suas chances para a nomeação dependiam do seu sim.

Mas alguma coisa no tom de Silas e na maneira dissimulada como a chamara para a reunião a levava a crer que tinha alguma outra coisa. Outra condição entremeada em suas palavras.

— Eu teria que manter isso em segredo, não é? Dos outros alunos?

Silas assentiu, solene.

— Não quero que ninguém se preocupe. A situação está sob controle. Quanto menos pessoas souberem que estamos monitorando a Louise… melhor.

Wren não podia negar que a primeira coisa que passou por sua cabeça foi August. Teria que esconder isso dele. Mais tijolos no muro sendo erguido entre os dois. Mas então sentiu uma raiva ardente por sua própria resistência. Por que se importava de ter que guardar um segredo de August? Se seus anos de inimizade tinham lhe ensinado alguma coisa, era que Augustine Hughes só se preocupava em proteger a si mesmo. Se ele tentava fazer Wren acreditar que se preocupava com o bem maior, era só porque isso lhe servia para algum propósito egoísta.

— Sim — disse Wren de supetão. — É claro. Vou fazer o que puder para ser amiga dela.

— Maravilha. — Silas a levou até a porta. — Estou contente por termos uma aluna como você por aqui. Você realmente é uma das mentes mais brilhantes que já conheci.

Wren ficou vermelha.

— Obrigada, diretor.

Ele abriu a porta e sinalizou para que ela saísse, inclinando a cabeça enquanto Wren passava por ele.

— Boa sorte.

Quando Wren estava descendo as escadas, a porta se fechando atrás dela, sentiu uma leveza tomar seu corpo. Uma felicidade total, que a fez soltar uma gargalhada.

Porque a verdade era que não precisava mais de sorte.

Não quando tinha garantido a nomeação.

# 8

# OLIVIER

Ele estava atrasado.

O inspetor Calligan já tinha começado a distribuir as xícaras de chá douradas cheias de um líquido denso e preto. Alguns alunos ergueram os olhos em reprovação enquanto Olivier se apressava em direção à sua carteira, sem dar atenção alguma aos colegas. No entanto, notou Irene e Masika sentadas do outro lado da sala.

Ele assentiu para elas, que reviravam os olhos.

Então tá.

Não levou para o lado pessoal. As duas eram tão amigáveis quanto gatos selvagens.

— Fico feliz que tenha se juntado a nós. — Calligan entregou a Olivier a xícara de chá. — Mas recomendo que chegue cinco minutos adiantado, da próxima vez, em vez de cinco minutos atrasado.

— Perdão — respondeu Olivier. — Eu estava…

Mas Calligan já tinha passado para o próximo aluno, deixando claro que não tinha interesse em nenhuma desculpa. Olivier se ajeitou na cadeira e inspecionou o conteúdo da xícara com um olhar fulminante. O líquido tinha cheiro de açúcar queimado, com um fundinho azedo que lembrava fruta estragada. Não era bem o que ele queria ingerir logo cedo, mas fazer o quê?

Não tinha escolha.

— Nervoso? — sussurrou uma voz ao seu lado.

Olivier olhou para o lado e avistou Tristan Abbot encarando-o, um brilho de satisfação em seus olhos verde-oliva. Feixes de luz lilás adentravam pela janela, iluminando sua pele marrom-escura com um halo. Ele era residente da Casa Chambers e conhecido por arrasar corações, apesar de o coração *dele* ter sido fisgado há alguns anos, para a profunda decepção de seus admiradores (inclusive Olivier).

Olivier negou com a cabeça.

— Não é como se fosse minha primeira vez.

Tristan sorriu.

— Verdade. Eu devia ter imaginado. Você é da Casa Litterman, né?

Olivier assentiu.

— Culpado.

— Bom, tenho inveja. Não que eu quisesse fazer parte de alguma outra Casa. Se não estivesse na Chambers, não teria conhecido Josie. — A expressão de Tristan se iluminou ao pensar na namorada. — Você também tem um namorado, não tem? Como ele se chama... Emilio?

— Quê... — A xícara quase voou da mão de Olivier quando ele se atrapalhou todo. — Eu não... não é... — Ele pigarreou. — Emilio e eu somos apenas amigos.

Tristan deu uma risadinha e desviou o olhar.

— Desculpe. Só parecia... bom... deixa pra lá.

— Silêncio, turma. — A voz estrondosa de Calligan ecoou pela sala. — É hora de começar a prova. Bem, vocês receberam uma xícara com um elixir superpotente. Assim que beberem o líquido, esvaziando completamente a xícara, terão exatamente uma hora para desfazer a ilusão, embora para vocês esse tempo vá parecer muito, *muito* mais curto.

Calligan estalou os dedos enquanto observava a sala.

— Tenho certeza de que não preciso lembrá-los dos perigos associados à magia ilusória. No entanto... acredito que é importante saber dos riscos. — Os olhos dele passaram por Olivier, encarando Tristan. — Sr. Abbot... por favor, nos relembre as consequências da exaustão ilusória.

Tristan se ajeitou na cadeira.

— É claro. A exaustão ilusória é um efeito colateral de um desmantelamento malfeito. Se um aluno não consegue desfazer uma ilusão corretamente, ou rápido o bastante, a ilusão prende a sua consciência.

— Muito bom. — Calligan assentiu com satisfação. — Bem, sofrer exaustão ilusória durante uma prova não é *completamente* perigoso, pois temos membros dos Ascendidos na enfermaria que conseguem reverter os sintomas. Entretanto, se acontecesse com vocês no Éter...

— Ele deixou as palavras no ar por um momento. — Bom, digamos que reverter a exaustão seria muito mais difícil.

Calligan caminhou em direção à sua mesa, sentando-se na beirada.

— Agora que entendemos os riscos, vamos relembrar como podemos identificar magia ilusória e usá-la a nosso favor.

A mão da Irene se ergueu na velocidade de um raio.

Calligan se virou para olhar para ela.

— Pode falar, Srta. Bamford.

— A magia ilusória pode ser identificada por suas runas violeta e o cheiro adocicado. Apesar de haver ilusões superficiais inofensivas, como algumas decorações que adornam nossos dormitórios, há outras muito mais complexas, que chamamos de ilusões imersivas. Esses tipos específicos de ilusões são prevalentes no Éter. E é nosso dever identificar quando adentramos uma delas e as desfazer corretamente.

Calligan assentiu de modo encorajador.

— Se importa de falar um pouco sobre as outras especialidades?

— Com todo prazer. — Os lábios de Irene se curvaram em um sorriso. — A magia espacial, que é basicamente a nossa ferramenta de navegação, é nossa maneira de nos movermos pelo campus, embora *esse* encantamento *específico*, infelizmente, fique inacessível enquanto estamos no Éter. Além disso, a magia espacial é limitada. Temos uma reserva que pode se esgotar se mudarmos de lugar com muita frequência sem dar um descanso. — Irene fez uma pausa, tirando uma mecha de cabelo preto do ombro. — A magia elementar é usada para repelir ou contrabalancear quaisquer obstruções que o Éter possa botar em nosso caminho. Se encontrar uma chama ardente, deve usar uma tromba d'água para extinguir o fogo. Se entrar em uma tempestade de vento, pode controlar o ar para dominar a obstrução. Se...

— Acho que já entendemos — murmurou Olivier.

Irene se virou para ele, olhos estreitados, como se o desafiasse a falar de novo.

— *Enfim...* a magia psíquica é um pouco mais complicada. Ela permite que o conjurador se infiltre e domine a mente de outras pessoas. Às vezes, há alguns efeitos colaterais residuais, como visão turva ou sangramento nasal. Por sermos alunos, não temos muito acesso a esse tipo de magia, mas *podemos* conjurar feitiços que alteram a mente. Esses feitiços costumam ser usados em casos de almas perdidas teimosas.

— Ela deu um risinho e arqueou a sobrancelha. — Se elas resistirem muito.

— Muito bom. — Calligan se recostou. — E as duas últimas?

— Defensiva e corpórea — respondeu Irene, sem hesitar. — Lados opostos do espectro. A magia defensiva usa fios dourados para tecer escudos de defesa e barreiras energéticas. O Éter costuma criar as próprias barreiras, que precisam ser atravessadas, e cabe a nós desfazê-las.

Ela fez uma pausa, analisando o rosto dos outros alunos, então abriu um sorriso malicioso.

— E por último, mas não menos importante, a magia corpórea. Visualmente representada por fragmentos prateados. E, em minha humilde opinião, a forma mais importante de magia que aprendemos. A magia corpórea nos permite alterar os átomos da atmosfera. Feitiços de transmutação. Feitiços de combate. Tudo que podemos usar para atacar ou destruir… se necessário for.

Calligan assentiu.

— Agora, alguém pode explicar os benefícios de desenvolver as habilidades em magia? Principalmente quando se trata de se orientar pelo Éter?

Olivier ergueu a mão ao mesmo tempo que Irene, que o fulminou com os olhos.

Calligan soltou uma risada abafada.

— Apesar de admirar seu entusiasmo, Srta. Bamford, talvez devamos dar uma chance para outra pessoa.

Olivier segurou a vontade de mostrar a língua para ela.

— É bem simples — começou ele, pigarreando. — Nossa magia está conectada à nossa alma. É o que nos ajuda a encontrar as almas perdidas e localizar as portas certas. Quanto mais desenvolvemos nossa magia, mais forte fica essa conexão. Se essa conexão não estiver forte o bastante, podemos acabar entrando na porta errada e atrasando todo o processo. Para não falar do risco de entrar nas Terras das Sombras…

Calligan interveio, erguendo a mão de leve.

— As portas para as Terras das Sombras estão trancadas com escudos protetores armados pelo próprio diretor Silas. Não há risco *real* de atravessá-las.

Olivier ficou vermelho e desviou os olhos, encarando a carteira.

— É claro.

Uma menina sentada a algumas mesas de distância levantou a mão. Keira Holland. Uma aluna nova em Blackwood. Não era incomum ver um aluno mais novo alocado em uma sala de aula de alto nível. As notas dela provavelmente eram altas o bastante para que merecesse estar ali. Mas sua inexperiência estava estampada na cara dela.

Ela era um peixinho dourado nadando em um mar de tubarões.

— Sim? — Calligan suspirou.

O rosto sardento de Keira suavizou-se quando ela sorriu.

— Estava só pensando... por que exatamente parece que o Éter está lutando com a gente? Como se não quisesse que a gente ajudasse essas almas perdidas.

Um silêncio tomou conta da sala. Ninguém devia fazer essa pergunta. Keira, que não estava ciente da ignorância por trás da questão, olhou ao redor com certa hesitação, o sorriso falhando.

Calligan inclinou a cabeça para o lado.

— Essa pergunta, Srta. Holland, eu não posso responder.

Porque ele não sabia. Ninguém sabia por que parecia que o Éter estava trabalhando contra eles, fazendo o possível para impedi-los de encontrar almas perdidas. Era só mais uma daquelas coisas que pareciam ter sempre existido... uma das regras daquele universo que ninguém questionava.

Keira se encolheu na cadeira, assentiu em resposta e deu um sorriso amarelo para Calligan.

— Certo. É claro. Peço desculpas.

— Bem, temos outras perguntas? — Calligan olhou ao redor da sala. Como ninguém se manifestou, ele uniu as mãos. — Maravilha. Então vamos começar.

Olivier não hesitou. Engoliu todo o líquido de uma vez só, limpando a boca com o dorso da mão. Foi nojento. Pior do que o cheiro insinuava. Uma onda de tontura tomou conta de seu corpo, um calor brotando das solas dos pés e subindo pelas pernas. Parecia que um milhão de formigas andavam por sua pele, como se estivesse submerso em gelatina. Sua visão periférica ficou borrada, e pontinhos marrons pintaram o ar ao seu redor.

E então, depois de um piscar de olhos lento e forçado, ele não estava mais na sala de aula.

Parecia uma espécie de pântano, o mundo ao redor todo úmido e cheio de musgo. O chão sob seus pés era um amplo lamaçal vazio, com plantas mortas aglomeradas em pequenos arbustos. O dulçor enjoativo da magia ilusória consumia cada centímetro daquela terra, tão forte que fazia o nariz de Olivier coçar.

Ele tinha que dar algum crédito a Calligan. Tudo aquilo parecia muito real: a água encharcando a barra da sua calça, os dedos roçando a textura áspera das plantas... mas não era real. Nada daquilo era real.

Era uma ilusão.

E seu dever era desmanchá-la.

Calligan tinha o hábito de conjurar provas ilusórias bastante teatrais, com situações cheias de ação, então não foi nenhuma surpresa quando Olivier olhou para seu antebraço e viu a ampulheta tatuada com tinta preta. Estava em movimento, os grãos de areia escorrendo do topo para o fundo, sinalizando que a contagem regressiva já começara.

Determinado a ser o primeiro a terminar a tarefa, Olivier conjurou as runas na ponta dos dedos e começou a trabalhar. As runas flutuavam no ar, crepitando com faíscas violeta. Ele trabalhou enquanto avançava, as dispondo em diferentes configurações. Se movia uma das runas na direção certa, às vezes via uma rachadura na ilusão, um vislumbre de alguma coisa incoerente, fora de lugar. Se movesse outra na direção errada, aquela rachadura se fechava rapidamente, e a ilusão tomava conta de novo.

Sua tarefa era descobrir a configuração certa e destruir a ilusão.

Ao mover as runas, reorganizando-as em formas geométricas variadas, se perguntava o que Emilio diria se estivesse com ele naquele momento.

Ele provavelmente estaria reclamando do cheiro. Olivier sorriu ao imaginar Emilio caminhando ao seu lado com aquele casaco de lã largo, o cabelo todo desgrenhado, como ele costumava deixar. Mas então Olivier não pôde deixar de se perguntar por que estava pensando justo em Emilio naquele momento, e deixou esse pensamento de lado.

Ergueu as mangas e olhou para a ampulheta, surpreso por ela estar mais da metade cheia. Poderia ter ficado preocupado, se não estivesse a segundos de finalizar a configuração das runas.

Ao mover a última peça para a esquerda, agitando-a de leve, as runas começaram a brilhar, faíscas violeta flutuando no ar como brasas.

E então uma única rachadura rompeu a ilusão, e então outra, e outra, e mais uma... até a paisagem pantanosa se transformar em pedaços insignificantes o suficiente para que Olivier pudesse espaná-los com a ponta dos dedos.

Ele soltou um arquejo engasgado ao retomar a consciência na sala de aula. Calligan estava sentado à sua mesa, escrevendo distraído em um caderno enquanto uma colher enfeitiçada mexia o chá ao seu lado. Irene e Masika não estavam ali, o que significava que tinham terminado a prova antes dele.

Merda.

Ficou nauseado ao se levantar devagar. Não tinha muita certeza de quanta magia usara durante a prova, mas estava *cansado*. Aquela exaustão era inconfundível. O preço que eram forçados a pagar.

Deu uma olhada em Keira, que ainda estava caída na carteira, inconsciente, os olhos se mexendo sob as pálpebras. Sua pele estava começando a ficar amarelada, as veias salientes contra a pele.

— A ilusão está exaurindo ela — sussurrou Olivier, mais para si mesmo.

Odiava quando aquilo acontecia. Era medonho, mas não uma ocorrência rara. Os alunos eram vítimas frequentes da exaustão ilusória, forçados a passar semanas na enfermaria para se curarem.

Calligan não tirou os olhos do caderno.

— Temo que sim.

— Você não pode acordar ela?

Ele negou com a cabeça e olhou para Olivier.

— É preciso deixar seguir seu curso.

— Mas... — Olivier tentou achar as palavras certas. — Ela vai perder o Decênio. A cerimônia de abertura. Pode levar semanas.

Calligan suspirou.

— Mas ela vai ficar *bem*, Sr. Dupont. Como eu falei, temos recursos para curá-la. Pode demorar um pouco, mas... é apenas uma consequência que ela deve enfrentar.

Olivier estremeceu. Sabia bem das consequências de Blackwood. Ele as sentia sempre que respirava, a todo momento que passava acordado. Calligan tinha razão. Keira *ficaria* bem. Ela ainda era nova... tinha centenas de anos, incontáveis oportunidades esperando por ela. Olivier, por outro lado...

— Sr. Dupont. — Calligan pigarreou. — Só queria falar... que você foi bem. Os outros podem até ter desfeito a ilusão mais rápido, mas seu trabalho foi preciso. Eu estaria bastante confiante para a cerimônia de abertura, se fosse você.

Olivier sentiu uma pontada de orgulho.

— Obrigado.

Calligan assentiu, dispensando-o.

— Agora vá. Não vou justificar o seu atraso.

Olivier conteve um sorriso. Talvez ainda tivesse, *sim*, algo a que se apegar. Saindo da sala de Calligan, tomado por uma sensação de confiança recém-descoberta, Olivier não pôde evitar sentir algo que não sentia havia meses.

Uma coisa que sabia, sem dúvida nenhuma, que era perigosa.

Esperança.

# 9

# IRENE

Irene estalou os dedos e preparou sua postura, pulando de um pé para o outro. A janela arqueada à esquerda banhava as paredes de madeira da sala de aula com feixes de luz iridescente, como uma espiral de cores em uma poça de óleo. As vozes ao seu redor foram sumindo até se tornarem um murmúrio conforme a turma entrava em alerta, se preparando para o que sabia que seria uma luta implacável. E estavam certos: Irene nunca pegava leve.

Sutileza não fazia seu estilo.

— Estamos prontos? — perguntou a inspetora Russo, parada entre Irene e seu oponente.

Era um menino alto, com cabelo castanho ondulado e uma cara que Irene considerava perfeita para receber um soco. Desde que Russo anunciara seus nomes, tornando-os competidores, uma expressão indiferente tomara o olhar do garoto, como se tudo aquilo não fosse digno dele. Mesmo agora, enquanto se preparavam para o duelo, ele tinha parado para arquear as sobrancelhas na direção dos amigos, claramente tirando sarro de toda a formalidade.

Irene sorriu.

— Ah, eu estou bem pronta.

O menino riu, sussurrando alguma coisa que Irene imaginou ser uma piadinha sobre ela. Russo suspirou, irritada.

— Hexley. Você conhece as regras. Preciso de confirmação verbal dos dois participantes.

O garoto, Hexley, revirou os olhos.

— Sim. Tudo bem. Tô pronto.

As aulas de magia corpórea eram as favoritas de Irene. Era a desculpa perfeita para se deleitar com o estrago que estava desesperada para causar. Mas tinha um lugarzinho especial em seu coração para os dias de duelo. Permitia que focasse toda a sua raiva em uma única fonte. Transformar toda a frustração e o ressentimento acumulados em puro *ódio.*

O fato de seu oponente ser um garoto que precisava urgentemente de uma surra era só a cereja do bolo.

Russo assentiu e se afastou deles, recuando para o canto da sala.

Ela levantou as mãos e o ar vibrou de expectativa.

— Comecem.

Irene pulou para a esquerda bem quando o primeiro feitiço de Hexley veio com tudo para cima dela, estilhaços prateados de magia atingindo a parede atrás. A multidão arfou, se encolhendo quando uma estante de livros caiu no chão. Antes mesmo de Irene poder contra-atacar, ele já tinha enviado outros três ataques corpóreos básicos na direção dela, que desviou de todos sem uma gota de suor, saindo agilmente do caminho no último segundo.

Meu Deus. Ele sequer estava mirando?

Irene invocou a magia em suas veias, saboreando o ar congelante que preencheu seus pulmões, a onda de poder que correu pelos seus braços e pernas. Não conseguia nem se preocupar com a exaustão que certamente a aguardava no final... não quando a adrenalina momentânea era *tão boa.* Bolinhas de luz prateada surgiram em suas palmas, como raios em miniatura. Ela aguardou o momento perfeito, dando um passo para a direita. Pela maneira desajeitada como Hexley posicionava o corpo em direção a ela, dava para ver que aquele era seu lado mais fraco.

Perfeito.

Ela arremessou o feitiço, que acertou o ombro dele em cheio.

Hexley cambaleou para trás, com um enorme corte aberto do ombro à clavícula. Ele baixou os olhos, sua expressão incrédula por um momento, antes de seus olhos a encararem com desprezo.

— Sua *escrota.*

Irene não conseguiu segurar a gargalhada.

— Qual é a graça? — sibilou Hexley.

— Vocês, meninos, são todos iguais. Tão fáceis de ler. Tão previsíveis. — Irene sorriu, esticando o braço para a direita, os dedos vibrando. — Sem estratégia. Sem paciência. Vocês são pura força bruta e desespero.

— O que é isso? — Ele conjurou mais magia na palma da mão. — Uma palestra?

— Não. — Irene curvou os dedos e a janela à sua esquerda se espatifou. O vidro explodiu em fragmentos irregulares, mas que não caíram. Ficaram flutuando, aguardando pelo comando de Irene. — Uma distração.

Hexley mal tinha aberto a boca para responder quando os estilhaços voaram em sua direção, perfurando seu corpo como uma chuva de balas. Ele foi arremessado para trás, caindo no chão com um baque alto. O sangue imediatamente começou a se acumular sob seu corpo, manchando o assoalho de madeira com um implacável tom vermelho-escarlate. A turma toda ofegou, se aproximando para observar o resultado.

Russo deu uma olhada no corpo inerte de Hexley, balançou a mão diante do rosto dele e, como não houve resposta, deixou escapar um suspiro e ergueu os olhos para Irene.

— Uma jogada muito inteligente, mas talvez da próxima vez você devesse evitar essas táticas... *extremas*. Com esse tipo de ferimento, Hexley só vai acordar daqui a um mês.

Irene fez uma mesura.

— De nada.

Ela sabia o que aconteceria em seguida. Um grupo de Ascendidos carregaria o corpo dele para a enfermaria. Os outros alunos fofocariam sobre o quanto ela era cruel e horrível. E sobre como deveria ter pegado leve com ele. Mas Irene tinha parado de se importar com o que os outros pensavam dela havia muito tempo.

Sem interesse em ver a cena se desenrolar, Irene saiu da sala a passos pesados, abrindo as portas com um gesto de mão.

Porém, assim que pisou do corredor, um garoto veio correndo da outra direção e se chocou contra ela.

— Merda — murmurou ela, baixinho. — Olha por onde anda.

Ele a encarou. O cabelo loiro-escuro emoldurava um rosto triangular com nariz proeminente e maçãs do rosto bem marcadas. Os olhos, um mar de cobalto e céu azul, a encararam com um brilho provocador.

— Eu poderia te dizer o mesmo — comentou ele, a voz grossa um pouco vacilante.

Um tom de roxo manchava a pele abaixo de seus olhos, e gotas de suor escorriam de sua testa. *Esgotamento mágico*, percebeu Irene.

— Você acabou de voltar do Éter? — perguntou ela, incapaz de segurar a curiosidade.

— O quê? — O garoto pareceu confuso. — Não. Por que a pergunta?

Interessante. Só havia uma coisa que deixava um aluno exausto daquele jeito e magicamente esgotado: entrar no Éter. O que significava que ou o garoto estava mentindo, ou estava envolvido com alguma coisa obviamente contra as regras.

Irene esperava que fosse a última opção.

Percebendo que tinha cometido um erro, o garoto pigarreou e disse:

— Quer dizer, eu não voltei do Éter *nesse momento*. Faz algumas horas.

— Mentiroso — retrucou Irene, sem hesitar. — Você está metido em alguma coisa.

Ele a encarou por um longo momento. Pensou que ele fosse ficar agitado com a acusação, mas o garoto só continuou a olhá-la com aquela expressão divertida.

— E se estiver? — Ele inclinou a cabeça, segurando um sorriso. — Você vai fazer o quê?

Irene deu de ombros, abrindo seu sorriso mais malvado.

— Não sei, não. Ainda não decidi.

— Aposto que isso funciona com a maioria das pessoas, não funciona? — Ele se aproximou, sem romper o contato visual. — A tática de intimidação. O olhar ameaçador. Esse estereótipo perfeito da menina malvada. — Ele chegou a centímetros de distância dela, tão perto que Irene conseguia ver o reflexo da luz das velas na íris dele. — Mas… por sorte… Não sou como a maioria das pessoas.

Irene revirou os olhos, mas parte dela estava tensa sob o peso do olhar dele.

— É o que todo mundo pensa — disse ela, erguendo mais o queixo para olhá-lo nos olhos. — Desculpa ser a estraga-prazeres, mas você não é especial.

O garoto deixou escapar um risinho de surpresa.

— Acho que você não se sente tão culpada assim.

Irene sorriu.

— Tem razão.

Houve um segundo de silêncio em que os dois permaneceram inabaláveis, apesar da tensão entre eles, e então o garoto se afastou, as mãos nos bolsos.

— Bom, odeio interromper o momento, mas tenho um compromisso.

— Ah, como eu vou sobreviver? — disse Irene, com ironia.

Ele riu, se afastando pelo corredor. Antes de sair de vista, olhou por cima do ombro e seus lábios se curvaram em um sorriso meio torto.

— Tenho certeza de que te encontro por aí... *Irene.*

Ela congelou, os olhos fixos nos dele. Não o reconheceu, mas isso não era de surpreender. Era uma escola grande. Centenas de alunos. Não era como se pudesse vigiar todo mundo que ia e vinha. Mas se tinha alguém *daquele jeito* desfilando pelos corredores da Escola Blackwood, Irene achava que teria notado. Principalmente porque parecia que ele tinha reparado nela.

Porém, antes de poder perguntar como ele sabia seu nome, o garoto virou a esquina e desapareceu, deixando Irene com a forte impressão de que, embora aquela fosse a primeira vez que o via, certamente não seria a última.

# 10

## WREN

O fim de tarde caiu sobre Blackwood em tons de índigo e nuvens lilás, e a densa névoa da noite se espalhava pelo campus. Wren não tinha mais aulas naquele dia, e terminara a prova do inspetor Calligan com excelência. Fora bastante fácil, uma ilusão bem simples criada para parecer que ela estava em um pântano. Demorara apenas cinco minutos para desfazê-la.

Brincadeira de criança.

Ao caminhar pela trilha de cascalho que conectava os prédios de Blackwood, com a expectativa pela cerimônia de abertura começando a aumentar, avistou uma figura familiar carrancuda à distância. August estava sentado em frente a uma das várias estátuas de pedra que adornavam o Pátio Principal, com as longas pernas esticadas em frente ao corpo e um livro em brochura entre as mãos, sua postura relaxada.

Ele devia ter se sentido observado, porque ergueu a cabeça de repente.

Seus olhares se encontraram.

Wren abriu a boca para chamá-lo, mas ele desviou o olhar antes, como se a tivesse lido perfeitamente.

Está bem, então. Se era assim que ele queria, Wren ficaria feliz em jogar o mesmo jogo. Não ia ficar implorando por atenção. Se suas palavras o tinham magoado, ele deveria ter dito, em vez de mascarar seus sentimentos com indiferença. Mas ela não deveria esperar outra coisa dele. August não era lá muito generoso com seus sentimentos.

Se é que tinha sentimentos.

Wren queria odiá-lo. Ele era grosseiro e estúpido e impulsivo. Mas ela também sabia, lá no fundo, que seu desprezo por August a tinha trazido de volta à vida. Suas implicâncias constantes tinham lhe dado um propósito. Um motivo para acordar e sair da cama e enfrentar outro dia sombrio.

Aquele joguinho com August tinha, de um jeito meio deturpado, a salvado.

Wren afastou essas velhas lembranças e seguiu em frente. Estava passando pela Biblioteca quando viu uma menina sentada sozinha, escondida embaixo de um carvalho. Rabiscava alguma coisa no caderno, o cabelo platinado escondendo um dos lados do rosto. Usava um vestido de renda branco e mocassins pretos, com as meias de cano baixo com babado aparecendo.

Louise.

Algo dentro de Wren soube que era ela. Foi uma sensação forte em seu peito. Fugaz e certeira. Sua certeza só cresceu enquanto se aproximava. Quase podia sentir o cheiro de aluna nova. Denso e doce.

Parte dela estava hesitante. Se dissesse alguma coisa, se abrisse essa porta, não teria como voltar atrás. Louise podia ser uma ameaça... o catalisador que jogaria pelos ares tudo aquilo pelo qual vinha se esforçando.

Wren ainda via a magia das sombras a engolindo. A maneira como as sombras pareciam ter vida, uma extensão da própria alma de Louise. Mas a garota diante dela, toda vulnerável e quieta, parecia diferente.

Normal.

— Louise?

A menina ergueu os olhos, que eram grandes e de um tom intenso de azul-acinzentado, o tipo de azul que fazia Wren lembrar as ondas em uma tempestade.

Louise fechou o caderno.

— Oi.

— Desculpe incomodar... Eu me chamo Wren. Só queria saber como você está. Saber se está se adaptando bem.

Louise mordiscou a ponta da caneta. Uma ruga se formou em seu nariz arrebitado quando ela sorriu.

— Você é a primeira pessoa que falou comigo desde que cheguei. Você é do comitê de boas-vindas ou algo assim?

— Não. — Wren deu uma risadinha e se ajoelhou diante de Louise, sentando-se na grama. — Só que sei como os primeiros dias podem ser difíceis. Assim, eu passei quase uma *semana inteira* trancada no meu quarto quando cheguei.

Louise inclinou a cabeça, desconfiada.

— Você tá falando isso pra me fazer sentir melhor?

— Não. Eu juro. Fiquei completamente *deprimida*. Ninguém pôs os olhos em mim por dias.

Uma gargalhada estridente ecoou ao longe. Louise ergueu os olhos para algum lugar acima do ombro de Wren. Uma tristeza palpável fechou sua expressão. Um ar distante com o qual Wren estava bem familiarizada.

— Você logo vai fazer amigos. É mais fácil do que parece. Eu juro.

— Já é a segunda vez que você fala isso. — Louise soltou um risinho seco. — *Eu juro*. Mas eu não te conheço. Então por que deveria acreditar nas suas promessas?

Wren pensou por um momento.

— Acho que… não deveria mesmo acreditar.

— Boa resposta. — Louise sorriu e encolheu as pernas junto ao peito. — Tá bom, então, Wren. Tenho uma pergunta.

— Manda.

— Como tudo isso aqui funciona?

Wren hesitou.

— Não sei bem se entendi a pergunta.

— Isso aqui. — Louise gesticulou para o espaço ao redor delas. — Assim, estamos mortas, né? Então… como esse lugar existe? Por que tem grama? Como respiramos? Por que não sentimos dor? Por que, de todas as pessoas no mundo, nós fomos escolhidos? Como…

— Calma, calma, calma. — Wren deu uma risadinha, erguendo as mãos. — Preciso que você vá um pouco mais devagar.

Louise ficou vermelha e esfregou o rosto.

— Desculpe. Eu só… estou um pouco confusa.

Wren não pôde conter um sorriso.

— Não é pra fazer sentido mesmo.

Louise franziu o cenho, claramente descontente.

— Isso é bem conveniente.

— Olha. — Wren suspirou. — A Academia Blackwood é parte do purgatório, o mundo entre o dos vivos e o Outro Lado. É o que permite que o pós-vida exista. A escola existe… desde sempre. Para nós,

Blackwood é o lugar onde vamos passar o resto da nossa existência, mas para as almas perdidas... é uma saída. Somos os únicos que podemos ajudar as almas perdidas a chegarem do Éter ao Outro Lado.

— Tá... então pra que existe o Éter?

— Pense nele como uma passagem. Um lugar que não está nem aqui nem lá. Quando você morre, sua alma vai parar no Éter. Quando alguém morre sem muitas questões mal resolvidas, costuma cruzar direto para o Outro Lado, sem o menor problema. Mas se tiver alguma coisa prendendo a pessoa... alguma coisa inacabada...

— Nós temos que ajudar — sussurrou Louise. — Acho que faz sentido. É igual nas histórias, quando os fantasmas não conseguem fazer a travessia por causa de algum trauma do passado.

— Exatamente.

Uma expressão estranha surgiu no rosto de Louise.

— E as pessoas... más? Não quero ajudar *elas* a fazer a travessia.

— Não ajudamos — explicou Wren. — Nós as chamamos de Almas Corrompidas. Pessoas que fizeram mal a outras, de propósito. Que são más em essência.

— O que acontece com elas?

Wren hesitou. Não tinha certeza se podia falar disso com Louise. Ela aprenderia, alguma hora. Mas alguma coisa no jeito como Louise a encarava, com os olhos bem abertos e cheios de confiança, fez Wren querer continuar.

— São destruídas.

Louise ficou boquiaberta.

— Nós... as destruímos?

— Não! — Wren conteve uma gargalhada. — Nada disso. O Éter cuida delas. Consome a alma delas.

— Nossa. — Louise se recostou no tronco e suspirou. — Pesado.

Wren deu de ombros.

— Tudo precisa de equilíbrio. Mesmo o pós-vida.

Louise pareceu ponderar a questão, a testa enrugada.

— E quanto a *nós*? Por que fomos escolhidos para isso?

Wren suspirou. Não gostava muito de pensar nisso. O grande *por quê*. Fora perturbada por ele durante meses, logo que chegou.

— É meio complicado. — Wren esperava que isso bastasse para apaziguar a curiosidade dela, mas Louise se aproximou mais, claramente ansiosa por uma explicação. — Certo... bem... nos contaram que nossas almas estavam predestinadas a serem escolhidas. Que estava *literalmente* escrito nas estrelas, quando nascemos e quando morremos. Mas... tem mais uma coisa que todos nós temos em comum. E que nos une.

— O quê? — sussurrou Louise, sem fôlego.

Wren baixou a voz.

— Alguma coisa aconteceu quando você era criança? Alguma coisa que quase custou a sua vida.

Louise se retraiu, surpresa. Mas Wren viu o momento em que ela se deu conta. A forma como seus olhos cintilaram, como se tivesse se perdido nas teias de uma antiga memória.

— Eu... Eu caí em um lago, quando tinha cinco anos — disse Louise, sua voz abaixo de um sussurro. — Estive clinicamente morta durante três minutos. Mas me ressuscitaram. Me salvaram.

— Seis minutos.

Louise hesitou.

— O quê?

— Comigo, foram seis minutos.

— Você quer dizer que... todos nós tivemos experiências de quase morte quando éramos crianças?

— É isso o que nos une — explicou Wren. — Todos demos uma passadinha no Outro Lado e voltamos.

Houve um silêncio entre elas. Louise brincava com a caneta em sua mão, mordiscando o interior da bochecha. Wren se perguntou se tinha ido longe demais. Contado muita coisa muito cedo.

Mas então Louise ergueu os olhos e sorriu.

— Obrigada — sussurrou ela. — Sabe, por vir falar comigo.

— Imagina. — Wren sorriu de volta. Fez menção de embora, então pensou em uma coisa. — Ah, Louise... estou aqui, se tiver mais alguma pergunta. Qualquer dúvida. É só me procurar. Gostaria de ser sua amiga. Se você quiser.

Os olhos da garota se iluminaram.

— Sim. Acho que gosto dessa ideia. — Ela colocou a caneta atrás da orelha. — E pode me chamar de Lou.

# 11

# EMILIO

— Puta… merda.

Emilio congelou na entrada da câmara de banquete, de queixo caído. Já tinha visto muitas exibições espalhafatosas de magia desde que entrara em Blackwood, mas ainda assim se pegou petrificado por aquela visão diante de si, boquiaberto.

A sala de banquete se transformara para a cerimônia de abertura do Decênio.

Flâmulas compridas pendiam do teto em domo, representando as cores das várias Casas – carmesim para Pettyworth, ametista para Ivory, laranja-queimado para Litterman, índigo para Chambers, verde-floresta para Fiddle e dourado para Holsterd. Faíscas encantadas jorravam pelo ar, fogos de artifício em miniatura explodindo a cada poucos segundos. Havia uma plataforma elevada no final do saguão, adornada com seis cadeiras, uma para cada inspetor. Havia um pódio de madeira escura na frente do palco, coberto com runas douradas que brilhavam com magia antiga. Atrás do pódio, um imponente trono feito de mogno, com o emblema de Blackwood entalhado no encosto. Candelabros brilhantes com chamas escuras e longas toalhas de mesa de renda decoravam cada mesa de jantar, caindo pelo mogno como teias de aranha translúcidas. Um enorme piano vertical e um violino ecoavam uma melodia clássica assombrosa, apesar de não ter nenhum músico os tocando de fato. As teclas e cordas se moviam sozinhas, o violino suspenso no ar, como se estivessem sendo tocados por fantasmas.

Como se isso não bastasse, os querubins de pedra que costumavam adornar os cantos das paredes tinham ganhado vida, flutuando pelo ambiente e dando instruções sobre onde cada aluno deveria se acomodar. Quando um deles se aproximou de Emilio, ele não conseguiu evitar um gritinho de surpresa.

O querubim de pedra franziu o cenho.

— Você está bem?

— Eu... você... eu... — gaguejou Emilio.

Atrás dele, Olivier colocou a mão em seu ombro. Emilio quase conseguiu escutar o sorriso em sua voz.

— O mais educado é falar com a estátua senciente, Emilio. Vai. Você consegue.

Emilio engoliu o nó em sua garganta. O querubim continuou a encará-lo, esperando.

— O...olá — balbuciou, por fim.

O querubim assentiu, satisfeito.

— Olá. Emilio Córdova e Olivier Dupont. Casa Litterman. Por favor, me sigam até a mesa correspondente. Se me perderem na confusão, basta encontrar a bandeira de sua Casa.

O querubim deu meia-volta, flutuando por entre a multidão de alunos salão adentro.

Felizmente, Emilio conseguiu superar sua paralisia temporária, seguindo o querubim com Olivier no seu encalço. Atravessaram o salão lotado, esbarrando nos outros alunos pelos quais passavam.

— Isso não é normal — sussurrou Emilio para Olivier, rezando em silêncio para que o querubim não o escutasse.

Olivier deu risada.

— E frequentar a escola no pós-vida é *normal*?

— É uma estátua — sibilou Emilio. — Não deveria estar *viva*.

— Tecnicamente — disse o querubim, se virando para eles e quase colidindo com Emilio, que soltou outro gritinho abafado de surpresa —, eu não estou vivo *de verdade*. Fui enfeitiçado com uma senciência cuidadosamente programada e, depois da celebração de hoje, serei transformado novamente em nada além de pedra.

Emilio ficou ali, atordoado, enquanto o rosto sereno do querubim o encarava.

— Certo. — Ele pigarreou. — É claro. Peço... desculpas.

— Sem problemas. — As feições de pedra do querubim se transformaram em um sorriso. — Enfim, chegamos à sua mesa. Por favor, sentem-se e aguardem o início da cerimônia de abertura.

Emilio deslizou pelo longo banco, o rosto vermelho por causa daquela interação ridícula. Ao seu lado, Olivier ria descaradamente, jogando a cabeça para trás enquanto gargalhava.

— Ah, isso foi impagável. Você devia ter visto sua cara.

Emilio franziu o cenho.

— Cala a boca.

A maioria dos alunos já tinha se sentado nas mesas correspondentes às suas casas, conversando enquanto esperavam pelo início da cerimônia. Emilio analisou com cuidado o entorno, batendo os olhos em uma mesa separada das dos outros alunos.

Os Ascendidos.

Havia uns cinquenta sentados à mesa, todos usando o infame anel de ouro que os marcava como parte da elite acadêmica. Seus olhos iridescentes brilhavam como um lençol de estrelas, os rostos voltados uns para os outros enquanto conversavam em sussurros apressados.

Emilio sentiu um arrepio e rapidamente desviou o olhar, encarando o restante do salão.

Avistou Irene e Masika sentadas lado a lado, ambas com expressões ensaiadas de indiferença. August estava recostado na parede dos fundos, balançando uma taça prateada de vinho em uma das mãos, tão pensativo e indiferente quanto de costume. Wren estava sentada junto do resto da Casa Pettyworth, mexendo ansiosamente na ponta da trança e mordendo o interior da bochecha. Um desespero obscurecia seu olhar. Uma inquietação que fazia parecer que ela estava prestes a invadir o palco.

Emilio já ia se inclinar para Olivier para compartilhar essa observação quando as portas da câmara se abriram e um silêncio tenso recaiu sobre os alunos.

Olivier se recostou no assento, os dedos tamborilando nas coxas.

— Que comece o show…

O diretor Silas adentrou o salão, o som alto da bengala ressoando contra as vastas paredes. Os inspetores da Academia Blackwood vinham atrás dele, um mar de capas pretas e rostos estoicos — Birdie, Russo, Wesley, Marigold, Violet e Calligan.

Silas se aproximou do pódio em silêncio. Emilio segurou a respiração, suas palmas molhadas de suor. Alguma coisa no diretor de Blackwood o deixava inexplicavelmente nervoso... uma aura de autoridade que preenchia o ambiente e o deixava atordoado. Os alunos se empertigaram, ansiosos, os olhos fixos no centro do palco, os rostos tomados por uma mistura de entusiasmo e receio.

— Estou muito contente por ter todos vocês aqui comigo hoje. — A voz de Silas soou pelo ar, amplificada por um feitiço de projeção. — Vocês são as bases desta bela instituição. O motivo pelo qual a Academia Blackwood continua existindo, forte e resiliente como sempre. — Ele fez uma pausa, se apoiando na bengala. — Vocês são os ceifadores de almas perdidas. A luz brilhante que as guia para seu sono eterno. E, sem vocês, o pós-vida cairia no esquecimento. Então agradeço a cada um de vocês por seu trabalho contínuo.

Aplausos preencheram o ambiente.

Silas continuou.

— Como vocês sabem, os Decênios oferecerem aos alunos a oportunidade de se graduar de seu dever eterno e fazer uma escolha. Ou solidificar sua posição aqui em Blackwood como Ascendido, um cargo nobre e sagrado que os liberta dos deveres de ceifadores e oferece acesso ilimitado à magia, ou se arriscar e colocar sua alma em descanso eterno no Outro Lado. — Ele deixou as palavras pairarem no ar e deu a volta no pódio, seus olhos observando os alunos. — Segundo a tradição, o nomeado seria escolhido hoje à noite, na cerimônia. E depois de completar as quatro provas… a escolha seria dele.

Era agora.

Ele ia anunciar o nomeado.

Emilio prendeu a respiração, os olhos vagando por entre os outros alunos, observando suas reações. Percebeu que Wren escorregou para a ponta da cadeira, como se estivesse prestes a se levantar. Quase como se estivesse *esperando* a nomeação. Quase como se já soubesse que seria…

— No entanto — anunciou a voz de Silas —, este Decênio será… diferente.

Um coro de sussurros apressados brotou entre os alunos. Wren ficara impossivelmente quieta, seu rosto sem cor.

Emilio se inclinou para Olivier.

— O que está acontecendo?

— Eu... — Olivier balançou a cabeça, com uma expressão genuína de confusão. — Não tenho ideia.

Silas levantou uma das mãos e o salão ficou em silêncio mais uma vez.

— Às vezes, uma mudança é necessária, permitindo que novas tradições sejam forjadas. E, neste Decênio, notamos que o nível de habilidade mágica entre os alunos está sem precedentes. — Os lábios dele se curvaram em um sorriso quando se inclinou para a frente, apoiando as mãos com firmeza na beirada do pódio. — E habilidades sem precedentes requerem uma ação sem precedentes.

O tempo em si pareceu congelar. Era a rajada final, o catalisador que juntaria todas as peças. E, de certa forma, Emilio soube. Foi um pressentimento inato, uma compreensão inconsciente, de que aquele momento ia, irrevogavelmente, mudar tudo.

— Este Decênio não será mais apenas para celebrar um único aluno. Não será mais apenas para exibir seus talentos específicos e colocá-los à prova em testes. — As palavras de Silas ecoaram pelo vasto saguão. — Desta vez… será uma competição.

# PARTE III

# SEM PRECEDENTES

# 12

# OLIVIER

Ele precisava de uma bebida. Ou talvez de uma lobotomia. Sinceramente, qualquer uma serviria.

Olivier tinha certeza de que, se tivesse a habilidade de se apagar e simplesmente cair ali, jogado como um inseto esmagado, teria pulado de alegria e agarrado essa chance. No entanto, mesmo que bebesse a garrafa inteira de uísque encantado que mantinha escondida sob uma tábua do assoalho do quarto, obstinado em acabar com seu fígado, acordaria na manhã seguinte de olhos brilhantes e com a cabeça tranquila, amaldiçoado pela habilidade de se curar mesmo que não quisesse.

O resto da cerimônia tinha se desenrolado em um borrão atordoante. Assim que o diretor Silas anunciou que o Decênio seria uma competição, começara a explicar como se daria, o que só confundiu ainda mais todo mundo.

— O Decênio ainda consistirá de quatro provas, que ocorrerão nas próximas semanas, mas *desta* vez…. cada prova não será apenas uma chance de demonstrar suas afinidades mágicas, mas de se sobressair e eliminar os outros nomeados da competição. Haverá dois nomeados por Casa. Se você for selecionado, receberá uma carta amanhã pela manhã. Agora, como um lembrete, o fato de haver múltiplos participantes não significa que haverá múltiplos vencedores. Será apenas um. *Isso* não mudou.

A sala irrompeu em caos no momento que a cerimônia chegou ao fim. A atenção de Olivier se fixou em Wren, que parecia prestes a ter um colapso nervoso. Ele até notou a tentativa dela de se aproximar do pódio para conversar com Silas, abrindo caminho pela multidão, mas a perdeu de vista depois disso.

Ele se recolheu ao quarto com Emilio pouco depois, desesperado para entender tudo aquilo.

— O que você vai fazer, se for escolhido? — perguntou Emilio.

Ele estava sentado no chão, encostado na mesinha de cabeceira de Olivier, brincando, nervoso, com um fio solto de seu suéter.

— Não sei. — Olivier deu de ombros, batendo o punho na tábua solta do chão, que se abria com um *pop* satisfatório. — Não pensei nessa possibilidade ainda.

Era mentira, claro. Com certeza tinha pensado. Mas o que podia dizer a Emilio? Que estava se agarrando à pequena esperança que ainda restava? Que talvez tivesse uma chance de interromper o Esquecimento antes de ser engolido por inteiro? Não tinha por que preocupar Emilio. E, de qualquer jeito, Olivier estava mais preocupado com o fato de *ele* ganhar a nomeação e tomar a decisão irreparável de cruzar para o Outro Lado. De perdê-lo para sempre.

— Bom, isso muda tudo. Agora temos uma chance de verdade!

Olivier ignorou a onda de pânico que envolveu seu corpo enquanto tirava a rolha da garrafa de uísque e dava um bom gole, limpando a boca com o dorso da mão.

— Talvez. Talvez não. Ainda há centenas de alunos mais qualificados em Blackwood.

Emilio fechou a cara.

— Há seis Casas. Dois escolhidos de cada Casa significa doze nomeados. Diga o que quiser, mas isso aumenta nossas chances.

De repente, uma batida na porta fez os dois pularem.

Emilio ergueu o olhar.

— Estava esperando alguém?

— Não.

Outra batida. Com um pouco mais de força. O som da paciência acabando.

— Tá, já escutei! — gritou Olivier.

Ele girou o punho e a porta se abriu. Inclinou a cabeça em surpresa quando viu Wren do outro lado.

— O que é que você está...

— Dá pra *acreditar*?! — Wren bateu a porta atrás de si e entrou no quarto feito uma súbita labareda.

Para falar a verdade, ela parecia em frangalhos. Tufos de cabelo escapavam de sua trança para todos os lados, e seu rosto estava todo manchado.

— Uma competição… quem em sã consciência pensou que isso seria uma boa ideia? Estão mudando a tradição! Reescrevendo as leis que governam o pós-vida!

— Hã… — Olivier ergueu a garrafa de uísque para ela. — Aceita uma bebida?

Wren arrancou a garrafa da sua mão e deu um gole — bem impressionante, Olivier tinha que admitir. Quando acabou, jogou a garrafa de volta para ele e se jogou no chão.

— É ridículo — continuou ela, meio ofegante. — Talento *sem precedentes*? Que palhaçada. Como puderam simplesmente jogar essa bomba para cima de nós sem avisar?

— Isso aí, fala mesmo — provocou Olivier, dando outro gole.

Ela o fulminou com os olhos.

— Isso não está certo. E você sabe.

Ele sabia. Era tudo muito estranho. Mas, antes de poder opinar, uma nuvem rodopiante de fumaça vermelho-sangue brotou no quarto, se espalhando como a névoa da tarde. E então, num piscar de olhos, Irene e Masika estavam diante deles.

— Olá — disse Irene em um tom indiferente, como se transportar-se para o quarto de alguém sem ser convidada e sem aviso fosse muito razoável. — Vejo que estão dando uma festinha do Decênio e não nos chamaram.

— Isso é uísque? —Masika sorriu, se aproximando para se sentar ao lado de Olivier.

— Vocês duas não podem simplesmente se *materializar* aqui — reclamou ele. — Tem uma porta. Pessoas civilizadas batem.

— Bom, é bem fácil aparecer sem ser convidada quando não tem nenhum escudo de proteção no seu quarto. — Irene foi até a cama dele e se deitou com elegância no colchão, apoiada no cotovelo, e lhe deu uma piscadinha jovial. — Talvez seja melhor mudar isso.

— Foi ideia *dela* — sussurrou Masika, com um olhar de súplica.

Olivier suspirou.

— Tá bom. Toma.

Ele entregou a garrafa a ela, que deu um gritinho de alegria. Os olhos de Irene recaíram sobre Wren.

— Tem algum motivo para você estar parecendo mais neurótica do que o normal?

Wren franziu o cenho.

— É *sério* que sou a única preocupada com o que está acontecendo? Vocês não acham um pouco estranho terem mudado as regras do Decênio um dia depois de uma nova aluna ter feito a travessia para Blackwood fora de época *e* rodeada de magia das sombras? Parece um pouco… conveniente.

Olivier se retesou. Não tinha pensado nisso, mas agora que ouvia a questão em voz alta…

— Parece estranho mesmo — murmurou ele. — Mas Silas *explicou* que a magia das sombras veio da Ordem dos Damianos, não de Louise.

— Isso mesmo — acrescentou Masika. — Ele disse que alguém estava lançando o feitiço *contra* ela.

Wren fez um gesto de "deixa pra lá".

— Tanto faz. Não é essa a questão. Nós testemunhamos uma coisa que não deveríamos. Que era para ser impossível. E aí, por acaso, eles escolhem *esse momento* para reescrever completamente a tradição?

Irene suspirou.

— Não acredito que vou falar isso... e se me escutarem repetir essa frase em qualquer outra situação, *por favor* me internem... mas ela está certa. O momento é… estranho. Parece que está tudo conectado, de algum jeito.

— Conectado como? — perguntou Emilio em um sussurro.

Irene deu de ombros.

— Isso eu não sei.

O silêncio recaiu sobre eles; só se ouvia o relógio tiquetaqueando ali perto.

Wren soltou um suspiro descontente, gesticulando para a garrafa de uísque.

— Vou beber mais um pouco.

Masika deu mais um gole antes de jogar a garrafa na direção dela. Olivier observou fascinado enquanto Wren tomava um enorme gole.

— Quem imaginaria que a infalível Wren Loughty bebia igual um marinheiro — brincou Olivier.

Wren revirou os olhos, mas já estava começando a falar enrolado.

— Tem muita coisa que você não sabe sobre mim, *Olivier Dupont.*

— Verdade?

— Tá bom... — Irene se sentou, ajeitando o vestido. — Chega de flertar. Como acabamos de perceber, tem alguma coisa estranha rolando. E estamos claramente conectados a isso. Como estamos de acordo, acho que é melhor continuarmos conversando sobre qualquer coisa que parecer... esquisita.

— De acordo — ecoou Emilio. — Quer dizer que somos todos... amigos?

Os cinco ficaram em silêncio. Como ninguém disse nada, Olivier voltou a pensar em sua conversa com Silas, no Memorium, e um sorriso surgiu em seu rosto.

— Prefiro o termo *lamentavelmente conhecidos.*

O resto do grupo se entreolhou. Seus olhos se encontraram. E então, para a surpresa de Olivier, todos sorriram.

— Lamentavelmente conhecidos — repetiu Emilio. — Gosto disso.

— Eu também. — Masika o cutucou de brincadeira com o cotovelo.

Wren deu uma risadinha e jogou a garrafa de uísque para Irene sem avisar.

— Que tal, Irene? Acha que suporta ser minha conhecida?

Irene revirou os olhos, mas Olivier *jurava* que ela estava disfarçando um sorriso.

— Já lidei com coisas muito piores, princesa.

Um pensamento ocorreu a Olivier. Só tinha cinco deles ali. Mas, antes que pudesse comentar sobre a peça que faltava no grupo, a porta se abriu, como se Augustine Hughes tivesse sido conjurado por seu pensamento.

— Mas que porra... — August parou na porta, as sobrancelhas unidas em confusão. Ele se encostou no batente, cruzando os braços enquanto analisava o quarto. — O que foi? Agora somos todos amigos ou coisa assim?

— Lamentavelmente conhecidos — responderam todos em uníssono, sem um segundo de hesitação.

August pareceu surpreso.

— Isso foi... *muito* estranho.

Olivier deu uma risadinha.

— Bom, qual a sua desculpa? Por que está aqui?

August estava segurando um caderno.

— Você deixou isso na aula da Marigold, hoje. Pensei em passar para te devolver.

Irene bufou.

— Bela desculpinha...

— Como é?

— Para de mentir, August. Não combina com você. — Irene sorriu de um jeito diabólico. — Você claramente estava seguindo a Wren. Sempre faz isso.

— E lá vamos nós... — Masika suspirou, jogando a cabeça pra trás.

— EU não estava seguindo ela — rebateu August.

— *Com certeza* estava — provocou Irene.

— Não estava — interveio Wren, tentando ficar de pé, mas cambaleando desajeitada. — *Na verdade*, ele me ignorou o dia inteiro. Acho que magoei ele. Não é, August?

August fez uma expressão estranha. Se Olivier não o conhecesse tão bem, até usaria a palavra *preocupada*.

— Ela está... bêbada?

Wren bufou.

— Ela está perfeitamente bem.

— Entendi. — August caminhou pelo quarto e segurou Wren pelo braço antes que ela tropeçasse. — Porque falar de si mesma na terceira pessoa é claramente um sinal de sobriedade. Vem, vamos. Vamos pro seu quarto.

— Estou *bem* — resmungou Wren, apesar do tornozelo esquerdo estar perigosamente torto no sapato.

Ela geralmente não tinha problemas em caminhar pelos saguões naquelas botas que chegavam aos joelhos, mas agora estava parecendo um filhote de cervo tentando andar logo depois de sair do útero.

Para ser justo, os poucos goles do uísque encantado tinham começado a fazer efeito em Olivier também, dando um calorzinho em suas pernas e no peito. O quarto estava preenchido com uma névoa difusa, como se alguém tivesse coberto seus olhos com gaze e posto fogo em algum lugar por perto. E então veio a repentina vontade de cantar. Ou de tirar a roupa.

Talvez os dois, se a ocasião pedisse.

— August está certo. — Olivier suspirou. — Deveríamos ir para a cama. Quanto mais cedo dormirmos, mais cedo saberemos quem foram os nomeados.

— Já estamos indo.

Irene lançou mais um olhar de desprezo para August antes de estalar os dedos e desaparecer em um sopro de fumaça.

Masika deu uma risadinha.

— Essa garota adora fazer uma cena.

E então se foi também, desaparecendo do mesmo jeito que tinha chegado.

August ajudou Wren a sair do quarto, sussurrando alguma coisa em seu ouvido que Olivier não conseguiu escutar direito. Emilio ficou parado na porta. Olivier não sabia há quanto tempo ele estava parado ali.

— Eu acho que tenho que ir também.

Olivier assentiu. Parecia que um enxame de abelhas tinha começado a zumbir em sua cabeça.

— Acho que talvez seja melhor... esse uísque é meio forte... mais do que eu achava.

— Te vejo amanhã, então?

— Sim. — Olivier se deitou na cama e fechou os olhos. — O grande dia...

— Tem certeza de que está bem? — A voz de Emilio soou distante. Um pouco abafada. — Talvez um copo d'água?

— Me... sinto... ótimo.

O uísque o dominou como uma densa névoa, embalando seu sono. Talvez se não estivesse tão bêbado, teria notado a expressão no rosto de Emilio. A tristeza em seus olhos.

Mas não notou.

Em vez disso, o uísque encantado o levou embora, para um lugar onde sonhou com ruas de paralelepípedos iluminadas pelo sol e límpidos céus azuis e um cavaleiro com um largo suéter de lã e os olhos mais gentis que já vira na vida.

# 13

# AUGUST

Wren não estava bêbada. Estava completamente *mamada*. August teve dificuldade para mantê-la de pé enquanto saíam do quarto de Olivier, segurando o braço dela por cima de seu ombro apesar dos embolados resmungos de protesto.

Wren resmungava contra o seu ombro.

— Não preciso de ajuda... Estou bem...

— Com certeza — sussurrou August no pé do ouvido dela enquanto caminhavam pelo corredor.

Era para ser uma caminhada de dez minutos da Litterman à Pettyworth, mas alguma coisa dizia a August que o estado inebriado de Wren atrasaria a viagem substancialmente. Para não falar no risco de ser pego perambulando depois do toque de recolher... de novo.

Ele a equilibrou, segurando-a pelos ombros.

— Vou nos transportar para o seu quarto.

— Não, não, não... — Wren balançou a cabeça. — Posso andar... não preciso...

— Loughty. Olha pra mim. — August segurou o queixo dela, erguendo seu rosto em direção ao dele. — Não vou deixar você andar sozinha nesse estado. E, se vou com você, podemos nos transportar juntos.

Ela soluçou, piscando lentamente.

— Desde quando você se importa, *hein*? Pensei que já fosse estar procurando uma maneira de vencer a competição.

August ficou tenso e a soltou um pouco.

— Realmente pensa isso de mim?

— Que diferença faz? — Os olhos dela tinham dificuldade de focá-lo. — Você nem liga para o que eu penso.

— Loughty. — Ele inspirou fundo e tentou afastar o aperto no peito. — Não vou te deixar aqui, indefesa, apesar do que pensa de mim. Não se preocupe. Amanhã de manhã, você pode continuar me odiando e falando mal de mim. Prometo.

Wren resmungou e deu um tapa forte no peito dele, pegando-o de surpresa.

— Seu *idiota*.

Ele a encarou, espantado.

— O quê?

— Você é tão... — Ela cambaleou e gesticulou loucamente com os braços. — *Você*.

August suspirou.

— Obrigado pela crítica entusiasmada. Agora, se já acabou…

— Não. Quer saber? Não acabei. — Wren apoiou uma das mãos na parede em uma vã tentativa de se equilibrar. — Você é… você é tão *irritante*. Acha que te odeio? Acha que é simples assim?

August balançou a cabeça. Não queria que as palavras saíssem tão amarguradas, mas não pôde evitar.

— E não é?

— Nossa, queria que fosse. — Wren esfregou o rosto com as mãos e suspirou. — Queria… Queria poder te *odiar*. Deixaria tudo tão mais fácil.

— Loughty...

— Mas, apesar de ir contra o meu bom senso, apesar de tudo em você que me deixa maluca… Não consigo te odiar.

August tentou ignorar a agonia na voz dela, o desespero. Era o suficiente para fazê-lo perder a cabeça.

— Não consigo… não consigo nem me convencer a ficar longe de você.

A cabeça de August girava sem parar enquanto ele tentava se recompor.

— Você não sabe o que está falando — sussurrou. — Você está bêbada.

Wren o encarou por um instante, os olhos arregalados e suplicantes. E então simplesmente balançou a cabeça e disse:

— Tá bom. Eu te odeio. *Detesto* você. Amaldiçoo o dia em que nasceu. Está feliz agora?

August escondeu um sorriso.

— Extremamente contente.

Ela soltou um suspiro.

— Perfeito. Me leva pro meu quarto.

Ele esticou a mão sem falar uma palavra. Wren colocou a mão gentilmente sobre a dele, os dedos roçando de leve sua palma. August fechou os olhos e conjurou o feitiço de realocação; uma onda de calor se espalhou rapidamente por seus braços e pernas.

Quando abriu os olhos, estavam no quarto dela. A escuridão preenchia o espaço entre eles; havia apenas um feixe de luz adentrando pela janela. A cortinas de renda flutuavam com a brisa, cada movimento fazendo sombras nas paredes. Já estivera no quarto de Wren incontáveis vezes, principalmente para incomodá-la no meio da noite, mas alguma coisa estava diferente daquela vez.

Wren o observava com uma expressão estranha. Talvez fosse culpa do uísque, mas August percebeu que o desprezo que costumava demonstrar no olhar tinha desaparecido, dando lugar a algo mais gentil. Quase carinhoso.

Os lábios dela se curvaram em um sorriso tranquilo.

— Vai me colocar pra dormir?

August riu.

— Sem chance.

— Que bom.

Wren se aproximou da cama, tirando os sapatos, e se enfiou debaixo das cobertas devagar. August foi tomado por um desejo repentino de se aproximar e tocá-la. Foi tão forte, tão repentino, que ele deu um passo para trás, temendo *de fato* tocá-la. O que tinha de errado com ele? Sonhando acordado em acariciar o rosto de Wren Loughty? Correr os dedos pelos cabelos dela?

Estava perdendo a cabeça.

— Eu... — August pigarreou. — Te vejo amanhã.

Já estava caminhando em direção à porta quando ela falou:

— Acha que seremos escolhidos?

August parou, segurando a maçaneta.

— Não sei.

Ela hesitou antes de fazer a próxima pergunta.

— Mas se você for... e vencer... vai escolher ficar?

August não respondeu. Não podia. Porque a verdade era que, não importava o que acontecesse nas próximas semanas, nunca ia mudar de ideia.

Tinha que ir embora.

E não tinha intenção de voltar.

# 14

# WREN

Ela sonhava com frutinhas podres e cadáveres em putrefação. Com pele azul retesada sobre músculos rígidos e com o cheiro ferroso de sangue. Quando os pesadelos a dominavam assim, não tinha como impedi-los. Apenas se recostava e observava seu desenrolar, presa e indefesa no confinamento de sua mente.

*Abra os olhos, Wren.*

Os faróis brilhando contra o asfalto gelado. Sangue preenchendo seus pulmões. Sua boca.

*Volte.*

A mão frouxa ao lado dela. Com esmalte roxo. Seu preferido.

*Por favor, não me deixe.*

E então alguma coisa a despertou do pesadelo, ela voltou ao seu corpo e acordou na cama, encarando as duas pessoas que a cercavam. Mal teve tempo de assimilar seus corpos, que dirá seus rostos, mas de certa forma sabia que não eram parte do sonho.

Aquilo era real.

Abriu a boca para gritar, mas uma das pessoas cobriu sua boca com a mão, abafando o som. Uma pressão quente cresceu em seu corpo e ela começou a perder a consciência. Em um momento, estava no quarto, contorcendo-se e gritando sob aquela mão, no outro estava sendo carregada pelo corredor, com o brilho das velas correndo por suas pálpebras.

— Você pegou os dois da Holsterd?

— Acho que a Marigold está com eles.

— A gente devia conferir... — As vozes se calaram. — Merda. Acho que ela está acordada.

Então perdeu a consciência mais uma vez.

* * *

Wren acordou com cheiro de terra, o rosto encostado em alguma coisa macia e úmida. Um guincho esquisito flutuava ao vento, como uma casa velha se mexendo e balançando durante uma tempestade.

Abriu as pálpebras. A consciência voltou vagarosamente. Foi só quando se sentou que notou que *estava* deitada na terra, os joelhos pressionados contra o chão úmido.

Uma cerca viva grande e imponente a rodeava. O chão estava cheio de folhas mortas e vinhas entrelaçadas. Ao se pôr de pé com dificuldade, se deu conta de que parecia que a cerca viva se esticava para todos os lados, fazendo curvas em vários caminhos, envoltos em sombras opacas.

Foi tomada por um calafrio. Não era uma simples cerca.

Era um labirinto.

— Olá?

Alguma coisa lhe dizia que, mesmo que houvesse mais alguém por perto, não iam ouvi-la. E, por mais que Wren se sentisse completamente sozinha, como se estivesse a quilômetros e quilômetros de distância de Blackwood, também sentia que estava sendo observada. Uma presença invisível escondida na escuridão.

O labirinto aparentava se aproximar mais a cada segundo, como se estivesse crescendo, preparando-se para atacar. Ela conjurou uma esfera na palma da mão, iluminando o caminho de cascalho sob seus pés.

Adiante, o labirinto se dividia, com dois caminhos visíveis.

Esquerda ou direita.

Não tinha a mínima ideia. Só sabia que não podia passar o resto da noite apenas parada ali. Então... respirando fundo, começou a caminhar. As folhas se esmagavam debaixo dos seus pés descalços conforme andava, hesitante, em direção à bifurcação do labirinto, a esfera de luz quicando em sua palma.

Precisava fazer uma escolha.

Esquerda, então.

O caminho era escuro e estreito, com galhos despontando da cerca viva. A cada poucos segundos, jurava escutar alguma coisa farfalhando bem no seu encalço, ou talvez logo adiante, mas, quando levava a luz em direção ao barulho, nunca tinha nada.

Virou à esquerda mais uma vez, e então algo veio avançando pelo escuro.

Houve uma agitação de movimento. Um ofegar de susto.

Wren tropeçou para trás quando a coisa a atingiu com força bem no meio do peito. Um breve momento de confusão atrapalhou seus sentidos enquanto ela recuperava o equilíbrio, suas mãos tentando freneticamente segurar a coisa que a tinha atingido. E foi então que percebeu o rosto familiar que a encarava.

— Masika?

Antes que Wren pudesse falar qualquer outra coisa, Masika se jogou no chão atrás dela, tampando sua boca e a puxando para baixo. Wren deu um grito abafado e se contorceu, na tentativa de se livrar dos braços de Masika.

— Shh. — Masika a apertou mais ainda. — Por favor. Fica quieta.

O desespero na voz dela assustou e silenciou Wren. Antes que pudesse perguntar o que tinha acontecido, um assobio estranho começou a ecoar à distância. Ficou cada vez mais intenso, até que o som estava tão alto que farfalhava as folhas penduradas nos galhos.

Os pelos na nuca de Wren se eriçaram em alerta.

Dedos translúcidos e ossudos agarraram a curva do labirinto, um dedo emergindo por vez, longo e torto. A mão era de um tom de branco doentio, cheia de veias azul-claras visíveis através da pele fina, coberta por bolhas. Um olho apareceu. E então outro. E outro. Até que um rosto cheio de olhos vermelhos e grotescos as encarava, os olhos surgindo um a um da cerca viva.

A criatura tinha uma altura aterrorizante, quase mais alta do que o labirinto em si, e braços e pernas longos e esguios, com garras pontudas. Wren contou oito olhos no total — oito olhos cor de sangue, cada um encarando uma direção.

Teve certeza de que a criatura já as vira, que não havia nenhum jeito de terem passado despercebidas a apenas alguns metros, mas então percebeu que Masika estava com o braço erguido, com uma esfera dourada na palma da mão.

Um feitiço de disfarce.

Elas estavam invisíveis.

Wren prendeu a respiração enquanto a criatura avançava, os braços e pernas fazendo estalidos, cada movimento esquisito e errado.

Embora não pudesse vê-las, a criatura parou a alguns passos de onde estavam agachadas no chão e cheirou o ar.

Elas esperaram, as duas sem ousar respirar, sem ousar falar uma palavra. E então a criatura se virou, retornando pelo caminho, até que dobrou uma esquina e desapareceu no escuro.

Alguns segundos aterrorizantes de silêncio se passaram, nada além do leve uivo do vento ao redor delas. Quando ficou claro que a criatura não voltaria, Masika abaixou a mão e Wren soltou o ar, trêmula.

— Que merda era aquela? — disse, ofegante.

— Não tenho ideia. — Masika esfregou as mãos em sua camisola. Ela claramente também tinha sido arrancada da cama. — Qual é a última coisa de que você se lembra?

— Eu… Eu me lembro de chegar no quarto, depois de sair do de Olivier. — Wren revirou o cérebro, pulando as memórias dolorosas de sua conversa com August. — Peguei no sono. E então duas pessoas apareceram ao redor da minha cama. Acho… Acho que me sedaram.

Masika cruzou os braços.

— Qual é, Wren. *Pensa.*

A respiração de Wren ficou presa na garganta quando a compreensão cravou as garras em seu peito.

— Não. Não é possível… Silas disse que íamos receber uma carta. Ele disse que…

— Ele mentiu — interveio Masika. — *Isso aqui* é o Decênio. Essa é a primeira prova.

Elas ficaram imóveis por um instante, se encarando. E então Wren fez a pergunta que imaginou que as duas estavam pensando.

— Bom… O que fazemos agora?

Masika apontou para a frente, para a escuridão que se alongava infinitamente diante delas.

— Agora… seguimos em frente.

Wren estava perdendo a paciência. Parecia que estavam andando há horas, cada esquina as levando para outro caminho estreito, caminhando sem parar pelo emaranhado de vegetação e galhos espinhosos.

— Não estou falando que seu conselho de *seguir em frente* não foi sensato — disse Wren, bufando e cruzando os braços —, mas talvez seja hora da gente pensar em outro plano.

Masika revirou os olhos, arrancando uma trepadeira que começara a agarrar seu ombro.

— Bom, vá em frente. Sou toda ouvidos.

— Podíamos tentar nos transportar...

— Já tentei — interveio Masika. — Tem uma barreira espacial em volta do labirinto.

— Droga.

— Se tivéssemos uma arma, podíamos tentar atravessar a cerca viva, mas... — Masika gesticulou para sua camisola. — Não estou escondendo uma adaga aqui embaixo.

Wren deu uma risadinha. *É claro.* Justo a noite em que decidira não dormir com a adaga por perto se mostrava a noite em que mais precisava dela.

— Bom, talvez a gente devesse descansar — sugeriu. — Assim podemos pensar em um plano.

Wren não sabia muito bem por quê, mas Masika ficou imediatamente nervosa com a sugestão, os olhos escurecendo.

— Não. — Ela balançou a cabeça. — Não devemos parar. Não sabemos o que mais tem por aí.

Tinha alguma coisa estranha no tom de voz dela, meio assombrado. Wren resolveu arriscar.

— Você... viu alguma coisa?

Os olhos de Masika se voltaram para Wren, ela abriu e fechou a boca, como se estivesse lutando contra os próprios instintos, dividida entre o desejo de confiar em Wren e a necessidade de manter segredo.

— Eu... — Masika hesitou, mexendo na cutícula do polegar, nervosa. — Pensei ter visto Irene mais cedo, mas... não era ela. Não de verdade.

Wren se aproximou.

— Como assim?

— O labirinto... — Masika olhou ao redor com cautela — te engana. Faz você ver coisas.

— Como o quê?

Masika abriu e fechou a boca mais uma vez, soltando o ar pelo nariz.

— Nada. Deixa pra lá.

Wren colocou uma mão no ombro dela. Para seu alívio, Masika não se afastou.

— Tá tudo bem. Pode me contar.

Masika parecia prestes a responder quando viraram uma esquina e deram de cara com outro corpo. Um coro de gritos cortou a noite quando as três se afastaram, mãos estendidas, preparadas para uma luta.

Foi só quando Masika tomou a frente e disse o nome da garota em voz alta que Wren percebeu que também a conhecia.

— Liza! — exclamou Masika, as mãos contra o peito. — Que susto. Pensei que fosse… — Ela deixou a frase morrer ao reparar melhor na aparência de Liza. — O que aconteceu? Você está bem?

A garota não parecia nada bem. Seus óculos estavam tortos no nariz, com uma lente toda rachada. O suor encharcava seu cabelo, a franja estava grudada na testa. Mas o mais notável era o quanto parecia *exausta*. A pele sem cor. Os lábios praticamente roxos.

— Não se aproximem! — Liza deu um passo para trás, olhando freneticamente de uma para a outra. — Vocês… vocês duas são reais?

Wren inclinou a cabeça, confusa.

— É claro que somos *reais*.

Masika se aproximou devagar.

— Liza. Se acalme. Prometo que está segura. Só… nos conte o que aconteceu.

Liza tremia enquanto tentava controlar a respiração. Ainda parecia preparada para atacar a qualquer segundo, mas o terror em seus olhos se dissipou aos poucos, dando lugar a uma expressão rendida.

— Eu vi… coisas. — Sua voz vacilou, as palavras saindo com dificuldade. — Coisas que não deveriam ser reais. Eu vi… outra eu. Mas não era eu. Os dentes eram pretos. E os olhos… — Um choramingo escapou da garganta dela e Liza tampou a boca com uma mão trêmula.

— Ei... Está tudo bem. — Masika fez menção de segurar Liza pelo ombro, mas a garota se retesou, se afastando. — É só parte do Decênio. Tudo o que você vê… tudo isso é só uma prova. Não é real.

— Ela sabia coisas sobre mim — choramingou Liza. Era como se não escutasse o que Masika estava falando, presa no labirinto de seus próprios pensamentos. — Coisas que ninguém sabe. Coisas que só eu poderia saber.

Wren agarrou Masika pelo braço. Era para ser um gesto sutil. Uma comunicação silenciosa.

Temos que continuar avançando.

— Olha. Sei que está com medo, mas prometo que estará mais segura se vier conosco — insistiu Masika, se livrando de Wren. — Podemos ajudar uma à outra a terminar a prova.

Liza estremeceu de medo, se afastando.

— N-não... Não vou... Não vou voltar para lá. Aquela coisa vai me encontrar. — A voz dela vacilou quando outro soluço subiu pelo seu peito. — Ela sabia coisas da minha antiga vida... coisas que fiz... coisas...

Wren se aproximou de Masika e sussurrou no ouvido dela:

— Masika... Acho que ela perdeu a razão...

— Só espera um...

Masika congelou. Estava olhando para alguma coisa atrás de Liza, alguma coisa escondida no escuro. Wren seguiu seu olhar, cada vez mais alto... mais alto... até que parou no mesmo ponto para onde Masika estava olhando.

Não.

Era a mesma criatura de antes. Flocos de sangue coagulado pingavam de suas mãos, escorrendo da boca em um fluxo intenso.

— Liza... — sussurrou Masika, a voz vacilante. Wren sabia que ela estava tentando mascarar seu pavor com um sorriso acolhedor. — Preciso que me escute com atenção, certo? Preciso que continue olhando para mim... e preciso que você *corra.*

Liza hesitou. Por um momento, pareceu normal de novo. Voltou a ser racional.

Imediatamente, Wren soube o que ela estava prestes a fazer.

Deu um passo à frente.

— *Não...*

Mas era tarde demais. Liza olhou por cima do ombro, dando de cara com a criatura, que estava a apenas alguns metros de distância. Um segundo aterrorizador se sucedeu.

E então o grito de Liza cortou a noite.

Não houve tempo para pensar. Nenhum tempo para reagir apropriadamente. A criatura se virou ao som daquela voz, partindo para cima dela a uma velocidade impressionante. Seus braços e pernas compridos e tortos se moviam como os de uma aranha, cada articulação estalando alto enquanto ela saltava da escuridão em direção a elas.

Wren começou a correr, agarrando com força o pulso de Masika. Rezou para que a outra garota as seguisse, mas, enquanto elas avançavam, Liza permaneceu imóvel, ficando para atrás até que se perdeu na escuridão.

Chegaram a uma encruzilhada.

Masika encarou Wren.

— Esquerda!

Wren assentiu, a determinação a impulsionando.

Porém, bem quando estavam para virar à esquerda, seguindo o caminho escolhido por Masika, sentiu alguma coisa rastejar por seu corpo, envolvendo e apertando seu torso. Ela olhou para baixo, em pânico, e deu de cara com trepadeiras se enrolando em sua cintura.

Nem teve nem tempo de gritar antes de o labirinto a engolir por inteiro.

# 15

# IRENE

Irene não acreditava em contos de fadas. Tinha dezoito anos, não *doze*. A última vez que tinha sido ingênua o suficiente para fazer um pedido a uma estrela cadente ou esperar que o príncipe encantado escalasse as paredes e entrasse pela janela do seu quarto para lhe fazer uma declaração de amor, ainda era uma jovem iludida pelas próprias fantasias inúteis.

Para ser sincera, o fato de que tinha cogitado a possibilidade de um felizes-para-sempre era constrangedor.

Então, logicamente, o monstro diante dela não podia ser real.

Fragmentos prateados de magia crepitavam em sua palma enquanto ela tentava entender para o que estava olhando. Certamente *parecia* uma coisa saída direto de um conto de fadas, um rosto feito só de ossos, braços e pernas cobertos de escamas, olhos amarelos de serpente. Para não falar que o monstro tinha mais de dois metros de altura, com uma grande corcunda protuberante e garras afiadas como navalhas projetando-se dos dedos.

Não importava o que fosse, não a enxergava. Irene tinha se posicionado junto à cerca viva, com um feitiço de disfarce a rodeando como um véu invisível. Mas o tempo estava passando e, se tinha qualquer pretensão de sair do labirinto, precisava avançar. O que significava que precisava achar um jeito de passar pela criatura sem ser vista.

Um pequeno movimento chamou sua atenção. Não da criatura, mas de algo atrás dela, em sua visão periférica. Estreitou os olhos e se virou, com cuidado para não ultrapassar o limite do feitiço de disfarce. Um segundo depois, seus olhos se ajustaram e ela avistou alguma coisa atravessando as sombras.

Dois rostos.

Conhecidos.

Emilio e Olivier estavam agachados a poucos passos dela, aparentemente sem saber que Irene estava logo ali, ao alcance. Pareciam estar pensando no que fazer em seguida, apesar de nenhum ser inteligente o bastante para conjurar um feitiço de disfarce também.

Idiotas.

Ela esticou seu feitiço em direção a eles, envelopando-os com o véu transparente.

— Olá, meninos.

— Cacete... — xingou Emilio baixinho, quase caindo no colo de Olivier. — Há quanto tempo você está aí?

— Tempo o suficiente. Imagino que nenhum dos dois sabe o que é aquela coisa, sabe?

— Não tenho a mínima ideia — admitiu Olivier, com um suspiro de derrota.

Seu cabelo loiro, que costumava estar sempre perfeitamente penteado, estava todo desgrenhado, e seu nariz estava sujo de terra.

— Mas eu diria para a gente seguir em frente. Podemos manter o feitiço de disfarce e ele não vai nos ver.

— O caminho é muito estreito — comentou Irene. — Não conseguiríamos passar sem encostar nele.

— Então o que você sugere?

A verdade era que *tinha* acabado de pensar em um plano, mas alguma coisa lhe dizia que os dois não ficariam felizes com a ideia, considerando que envolvia botá-los para fora do feitiço e usá-los como isca.

— Podemos trabalhar juntos — disse Emilio, pegando Irene de surpresa. — Se nós três o atacarmos... podemos vencê-lo.

— *Você* quer lutar contra aquela coisa? — perguntou Irene.

— Bem, querer eu não quero, mas acho que é a nossa melhor chance. Três contra um.

Irene tinha que admitir que parte dela estava doida por uma boa briga, por uma oportunidade de botar a mão na massa. Só não esperava que a sugestão viesse de Emilio. Mas agora que a opção tinha se apresentado, não conseguia abafar a parte dela que estava louca por um pouco de ação.

— Tá bom. — Ela soltou o ar com força. — Ela não pode atacar todos nós de uma vez só, então vai ter que escolher um alvo. Nós sabemos que eu tenho muito mais habilidade em magia corpórea, então vou ficar encarregada de tentar destruí-la. — Ela se virou para Olivier. — Você está na Litterman, né? Então deve ser muito bom com ilusões.

Ele assentiu.

— Sou *extraordinário.*

Ela revirou os olhos.

— Certo, bem, acha que conseguiria criar uma ilusão de mim?

Olivier pensou um pouco.

— Acho que sim, mas ilusões feitas para imitar pessoas costumam ser instáveis. — Os olhos dele se voltaram para a criatura. — Mas, pensando bem, acho que não temos que nos preocupar, porque é bem improvável que aquele monstrengo caveirudo tenha mais de dois neurônios.

— Para mim, serve.

Irene viu seu plano se materializando. Olhou para Emilio, que a encarava com uma expressão surpreendentemente ávida.

— Você entende de magia elementar?

— Entendo. — Ele deu de ombros. — O bastante para me virar.

— Vai ter que servir. Quando eu der o sinal, quero que você solte um círculo de fogo diretamente ao redor da criatura. Entendeu?

— Entendi.

— Certo. — Irene olhou de um para o outro. — Prontos?

Eles assentiram.

— Prontos.

Assim que Irene desfez o feitiço de disfarce e o véu transparente se dissipou, a criatura voltou a atenção para eles, mostrando os dentes afiados. Sob os ossos de alabastro que lhe cobriam o rosto, vários olhos amarelos e doentios se viraram para eles, focando somente Irene, que estava na frente do grupo.

Bom.

Ela se agachou, cheia de expectativa. Antes que a criatura pudesse reagir, manipulou o ar ao seu redor, se impulsionando para a frente com uma rajada de vento, planando diretamente por entre as pernas da criatura, saindo do outro lado. Olivier começou a construir a ilusão, com runas violeta brilhantes brotando no ar. Ele trabalhou na velocidade da luz, os dedos se mexendo com habilidade, até que uma réplica exata de Irene surgiu diante dela, e então outra, e outra, e mais uma, até que havia pelo menos uma dúzia de Irenes rodeando-a, todas na mesma posição, agachadas.

A criatura inclinou a cabeça, olhando para as várias ilusões, a boca se curvando de raiva.

O monstro partiu para cima de uma das ilusões, retalhando seu peito com as garras afiadas. A ilusão se desintegrou, flutuando no ar como se fosse mera fumaça. A criatura rugiu, erguendo a cabeça, como se estivesse prestes a atacar de novo.

— Mantenha ele distraído! — gritou Irene em meio ao caos.

Olivier assentiu, murmurando baixinho. Quando as palavras saíram de seus lábios, todas as ilusões se viraram para encarar o centro do caminho, os movimentos completamente sincronizados ao seguirem as instruções de Olivier. A criatura as atacou, cheia de fúria no olhar, se movendo de um lado para outro, louca para destruir.

— Agora! — gritou Irene, sinalizando para Emilio.

Ele entrou em ação, invocando chamas de seus dedos, até que uma esfera de fogo emanou de suas palmas. Ele a atirou em direção à criatura e Irene prendeu a respiração conforme o fogo avançou com rapidez em volta dos pés do monstro, engolindo-o em um círculo perfeito de chamas.

*Minha vez*, pensou Irene ao invocar os fragmentos prateados em suas veias, saboreando a sensação de tê-los correndo por seu peito até os dedos. Bastava avançar e cortar a criatura ao meio. Só precisava de um pouquinho mais de tempo, mais alguns segundos para...

Uma força invisível a jogou no chão, expulsando o ar de seus pulmões. Sua visão embaçou e voltou ao foco, a fonte do golpe ficando visível. Era a criatura. Suas garras apertavam os ombros de Irene, prendendo-a ao chão. O odor acre de pele queimada fez seu nariz arder.

Ela ficou em choque.

A criatura tinha atravessado as chamas, implacável, e a atacara.

Olivier estava correndo em sua direção quando algumas trepadeiras surgiram da cerca viva e o puxaram para trás, erguendo-o no ar. A trepadeira o envolveu, envelopando-o em um casulo de galhos e folhas.

A criatura, sentindo o desespero de Irene, soltou um rugido de triunfo e enfiou uma das garras em seu abdômen.

E foi quando Irene sentiu.

Não era a pressão familiar com a qual tinha se acostumado. Não... era completamente diferente. Era *dor.* Uma dor real, excruciante, entorpecente, que brotou de sua barriga e se espalhou pelos nervos.

Mas não era possível. Não podia...

A criatura rugiu, enfiando ainda mais a garra, o bafo quente na cara dela.

*Mexa-se*, Irene escutou a voz de sua mãe sussurrando lá no fundinho da cabeça. *Se não se mexer, não vai sobreviver.*

A raiva abafou o medo. *Sai da minha cabeça*, Irene quis gritar de volta. *Você não pode mais mandar em mim.* Porém, enquanto aqueles segundos agonizantes se arrastavam, a criatura não se mexeu, e Irene se viu incapaz de se mover, incapaz de acessar a magia dentro de si e fazer o que tinha que ser feito.

Era isso.

Não conseguiria passar da primeira prova. Seria a decepção que sua mãe sempre dissera que ela era.

Irene fechou os olhos. E então um grito gutural cortou o ar.

Abriu os olhos e viu alguma coisa que não conseguiu entender direito. Emilio estava atacando a criatura com uma espada. Um grito falhado ecoou de sua garganta enquanto ele enfiava a espada no pescoço da criatura, cortando sua cabeça em um golpe perfeito.

Irene arfou quando a garra saiu da sua pele, o corpo do monstro colapsando no chão ao seu lado. A cabeça rolou em direção aos pés de Emilio, que ficou ali, com a espada ensanguentada em mãos, a boca aberta de choque.

Irene pressionou a mão contra o ferimento na barriga. Um sangue quente escorria por entre seus dedos, molhando a bainha da camisola.

Tinha alguma coisa errada. Aquilo não era normal.

— Você está bem? — perguntou Emilio, a voz trêmula.

— Estou... estou bem. — Ela pigarreou. — Obrigada.

— Imagina.

A voz de Olivier rompeu o silêncio.

— *Hã...* apesar de estar muito contente por nenhum de vocês estar ferido, eu adoraria que alguém viesse me tirar desse negócio.

Irene ergueu a mão trêmula, invocando a magia dentro de si, e cortou alguns dos galhos.

Olivier despencou no chão e se levantou.

— Bom, isso foi empolgante.

Irene soltou uma risada gutural, mascarando a dor que corria por seus braços e pernas. *Conte a eles*, sussurrou uma voz urgente no fundo da sua mente. *Conte o que sentiu.* Mas alguma coisa manteve as palavras presas em sua garganta. Uma resistência. Um desespero para esconder sua fraqueza, mesmo que isso custasse a vida de outras pessoas.

Os olhos de Olivier pousaram em Emilio.

— Onde é que você arrumou uma espada?

— Encontrei. — Emilio gesticulou para a cerca viva. — Acho que o labirinto… me deu.

— Bom, isso foi muito conveniente.

— Eu só estava pensando em como seria útil ter uma arma — murmurou Emilio, parecendo ainda atordoado. — É como se ele tivesse ouvido meus pensamentos.

Irene encarou a cerca viva.

— Talvez tenha ouvido mesmo.

O labirinto podia até ter ajudado Emilio, mas ela ainda não confiava no lugar. Estava convencida de que nada bom vinha de graça, e não queria ficar para descobrir o que o labirinto queria em troca.

Ela se esforçou para ficar de pé.

— Vamos seguir em frente.

— Minha sugestão é a esquerda.

Olivier tomou Emilio pelo braço e avançou. Irene se afastou deles.

— Vou para a direita.

Emilio ergueu o olhar.

— Você… você não vem com a gente?

Ele pareceu magoado de verdade, as sobrancelhas erguidas em surpresa. E, por um breve momento assustador, Irene sentiu uma pontada de arrependimento.

— Não. — Ela balançou a cabeça. — Prefiro ficar sozinha.

Olivier bufou.

— Tá falando sério? Quase fui estrangulado por uma planta e você quase foi comida por um monstrengo, e agora quer arriscar o resto da prova sozinha?

— Não é um esporte de equipes.

— Meu Deus, Irene. — Ele balançou a cabeça, a decepção brilhando em seus olhos. — Não vai morrer se confiar nas pessoas.

— Engano seu — murmurou ela.

— Irene…

— Eu queria acreditar nisso. — As palavras saíram de sua boca enquanto ela cambaleava para trás, se distanciando deles. Não podia ficar perto. Não suportava ver a honestidade em seus olhos, escutar a preocupação em suas vozes. — Queria acreditar que vale a pena confiar nas pessoas. Mas vocês estão *errados*. Confiar só acaba com a gente.

Emilio tinha dado um passo à frente, como se fosse falar alguma coisa, quando uma cacofonia surgiu mais adiante, interrompendo-o. Os três olharam ao mesmo tempo e observaram duas pessoas aparecerem.

Georgia Lynn e Carter Rowland. Os nomeados da Casa Fiddle. De início, Irene viu apenas o característico cabelo azul de Georgia. Estava preso em um rabo de cavalo, e suor escorria de sua pele pálida. Ao lado dela estava Carter. Era fácil reconhecê-lo mesmo de longe, por causa das tatuagens que cobriam cada milímetro de sua pele. Os dois eram bem conhecidos entre os alunos — por viverem quebrando as regras. Mas sua nomeação não era bem uma surpresa. Apesar de sua propensão a provocar os inspetores, todo mundo sabia que Georgia e Carter tinham as notas mais altas quando se tratava de ceifar almas no Éter.

Eram praticamente lendas.

Quando a visão de Irene voltou a focar, percebeu que a dupla estava gritando alguma coisa, embora fosse difícil de ouvir com a voz deles abafada pelo vento. Foi só quando Irene percebeu os fios grossos de fumaça se erguendo como uma onda de carvão atrás deles que as vozes ficaram claras.

— CORRE!

A palavra ecoou fundo no peito de Irene enquanto ela dava no pé. Correu na direção oposta, pressionando o ferimento que sangrava, enquanto o caos irrompia em suas costas. Atrás dela, Georgia berrava, o som causando arrepios nos braços de Irene.

Incapaz de resistir, deu uma olhada por cima do ombro.

Emilio e Olivier estavam correndo, pouco passos atrás dela, de mãos dadas. Carter tinha tropeçado em uma raiz protuberante e estava lutando para se levantar de novo. Georgia se abaixou, tentando puxá-lo para a segurança enquanto a fumaça deslizava, com uma velocidade inacreditável, em direção a eles. Bastaria alguns segundos para que os envolvesse por inteiro.

*Ajude-os*, sussurrou uma voz horrível na cabeça de Irene.

Mas ela não podia. Não tinha tempo para se preocupar. Não dava tempo de voltar. Irene só tinha que continuar correndo. Chegou à encruzilhada do labirinto e virou à esquerda, os olhos fixos adiante. Olivier e Emilio a tinham ultrapassado enquanto estava olhando para trás, e não tinha certeza de para que lado tinham ido, mas não importava.

Só precisava continuar correndo.

Para se salvar.

Para…

Irene tropeçou, o corpo voando em direção ao chão, e bateu a cabeça contra alguma coisa pontuda e dura.

A última coisa que escutou antes de desmaiar foi o som de alguém gritando.

# 16

# WREN

A cerca cuspiu Wren sem aviso. Seu corpo atingiu o chão, as palmas contra o solo. Atrás dela, as trepadeiras se afastaram, voltando para a cerca viva. Wren conseguiu se levantar e tentou entender onde estava.

Definitivamente, era o mesmo labirinto, mas Masika e Liza não estavam mais à vista. Ela nem conseguia escutá-las. Apenas um silêncio assustador cobria o ar e o farfalhar das folhas ao vento.

Por um segundo, Wren se viu paralisada, sem saber o que fazer.

Mas então as palavras de Masika ecoaram em sua mente: *Seguimos em frente.*

Ela estava certa. Não dava tempo de entrar em pânico. Só precisava seguir em frente.

Wren avançou. Quanto mais adentrava o labirinto, mais a escuridão a rodeava, o brilho prateado de Blackwood sumindo à medida que os galhos entrelaçados ficavam mais espessos acima dela, se transformando em uma cobertura de trepadeiras espinhosas e galhos podres.

Com nada além do silêncio assustador para lhe fazer companhia, Wren finalmente se deu conta da realidade da situação.

Isso aqui é o Decênio.

Apesar da raiva que sentia por Silas ter escondido a verdade, achava que a promessa de nomeá-la não tinha sido uma completa mentira. *Fora* nomeada. Tecnicamente. Ele só tinha omitido o fato de que haveria outros daquela vez.

O momento para tudo isso acontecer parecia muito conveniente, e Wren não conseguia deixar de sentir que a mudança no Decênio estava relacionada, de certa forma, à estranha chegada de Louise. Mas não podia focar nisso agora, não quando havia coisas mais importantes das quais cuidar.

Não quando precisava vencer.

Pegou uma entrada à direita e então viu uma sombra se mover diante dela. Conjurou uma esfera de luz, iluminando a figura parada a alguns metros.

Era August.

Mas tinha algo... diferente. Ele a encarava sem expressão, como se não a enxergasse, as mãos pendendo junto ao corpo.

— August? — A voz de Wren tremeu ao chamado.

Ele piscou e os olhos mudaram do familiar cinza frio como gelo para um vermelho-sangue assustador.

Wren arfou, cambaleando para trás. Devia ser algum tipo de ilusão. Algum truque...

August inclinou a cabeça. Foi um movimento repentino, rígido demais para parecer humano. E então a boca dele se curvou em um sorriso aterrorizante, revelando dentes pretos, podres.

Não.

Aquela coisa, aquela réplica, não era August.

Havia sangue roxo-escuro escorrendo da boca para o queixo da criatura. O clone de August deu um passo adiante, e então outro, com aquele sorrisinho torto e vil ainda estampado no rosto.

A cerca viva ao lado de Wren tremeu, então uma adaga surgiu, rolando pelo chão. Surpresa, Wren encarou a arma. Entalhes espirais tinham sido cravados no cabo esmeralda, e a lâmina prateada estava bem afiada. Correu para pegá-la, as mãos escorregadias de suor, e a apontou para o clone.

— Não se aproxime!

Wren conjurou chamas, guiando-as em direção à ponta da adaga, cobrindo a lâmina afiada em fogo incandescente.

— Isso não é necessário — disse o clone, praticamente ronronando, e se aproximou mais. — Só quero conversar.

Wren girou a adaga nas mãos, as chamas atingindo o clone no ombro. A pele dele chiou, queimando até que ligamentos e ossos ficaram aparentes. Mas o clone mal se retraiu, limitando-se a olhar para o ferimento com um sorriso provocador.

— Bem... — Ele olhou de volta para ela, achando graça. — Isso não foi muito legal.

Wren assoprou uma mecha de cabelo do rosto.

— Bem... quem disse que sou legal?

Ela avançou, tentando fincar a lâmina no peito do clone, que conseguiu se desviar no último segundo num movimento tão rápido que ela mal teve tempo de assimilar. Wren engoliu o pavor ao girar a adaga entre as mãos, preparando-se para virar e encarar o clone mais uma vez.

— Chega de dançar — zombou Wren. — *Luta comigo.*

A criatura apenas deu risada.

— Por mais divertida que seja a ideia... Infelizmente, não posso.

— Por que não?

— Porque não sou legal também.

Ele estalou os dedos, e foi como se todo o ar fosse sugado dos pulmões de Wren.

Ela não conseguia respirar.

Levou os dedos ao pescoço, desesperada por ar, desesperada por *qualquer coisa.* Caiu de joelhos, arfando, impotente, sufocando no vazio que preenchia seus pulmões. Acima dela, o clone continuava sorrindo.

— Wren Loughty. — Sua voz mudou de repente, perdendo a rouquidão que ela conhecia tão bem. Aquela voz... não era de August. — Você não é exatamente o que eu estava esperando.

Uma confusão anuviou a cabeça de Wren enquanto ela ainda sufocava, lágrimas enchendo seus olhos.

O clone sorriu ainda mais.

— Ah, o que é isso? Não precisa chorar. Pode ser que não perceba ainda, mas estou aqui para te libertar. Para te salvar. — Ele se aproximou, os olhos vermelhos fixos nos dela. — Você não quer se libertar da culpa? O acidente te assombra. Infesta seus sonhos. Posso te libertar disso. Posso te ajudar a finalmente desapegar.

O terror cravou as garras no peito dela.

*O acidente.*

*Como?*, Wren queria perguntar, mas a voz não saía. Quase não conseguia mais enxergar, estava tudo embaçado.

O clone riu, como se tivesse escutado a pergunta.

— Eu sei de tudo.

Bem quando Wren tinha certeza de que desmaiaria em segundos, o clone soltou um arquejo repentino, o queixo caindo e os olhos se arregalando. Wren ergueu os olhos para ver a ponta da adaga prateada despontando do peito da criatura, a lâmina reluzente coberta de sangue roxo-escuro.

Então o clone sumiu, como se não fosse nada além de fumaça e cinzas.

A força invisível apertando o pescoço de Wren se soltou e ela deixou escapar um arquejo engasgado. Um tenso momento de silêncio inundou seus ouvidos enquanto ela recuperava o fôlego, inalando o ar ao redor com vontade.

Um galho se partiu diante dela, que ergueu rapidamente a cabeça.

Parado onde segundos antes estivera o clone de August estava... *August*.

Sangue roxo manchava sua camisa branca e seu rosto. Ele tinha um olhar assassino, uma aparência meio lupina que fez a garganta de Wren se fechar de novo. O peito dele subia e descia em uma respiração irregular, segurando tão forte a adaga que os nós de seus dedos estavam brancos.

— Loughty? — A voz dele falhou ao falar seu nome.

Ele deu um passo à frente, querendo tocá-la, mas Wren recuou, fugindo dele.

A expressão de August demonstrou confusão.

— Sou... eu.

— Eu não... — Wren balançou a cabeça. Parecia que estava enlouquecendo, sua sanidade se desfazendo pouco a pouco. — Não tenho certeza. Como vou saber que é realmente você?

August pensou um pouco, os dedos se abrindo e fechando ao lado do corpo. Por alguns segundos, ele não disse nada, então simplesmente deu de ombros e respondeu:

— Acho que vai ter que confiar em mim. Mas você nunca foi muito boa nisso.

O alívio tomou conta dela, o calor se acumulando em seu peito. *É claro que é ele.* Parte de Wren sabia que sempre reconheceria August. Não importava onde estivessem, não importava quanto tempo tivesse passado. Naquela vida e na próxima.

Ela pigarreou.

— Chegou na hora certa.

A expressão de August se suavizou um pouco, a preocupação sumindo de seu rosto.

— Virei a esquina e vi aquela... *coisa.* — Ele cuspiu a última palavra e tirou um cacho suado do rosto. — Imaginei que precisasse de ajuda.

Wren olhou para a adaga na mão dele.

— O labirinto me deu essa adaga. Não entendo. Uma hora, ele me ajuda; na outra, faz o possível para que eu seja eliminada. — Ela riu e olhou para August. — Parece até você.

Ele revirou os olhos.

— Acho que o que você estava querendo dizer era "obrigada".

— Tá. — Ela tentou abafar o rubor indesejado em suas bochechas. — Obrigada.

Queria perguntar o quanto ele tinha escutado de sua conversa com o clone, mas não conseguiu. E, antes de poder reunir coragem, a cerca viva ao lado deles se mexeu de repente, mudando até que uma abertura aparecesse diante deles. Do outro lado, havia um novo caminho. Diferente do resto do labirinto, aquela trilha estava adornada com postes de luz de bronze, e o chão, com uma grama exuberante pontilhada de tulipas.

— Bem... — Wren deu uma olhadinha pela abertura. — Isso é novidade.

Ao lado dela, August suspirou.

— Devemos seguir em frente?

Wren hesitou antes de roubar a adaga da mão dele.

— Como se tivéssemos escolha.

# 17

# MASIKA

Ela estava perdida. Os minutos se transformaram em horas, e tudo o que Masika podia fazer era repassar o momento em que o labirinto engoliu Wren, envolvendo o corpo dela com a vegetação voraz. Masika podia ter feito alguma coisa. Ido atrás dela.

Mas tinha ficado para trás, assistindo.

Tentava não ficar remoendo isso. Wren era inteligente e rápida, e se alguém conseguiria se livrar de uma situação como aquela… era ela.

Ou talvez esse fosse só o jeito de Masika se convencer de que Wren estava bem.

Não importava.

Não podia voltar no tempo.

Se entrasse em pânico, se sucumbisse à ansiedade… não tinha como saber o que aconteceria. Precisava continuar focada. Objetiva. Sua sanidade era sua chance de voltar a Blackwood.

Principalmente se considerasse o que estava à espreita no labirinto.

Alguns minutos depois de Masika acordar no labirinto, pensara ouvir a voz de Irene a chamando. Seguiu o som, até que encontrou um beco sem saída.

Irene estava parada lá.

Mas não era bem Irene. Aquela versão tinha dentes pretos e os olhos tão vermelhos que pareciam brilhar. A pele era de um branco doentio, com veias saltadas correndo pelo pescoço.

Ela xingara Masika de modo horrível. Dissera coisas que Masika sempre temera, em segredo, que Irene pensasse dela. *Inútil. Surtada. Patética.* E, por mais que Masika tivesse ficado tentada a se aproximar, parte dela soube que devia ser algum truque. E, antes que pudesse mudar de ideia, saíra correndo para longe daquela imitação aterrorizante de Irene, sem ousar olhar para trás.

A criatura, fosse o que fosse, não a seguiu.

E Masika não pretendia reencontrá-la.

Acelerou o passo, suspirando, determinada, engolindo qualquer nervosismo restante. Porém, quanto mais andava, mais sua mente começava a divagar, memórias longínquas surgindo, uma delas em especial.

*— Você sempre lê assim, minha pombinha? — Catherine se inclinou sobre ela, com um sorriso implicante.*

*Masika não tinha nem percebido sua estranha posição. Estava deitada em uma cadeira com as pernas apoiadas no encosto, a cabeça pendendo para trás, com uma cópia de* Feitiços básicos de transmutação *nas mãos.*

*— Isso me ajuda a me concentrar — respondeu ela, tímida.*

*Catherine se sentou no chão ao seu lado.*

*— Masika Sallow... já mencionei que te acho fascinante?*

*Masika fechou o livro e se sentou direito, encarando-a.*

*— Catherine Clarke... já mencionei que quero te beijar?*

Tinham dado o primeiro beijo naquela noite. Masika lembrava muito bem. Cada pequeno detalhe. Cada momento perfeito. Infelizmente, isso também significava que se lembrava de tudo o que acontecera depois. A rachadura que as afastara uma da outra. O mergulho lento na loucura.

A última noite que viu Catherine.

*A janela estava aberta. Foi a primeira coisa que Masika notou quando entrou no quarto. Uma única vela estava acesa na mesinha de cabeceira, a chama âmbar dançando na brisa.*

*— Catherine?*

*Uma pesada inquietação tomou seu peito. De alguma maneira, soube que tinha alguma coisa errada.*

*A porta do guarda-roupa de Catherine tinha sido deixada entreaberta. Masika a abriu com a mão trêmula, e recuou, cambaleando, com o que viu lá dentro. Dezenas de papéis estavam grudados nas paredes do armário... folhas escritas de um diário, marcadas com sangue. Nenhuma fazia sentido. Divagações sem pé nem cabeça.*

*Mas havia uma mensagem, uma frase repetida, que se destacava entre o restante.*

*O Desalmado vai te libertar.*

Masika foi despertada da memória por um som distante. A princípio, achou que fosse apenas o vento. O labirinto estava brincando com ela.

Mas então se deu conta. Não era só um barulho... era uma voz.

Racionalmente, sabia que podia ser só algum dos outros nomeados por perto, mas algo naquela voz soava estranho, como se estivesse, de alguma forma, por todos os lados, acima e abaixo dela.

Parou de repente quando percebeu que *reconhecia* a voz.

— *Masika...*

Era impossível. Um truque. Uma ilusão sádica usada para confundi-la. Mas, ainda assim, prendeu a respiração, escutando com atenção. A voz ecoou mais uma vez.

— *Masika...* — Soava igualzinha a ela. — *Venha me encontrar, minha pombinha...*

Alguma coisa se moveu nas sombras adiante. Masika estreitou os olhos, determinada a enxergar melhor, e então a viu. Cabelo castanho-claro caindo em ondas largas. Coxas macias e um rosto em formato de coração. Um sorriso feito do próprio sol.

— Catherine.

Masika começou a correr, quase tropeçando nos próprios pés enquanto tentava alcançar a ilusão de Catherine. *Tinha* que ser uma ilusão. Não tinha como ser ela. Porém, mesmo sabendo disso, precisava ir conferir. Mesmo que fosse para só vê-la rapidinho. Mais uma vez.

No entanto, ao chegar mais perto, Masika parou, derrapando.

O que viu no final do caminho a trouxe de volta à realidade.

Curvada sobre um corpo estava a mesma criatura de antes. Branca, com uma pele coriácea cobrindo seus braços e pernas longos e tortos. Sangue pingando da boca, escorrendo pelo queixo. Garras rasgando carne. O estalido de ligamentos sendo rompidos. Ossos esmagados sob as garras afiadas.

Um rosto familiar descorado.

A primeira vez que Masika encontrara Nick Aronson tinha sido entre aulas. Ele era um garoto quieto e comum, com olhos cor de topázio que vagavam com nervosismo, e bochechas macias e coradas.

A última vez que o vira tinha sido naquela manhã mesmo, enquanto falava com Liza.

Ele estivera ali perto, acenando para ela com um sorriso animado no rosto.

Masika piscou e a imagem de Nick todo contente se evaporou feito orvalho da manhã, dando lugar à cena que se desenrolava diante dela.

A criatura tinha enfiado as garras no peito de Nick e aberto um buraco, mutilando seu torso em várias partes. Sob o aperto da criatura, Nick berrava. Não era um grito de medo ou de desamparo.

Era um berro *animalesco*.

Os olhos deles se encontraram por um momento paralisante.

Masika prendeu a respiração e se aproximou, preparada para lutar. Ela ergueu a mão, invocando a magia dentro de si, mas alguma coisa na expressão de Nick a fez congelar com o braço erguido para o céu. Ele não estava pedindo ajuda. Não estava implorando em silêncio para que ela interviesse e o salvasse.

Os olhos dele gritavam para ela correr. Para deixá-lo ali.

— Por favor — sussurrou ele.

Antes que Masika pudesse entender o recado, o corpo de Nick começou a se evaporar em minúsculas partículas, seu rosto se desfazendo como cera derretida. As partículas que outrora eram Nick flutuaram no ar, formando um padrão circular antes de sumirem por completo.

Ele se foi.

Masika levantou as mãos para sufocar o grito de terror que rasgou sua garganta.

Mas era tarde demais.

O barulho que tinha feito foi alto o bastante para chamar a atenção da criatura, que se voltou em sua direção, os olhos vermelhos brilhando no escuro.

Daquela vez, no entanto, Masika estava pronta para lutar.

Ela soltou um grito ao estender a mão para a criatura e soltar uma onda supersônica de pressão que a fez voar pelos ares e colidir com a cerca viva atrás. Enquanto a criatura lutava para se recompor, Masika aproveitou a oportunidade para invocar um pouco de magia corpórea em suas veias, fragmentos prateados surgindo de seus dedos.

Esticou a mão, deixando a fúria guiar seus movimentos, e cortou a criatura ao meio.

A exaustão foi imediata; o preço da magia pesou sobre ela, deixando-a de joelhos. Quando olhou por entre os cabelos molhados de suor, viu que o torso da criatura tinha se separado do resto do corpo, e os olhos vermelho-sangue estavam vazios, arregalados e brancos.

Mas não houve tempo para saborear a vitória.

Naquele mesmo momento, a cerca viva ao lado se mexeu, formando uma abertura que revelou um novo caminho: uma trilha pavimentada de tijolos vermelhos e repleta de borboletas opalescentes. E, embora ela não soubesse muito bem aonde ia dar, se pôs de pé e a adentrou, torcendo para que qualquer coisa que a esperasse do outro lado fosse melhor do que aquilo que tinha deixado para trás.

# 18

# EMILIO

Não era para Emilio ser o herói. Ele não era de grandes aventuras e escapadas ousadas. Gostava de coisas simples: uma xícara de café pela manhã e uma caminhada à tarde. Gostava de rotina. Da simplicidade de uma vida fácil.

Da *única* vez que tinha se permitido desviar dessa rotina, acabara morrendo. O que significava que Emilio agora não só odiava perigo, como também tinha aversão a ele. Fazia o possível para ficar na bolha segura de seu mundo repleto de livros antigos e velas aconchegantes. Cheio de noites passadas nas sombras da Biblioteca.

Então... não conseguia entender como acabara jogado em um labirinto cheio de monstros.

— Temos que seguir avançando.

Olivier ia em frente, o rosto cheio de determinação. A área do labirinto em que tinham entrado era silenciosa, com cercas vivas assomando ao redor deles. Emilio não tinha ideia de onde estavam, ou de para onde ir em seguida.

— Acho que despistamos aquela fumaça, mas não temos como saber a distância dela — continuou Olivier. — Se seguirmos avançando, talvez a gente consiga manter nossa vantagem.

Emilio plantou os pés no chão.

— Não. Eu não... *espera.*

Olivier parou.

— O que foi?

— Eu só... — Emilio balançou a cabeça, tentando acalmar a respiração. — Preciso de um segundo.

A fumaça tinha surgido do nada. Mesmo enquanto corria dela, em pânico, Emilio percebera o quanto era destrutiva, devorando tudo pelo caminho, chamuscando o chão até que não restasse nada além de cinzas. Eles tinham ultrapassado Irene e a perdido de vista segundos depois de começarem a correr, mas, a julgar pelo fato de que ainda não a tinham encontrado, Emilio presumia que ela tivesse seguido para a esquerda. Georgia e Carter também não tinham reaparecido, e Emilio torcia para que tivessem conseguido escapar ilesos, não importava para qual lado tivessem ido. Conforme corriam, a fumaça aos poucos se dissipara, até que a enorme onda se tornou uma nuvenzinha que sumiu no ar, se desvanecendo no labirinto atrás deles.

Emilio batia o queixo enquanto passava os braços ao redor de si mesmo, tentando convencer seu corpo a colaborar. *É claro.* Agora Olivier saberia o quanto era fraco e patético. Como era completamente *inútil.*

— Emilio. — Olivier se aproximou. — Você está bem?

— Eu… estou bem. — Emilio fez uma careta ao som da própria voz. Não soava nada bem.

Olivier suspirou e diminuiu a distância entre eles.

— Escuta. Não vou deixar nada acontecer com você. Você sabe, né?

Emilio esfregou a nuca.

— Falar é fácil…

Olivier o encarou. Houve um silêncio tenso. E então, antes que Emilio pudesse sequer se preparar para o pior, Olivier segurou seu rosto com as duas mãos.

— Emilio Córdova — disse ele, devagar. — Eu prometo solenemente que não vou deixar ninguém machucar nem sequer *um fio* de cabelo dessa sua cabecinha linda. Entendeu?

Os joelhos de Emilio ameaçaram falhar, mas ele manteve a compostura.

— Entendi.

Olivier assentiu, satisfeito, e baixou as mãos.

— Olha… isso aqui é só uma prova. O que significa que *tem* um jeito de resolver. Uma saída que não estamos vendo.

— Acho que a solução não é apenas encontrar uma saída. — Emilio passou a mão pelo cabelo, nervoso. — Alguma coisa me diz que os caminhos que a gente escolhe não têm nada a ver com encontrar a saída do labirinto.

— Como assim?

— Não sei. — Emilio estremeceu quando uma brisa gelada arrepiou sua pele. — Só tenho a sensação de que estamos deixando alguma coisa passar. Que não basta ficar vagando e encontrar uma saída.

Uma comoção súbita roubou a atenção deles — um ganido alto seguido por barulhos de uma agitação, como os sons de uma briga. Emilio se sobressaltou, virando a cabeça de um lado para o outro, tentando localizar a origem do som. Quando seus olhos recaíram em Olivier, os dois trocaram olhares rápidos, um breve momento de hesitação, e então correram.

Quanto mais corriam, mais alto o barulho ficava. Parecia vir de algum lugar à esquerda, talvez do outro lado da cerca viva. Quando viraram a esquina, uma voz ficou clara.

— Afaste-se — um grunhido de esforço —, sua *escrota* abominável.

Emilio reconheceu a voz.

— Josie — sussurrou ele.

— Você conhece ela? — perguntou Olivier, incrédulo.

Emilio assentiu.

— Jocelyn Foster. Fazemos algumas aulas juntos.

Uma segunda voz ecoou sobre caos.

— ...não *provoque* elas, Josie!

Olivier ergueu o rosto.

— É o Tristan.

— A gente tem que ajudar eles.

— Podemos fazer isso... — Olivier deu um risinho nervoso. — *Ou* podemos só passar reto.

Emilio empalideceu.

— Você não pode estar falando sério.

— É uma competição, Emilio. Pessoas vão ser eliminadas.

Olivier tinha razão. Emilio sabia que, se tinha qualquer esperança de atravessar para o Outro Lado, precisava vencer. E, se quisesse alguma chance de sair por cima, tinha que deixar sua empatia de lado, não importava o quanto fosse difícil.

Mas então Josie soltou um grito. Um berro horrível, de agonia. Os dois não eram próximos, mas Josie sempre fora educada com ele. Mesmo quando Emilio era um recém-chegado em Blackwood, ela fizera questão de ajudá-lo a se ajustar às aulas, oferecendo uma cópia de suas anotações. Foi um pequeno ato de bondade, mas mesmo isso era raro no pós-vida.

Ele balançou a cabeça.

— Olivier. Não posso. Não consigo largar eles assim.

— Meu Deus... — resmungou Olivier, baixinho, com um sorrisinho curvando seus lábios. — Você é bom demais para esse mundo... você sabe, né?

— Você que acha.

— Vamos, então. — Olivier acelerou o passo. — Vamos fazer uma burrice.

Os dois viraram mais duas vezes à esquerda, seguindo a comoção, até que enfim chegaram à sua origem.

— Mas o que... — Olivier fez um estranho som de engasgo, como se as palavras tivessem sido sugadas de sua garganta.

Emilio parou derrapando e quase caiu para a frente, mas Olivier o agarrou pelo pulso, puxando-o de volta. Precisaram de um segundo para entender o que estavam vendo.

Josie e Tristan estavam de costas um para o outro, cada um deles encarando uma réplica de si.

Era perturbador. As réplicas eram quase idênticas às suas contrapartes, embora não parecessem nada humanas. Tinha alguma coisa de *sobrenatural* nelas, que fez Emilio ficar todo arrepiado.

Mas havia mais um detalhe que o preocupava.

Cada uma segurava uma espada.

Assim que se depararam com essa cena, Tristan — o Tristan real — virou o pescoço e encontrou os olhos de Emilio. Ele estava todo sujo de terra e fuligem, a pele marrom-escura pontilhada de suor.

— Olivier.

De alguma forma, apesar da situação em que estava, Tristan conseguiu abrir o sorriso mais brilhante que Emilio já vira. Não era de se espantar que quase metade dos alunos quisesse ser ele ou ficar com ele.

Olivier deu um risinho de nervoso.

— Tristan, querido... parece que você se meteu em uma bela confusão.

Ao lado dele, Josie tentava chutar seu clone com a ponta do seu sapato de boneca, mas a criatura se desviava com destreza dos ataques, como se lesse a mente dela e antecipasse os golpes. Seu cabelo loiro-escuro estava manchado com sangue seco, as mangas do suéter azul-marinho arregaçadas, revelando a tatuagem de uma bússola em seu punho.

— Esses *desgraçados* estão nos rodeando há quase uma hora! — rosnou Josie.

Apesar de ser menor do que todos os outros ali, Emilio tinha certeza de que, se tinha uma pessoa capaz de acabar com alguém com as próprias mãos, seria ela.

— Magia não funciona com eles — acrescentou Tristan entre dentes cerrados. — Então nem adianta tentar. Já tentei explodi-los em pedacinhos.

— Vocês já tentaram... conversar com eles? — perguntou Olivier.

Josie soltou uma gargalhada.

— Você pode tentar, mas não serve de nada. São mais tapados do que uma porta.

— Hm... com licença. — Olivier se dirigiu aos clones com um sorriso nervoso. — Será que a gente não pode simplesmente conversar? Civilizadamente?

As criaturas mantiveram os olhos em Tristan e Josie, inabaláveis.

— Eu avisei — zombou Josie.

Os olhos de Emilio focaram as espadas cintilando nas mãos dos clones. Ele engoliu em seco, revelando a própria espada, que tinha mantido escondida às costas.

— Talvez... talvez vocês precisem *disso* para derrotar eles? — sugeriu, cauteloso.

Assim que as palavras saíram de seus lábios, os clones se viraram para encará-lo com uma atenção sinistra. Era como se tivessem se esquecido completamente de Josie e Tristan, prestando atenção somente em Emilio. Caminharam em direção a ele, um passo rígido atrás do outro. Não demonstraram sinal de que parariam, se aproximando cada vez mais de Emilio, com um sorriso doentio.

Olivier xingou e recuou aos tropeços.

— Bom, acho que é um sim.

— O que... — Emilio se preparou para atacar, apontando a espada para os clones. — Preciso lutar com eles?

Mas então algo estranho aconteceu. Os clones começaram a se aproximar, braços e pernas se fundindo, até que os dois se tornaram um só. E então suas características mudaram.

Olhos verdes. Cabelo loiro. Um sorrisinho.

Não.

— Oi, meu amor.

A criatura tinha o rosto de Olivier. Aquele rosto lindo e irritante. Emilio teve que se esforçar para não deixar a espada cair, reunindo toda a coragem em si para manter os olhos no clone.

— Bom, isso é aterrorizante — murmurou o Olivier real. — E muito injusto. Meu cabelo não é *nada* parecido com isso.

O clone arrastava a ponta da espada pela terra, a cabeça inclinada.

— Meu pobre Emilio... sempre tão assustado.

Era verdade — Emilio queria chorar. Queria se jogar no chão em posição fetal e fechar os olhos até que o pesadelo acabasse. Mas não podia. Então se preparou, erguendo a espada acima da cabeça.

O clone atacou primeiro.

Emilio moveu a própria espada, bloqueando o golpe. Isso fez seu braço tremer, gerando uma onda pelo corpo inteiro. O clone era mais forte, e da mesma altura que Olivier, mas Emilio tinha uma coisa igualmente valiosa.

Desespero.

Ele se defendeu de uma série de golpes, abaixando a cabeça quando a lâmina cortou o ar acima dele. Parecia que o clone de Olivier estava se divertindo, mostrando os dentes podres em um sorriso contente.

— Acha que consegue me derrotar? — ronronou ele, girando a espada na mão. — Você é fraco. Um *desperdício.* E ele sabe disso. — A criatura gesticulou para o Olivier verdadeiro, que se retraiu com a acusação. — Ele te enxerga direitinho. Acha que a atenção que te dá é genuína? Que é alguma coisa além de *pena*?

— Emilio. — A voz de Olivier ecoou atrás dele. — Não dê ouvidos a ele.

— Ele não liga pra você — prosseguiu o clone, apontando a ponta da espada para Emilio. — Ele está entediado. Você é só um hobby. Um passatempo. Você sabe, lá no fundo, que ele não olharia duas vezes para você quando estavam vivos.

Uma pontada de vergonha atingiu o peito de Emilio ao escutar aquelas palavras.

— Quer saber uma coisa? — Emilio balançou a espada. Eles trocaram uma série de golpes, o metal brilhando no escuro. — Apesar do que você pensa... você não tem como me machucar. Suas palavras são vazias. Não significam nada. — Ele falava enquanto respirava com dificuldade, cada palavra tensa sob o peso da exaustão. — Você nunca vai conseguir me machucar, porque nunca falaria algo pior do que as coisas que já penso de mim mesmo.

O clone rosnou.

— Você é *patético*.

Emilio moveu a espada bem quando o clone golpeou com a dele, as lâminas se chocando em um estrondo de aço.

— E você... não... é *real*. — Emilio enfatizou a última palavra, empurrando o clone com toda a força que conseguiu reunir.

A criatura cambaleou para trás, quase deixando cair a espada, chocada. Usando o milésimo de segundo de surpresa em sua vantagem, Emilio atacou e enfiou a lâmina direto na barriga do clone. Um gorgolejo de descrença escapou dos lábios dele.

Emilio o olhou nos olhos. Os olhos de Olivier.

E então a criatura sumiu.

Emilio ficou parado por um instante, o peito subindo e descendo com a respiração ofegante. Percebia vagamente os outros ao seu redor, mas não conseguia se mexer.

— Emilio...

A voz de Olivier mal passava de um sussurro. Ele colocou a mão no ombro de Emilio, que só queria chegar mais perto. Cair nos braços de Olivier e ser abraçado.

Mas não podia.

Não agora. Não depois *daquilo*.

Então engoliu o nó na garganta e se virou para Olivier, tomando o cuidado de manter a voz calma.

— A gente devia... seguir em frente. — Emilio olhou para Josie e Tristan. — Se estiver tudo bem por vocês, acho que é melhor ficarmos juntos.

Josie assentiu freneticamente.

— *É claro* que tudo bem. Você tá louco de pensar que quero desbravar o resto do labirinto sozinha.

Assim que as palavras saíram da boca de Josie, a cerca viva diante deles se abriu, revelando um caminho mais largo, forrado de rosas douradas. Tinha uma diferença gritante entre o local onde estavam e o que os aguardava do outro lado — um resplendor iridescente cintilando no ar.

— Deve ser a saída — sussurrou Tristan.

Os quatro trocaram olhares de esperança. Emilio e Olivier se aproximaram da abertura primeiro, analisando o outro lado. Parecia seguro, sem súbitas ilusões ou monstros aterrorizantes à espreita.

— Conseguimos. Conseguimos mesmo! — Josie riu de alívio. — Para falar a verdade, estava começando a achar que nunca encontraríamos a saída desse maldito…

Sua voz foi interrompida de repente, cortada feito um fio. Em um segundo, Josie estava diante deles e, no próximo, tinha sido jogada no chão, puxada violentamente para trás por uma trepadeira enrolada a seu corpo. Seu berro desesperado cortou a noite enquanto ela tentava se agarrar à terra.

Tristan pulou em direção a ela sem hesitar, agarrando seu pulso.

— Josie!

Emilio dera um passo em direção a eles, pronto para ajudar, quando uma lufada de ar repentina jogou ele e Olivier para trás, direto para a abertura na cerca viva. Eles caíram no caminho novo com uma força atordoante.

Sua visão voltou a focar. Ainda dava para ver Josie e Tristan do outro lado da cerca viva. Mas, antes mesmo que pudesse pensar em pular pela abertura para ajudá-los, as trepadeiras começaram a se mexer, fechando a passagem.

E então… nada. Não conseguia escutar nada. Não conseguia ver nada.

— Temos que voltar...

Emilio xingou baixinho enquanto tentava abrir a cerca viva, puxando loucamente as folhas e os galhos.

A voz de Olivier ecoou atrás dele.

— Emilio…

— Sei o que você vai falar, mas não ligo. A gente tem que ajudar eles. Temos que…

— Emilio.

— O quê?

Emilio se virou para encarar Olivier e tropeçou ao ver o que ele estava olhando.

Um arco de pedras e trepadeiras, com uma porta dupla de madeira, tinha surgido diante deles. Gravadas na pedra estavam as palavras ACADEMIA BLACKWOOD, junto do emblema da instituição, brilhando em dourado.

Tinham conseguido.

# 19

# IRENE

Irene estava acostumada com a dor. Fora uma presença constante em sua vida, correndo em suas veias de forma firme e implacável. Já passara por boas doses de dor emocional, quando criança. Aos dezoito anos, sua mãe já a tinha magoado tantas vezes que perdera a conta. Com a dor emocional, veio a dor física. Não diretamente de sua mãe, mas um resultado da vida que ela dera a Irene. Cinco ossos quebrados. Alguns olhos roxos. Mais suturas do que podia contar.

Quando Irene caiu em Blackwood, adorou a nova vida sem dor. Prosperou. Tinham acabado as pontadas agudas. Tinham acabado as dores latejantes. Estava livre disso. Livre para viver sem a constante ameaça da dor.

Então, quando suas pálpebras se abriram e recuperou a consciência, no labirinto, a primeira coisa que sentiu foi medo. Não porque tinha desmaiado ou porque estava perdida. Nem por causa da criatura assustadora que tentara atacá-la ou da fumaça destrutiva da qual estivera fugindo.

Por causa da *dor*. Estava em todo lugar. A cabeça latejava, lançando pontadas nos olhos e no crânio. O buraco na barriga fazia doer todo o seu torso.

Alguma coisa mudara dentro dela.

Alguém virara a maldita chavinha.

Ela se esforçou para ficar de pé. Respirou fundo, aplicando pressão no ferimento do abdômen. E então, apesar do terror que sentia, fez o que parecia impossível.

Seguiu em frente.

Enquanto os minutos se arrastavam, os únicos sons que escutava eram a cadência da própria respiração e o assobio do vento. Algumas vezes, pensou ouvir algum dos outros por perto, o som agitado de uma voz conhecida soando ao vento, mas ela sumia na noite com a mesma velocidade com que surgia.

Estava pensando em parar para descansar quando alguma coisa pontuda espetou seu braço. Ela olhou para baixo, percebendo um cortezinho no cotovelo.

Deu mais um passo hesitante e…

*Vup.*

Outro corte. Irene pulou, virando à esquerda, e notou um tentáculo cheio de espinhos voltando para a cerca viva.

— Está querendo brincar? — murmurou ela, se sentindo meio boba por falar com uma planta. — Que bom. Amo joguinhos.

Invocou uma bola de fogo na palma da mão e a jogou direto na cerca viva, chamuscando a planta. Abriu um sorriso de satisfação ao assistir às folhas queimarem, reduzindo-se a cinzas.

Então, quase que instantaneamente, dez galhos pontudos nasceram da cerca viva, todos apontando direto para ela.

Irene congelou por um minuto, pesando suas opções, até que a voz da mãe ecoou no fundo do seu cérebro, gritando a única solução viável feito um alarme de emergência.

*Corre.*

E foi o que ela fez.

Irene correu e correu, se desviando de heras pontudas e dos espinhos afiados que tentavam se enroscar em seus braços. Cortava os galhos raivosos que obstruíam seu caminho com fragmentos ofuscantes de luz prateada.

Mas o labirinto era incansável em sua busca por vingança.

Bem quando seu corpo estava prestes a desistir, quando ela estava pensando em deixar o labirinto vencer, avistou alguma coisa brilhando no horizonte.

No final do caminho, aninhado entre as sombras, havia um arco.

A esperança ressurgiu em suas veias enquanto ela acelerava o passo. O labirinto devia ter sentido seu otimismo renovado, porque duplicou os ataques, atirando vinhas afiadas cobertas de espinhos em uma velocidade impressionante. Irene mal conseguia enxergar entre a confusão de folhas e heras diante dela, cortando-as sem parar, mas não ligava. Estava a poucos passos. Só mais um pouco.

Ela sabia que já tinha vencido.

Irene mergulhou para a frente, pulando uma trepadeira afiada que tentava rodear seu tornozelo, e atravessou o arco aos tropeços. Caiu de quatro, o arco se fechando atrás dela com um baque ameaçador.

Por um momento... tudo se acalmou.

Silêncio cortava o ar. Não havia mais cercas vivas. Nem terra. O espaço ao redor estava parcamente iluminado, o brilho suave das velas jogando sombras nas paredes. Ela levou um segundo para perceber onde estava, principalmente porque o local estava muito transformado.

Era Bonestrod, mas o salão principal fora modificado: o chão de madeira era agora de um mármore branco, com um tapete esmeralda dividindo-o no meio. A estreita escada em espiral que levava ao segundo andar fora trocada por uma escadaria larga com corrimão de madeira escura, que subia os degraus e cercava um mezanino. Um candelabro feito de osso e cristal pendia precariamente acima dela.

Mas o principal era como o ar estava *doce*. Quase enjoativo. Como se torrões de açúcar flutuassem por ali.

— Srta. Bamford. — A voz potente do diretor Silas ecoou acima dela. — Que entrada triunfal. Mas acho que não deveria me surpreender. Você sempre gostou de certo teatro.

Irene olhou para cima e encontrou Silas no mezanino, as mãos enluvadas apoiadas no corrimão.

— Isso é bem irônico, vindo do homem que achou uma boa ideia sequestrar vários alunos e jogá-los em um labirinto infestado de monstros.

Silas deu uma risadinha.

— Justo. — Ele gesticulou para que se aproximasse. — Suba aqui. Os outros a aguardam.

Irene se pôs de pé, estremecendo quando uma dor forte percorreu seu corpo. Foi mancando devagar pelo chão de mármore, o som das botas de salto alto ecoando pelo vasto salão. Continuou pressionando o ferimento no abdômen, o tecido da camisola encharcado de sangue. Quando chegou ao topo da escada, seguiu os sons de sussurros apressados e o crepitar do fogo.

À sua direita, reunidos em um escritório à meia-luz, estava um grupo de rostos conhecidos.

Wren e August estavam lado a lado, cenhos franzidos quase idênticos. Emilio e Olivier dividiam uma chaise longue cor de vinho, voltados um para o outro. Masika estava atrás deles, com os braços cruzados e a boca apertada. Havia alguns outros espalhados pelo cômodo. Jocelyn Foster. Tristan Abbot. Georgia Lynn. Carter Rowland.

Dez, no total.

O que significava que faltavam dois nomeados.

— Obrigado por se juntar a nós, Srta. Bamford. — Silas se recostou na lareira, as mãos apoiadas na empunhadura de sua bengala. — Seus colegas estavam ficando um pouco impacientes.

Os olhos de Masika pousaram em Irene, descendo até sua barriga, e ela soltou um leve arquejo quando percebeu o ferimento.

— Irene. Você está ferida.

— Ah, é só um cortezinho. — Irene fez uma careta, mancando para mais perto. Ela voltou a olhar para Silas. — É melhor você se explicar.

— Entendo que vocês podem precisar de um tempo para se acostumar ao elemento da dor, mas garanto que é só uma parte da tradição do Decênio...

— Acho que a tradição foi pelo ralo quando você a transformou em uma competição — rebateu Josie.

Silas suspirou, esfregando as têmporas.

— Sim. Você tem razão. Esse Decênio não tem sido... nem perto de perfeito. Mas tudo que estamos fazendo, tudo que fizemos, foi por um bem maior. Para garantir o equilíbrio no pós-vida.

— Para de enrolar — resmungou Carter.

Silas pigarreou.

— Como alguns de vocês já sabem... a Ordem dos Damianos ficou mais ousada em suas táticas para recrutar alunos de Blackwood. Nos últimos meses, corremos mais perigo do que em décadas. Desde então... percebemos uma perturbação no Éter. Uma mudança no equilíbrio, por assim dizer.

— O que isso tem a ver com *a gente*? — perguntou Olivier, exasperado.

— Depois de muito discutirmos, o Conselho concordou que precisávamos criar uma força-tarefa. Uma defesa contra nossos inimigos, para garantir que Blackwood e seus alunos continuem em segurança. E, apesar de nosso grupo atual de Ascendidos possuir alguns dos alunos mais fortes e brilhantes que já tivemos... percebemos que falta alguma coisa. Um líder. Alguém que ajude a guiar os Ascendidos e criar a principal defesa contra a Ordem dos Damianos.

Silas gesticulou, englobando todo o grupo.

— E é *aí* que todos vocês entram.

— Nós? — perguntou Emilio, a voz vacilante. O pobre coitado parecia prestes a vomitar.

— Bem… — Silas deu um sorrisinho. — Um de vocês, pelo menos. Veja bem, queremos garantir que a pessoa escolhida seja de fato a *melhor das melhores*. Não há espaço para erros. Então… para garantir que o aluno escolhido seja o candidato certo para o trabalho, o Conselho decidiu transformar o Decênio em uma competição entre os doze melhores alunos de Blackwood.

— Mas… e se o vencedor não quiser se juntar aos Ascendidos? — perguntou Emilio baixinho.

Irene reparou no jeito como Olivier se retesou, atrás dele, com a mandíbula cerrada e os dedos cravados no tecido da calça.

— Era para a gente poder escolher — disse Emilio.

— É claro — respondeu Silas. — E a escolha ainda vai ser sua. Se o vencedor decidir cruzar para o Outro Lado, então a honra de se tornar líder dos nossos Ascendidos ficará com o segundo lugar.

— Isso não explica *isso aqui*. — Irene gesticulou para seu ferimento. — Por que não estamos nos curando?

Os olhos de Silas perpassaram o grupo com uma precisão deliberada.

— A dor sempre foi parte das provas do Decênio. Mesmo quando tínhamos só um nomeado. Era uma maneira de garantir que nosso campeão conseguia se sair bem sob pressão. Mas agora, nesta competição, o elemento da dor vai ser usado como forma de eliminar os nomeados. Como tenho certeza de que perceberam, seus ferimentos não estão mais se curando magicamente. O que significa que, se você sofrer o que seria considerado, em vida, um ferimento *fatal*, será eliminado e seu corpo será transportado para a enfermaria, onde alguns de nossos Ascendidos vão trabalhar para reparar os ferimentos.

— É lá que Nick e Liza estão? — perguntou Masika. — Eu… Eu vi o corpo de Nick se desintegrar... — A voz dela soou embargada, como se estivesse contendo as lágrimas, mas ela rapidamente se recompôs, respirando fundo.

Silas assentiu, solene.

— Nick Aronson e Liza Mendez foram eliminados, infelizmente. Transportamos seus corpos para a enfermaria, onde permanecerão pelo resto da competição. Temo que vá levar um tempo, dada a… *extensão*… dos ferimentos deles.

— Isso é sádico — murmurou Wren, baixinho.

Silas suspirou. Por um momento, pareceu pesaroso.

— Isso é *necessário*. O equilíbrio e a segurança do pós-vida são de vital importância. E não era isso que todos vocês queriam? Uma chance de fazer parte de algo maior? Uma oportunidade de quebrar a monotonia da rotina? Escapar das consequências inevitáveis atreladas à sua tarefa como ceifadores de almas perdidas? Estou oferecendo *liberdade* a vocês. Poder.

Ele tinha razão. E, quando Irene olhou ao redor, reparando no rosto dos outros alunos, soube que pensavam a mesma coisa.

A dor não mudava nada.

Todos ainda queriam vencer.

— Agora… — Silas uniu as mãos. — Tem a questão de manter todas essas informações em segredo.

Ele estalou os dedos e um pergaminho se materializou entre as suas mãos. Uma esfera de luz dourada emanou do centro da página.

— Um juramento de alma — sussurrou Emilio, boquiaberto. — Já li a respeito. São contratos vinculativos. Se você quebra o juramento… sua alma se desvincula de Blackwood. Você não pode mais ficar no campus… é forçado a ficar perambulando pelo purgatório pelo resto de sua existência.

— É para a segurança de todos — explicou Silas, com um sorriso apologético.

Ele soltou o papel, que levitou diante dele, suspenso no ar. Com um movimento de seu pulso, uma caneta-tinteiro apareceu ao lado do pergaminho.

— Pelas próximas semanas, preciso garantir que essa informação fique entre nós. Não posso permitir que os outros alunos saibam que a Ordem dos Damianos está nos ameaçando. Apenas causaria pânico. Atrapalharia o equilíbrio que resta. Preciso garantir a manutenção de certa ordem.

— Então o que *exatamente* estamos assinando? — perguntou Tristan, apertando Josie com mais força.

— Esse juramento de alma os vinculará ao Decênio — explicou Silas. — Se assinarem, concordam em manter sigilo de quaisquer informações privadas a que tenham acesso na competição e em firmar sua cooperação para o restante das provas e festividades.

Irene soltou um suspiro infeliz.

— Vamos acabar logo com isso.

Ela caminhou até o juramento de alma, agarrando a caneta no ar. Seus braços e seu peito se iluminaram com magia, uma luz dourada subindo e descendo por seus membros. Assinou seu nome, as palavras brilhando como pontinhos de ouro. Quando terminou, a luz sumiu, junto de seu nome.

Jogou a caneta para Wren.

— Vai. Não finge que não vai assinar de qualquer jeito.

Wren trocou olhares indecisos com os outros antes de caminhar em direção ao pergaminho.

Ela assinou seu nome.

E seguiram assim por alguns minutos. Um momento de hesitação. Outro nome assinado.

Emilio foi o último a assinar, e, assim que o fez, o juramento de alma se enrolou e desapareceu.

— Sei que vocês ainda precisam se acostumar a tudo isso — começou Silas, caminhando pelo ambiente. — Mas deveriam estar imensamente orgulhosos de si mesmos. Vocês foram escolhidos por um motivo. Cada um de vocês possui uma qualidade única, algo que os destaca entre o restante de seus colegas. E agora têm a chance de se estabelecer como um líder *de verdade*... que vai salvar Blackwood da ruína.

Silêncio tomou conta do grupo quando Silas parou na entrada, virando-se para olhar para eles. O brilho da lareira dançava em suas feições, lavando seu rosto anguloso em feixes de luz âmbar.

Ele sorriu... um sorriso deslumbrante e perverso.

— Bem-vindos ao Decênio.

# PARTE IV

## NO ÉTER

# 20

# MASIKA

Os sussurros os seguiam a todos os lugares. Cada cantinho. Pelos corredores e salas lotadas. Não tinha como escapar da fama que acompanhava ser um dos doze escolhidos. Era como um vírus, uma correnteza se espalhando pelas veias do corpo estudantil.

Começou quase imediatamente depois da conclusão da primeira prova. Os participantes restantes voltaram à rotina e foram recebidos com olhares e perguntas curiosos. Masika tinha achado que a fofoca morreria depois de alguns dias, que os outros alunos alguma hora se cansariam de ficar questionando, mas parecia que a curiosidade só aumentava. Ela não podia nem assistir às aulas sem a sensação incômoda de dezenas de olhos a observando.

Mesmo agora, enquanto tentava se concentrar na última aula da tarde, Técnicas Avançadas de Magia Elementar, sentia aquele incômodo de estar sendo monitorada, cada gesto e cada expressão analisados de perto por seus colegas.

Ao lado dela estavam Georgia e Carter. Ela não costumava andar com eles, mas os acontecimentos recentes tinham aproximado os nomeados restantes de um jeito que desafiava o status quo de Blackwood.

A inspetora Marigold tinha instruído a turma a ler uma passagem de *Manipulação avançada de fogo e fundamentos da conflagração.* No entanto, Masika achava impossível se concentrar em outra coisa que não os sussurros incessantes que ecoavam ao redor. As vozes latejavam em sua cabeça, causando uma dor chata nas têmporas.

Quando ficou claro que a onda de fofocas não diminuiria, ela suspirou, descontente, e fechou o livro.

— Desisto. Já li a mesma frase umas trinta vezes.

Georgia rabiscava alguma coisa na margem do livro dela.

— Descobri que ficar gritando o tempo todo dentro da minha cabeça ajuda a silenciar os outros.

— Bem saudável.

— Eu nem ligo. — Carter apoiou os pés calçados em cima da mesa, recostando-se confortavelmente na cadeira. — Pessoalmente, acho a atenção bem empolgante.

— Isso porque você é um exibicionista — provocou Georgia.

Ele deu de ombros.

— Prefiro dizer que adoro receber atenção.

— Eu dei autógrafos hoje — murmurou Georgia, com uma careta. — *Autógrafos.*

— Tá de sacanagem — resmungou Masika.

— Ah, não é tão ruim assim. — Carter se espreguiçou e piscou para um grupo de meninas sentadas a algumas carteiras.

Elas esconderam as risadinhas com as mãos e rapidamente se voltaram para o livro. Masika revirou os olhos.

— Isso é ridículo. Não somos celebridades.

Carter apoiou a cabeça na mão.

— Mas parece que somos.

— Ah, ignora ele — disse Georgia. — Carter é assim mesmo. Acho que perde todos os neurônios assim que uma menina bonita olha para ele.

Como se ensaiado, Carter soprou um beijo para uma loirinha bonita que não tirava os olhos dele. A garota ficou vermelha e escondeu o sorriso atrás do livro, virando-se para os amigos, que caíram na risada.

— Não é minha culpa se elas me amam.

Georgia franziu o cenho.

— Você é insuportável.

Ele passou o braço pelo ombro dela e bateu os cílios de um jeito amoroso.

— É por isso que você me ama.

Masika não entendia muito bem a relação deles. Parecia platônica, mas também parecia ser mais do que uma simples amizade. E então ela percebeu uma coisa. Apesar das diferenças físicas, os dois tinham o mesmo sorriso dentuço. A mesma covinha na bochecha esquerda. A mesma marca de nascença no pescoço. A mesma...

— Espera. — Masika se inclinou para eles. — Você dois... são parentes?

Os dois congelaram e o lápis de Georgia caiu contra a mesa. Eles trocaram um olhar cheio de significado, tendo toda uma conversa silenciosa. Então Georgia se voltou para Masika e falou bem baixinho:

— Gêmeos — admitiu ela em um sussurro. — Fraternos, obviamente.

Masika arfou, descrente.

— Mas pensei que seu sobrenome fosse Lynn...

— É meu nome do meio.

— Como nunca fiquei sabendo disso? — perguntou Masika, espantada.

— Tentamos não falar muito disso — explicou Carter em um sussurro apressado, se inclinando para ela. — Assim que chegamos, foi um reboliço. Já aconteceu antes... de gêmeos fazerem a travessia ao mesmo tempo. Mas é raro.

— Mas não é totalmente segredo — acrescentou Georgia. — Alguns dos nossos amigos sabem.

— E... eu — acrescentou Masika.

Georgia sorriu.

— Isso. E agora... você.

Era estranho ficar sabendo de um segredo que, normalmente, não lhe teria sido contado. Mas achava que o Decênio tinha mudado mais do que somente seus receptores de dor. Tinha alterado completamente a dinâmica entre os competidores. Estavam conectados. Unidos por algo que ia além de sua compreensão.

— Alguma ideia de qual será a segunda prova? — perguntou Carter, apoiando os cotovelos na mesa.

Masika negou com a cabeça.

— Nenhuma. E vocês?

— Ouvi um boato — admitiu Georgia, abrindo um sorrisinho.

Carter deu um tapa no braço dela.

— Pensei que a gente não ia contar pra ninguém...

— Podemos confiar nela — respondeu Georgia, batendo nele de volta. — Além do mais, já contamos nosso *maior* segredo. O que é mais um?

Masika olhou para eles.

— Qual era o boato?

— Bem… — Georgia abaixou a voz. — Quem me contou foi Kashvi Mal, que ficou sabendo de Theodore Harding, que ouviu de Gigi Castello, que escutou de…

Carter pigarreou.

— Georgia.

— Tá. Desculpe. — Ela deu um sorriso de desculpas e continuou: — Kashvi me contou que parece que mudaram a agenda de ceifamento de todo mundo. Vários alunos que iam entrar no Éter *hoje à noite* foram alocados para amanhã.

— E o que isso tem a ver com a gente? — perguntou Masika.

— Pensa só. Devem estar mexendo na agenda de todo mundo por um motivo. E o meu palpite é que vão *nos* enviar para o Éter para a segunda prova. Hoje à noite.

Masika ponderou as palavras dela. Fazia sentido. Não tinha nenhuma outra explicação lógica para mudar a agenda de ceifamento. Na verdade, isso nunca acontecera.

Quando a aula acabou, Masika deixou Georgia e Carter e foi para a Casa Ivory. Se o boato fosse verdadeiro, então significava que tinham apenas algumas horas para se preparar para a segunda prova. E, apesar de Irene teimar em se afastar de todo mundo, Masika se recusava a deixá-la desinformada.

Masika manteve a cabeça baixa e os olhos fixos adiante enquanto caminhava. Já tinha gastado toda a sua magia espacial mais cedo, para desviar de um grupo de alunos que estava tentando enchê-la de perguntas, então agora foi forçada a caminhar metade do campus durante o congestionamento do fim de tarde. Uma multidão de alunos esgotados saía das salas, agrupados depois de terminarem as últimas tarefas. A maioria a encarava com uma curiosidade palpável, os sussurros ecoando ao seu redor.

Ela apressou o passo, passando os braços ao redor de si mesma de forma protetora.

Os sussurros e fofocas não lhe importavam. Precisava focar em alcançar Irene e se preparar para a próxima prova, qualquer que fosse. Mas estava a poucos metros da Ivory quando avistou alguém à distância.

A garota nova, Louise, estava sozinha debaixo de um salgueiro. As folhas secas farfalhavam com o vento, roçando o topo da sua cabeça. Ela estava falando sozinha, murmúrios suaves, quase inaudíveis sob o assobio do vento. Masika se aproximou com passos cuidadosamente leves. Quando estava próxima o bastante, notou que o rosto de Louise estava estranhamente neutro. Os olhos não tinham emoção. A expressão era vazia. Na verdade, a única coisa que parecia se mexer eram seus lábios.

Os pelos da nuca de Masika se arrepiaram quando ela parou repentinamente. Pigarreou, ignorando todos os alertas em sua cabeça.

— Louise?

A garota nova se sobressaltou ao ouvir sua voz e se virou para olhar Masika, levando a mão ao peito.

— *Meu Deus*.... que susto.

— Desculpe. Você estava falando sozinha — disse Masika, analisando-a com atenção.

Louise parecia bem agora, o calor voltando ao seu rosto.

— Ah. *Isso*... Eu estava praticando para minha prova de defesa, de amanhã. Recitar a matéria em voz alta me ajuda. — Ela sorriu, tímida, e ficou vermelha. — Desculpe. Deve ter parecido meio estranho.

— É... um pouco.

Louise a encarou por um longo momento.

— Espera. Você é Masika, não é?

Masika hesitou antes de assentir.

— Aham. Sou eu.

— A Wren já falou de você. Ela tem me ajudado a me adaptar. Me explicado as coisas entre as aulas.

— Sério? — perguntou Masika, genuinamente surpresa.

— Na verdade, estou indo me encontrar com ela agora — falou Louise, dando um passo à frente. — Acho que tenho que me apressar... não quero que ela fique me esperando.

— Entendi. — Masika conseguiu abrir um sorriso cordial. — É claro.

Louise assentiu, passando por ela, o cabelo platinado voando ao vento.

— Te vejo por aí!

Masika não soube bem por que, mas, assim que a menina foi embora, desaparecendo na horda de alunos reunidos no Pátio Leste, ela sentiu um arrepio gelado de medo correndo pelo corpo. Uma sensação horrível, como se alguma coisa péssima, irreparável, estivesse à espreita no horizonte, logo além do seu alcance.

Mas talvez fosse apenas sua imaginação.

Talvez.

# 21

# OLIVIER

— Sonhando acordado?

August pousa suas apostilas com um baque alto e forçado, se afundando no assento diante de Olivier. Um silêncio sepulcral dominava a Biblioteca, uma quietude sagrada, e a chegada barulhenta de August fez com que alguns alunos erguessem a cabeça, de cara feia.

Até que perceberam quem tinha feito o barulho, e então simplesmente baixaram a cabeça de volta e seguiram com suas vidas.

— Ah, só contemplando a minha existência pobre, porém interminável.

Olivier curvou os lábios no que era para ser um sorriso, mas que provavelmente parecia mais uma careta.

— Ah. — August brincou com uma caneta-tinteiro, batendo-a contra a mesa de madeira. — O de sempre, então?

Olivier murmurou e voltou a olhar para seu caderno. Fazia meia hora que estava tentando silenciar sua mente, louco para alcançar algum nível de tranquilidade, apesar dos insistentes pensamentos sobre o Decênio, que não paravam de atormentá-lo. August, perceptivo como era, notou de cara a frustração de Olivier e se aproximou mais.

— Tá difícil se concentrar?

Olivier travou a mandíbula e alongou o pescoço para um lado e para o outro. A presença sufocante de August era a última coisa com que queria lidar no momento. Já tinha passado os últimos dias aturando os olhares inquisitivos dos outros alunos, com seus questionamentos infinitos. Normalmente, Olivier não ligava de receber atenção. Na verdade, costumava se divertir com isso.

Mas agora as circunstâncias eram outras.

— Por que a pergunta?

— Suas pupilas estão dilatadas — observou August, apontando a caneta para o rosto de Olivier, parando a centímetros do olho. — Um óbvio sinal de estresse no seu sistema nervoso autônomo.

— Não sabia que você era médico — zombou Olivier, tomando o cuidado de não se retrair. Se tinha uma coisa que August adorava mais do que botar medo nos outros, era saborear o terror nos olhos da vítima. — Devo te chamar de Dr. Hughes agora?

— E está muito mais irritadiço do que o normal — comentou August. — Muito menos... *dócil.* Tem alguma coisa te incomodando?

Olivier bufou.

— Tá com tempo?

Alguns alunos sentados por perto se mudaram para um lugar mais longe, resmungando palavras de desaprovação. Era extremamente malvisto ficar conversando nos salões sagrados da Biblioteca. August, no entanto, tinha um hábito notório de fazer o que queria, mesmo que isso firmasse sua reputação como um babaca de primeira classe, e Olivier não tinha a pretensão de dar bronca nele... a menos que quisesse acabar com a caneta-tinteiro fincada na córnea.

August tirou seu anel de prata e o girou sobre mesa de madeira.

— Tenho uma sugestão — disse ele. — Uma coisa que talvez possa te tranquilizar quanto ao Decênio.

— Envolve uma quantia copiosa de álcool e drogas alucinógenas?

— Não. — August sorriu. — Mas pode ser que eu cobre essa sua sugestão mais pra frente.

Olivier fechou o caderno com um suspiro.

— O quê, então?

— É óbvio que certos competidores vão se juntar. Formar parcerias que possam ajudá-los nas provas restantes. Acho difícil saber se posso confiar ou não nas outras pessoas. — August sorriu, mas havia um pesar palpável anuviando seus olhos cinza. — Mas você, por outro lado... você é confiável.

Olivier sentiu que tinha mais coisa ali. Uma conclusão para a divagação de August.

— Você está... propondo uma aliança? — perguntou Olivier, hesitante. — *Comigo?*

— Por que a surpresa? Nós dois sabemos que você é esperto. Muito mais do que deixa transparecer. Pra não falar que estamos aqui há mais tempo do que a maioria dos alunos. — August girou o anel de prata na palma da mão. — Talvez… tempo *de mais*.

Olivier se retesou.

— O que você quer dizer com isso?

August o olhou por entre os cílios escuros.

— Começou há alguns meses… não foi?

Olivier engoliu em seco.

— Não sei do que está falando.

August abaixou mais a voz.

— Não precisa admitir, mas nós dois sabemos que você tem mais coisas em jogo. Tem algo a perder. Claro, os outros competidores estão sedentos por poder e liberdade, mas você… você luta por algo mais. Suas memórias. Sua posição aqui em Blackwood. Para não falar no Emilio…

— Não bota ele no meio — disse Olivier, agitando-se, o calor subindo pelo pescoço.

— Tudo bem — concordou August, e deu de ombros. — Meu argumento ainda é válido. Você não tem só uma coisa a perder… tem *tudo* a perder. E isso te dá uma vantagem. Uma coisa muito mais valiosa do que desejo de grandeza.

Olivier lutou com o pânico que lhe subia pela garganta, a pressão inabalável que cravava as garras em sua pele. August estava certo, e Olivier o odiava por isso. Desde que havia ficado claro que ele tinha uma chance *real* de obter a Ascensão, fora dominado por um desespero aterrorizante. Faria qualquer coisa, o que fosse preciso, para garantir que não ficaria vagando pelo Éter para o resto da eternidade. Que não seria posto para fora dos salões familiares de Blackwood. Da vida que tinha criado.

Das pessoas que tinha conhecido.

— Não tem medo que os outros suspeitem de alguma coisa? — perguntou Olivier. — Pode ser que façam perguntas, se nós ficarmos amigos de repente.

— Tô pouco me importando com o que os outros pensam.

— Sim, conheço bem sua atitude anarquista.

— Olha, Olivier. Apesar de todos termos concordado, naquele dia, que somos *lamentavelmente conhecidos*, também não podemos nos iludir pensando que não haverá alianças. Os outros também estão fazendo o mesmo, então é melhor formarmos uma frente unida.

— E o que acontece quando os outros foram eliminados? Como fica a nossa *aliança*?

O rosto de August se fechou.

— Aí... estaremos por conta própria.

Pelo menos ele estava sendo honesto. Olivier sabia que, assim que a aliança deixasse de ser conveniente para August, ele não hesitaria em eliminá-lo da corrida. No entanto, uma pergunta ainda o incomodava.

— Mas por que *eu*?

August suspirou e enfiou a ponta da caneta-tinteiro na mesa, entalhando um fino e elegante *A* na madeira.

— Não sei. Você é esperto. Talentoso. Sagaz.

— ... lindo, charmoso, encantador...

— Humilde — acrescentou August, com um sorrisinho.

Olivier deu uma risada.

— Tá bom. Sim. Entendi. Sou brilhante e você seria um idiota de não me ter do seu lado. Mas... não pretendo deixar Emilio para trás. Aonde eu vou... ele vai. E isso não vai mudar. Não vai mudar *nunca*.

August assentiu, se levantando da cadeira.

— Nem sonharia em separar vocês dois. — Ele reuniu suas apostilas. — Você deveria contar a ele, sabe. Ele merece saber.

— Contar a ele... — A voz de Olivier sumiu quando ele finalmente entendeu. — Ah.

— Vai se arrepender, se não contar.

— Não tem necessidade de preocupar ele.

Ou pelo menos era isso que Olivier falava para si mesmo. De que adiantaria Emilio saber que suas memórias estavam começando a sumir? Havia apenas duas opções: vencer o Decênio e parar o Esquecimento... ou sucumbir a ele.

E, até que a primeira opção não fosse mais viável, ele pretendia proteger Emilio daquele fardo.

August assentiu, taciturno.

— Se você diz...

Ele se levantou para sair, mas Olivier tinha mais uma pergunta que não podia deixar de fazer.

— Por que você não foi atrás dela?

August ficou tenso, as mãos pressionadas contra a mesa e os ombros arqueados. Os olhos dele encontraram os de Olivier.

— Como é?

— Ah, qual é, August. Nós dois sabemos que estou falando daquela sua ruivinha chata.

O rosto de August permaneceu assustadoramente inexpressivo, seu lábio tremendo por um instante. Quando falou, as palavras soaram lentas, a voz dura aos ouvidos de Olivier.

— Me escute com atenção, Olivier. Mesmo com a aliança, ainda há alguns limites que não devem ser ultrapassados. Nem tente. — Ele se aproximou, os olhos cinza escurecendo com duas nuvens de tempestade. — Chame ela de minha ruivinha de novo e corto sua língua e a enfio na sua garganta. Entendeu?

Olivier se retesou, incapaz de impedir a surpresa de transparecer em seu rosto. Ele assentiu e desejou que tivesse ficado de boca fechada.

August sorriu, um sorriso aterrorizante, mas ainda bonito.

— Que bom. Te vejo por aí... *parceiro.*

Ele foi embora, cruzando a Biblioteca como uma sombra silenciosa. Os outros alunos observavam, com nervosismo, protegidos por seus livros e luzes de leitura.

Apesar das ameaças de August, um pensamento permaneceu no subconsciente de Olivier, uma percepção que despertou algo dentro dele. Se August estava atrás de alianças, isso significava que duvidava de sua habilidade de vencer o Decênio por conta própria. Que estava preocupado o bastante para procurar ajuda.

Significava que o notório Augustine Hughes estava, milagrosamente, *com medo.*

# 22

# IRENE

Irene tinha acabado de terminar a última aula do dia, Teorias Espaciais e Métodos de Realocação, quando a dor piorou de repente. Espalhava-se por todo seu flanco, como uma corrente implacável, rasgando seus músculos e inflamando seus nervos. Ela xingou furiosamente ao subir as escadas lotadas, ignorando os olhares curiosos e os sussurros dos outros alunos.

Abriu a porta vaivém que levava ao banheiro do andar de cima e cambaleou até a pia. Suas mãos agarraram a porcelana, apertando tanto que os nós dos dedos ficaram brancos. Ela se olhou no espelho e franziu as sobrancelhas ao ver o próprio reflexo. Como permitira que aquilo acontecesse? Nenhum dos outros competidores tinha sido ferido tão gravemente.

E agora ela tinha uma desvantagem. Estava *fraca.*

Ergueu a bainha do vestido e analisou o curativo.

Tinha sido fácil roubar alguns suprimentos médicos... fácil *demais.* A maioria dos novatos não estava acostumada aos sinais de magia psíquica, a sensação de dormência que começava na base do pescoço e descia pela coluna. Então, quando Irene encurralou um dos alunos mais novos e plantou um feitiço de alteração mental, ele nem teve tempo de perceber o que tinha acontecido. Não fora nada dramático. Só uma simples manipulação do subconsciente dele. Ela o tinha convencido a entrar escondido no escritório da inspetora Violet e roubar um kit de sutura e álcool, que Irene usara para limpar e suturar seu ferimento. Não ia se deixar sangrar lentamente e ser eliminada do Decênio por causa de uma infecção.

Se fosse eliminada, esperava que o motivo fosse um pouco mais entusiasmante.

Abaixou o vestido com um suspiro, alisando o tecido e colocando alguns fios de cabelo atrás da orelha. Fez seus lábios formarem um sorriso rígido, assumindo a máscara de ferro que usava muito bem, lutando contra a autocomiseração.

*Você é mais forte do que isso*, lembrou a si mesma antes de sair do banheiro.

Porém, ao pisar no corredor, alguma coisa se mexeu em sua visão periférica, chamando sua atenção. Era uma sombra... um leve brilho de movimento. Ela se virou e percebeu a porta de um almoxarifado se fechando e o som abafado de passos ecoando no corredor outrora vazio.

Irene não sabia bem o que a fez ir atrás para espiar. Foi uma intuição... um fio invisível que a puxou para mais perto.

Ela se aproximou da porta do almoxarifado, abrindo-a devagar. Parecia não ter nada lá dentro, só produtos de limpeza cobertos de sombras.

Entrou, olhando para a direita e para a esquerda, deixando a porta bater atrás de si. Estava silencioso. De um jeito sinistro. Esperou por algum sinal, algum indicativo de que não tinha imaginado tudo. Prendeu a respiração, esperando...

— Está me seguindo?

Irene mascarou a surpresa com um sorriso calculado, se virando devagar até ficar cara a cara com o garoto atrás dela.

O mesmo garoto com quem tinha trombado depois do duelo, na semana anterior.

Conforme seus olhos se ajustaram à escuridão, pôde ver que ele estava encostado na porta do almoxarifado, os braços cruzados e um sorriso nos lábios, achando graça. Estava menos desgrenhado do que da última vez, com o cabelo loiro-escuro penteado para trás e as maçãs do rosto coradas. Vestia uma camisa social preta e jeans escuros, e um casaco longo escondia seus ombros largos.

Mas o que Irene estava pensando era em como parecia que ele tinha surgido do nada, se materializando no escuro sem fazer um pio.

— Eu poderia te fazer a mesma pergunta — respondeu ela. — Mais um pouco e vou achar que você está me perseguindo.

Ele riu, e o som pegou Irene de surpresa. Não foi uma risada sarcástica nem desanimada. Foi suave e convidativa, um tipo de risada contagiante.

— Perseguindo talvez seja demais. — Ele sorriu, analisando o rosto de Irene. — Prefiro dizer… *admirando.*

Irene hesitou.

— Você está... me *admirando*?

— Irene Manette Bamford — falou ele, como se estivesse saboreando seu nome. — Como posso não admirar alguém com um nome desses? É um nome que exige atenção. Que exige respeito.

Irene suspirou.

— Tá bom. Deixa de baboseira. O que você quer?

Os olhos dele se fixaram nos dela com uma intensidade inabalável. Por um momento, o brilho de provocação pareceu sumir, dando lugar a algo mais sombrio.

— E se eu te dissesse que nem todo mundo consegue me ver? — Ele se aproximou, e foi como se a escuridão abrisse caminho, as sombras se movendo. — Que apenas algumas poucas pessoas conseguem. Algumas poucas pessoas que desejam mais. Que desejam algo mais… significativo.

— Eu diria que você é maluco.

Ele sorriu, mas dessa vez suas palavras soaram mais duras.

— Você é limitada aqui. Restringida. Mas posso te mostrar como acessar toda a magia dentro de você… a magia que está implorando por liberdade. Para ser usada.

Irene deu um passo para trás quando subitamente se deu conta.

— Você é Damiano.

Ele curvou a cabeça. Quando voltou a erguer o rosto, o branco de seus olhos tinha mudado para preto, nada além de dois poços de escuridão a encarando.

— Ao seu dispor.

— Como… — Ela não encontrava as palavras certas. Sua voz tremeu enquanto tentava se recompor. — Como isso é possível? Há escudos de proteção ao redor da escola. Vocês não deveriam conseguir….

— Ir e vir ao nosso bel prazer? — Ele piscou e seus olhos voltaram ao normal. — Temo que Blackwood não seja mais o que costumava ser.

Estamos ficando mais fortes. E suas defesas estão… enfraquecidas. As pessoas ficaram preguiçosas. Acomodadas.

O garoto tinha, de alguma forma, diminuído o espaço entre eles sem que Irene percebesse. Ele até se mexia como uma sombra, entrando e saindo de sua visão antes que ela conseguisse registrar os movimentos.

— Certo — disse ela, pigarreando. — Digamos que eu acredite em você… O que quer de mim?

— E não é óbvio?

Ela balançou a cabeça.

— Quero que se junte a nós.

As mãos de Irene ficaram dormentes. Não acreditava no que estava ouvindo… um convite para se unir à Ordem dos Damianos. Tinha sonhado com isso… desejado isso, em segredo.

— Prove. — As palavras saíram de sua boca antes que pudesse impedi-las. — Se você faz parte da Ordem dos Damianos… então prove.

Se sua desconfiança o ofendeu, ele não demonstrou. Em vez disso, abriu um sorriso caloroso, se aproximou mais e ergueu a manga.

Irene não conseguiu segurar um arquejo.

*Sombras.*

Elas corriam pelas veias dele como tinta, nadando para cima e para baixo em seus braços em um padrão hipnotizante. As sombras não estavam entalhadas em sua pele… estavam *vivas*. Se mexendo e respirando sob a superfície.

Irene se aproximou e deslizou o dedo por uma sombra, que vibrou sob seu toque.

— Qual é a sensação?

Ele pensou na pergunta, fixando os olhos no rosto dela.

— É de poder.

Irene abaixou a mão e a escondeu às costas.

— Olha… se você tivesse me perguntado há algumas semanas, eu talvez tivesse considerado a oferta, mas não preciso mais da Ordem dos Damianos. Se vencer o Decênio… posso me tornar uma Ascendida. Parar de ir ao Éter. Ter acesso completo à minha magia. — Ela disfarçou seu interesse com um dar de ombros arrogante. — Me parece um bom negócio.

— E depois? — Ele inclinou a cabeça. — Acha mesmo que vão deixar você atingir o seu potencial máximo? Oferecer a você poder de verdade, sem filtros?

Ela se retesou.

— Foi o que me disseram.

O garoto a analisou, os olhos subindo e descendo por seu rosto.

— Irene. Pensa um pouco. Você é mais inteligente do que isso. Sabe tão bem quanto eu que Silas esconde muitos segredos. Na verdade, acredito que recentemente ele a obrigou a jurar manter um deles. Alguma coisa a respeito da aluna nova...

Os olhos dela se arregalaram.

— O que você sabe sobre Louise? Ela é uma de vocês?

O sorriso nos lábios dele vacilou. Foi um tremor bem de leve. A máscara caiu só um pouquinho.

— Não.

Dava para perceber que ele estava escondendo alguma coisa. Não estava mentindo, exatamente... mas também não estava dizendo toda a verdade.

— Então como ela conjurou magia das sombras?

Ele suspirou e se afastou, as mãos unidas às costas.

— Temo que não posso mais responder nada até saber que tenho a sua lealdade. Não posso sair expondo os segredos da Ordem dos Damianos para alguém que pode se virar e nos trair.

— Eu não vou...

— Então é um sim?

— É um... *talvez.*

Ele pareceu achar graça na resposta, o nariz se franzindo quando sorriu.

— Você nunca ficará satisfeita aqui, Irene. Você sabe. Todos os dias, vai dormir sonhando com as possibilidades que abandonou quando recusou meu convite. — Ele tirou do bolso um medalhão prateado. — Tome. Quero que fique com isso.

Ela analisou o colar com desconfiança.

— E o que quer em troca?

— Nada. Só... guarde-o para mim. É especial. — Ele colocou o medalhão na palma da mão dela, e uma faísca de eletricidade correu por suas veias. — Não se preocupe em esconder de outras pessoas. Só os seus olhos podem ver. Tem um encantamento de invisibilidade ligado a ele. Você só precisa abrir o medalhão e falar meu nome. Uma palavra. E eu apareço.

Irene fechou a mão ao redor do medalhão.

— Seu nome…

— Mateo.

O nome queimou o cérebro de Irene como brasa. Ela queria saber mais. Queria saber como ele tinha entrado despercebido em Blackwood. Como tinha conseguido romper as defesas deles. Como tinha conhecimento da reunião com Silas, e o que sabia de Louise. Acima de tudo, queria saber por que ele a tinha escolhido. Por que ela, de todos os alunos de Blackwood.

Mas, quando ergueu os olhos, ele tinha sumido. Nada além do medalhão de prata em sua mão para provar que sequer estivera ali.

# 23

# AUGUST

Seis dias. Esse era o tempo que tinha transcorrido desde que August falara com Wren, na primeira prova. Não que estivesse *contando*, mas como poderia não notar a ausência dela? Um buraco tinha se aberto em seu peito. Um vazio persistente, que não conseguia preencher.

E a culpa era totalmente dele.

Não a estava ignorando porque era o mais fácil. Estava se distanciando porque era o *certo*. O Decênio tinha se provado muito mais desafiador do que qualquer um deles previra, e a última coisa que queria era distraí-la com aquela sua rivalidade besta.

Quando pensava por muito tempo no que tinha acontecido no labirinto, sentia o ódio correndo em suas veias, a fúria atrapalhando a razão. Não tinha escutado tudo o que o clone dissera a Wren, mas tinha escutado o suficiente. Quando enfiara a lâmina no peito da criatura, estava torcendo para que ela resistisse, lutasse. Estava doido para fechar as mãos na garganta dela e fazê-la sofrer. Não se importava que o rosto que usasse fosse o dele.

Ia assistir com prazer à luz desaparecer dos próprios olhos.

E talvez Wren não fosse a *única* que corria o risco de se distrair.

August, por mais que fosse orgulhoso demais para admitir, estava sempre ciente da presença dela. Era uma agonia. O desespero para chegar perto. Aquela dor que implorava pela atenção dela. Não importava onde estivesse ou o que estivesse fazendo, se Wren Loughty estava por perto, ele sabia.

E era por isso que, apesar de estar encarando a janela ao seu lado, August soube exatamente o momento em que ela pisou na aula de Alteração Mental e Manipulação Empática que faziam juntos. Não foi só o perfume intoxicante dela, que inundou a sala. Ou a cadência doce de sua voz, que preencheu os ouvidos dele quando Wren cumprimentou o inspetor Wesley. Era uma coisa intangível.

Ele simplesmente a *sentia.*

O eco familiar dos passos de Wren ficou cada vez mais alto, e então a cadeira ao lado da dele deslizou para trás quando ela se sentou, o calor de seu corpo o deixando atordoado. Por um momento, nenhum deles disse nada.

August balançava a perna sob a carteira, brincando nervosamente com seu anel.

*Fala alguma coisa, seu imbecil.*

As palavras estavam emboladas em sua cabeça. Inúteis. Não deveria ser tão difícil falar com ela, não depois de todo aquele tempo. Isso o deixava... aflito. Angustiado. Queria...

— Por onde você andou?

August congelou, o dedo ainda envolvendo o anel de prata. Abriu e fechou a boca. *Palavras, Augustine. Use palavras.* Engoliu em seco, escondendo as mãos embaixo da mesa.

— Por aí.

Ela bufou, se recostando na cadeira.

— Tá. Ótimo.

August se permitiu olhar para ela por um momento. Wren parecia... bem, parecia *radiante.* Perfeita, imaculada, quase brilhando. Dava raiva. A trança roçava o ombro, e não tinha um fio fora do lugar. As bochechas estavam rosadas, como se tivesse sido beijada pelo sol.

— Por que a pergunta? — Ele se aproximou, incapaz de se conter. — Não diga que sentiu minha falta.

As bochechas dela ficaram vermelhas. Uma imagem que o deixou muito satisfeito... e talvez outras coisas que não queria mencionar.

— Talvez você fique surpreso, August, mas eu passo tempo com outras pessoas também. Diferente de você, eu *tenho* amigos.

Isso fez August se retesar. Ele nem se preocupou em esconder o descontentamento.

— Você tá falando da menina nova. Louise. Percebi que está passando tempo com ela.

— Está com ciúmes?

— Não exatamente. — O canto de seus lábios se curvou em um sorrisinho, mas, por dentro, estava confuso. — Quando ficaram tão amigas?

— Isso não é da sua conta.

Ele deu de ombros e esticou os braços acima da cabeça, fingindo indiferença.

— Vocês duas andam inseparáveis.

— Está me vigiando?

Os músculos do pescoço dele ficaram tensos.

— É só um comentário.

— Eu tenho o direito de fazer amigos, August. De qualquer forma... foi *você* que desapareceu nessa última semana.

August se retraiu.

— Eu não desapareci. Você que não estava prestando atenção.

— Eu...

A voz de Wren ficou embargada. August sabia as palavras que torcia em segredo para ouvir — as palavras que estava *doido* para escutar: *É claro que estava prestando atenção em você*. Mas, em vez disso, ela simplesmente suspirou e disse:

— Só acho o momento estranho. Você dedicava toda sua existência a ficar me perturbando cada segundo de todos os dias, e agora... nada. Parece muito conveniente.

Ele mascarou a decepção com um dar de ombros.

— Peço desculpas. Não percebi que estava querendo minha atenção.

Wren balançou a cabeça.

— Quer saber? Deixa pra lá. Não sei por que esperava outra coisa.

Alguma coisa na voz dela assustou August. Um senso de frustração... o jeito definitivo como ela desviou o rosto dele. Estava quebrando a cabeça em busca do que falar, *qualquer coisa* que rompesse o silêncio que tinha causado, quando o inspetor Wesley pigarreou e se dirigiu à classe.

— Muito bem, alunos! Aquietem-se. — Ele limpou os óculos na camisa de linho, desajeitado, quase os derrubando no chão. — Vamos começar a aula de hoje com uns exercícios clássicos de alteração mental. Vai nos ajudar a aquecer. — Ele olhou para a sala, parando em August. — Sr. Hughes... se importa de começar?

August resmungou em pensamento ao se levantar. Sentia os olhares dos alunos ao seu redor, a apreensão e o medo deles parecendo apertar sua garganta. Anos atrás, aquele desdém o teria magoado.

Mas agora… agora estava apenas grato.

Ele se posicionou ao lado de Wesley, enfiando as mãos nos bolsos.

— Esplêndido. — Wesley riu, nervoso, olhando para o resto da turma. — Agora, se alguém puder se voluntariar para desafiar o Sr. Hughes…

— Eu vou. — Wren se levantou, os olhos brilhando.

August olhou para o teto, a língua pressionada contra o céu da boca. É claro.

— Que surpresa — murmurou Wesley, gesticulando que ela se aproximasse. — Muito bem. Venha para a frente da sala, por favor.

Wren andou devagar até eles, os olhos fixos em August o tempo todo.

— O exercício é bem simples — explicou Wesley. — Vocês ficarão em cima das linhas desenhadas no chão e tentarão dominar a mente um do outro. Primeiro, tentem dominar as emoções básicas, superficiais… a primeira camada da mente consciente. Assim que tiverem garantido isso, podem tentar se aprofundar no subconsciente. Feito isso, o objetivo é convencer o outro a *sair* de cima da linha. O primeiro a se mexer… perde.

— Bem fácil — disse Wren, saltitando até uma das linhas brancas no chão.

August flexionou os dedos, caminhando até a outra linha, a cerca de um metro de Wren. Plantou as botas em cima da linha, encarando-a.

— Não pegue leve comigo, querida.

Os lábios dela se curvaram em um sorriso confiante.

— Eu não ousaria.

August riu.

— Assim que eu gosto.

Wesley pigarreou.

— Muito bem. Se os dois estão prontos...

August fechou os olhos.

— Comecem.

A primeira coisa que viu foi *vermelho.* Um mar infinito de carmesim e escarlate… ondas de um bordô escuro batendo contra uma costa rochosa. Ele já tinha se aventurado na mente de Wren, durante exercícios parecidos com aquele, mas ainda não tinha se acostumado com o caos escondido logo abaixo de sua aparência. Havia muitas emoções para vasculhar, e Wren tinha feito um bom trabalho na construção de uma rede complexa de escudos mentais, impedindo August de acessar qualquer coisa muito pessoal.

Porém, mesmo com as camadas de defesa, August ainda sentia o profundo pesar sufocando os sentidos dele. A *tristeza* palpável. Tinha alguma coisa escondida lá, nas profundezas da mente dela, alguma coisa que Wren nunca tinha permitido que alguém visse. August jamais violaria essa privacidade, nem em sonho.

Mas ainda queria saber... para poder ajudar a consertar o que estava partido dentro dela.

Ele passou pelas emoções superficiais, se aprofundando. Sentia Wren resistindo... uma contracorrente o puxando para trás, mãos invisíveis segurando seu pulso. *Olha ela aí.* No entanto, seguiu em frente, usando toda a sua força mental para combater as medidas defensivas dela. Era o jogo de gato e rato que sempre jogavam, o toma-lá-dá-cá com o qual estava acostumado. Mas então alguma coisa mudou. A resistência dela se amainou. A força de sempre, de alguma forma, se enfraqueceu. Houve um segundo de resistência, um último puxão da parte dela, e então seus escudos *se romperam* e August foi lançado ao centro da sua mente.

Ele lançou sua magia psíquica, correntes de ferro que sabia que não cederiam.

*Dê um passo.* Ele sussurrou o comando na mente dela. *Saia da linha.*

Houve um arquejo. Um som abafado de surpresa.

E então August foi arrancado com violência da mente de Wren enquanto seus olhos se abriam. Nem notou a turma ao redor... os olhos arregalados os observando, intrigados. Toda a sua atenção estava voltada para Wren. Ela tinha saído da linha, as pernas trêmulas, como se até elas estivessem em choque com o movimento repentino.

— Muito bom, Sr. Hughes. — Wesley aplaudiu e a classe se uniu a ele, o som reverberando nos ouvidos de August. — Uma demonstração maravilhosa de habilidades psíquicas bem treinadas. Agora, se mais alguém...

As palavras de Wesley foram interrompidas quando Wren saiu batendo o pé, empurrando August para passar. Ele não hesitou, as próprias pernas se mexendo para correrem atrás dela, ignorando os protestos de Wesley ao saírem da sala e chegarem no corredor.

Assim que a porta bateu atrás deles, August se aproximou, agarrando o pulso de Wren. Ela parou, tropeçando, e virou-se abruptamente para encará-lo. Estava furiosa, isso estava claro. As bochechas estavam rosadas, os olhos, quase vidrados. Parecia estar segurando o choro ou resistindo ao impulso de dar um tapa na cara dele. Provavelmente a última opção, conhecendo Wren.

— Me. *Solta.* — Ela cerrou os dentes, o queixo levantado.

— Qual é o seu problema? — perguntou August, espantado.

Wren soltou o pulso da mão dele.

— Nada.

— Não é *nada* — sibilou August. — Você nunca foi de desistir de um desafio. De correr quando as coisas não saem como esperado. E o que aconteceu lá dentro? Você mal ofereceu resistência! Você não é assim.

— Talvez você só não me conheça tão bem quanto pensa — contra-atacou ela.

— Bobeira. — August bufou, se aproximando. — Você é... você é *dolorosamente* talentosa. Isso me deixa maluco. — Ele esfregou o rosto em desespero, soltando uma risadinha do fundo da garganta. — *Você* me deixa maluco.

Wren balançou a cabeça.

— Não faz isso.

— O quê?

— Fingir que somos amigos. A gente não se gosta, August. — Ela apontou entre os dois, dando um riso amargo. — É assim que funciona entre nós. Quero dizer, nós literalmente nos revezamos tentando esfaquear um ao outro por diversão.

— Exatamente — sussurrou August. — Por *diversão.* Fala sério. Não finja que não gosta.

Wren bufou.

— Eu não...

— Na verdade, acho que você *ama.* — August se aproximou, deixando seus rostos a centímetros de distância. — Brigar comigo. As implicâncias constantes. A nossa necessidade desesperada de encontrar um jeito de nos sentirmos vivos. Admite.

— Não — respondeu Wren, a voz trêmula. — Eu... eu *odeio* você.

— Quer saber o que eu acho? — Ele se aproximou ainda mais. Tanto que dava para imaginar a sensação de seus lábios roçando nos dela. De suas mãos a tocando. — Acho que você odeia o quanto *não* me odeia. Você odeia o quanto gosta de ficar perto de mim. O quanto quer estar perto de mim. Odeia o quanto essa nossa relação distorcida é... gostosa.

Wren não respondeu. Fixou os olhos nos dele, transbordando de desafio. Ele prendeu a respiração, esperando a resposta dela, que Wren acabasse com o momento. Ele sabia que estava em terreno perigoso, mas *caramba*... não conseguia evitar. Precisava ser egoísta... só dessa vez. Porém, quando Wren não respondeu, todo o sentimento de desafio se esvaiu, deixando uma vergonha profunda.

August xingou baixinho.

— Loughty. Eu não devia ter...

— Preciso ir — soltou Wren, acabando logo com o momento.

August apoiou as costas contra a porta da sala, surpreso de ver suas mãos trêmulas.

— É claro — resmungou.

Mas tinha mais uma coisa o incomodando, mais um pensamento que não saía da sua cabeça. Quando Wren se virou para se afastar, ele a chamou.

— Loughty. — Ele pigarreou. — Cuidado com a menina nova. Não confio nela.

Wren suspirou, olhando por sobre o ombro.

— Você não confia em ninguém.

— Só... — August balançou a cabeça, as palavras lutando para sair. Os cantinhos da boca se ergueram em um sorriso triste, quase dolorido. — Tenha cuidado.

— Não sou eu que costumo falar isso? — Wren deu mais um passo para longe dele. August a encarou, sério, o que só a deixou mais cheia de arrogância. — Não se preocupe comigo, August. Já sou crescidinha. Sei me cuidar.

Ele suspirou, olhando para os próprios sapatos.

— As famosas últimas palavras...

— Tenha uma boa noite! — gritou Wren por sobre o ombro, balançando os dedos no ar.

— Sem o prazer da sua companhia? — gritou August para as costas dela, mordendo a bochecha por dentro. — Duvido.

# 24

# WREN

Wren ainda estava um caco horas depois da aula de magia psíquica. As palavras de August não saíam da sua cabeça.

*Odeia o quanto essa nossa relação distorcida é... gostosa.*

Ela quisera tanto negar. Puxar o braço do aperto dele e falar que August estava errado. Mas... não conseguira. Sabia, no fundo, em alguma parte de si, que ele estava certo. Nunca se sentia tão viva como quando estava com ele.

Mas August jamais compartilharia seus sentimentos com ela... Ele guardava muitos segredos, não abria nunca o coração.

Ela só estaria arrumando problemas para si mesma.

Apesar disso, parte dela tinha começado a se sentir estranhamente reconfortada pela presença irritante dele. August era uma irritação constante... um fio de certeza no estranho mundo em que se encontrava. E talvez, *só talvez,* gostasse mais daquele sentimento deturpado de estabilidade do que queria admitir.

Felizmente, tinha maneiras de se distrair. Especialmente dado o fato de que tinha feito uma nova amiga.

— Não vai dar certo — resmungou Louise. — Já tentei um milhão de vezes! É *inútil.*

— Limpa sua mente. Se concentra. Você consegue.

— Já tentei.

— Bom, tenta de novo. Leva tempo mesmo. É preciso persistência para praticar.

Louise fez cara de concentração e fechou os olhos. Wren estava havia uma semana tentando ensinar a ela como lançar um feitiço de realocação. A magia espacial era uma das habilidades mágicas mais complexas ensinadas em Blackwood, então não era de surpreender que Louise ainda não tivesse conseguido. Mas Wren sabia que estava quase. Sentia no ar a eletricidade palpável da magia irradiando da pele de Louise.

O corpo da outra garota tremeluziu. Em um segundo, Louise estava lá, sólida e real, no outro, tinha se materializado alguns passos para a esquerda. Ela abriu os olhos e deu um gritinho de felicidade, batendo palmas.

— Consegui!

— É um bom começo. — Wren riu. — Mas foi só um metro e meio.

— Mas já é alguma coisa — respondeu Wren, os olhos cheios de orgulho. — Foi incrível. Eu *senti* acontecer. Foi como... se eu estivesse voando.

— E em breve você vai conseguir fazer isso para atravessar grandes distâncias. Se der tudo certo, em poucas semanas vai conseguir se realocar para o outro lado do campus.

Louise assentiu com vontade, erguendo as mangas do vestido.

— Vamos tentar de novo.

— Melhor não exaurir sua reserva espacial — relembrou Wren. — Lembra que você tem uma quantidade limitada. Se usar tudo, pode demorar dias para repor.

— Ah, por favor — implorou Louise. — Só mais uma vez!

Mas, bem quando as palavras saíam de sua boca, um fiozinho de sangue escorreu do nariz, pingando no lábio. Wren arfou, correndo para examinar o rosto dela.

— Lou. Você está sangrando.

Louise limpou o nariz, olhando para o sangue com uma risadinha tensa.

— Bom, acho que você tem razão. Talvez eu esteja me esforçando um *pouquinho* além dos meus limites.

— Não era para isso acontecer — sussurrou Wren, analisando o rosto de Louise. — Está se sentindo bem?

— Tô bem, *mãe* — brincou Louise, limpando o resto do sangue com o dorso da mão. — Acho que *eu* é quem deveria perguntar como *você* está se sentindo.

— Como assim?

— Bom, com certeza é difícil equilibrar a pressão do Decênio com todas as suas aulas. — Louise suspirou longamente. — Nem imagino o estresse que está sentindo.

Wren hesitou, chocada com a sinceridade na voz de Louise.

— Eu… estou bem.

Louise se aproximou, meio vacilante.

— Tem certeza?

Wren abriu e fechou a boca, surpresa de descobrir que não sabia bem o que responder.

— É difícil explicar. O Decênio ser uma competição mudou... — Wren suspirou, olhando para o céu que se escurecia — *tudo.* Todos queremos vencer. Todos temos nossos motivos. Então não consigo deixar de ficar triste por quem é eliminado. Eu posso facilmente ser a próxima, sabe? E Nick e Liza… — Ela balançou a cabeça. — Parte de mim sabe que eles mereciam tanto quanto eu.

Louise pareceu confusa.

— Nick e Liza?

— Da Holsterd.

Ela balançou a cabeça.

— Acho que nunca ouvi falar neles.

— Sério? Pensei que todo mundo já soubesse quem foi nomeado, a essa altura. — Wren já ia fazer mais perguntas quando se lembrou de uma informação vital e deu uma risadinha. — *Ah*. Claro. Esqueci que você é nova.

Louise ficou vermelha.

— Pois é. Ainda a novata.

Foi naquele momento, as duas entre os carvalhos, com o vento balançando o cabelo loiro-claro contra a pele branca de Louise, que Wren percebeu a semelhança. Foi tão chocante, tão repentino, que ela estremeceu, incapaz de evitar recuar, cambaleante.

Louise fez uma expressão desanimada.

— O que… O que foi?

— É só que… — Wren mal conseguia falar, a boca seca. — Você… me lembra uma pessoa.

— Quem?

Wren não conseguiu responder. Falar o nome dela. Não falava o nome dela havia dezoito anos. Não tinha se permitido. Porque falar o nome dela significava reviver o que tinha tentado esquecer com todas as forças. Se falasse o nome, a tornaria real. Tornaria o que tinha *acontecido* com ela real.

Wren balançou a cabeça, se recompondo.

— Só... uma pessoa que eu conhecia. Da minha antiga vida.

Louise assentiu, claramente percebendo que Wren não queria continuar o assunto. Ela abriu um sorriso delicado.

— Sabe — começou Louise, olhando para o céu —, apesar de tudo o que aconteceu... apesar de tudo *isso*... — Ela gesticulou para Blackwood, depois baixou os braços junto ao corpo. — Fico feliz por ter te conhecido.

Um calor arrebatador se espalhou por Wren, uma ternura profunda que diluiu na mesma hora quaisquer reservas que ainda tivesse. August estava certo: ainda *havia* momentos de dúvida. Momentos em que se perguntava se estava perdendo alguma coisa, alguma resposta. Mas, olhando para Louise agora, ela soube. Aquela amizade, fosse o que fosse, não era de mentira.

Era real.

— Eu também, Lou. — Wren sorriu. — Eu também.

# 25

# EMILIO

— Vai ser incrível! — gritou Josie, dando chutinhos no ar. Ela estava deitada com a cabeça no colo de Tristan, as pernas dobradas. — Dá pra imaginar? Decorações deslumbrantes... vestidos bonitos... *dança!*

Emilio estremeceu. Parecia seu pior pesadelo.

Depois da última aula do dia, tinha seguido Tristan e Josie para o Pátio Principal, onde encontraram Georgia e Carter. Os cinco tinham passado a última hora fazendo as tarefas e lendo sob a luz do fim de tarde, esticados em um cobertor de lã cheio de livros e folhas caídas. Josie não parava de tagarelar a respeito do Baile do Decênio, falando sem parar sobre como a noite seria maravilhosa.

— Preciso dizer que *eu* danço muito bem — provocou Tristan, enrolando uma mecha de cabelo de Josie no indicador. — Eu era bem cobiçado nos bailes da escola.

— Bom, quero ver se dança mesmo durante o baile. — Josie riu.

— Talvez eu supere você — provocou Carter, passando os dedos pela grama e fazendo uma tulipa belíssima florescer, as pétalas iluminadas com magia. — Eu danço tão bem que vou deixar até *você* caidinho, Abbot.

Tristan revirou os olhos.

— Veremos.

Georgia riu.

— Dança nada.

Carter sorriu, colocando a tulipa atrás da orelha dela.

— Você vai ter que esperar para ver.

— Bom, pessoalmente, estou odiando isso tudo. — Georgia suspirou, se jogando dramaticamente na grama.

Carter revirou os olhos.

— Só porque não tem um par.

— Me *convidaram*! — Georgia fez um beicinho e cruzou os braços. — Eu só não queria ir com nenhum deles. E quem sabe? E se formos eliminados na próxima prova? Ficaríamos na enfermaria por semanas, talvez meses, e perderíamos o resto do Decênio. Não vejo por que ficar animada com um baile ao qual eu talvez nem consiga ir.

Emilio concordava com ela. Pensava o mesmo. A segunda prova estava para acontecer a qualquer momento, o que significava que haveria outra rodada de eliminações antes do baile.

Era questão de tempo.

— De qualquer forma... quem vou convidar *agora*? — reclamou Georgia. — Todo mundo já tem um par.

Emilio deu de ombros.

— Podemos ir juntos.

Georgia pareceu surpresa.

— Você não vai com o Olivier?

Josie e Tristan se entreolharam, sufocando uma risada. Carter não fez questão de esconder a gargalhada.

Emilio ficou vermelho, olhando para todos no grupo.

— O que foi? Por que tá todo mundo rindo?

— Não sei se você está brincando — respondeu Georgia, séria.

— Não estou!

— Hã... porque vocês dois estão obviamente mega apaixonados um pelo outro, né?

Emilio teve certeza de que tinha virado um pimentão.

— Não estamos... não é... não sei de onde vocês...

— Ah, Emilio. — Tristan apoiou a mão na perna dele, gentilmente. — Não tem por que negar.

Emilio escondeu o rosto nas mãos.

— Sou tão transparente assim?

— Os dois são — disse Josie, bagunçando seu cabelo. — Pra falar a verdade, é até difícil ficar olhando. Dá vontade de agarrar os dois pelo pescoço e... — Ela bateu as mãos juntas e fez um gesto rude que Emilio imaginou que fossem os dois se beijando.

Tristan riu e balançou a cabeça.

— O que minha querida Josie está *tentando* dizer é... que vocês precisam de um empurrãozinho. Alguma coisa que faça vocês ultrapassarem essa fase esquisita.

Emilio espiou por entre os dedos.

— Como o quê?

— Bom... Não tem nada mais romântico do que um baile.

Emilio achava que ele tinha razão. Se houvesse um momento para declarar seus sentimentos complicados para Olivier, um baile seria a oportunidade perfeita. Mas o que diria a Olivier? Que passava cada instante pensando nele? Que desde que entrara em Blackwood, tinha esse buraco horroroso dentro dele, essa tristeza que não passava, que só ia embora na presença de Olivier? Que olhar para ele *doía*? Que estar ao seu lado era fisicamente doloroso, como o deixava literalmente sem ar?

Que estava completa e desesperadamente apaixonado por ele?

Sentiu um pânico no peito.

— Eu... eu tenho que ir.

Emilio ficou de pé, se atrapalhando para colocar a mochila nas costas.

— Emilio... — Josie o encarou com olhos suplicantes. — Por favor, não vai. Não queríamos te chatear.

— Não me chatearam — murmurou ele, fingindo um sorriso. — Eu... estou bem. Só tenho muita coisa na cabeça.

No entanto, bem quando estava prestes a sair correndo, uma pluma de fumaça preta se materializou diante deles e o inspetor Calligan apareceu.

— Desculpem interromper — disse ele, com as mãos nos bolsos de sua calça xadrez. — Mas preciso que venham comigo.

Emilio mal teve tempo de processar o que o homem tinha dito quando uma massa de fumaça rodopiante engoliu eles cinco de uma vez só.

Em um instante, foram transportados para um grande salão decorado. Emilio demorou um segundo para recuperar os sentidos, mas rapidamente entendeu onde estavam.

A Câmara Opala.

Raios de luz iridescente entravam pelos vários vitrais — padrões em espirais de âmbar-escuro e lilás-vibrante iluminavam os bancos de igreja no centro do salão. Ele analisou as impressionantes paredes feitas de pedra, examinando os cantos adornados com gárgulas de estilo gótico e outras artes grotescas, cada uma com um par de cristais brilhantes no lugar dos olhos. Eram perturbadoras. Alguns estudantes afirmavam ter visto os olhos se mexendo mais de uma vez, que eles rastreavam cada movimento, observando de longe.

Distraído pelo pensamento, Emilio precisou de alguns segundos para perceber que não estavam sozinhos.

No final do salão, bem diante da infame porta arqueada que marcava a entrada do Éter, estavam os outros nomeados. August e Wren, lado a lado, parecendo bem descontentes; Irene e Masika, poucos passos à direita dos dois, com expressões idênticas de impaciência. Olivier estava batendo o pé sem parar no chão, mas seus olhos brilharam de imediato ao avistarem Emilio. O diretor Silas estava ao lado deles, com uma capa verde-esmeralda pendendo com elegância dos ombros. Ele os observou com atenção, as mãos unidas na empunhadura de sua bengala, enquanto o grupo cruzava o vasto salão e se juntava aos outros.

— Peço desculpas pelo convite abrupto. — A voz retumbante de Silas ecoou ao se dirigir ao grupo. — Mas o tempo é curto.

— Precisa de mais alguma coisa? — perguntou Calligan.

Silas balançou a cabeça.

— Obrigado, Calligan. Seus serviços não são mais necessários.

Calligan assentiu e deixou o salão, o eco de seus passos diminuindo. Assim que ficaram sozinhos, Silas se voltou para eles com um olhar entusiasmado.

— Agora… — começou ele, gesticulando para a porta dourada. — Como tenho certeza de que já entenderam, vocês foram chamados para a Câmara Opala para a segunda prova. Vocês entrarão no Éter em busca de uma alma perdida. Mas não pensem que vai ser como sempre… parte da rotina… Logo perceberão que o Éter estará um pouco mais… *indisciplinado* do que estão acostumados.

— Podemos formar times? — perguntou Georgia, olhando rapidamente para Carter.

— Vocês decidem — explicou Silas. — É uma competição, mas fiquem à vontade para ajudar seus colegas nomeados, se é o que gostariam de fazer.

Irene e Masika piscaram uma para a outra, num pacto silencioso. Tristan e Josie deram um passo em direção um ao outro, como se conectados por um fio. Wren, sendo Wren, manteve o olhar adiante, sem se preocupar com alianças. E então Emilio notou que August trocou um breve olhar com Olivier, assentindo discretamente para ele.

Estranho.

— Como é o processo de eliminação nessa prova? — perguntou Josie. — A última pessoa a encontrar uma alma perde?

— Sim. — Silas assentiu. — Esse é um jeito de ser eliminado.

Wren se adiantou.

— Qual é o outro jeito?

— Ainda tem a questão de seus ferimentos não se curarem mais magicamente — relembrou Silas, com um olhar sombrio. — Se forem feridos fatalmente no Éter... então se juntarão a Nick e Liza na enfermaria e não concorrerão mais no Decênio.

Um silêncio tenso percorreu grupo quando as palavras dele assentaram.

— Ao completarem a prova, vocês serão transportados para um local aleatório do campus. Quando retornarem, devem voltar à Câmara Opala com os nomeados restantes. — Ele deu uma olhada em seu relógio de bolso. — Como mencionei, estamos com um cronograma bem apertado. Precisamos garantir que a segunda prova acabe antes que o cronograma regular de ceifamento comece, então... — Silas se afastou da porta com um floreio. — Quem gostaria de ir primeiro?

Irene não hesitou.

— Eu vou.

Silas assentiu.

— Muito bem. Vá em frente, Srta. Bamford.

Irene avançou, determinada, e colocou a mão contra a porta.

O ar ganhou vida. Um murmúrio sacudiu as paredes, o chão diante deles chacoalhando. Uma esfera dourada cresceu no peito de Irene, correndo por seus braços e mãos, preenchendo as runas entalhadas na porta como ouro derretido. O cabelo dela se ergueu no ar, como se a gravidade tivesse parado de agir, os olhos brilhando com a magia que corria em suas veias.

Emilio piscou, por uma mera fração de segundo, mas foi o bastante para Irene desaparecer, engolida pelo Éter.

A segunda prova tinha oficialmente começado.

# 26

# IRENE

Era como cair pelos ares. Como se o tecido do universo tivesse se dobrado em si mesmo e a cuspido para fora. Ela estava em nenhum lugar e em todos os lugares ao mesmo tempo, seus átomos sendo separados e unidos novamente.

Uma luz branca ofuscou sua visão. Um brilho atordoante, tão intenso que era como olhar diretamente para o sol. E então essa luz se apagou, dando lugar a uma névoa abafada, um véu plumoso que cobria a paisagem.

Irene piscou.

E lá estava: o Éter.

Era um lugar em constante mudança. A cada porta atravessada, o cenário mudava de forma, criando mundos diferentes. Universos diferentes.

Dessa vez, o Éter tinha enviado Irene para um vale vazio. Nuvens finas pontilhavam um céu preto opaco. Era um mundo envolto em escuridão, uma paleta de musgo e tons de marrom se misturando em uma planície gramada.

Irene respirou de um jeito trêmulo. Quando se mexeu, sua mão pareceu pesada, como se estivesse atravessando água, lutando contra uma correnteza. Geralmente gostava de comparar o sentimento de estar no Éter com o de ter bebido martínis demais.

Sem o lado divertido.

Fechou os olhos e invocou a magia dentro de si. De imediato, sentiu o forte *puxão*. O chamado que a guiava para a alma perdida. Mas também sentiu outra coisa… uma rede de outras almas a atraindo. Era diferente do chamado de uma alma perdida... era familiar. Eram os outros competidores, espalhados pelo Éter, suas posições causando centelhas leves, mas perceptíveis, em seu mapa interno. Irene repassou todos eles e chegou no que estava procurando.

Achei você.

Abriu os olhos e encontrou o caminho que tinha surgido na grama. Faíscas de luz dourada, quase como uma trilha de vagalumes, a guiavam adiante.

Não perdeu tempo.

Seguiu o caminho, com cuidado de manter os olhos à frente. Não tinha como saber com o que o Éter tentaria distraí-la, e quanto menos tempo perdesse investigando, melhor. Porém, apesar do foco, não conseguiu deixar de sentir as presenças inconfundíveis à espreita, a realidade horripilante que aguardava aqueles que não conseguissem a Ascensão.

Os Alunos Esquecidos.

Havia *dezenas* deles. Alunos que já tinham sido como ela, que já tinham morado nos salões de Blackwood. Vagavam pelo Éter, o rosto sem expressão, seguindo o próprio caminho.

Não eram *completamente* desprovidos de características humanas. Na verdade, aqueles que tinham transicionado recentemente eram bem normais, só pareciam entediados. Eram aqueles que estavam ali há centenas de anos, talvez até milhares, que se tornavam uma carcaça vazia, uma sombra da pessoa que tinham sido. Mal detinham senciência.

Irene se recusava a se tornar um deles. Essa nomeação era sua última chance, a última dança, por assim dizer. Se não ganhasse, se não se tornasse parte dos Ascendidos, consideraria o caminho alternativo.

Mesmo que isso significasse deixar Blackwood e sua melhor amiga para trás.

A Ordem dos Damianos tinha oferecido uma saída. Uma oportunidade nova, algo *além* da existência que tinha sido forçada a aceitar. Na sua antiga vida, Irene se sentira impotente muitas vezes. Nada além de uma passageira, forçada a aguentar as consequências dos erros da mãe, presa a um fardo do qual não conseguia escapar.

Não mais. Quando Irene morreu, se livrou dessas amarras. Não era mais impotente, mas *poderosa*. Ela se livrara da pele da menina que fora outrora, deixando-a apodrecer em um lugar onde ninguém jamais a encontraria.

Então, se Blackwood não podia oferecer o que precisava, Irene tinha outro plano.

Não ia ficar esperando pelo poder.

Ia tomá-lo.

Irene se livrou desses pensamentos e voltou a focar o caminho iluminado.

Não demorou muito para a porta aparecer. Estava acomodada na grama alta, uma porta branca aparentemente normal, com uma maçaneta prateada. Mas não tinha nada de normal nela. Ao se aproximar, o peito de Irene se iluminou com uma esfera de luz dourada, sinalizando que tinha chegado ao destino correto.

Irene abriu a porta e entrou.

Uma hora, estava andando na grama, na outra, suas botas estavam afundando em areia molhada, uma densa névoa cinza obscurecendo sua visão. O ruído do oceano varia a terra, ecoando com uma reverberação meio onírica.

Inalou o cheiro de maresia conforme gotículas do oceano umedeciam sua pele. À esquerda, um calmo mar infinito, ondinhas quebrando contra as rochas pretas da costa. À direita… nada. Uma escuridão sinistra cobrindo o resto do mundo.

E ali, a poucos passos dela, Masika.

— Quer dar um mergulho?

Masika cruzou os braços, suspirando.

— Você demorou.

— Bom, se você tivesse esperado por mim antes de passar pela primeira porta, como te falei pra fazer, eu não teria demorado tanto para te encontrar.

Masika sorriu, *claramente* orgulhosa de si.

— Então… sua alma está muito longe?

— Acho que a umas três portas — calculou Irene. — E a sua?

— Duas, acho.

Irene assentiu. Ela se agachou, deixando a areia molhada escorrer entre os dedos. Parecia tão real… cada grão roçando sua pele. As gotículas no ar. A umidade da maresia.

— Então acho melhor irmos atrás da sua primeiro, e depois procuramos a minha.

Masika murmurou, surpresa.

— Realmente vai me deixar ir primeiro?

— Por que não?

— É um pouco arriscado, não acha? Quando localizarmos sua alma, pode ser que já seja tarde demais.

— Ah, fala sério. — Irene dispensou o comentário com um gesto. — Nós sabemos que somos mais rápidas do que os outros. Não ficaria surpresa se nem tivessem passado pela primeira porta ainda.

Masika deu um risinho.

— Tá fazendo de novo…

— Fazendo o quê?

— Subestimando todo mundo.

— Não estou subestimando. Só sei meu valor.

— Não estou dizendo que suas habilidades não são impressionantes — explicou Masika, passando o braço pelos ombros de Irene quando começaram a caminhar pela orla. — Mas os outros nomeados *são* talentosos. São fortes. Espertos. Foram escolhidos por um motivo. E honestamente… merecem ganhar. Todos nós merecemos.

— Você anda passando muito tempo com os outros — resmungou Irene, furiosa. — Estão fazendo lavagem cerebral em você.

Masika deu uma risadinha.

— Irene…

— É verdade. Toda essa conversinha sobre nos aproximarmos e sermos lamentavelmente conhecidos… um abraço em grupo e você vai perder completamente o foco.

— Abraço em grupo? — repetiu Masika, reprimindo um sorriso.

— Não zomba de mim.

— Não estou… — Masika parou, virando-se para olhar Irene e a segurando pelos ombros. — Escuta. Eu entendo. O Esquecimento te apavora. Apavora a todos nós…

— Não é…

— … mas qualquer hora você vai *ter* que aceitar. Se não nos tornarmos Ascendidas, então uma hora… vai acontecer. É o próximo passo no cumprimento do nosso dever. É inevitável, não tem como fugir.

Irene se afastou.

— Eu *posso* fugir. E vou.

Masika se sobressaltou. O sorriso doce desapareceu de seu rosto.

— O que está dizendo?

Mas, antes que Irene pudesse responder, alguma coisa no mar ao lado delas começou a mudar. Foi uma diferença pequena, quase imperceptível no começo, as ondas aumentando de tamanho, os espirros do oceano ficando mais fortes. E então o barulho ficou ensurdecedor. As gotas das ondas batiam na pele delas como cacos de vidro.

— Masika. — Irene a segurou firme pelo pulso. — Corre.

Assim que começaram a correr, o oceano ganhou vida, uma muralha imensa de água surgindo como um arranha-céu. Irene ficou paralisada com o choque conforme a onda descia sobre elas. Suas mãos ficaram dormentes, seus pés criaram raízes.

Mas Masika era rápida.

Ela esticou as mãos e parou a onda que ia bem na direção delas, mudando sua trajetória. A água passou por cima das duas em um arco, batendo no chão alguns metros à direita.

— Vamos!

Alguma coisa inidentificável deformou a voz de Masika. Confusão. Desespero. Irene não sabia bem o que era, mas a tirou de seu torpor e a fez recuperar a compostura. Ela avançou o mais rápido que pôde. De repente, alguma coisa se materializou em seu campo de visão — uma porta de madeira com detalhes de ferro.

— Ali! — gritou Masika, e começou a correr para a porta, enquanto lançava uma barreira de proteção ao redor delas.

A água rugiu em desafio, outra onda monstruosa se erguendo da superfície do oceano. Irene tinha a impressão de que o mar estava vivo, as caçando. Não tinha certeza se era sua imaginação, mas jurava ter visto um rosto refletido na onda. Um rosto familiar que a lembrava do seu próprio.

O terror tomou conta.

— Mãe?

Masika olhou para ela enquanto corriam, os olhos arregalados e as sobrancelhas franzidas.

— O que você disse?

Mas Irene não chegou a responder. Em vez disso, passaram pela porta, se jogando no mundo seguinte em um borrão estonteante. Suas mãos bateram no asfalto, a onda se quebrando atrás delas bem quando a porta se fechou.

O som ecoou em seus ouvidos.

E então... silêncio.

# 27

# MASIKA

Masika não sabia o que dizer. Não era como se pudesse fingir que não tinha ouvido Irene chamar pela mãe. Mas também sabia que não ia adiantar tocar no assunto. Irene ficaria na defensiva. Esconderia-se naquela fortaleza de ferro e trancaria as portas, deixando Masika de fora.

— Você está bem? — Masika se levantou do chão.

Tinham caído no que parecia ser uma rodovia, flanqueada dos dois lados por nuvens escuras e um cobertor de estrelas. Um único poste de luz brilhava acima delas, a lâmpada vermelha lavando o concreto com um tom carmesim fraco.

— Estou bem. — Irene limpou os joelhos ao se levantar. — Vamos continuar.

— Você… — Masika pigarreou. — Quer conversar?

Irene saiu andando, ignorando a pergunta.

— Precisamos encontrar a próxima porta.

— Olha — Masika suspirou, a seguindo. — Você não precisa fingir que está tudo bem. Se precisar falar da sua mãe…

— Não. — Irene se virou, os olhos ardendo de fúria. — Estou falando sério, Masi. Esse assunto é proibido e você sabe.

— Seu passado não vai sumir, se você o ignorar. — Masika sabia que estava forçando a barra, mas achava que não teria outra oportunidade de tocar no assunto. — Quanto mais você fingir que ele não existe, mais vai te consumir.

— Olha quem fala — cuspiu Irene, cheia de veneno. — A pessoa que faz visitas noturnas ao Memorium. Que chora até pegar no sono.
— Masika se retesou, o que só alimentou o discurso inflamado de

Irene. — O quê? Pensou que eu não soubesse? Que não percebi você escrevendo aquelas cartas *patéticas* e deixando no Memorium?

Masika fechou as mãos em punhos.

— Você não tem ideia do que está falando.

Irene soltou uma gargalhada.

— Sério? Você não pode ficar dando palestrinha sobre eu aceitar meu passado, quando está *obviamente* vivendo no seu.

— É... diferente.

— Como? Assim, somos amigas desde que eu cheguei, e esse tempo todo você se recusou a me contar quem perdeu para a Ordem dos Damianos. Como espera que eu me abra com *você* a respeito da minha antiga vida, se você não me conta nada? Era pra gente ser amigas, mas parece que tem essa... barreira. Esse buraco imenso entre nós. E não importa o que aconteça, você nunca se abre e me conta...

— Ela se chamava Catherine.

Silêncio caiu entre elas quando as palavras saíram da boca de Masika. Não tivera a intenção de falar em voz alta, mas a frase escapara sem aviso.

Irene hesitou, espantada. Era difícil saber o que estava pensando, mas Masika percebeu que a amiga estava insegura.

— Catherine. — Irene repetiu o nome devagar. — E ela era sua... — A voz dela sumiu enquanto buscava a resposta certa.

Masika suspirou.

— Amiga... no começo. E depois, acho que poderia se chamar de namorada. Mas agora é difícil saber o que era real e o que não era.

Ela esperou Irene falar alguma coisa. O poste rangeu acima delas, o barulho se misturando ao rosnar do vento. Quando Irene finalmente falou, sua voz estava mais suave, sem aquele tom mortífero.

— Ela te... ela te contou por que foi embora?

— Mais ou menos. — Masika engoliu o bolo na garganta. — Se o bilhete quase ilegível que ela deixou na minha mesinha de cabeceira contar para alguma coisa.

Ela preferia que Catherine não tivesse deixado nada. O bilhete piorara tudo. A parte que não fazia sentido, que ainda não fazia sentido, era como tudo fora rápido.

Masika não deveria ter percebido alguma coisa? Uma mudança no comportamento dela? Uma variação em seu tom? Mas tudo parecera bem, até não estar mais. E quando Masika percebeu o que tinha acontecido… era tarde demais.

Tinha a perdido.

Mas esse sempre fora o defeito de Masika: ela conseguia se iludir com qualquer coisa, se convencer de que tudo estava bem, mesmo quando a realidade estava em ruínas.

Quando *ela* estava em ruínas.

— Ela não deveria ter ido sem se despedir.

As palavras pegaram Masika de surpresa, trazendo-a de volta à realidade.

— O quê?

— Catherine. Ela não devia ter ido sem se despedir. Direito. Deveria ter tido a decência de te contar.

Elas se encararam por um momento. Irene parecia prestes a falar mais alguma coisa, a boca se abrindo e fechando, mas devia ter mudado de ideia, porque só balançou a cabeça e disse:

— A gente devia seguir em frente. Já gastamos muito tempo.

Masika não queria abusar da sorte. Estava claro que Irene não tinha intenção de continuar a conversa, então o assunto estava encerrado.

Caminharam pela rodovia pavimentada em um silêncio resoluto. O tempo era diferente no Éter, então era quase impossível saber se tinham se passado cinco minutos ou cinco horas. Tudo parecia se misturar, como a sensação de acordar de um sonho. Por fim, cruzaram a última porta, que as levou a outro cenário, uma floresta de sequoias cobertas de neve. O céu acima tinha um tom pálido de lilás, com duas luas crescentes iluminando a densa floresta, envolvendo a paisagem em um brilho etéreo.

Masika sentiu calafrios e se abraçou.

— Estamos perto. Consigo sentir.

E foi quando avistou a pequena cabana amarela escondida entre as árvores.

Galhos grossos e podres circundavam a casa, como uma gaiola, com espinhos enormes saindo de cada um. Nuvens escuras de tempestade pairavam diretamente acima do telhado, trovões irrompendo ao fundo.

— Ótimo — murmurou Irene, batendo os dentes. — Tem ao menos dois escudos sobre a casa.

Ela tinha razão. Vários escudos de proteção tinham sido colocados ao redor da alma perdida, cada um mais complicado que o outro. Era normal que almas perdidas criassem os próprios escudos, um jeito de prolongarem a travessia inevitável, mas aquelas barreiras ali pareciam deliberadas. Detalhadas e muito complexas.

— Esses escudos não foram criados naturalmente — observou Masika ao se aproximarem da cabana. — Aposto que foram colocados aí por causa da prova.

— Bom, que bom que temos você — provocou Irene. — Magia defensiva parece ser a sua especialidade, ultimamente.

Masika sorriu. *É claro.* Irene ainda estava um pouco incomodada com a habilidade de Masika de desfazer o escudo no escritório de Calligan.

Masika se aproximou da casa e espiou pela janela. Através do vidro fosco, viu a alma parada ao pé da cama. Era uma criança. Uma menina de não mais do que oito ou nove anos. Tinha cabelo loiro-escuro e uma franja desgrenhada que lhe caía nos olhos, as bochechas rosadas cheias de lágrimas.

E, o mais importante, estava olhando para seu corpo moribundo.

Ninguém sabia *exatamente* por que algumas almas não conseguiam fazer a travessia, presas entre o mundo dos vivos e o Outro Lado. Masika recebera uma explicação vaga assim que chegara em Blackwood. Almas perdidas morriam em uma mistura de ingredientes perfeitos: uma morte traumática, muitas questões não resolvidas e um enorme desespero de se agarrar à vida, não importava o custo.

O que significava que a maioria das pessoas que morriam fazia a travessia sem problemas, mas havia alguns teimosos que precisavam da ajuda deles.

Ela esticou a mão, analisando os espinhos que despontavam dos grossos galhos. Fios de ouros saíram de seus dedos, se enrolando em cada espinho como um casulo.

Masika olhou por sobre o ombro.

— Quer ajudar com o outro lado?

— Pode deixar.

Trabalharam em silêncio. Era um processo entediante e árduo, que exigia concentração total. Masika se sentiu cada vez mais drenada, uma exaustão palpável pesando em seus ossos.

Estava ficando exaurida de magia.

A cada impulso, a cada centímetro do escudo que desmantelava, uma pressão densa a tomava, a inundando de fadiga. Quando terminou o seu lado, mal conseguia manter os olhos abertos.

Irene veio mancando, triturando a neve sob as botas. A pele abaixo de seus olhos estava começando a escurecer, uma constelação de vasos sanguíneos estourados maculando seu rosto. Masika não tinha dúvidas de que estava com a aparência tão péssima quanto a dela.

— Pronto.

Masika assentiu, terminando o restante do seu pedaço.

— Estou quase.

— Eles realmente se superaram com esse — murmurou Irene, franzindo o cenho. — Imagina se não estivéssemos em dupla. Você teria demorado *horas*.

Masika apenas assentiu. Estava cansada demais para formular frases coerentes.

— Bom, vamos acabar logo com isso.

Irene avançou, atravessando a parede como se fosse feita de ar. Masika a seguiu. O papel de parede do outro lado estava velho e descascando, as tábuas do chão, podres e empenadas. Quanto mais decadência no ambiente, mais a alma estava em sofrimento.

Masika sentiu uma tristeza breve, mas arrebatadora.

É só uma criança.

Por um momento, a menininha não as notou, de tão concentrada que estava em seu corpo morrendo. Mas então Irene pigarreou e o olhar da menininha se virou para ela.

— Olá — disse Irene. — Como você se chama?

A menininha ficou boquiaberta, incrédula, de olhos arregalados. Irene se remexeu, desconfortável. Como a menininha continuou em silêncio, ela se aproximou e estalou os dedos diante de seu rosto.

— *Ooooi?* Está me ouvindo?

— Não estala os dedos assim — brigou Masika. — Ela não é um cachorro.

— Bom, o que tem de errado com ela? Está catatônica!

— Só dá um tempo — pediu Masika.

Irene bufou.

— Não tenho tempo. Temos que procurar a *minha* alma agora, lembra?

— Você não disse que não estava preocupada de se atrasar?

— Não estou!

E então um barulho cortou o ar. Um barulho penetrante, irritante, que as deixou em silêncio.

A menininha começou a chorar, berrando com a cabeça jogada para trás e lágrimas escorrendo pelo rosto.

— Ah, não. — Irene recuou, cambaleando, horrorizada. — Não. De jeito nenhum. Lida com isso você.

Masika tremia ao se aproximar da menina. Seu choro doía nos ouvidos, como unhas em uma lousa. Mas Masika se ajoelhou diante dela, para ficarem na mesma altura, então o choro da menininha se transformou em um choramingo.

— Oi — sussurrou Masika, limpando uma lágrima do rosto da criança. — Você está bem?

A menina esfregou os olhos.

— Eu... estou mesmo... estou mesmo...

— Meu Deus — resmungou Irene, apertando a ponte do nariz.

Masika lançou a ela um olhar de aviso. Irene revirou os olhos e gesticulou que estava fechando um zíper nos lábios. Ela se voltou para a menina.

— Não se preocupe. Estamos aqui para te ajudar. É hora de você seguir adiante.

— Seguir?

— Você tem que fazer a travessia. E só as melhores almas podem fazer isso.

A menininha tentou olhar de novo para o seu corpo, mas Masika entrou na frente, segurando com delicadeza o queixo da menina e virando o rosto dela para si.

— Não se concentre nisso. Que tal a gente se arrumar para a travessia? Parece uma boa ideia?

A menininha assentiu, limpando o rosto.

— Mas... eu vou ver minha família de novo?

— Vai — mentiu Masika. — Eles vão fazer a travessia e te encontrar.

Não era uma certeza. Nada era. Masika não tinha como saber se os pais da menina fariam a travessia como Almas Corrompidas ou se chegariam ao Outro Lado. Mas sabia que não tinha por que dar essa informação para a menina, a menos que quisesse prolongar o processo pelo resto da eternidade.

— Estou com medo. — A menininha choramingou. — Vai doer?

— Não — prometeu Masika, tocando de leve a bochecha dela. — Vou garantir que não.

Ali estava. O brilho familiar emanando do corpo da menina. O sinal de que a alma dela estava pronta para a travessia.

A magia de Masika brilhou em reconhecimento — uma vibração em seus braços e pernas e um calor no peito. A esfera de luz dourada viajou pelo seu corpo, chegando aos braços e se espalhando por cada um dos dedos. E, antes que a menina pudesse pensar duas vezes no que estava prestes a acontecer, Masika se ajoelhou e enfiou o pulso no peito dela, bem no centro de sua alma.

Por um momento, Masika viu tudo. Sentiu tudo. Toda a vida da menina exposta diante dela, passando na sua cabeça como um disco arranhado. Cada memória dolorosa. Cada mágoa. Lágrimas derramadas, escondida embaixo das cobertas. Esperanças despedaçadas antes mesmo de brotarem. Mas havia luz na escuridão. Momentos de felicidade. De completa alegria. O primeiro dia de aula. Passear de carro com os pais, o ar quente entrando pela janela e o cheiro de jasmim. Beijos antes de dormir e histórias mágicas sussurradas entre gargalhadas. *Muitas gargalhadas.* Elas ecoaram em seu crânio, soando pela eternidade, consumindo cada milímetro de Masika.

E então pararam.

A forma da menininha começou a desaparecer, os braços e pernas ficando translúcidos, até que a última coisa que restou foi uma única luz, um fio brilhante no ar.

A luz piscou... e então sumiu.

Masika caiu de joelhos um momento depois, a cabeça rodando e o estômago doendo.

Irene se aproximou, se agachando ao lado dela, os lábios curvados em um sorriso torto.

— Pronta para a próxima?

# 28

# EMILIO

O instinto de Emilio dizia que tinha deixado passar alguma coisa. Que, em algum momento, uma peça do quebra-cabeça mudara sem que ele soubesse, e agora estava confuso, tentando recuperar o tempo perdido. Era a única coisa que explicava por que justo Augustine Hughes tinha decidido se juntar a ele no Éter.

Emilio não tinha ficado surpreso quando Olivier aparecera atrás dele quase imediatamente depois de cruzarem a fronteira. Esperava que trabalhassem juntos, principalmente dado o fato de que Olivier sabia que ceifar não era bem a especialidade de Emilio. Mas o que *não* esperara era encontrar August ao lado de Olivier. Era estranho, inexplicável, e não combinava com nenhum dos dois. O mais estranho era o jeito que Olivier estava agindo: como se fosse perfeitamente normal que agora trabalhasse junto de August, e que aquela parceria não exigisse nenhuma explicação.

Tinham passado a primeira hora atravessando algumas portas, percorrendo as várias paisagens do Éter. August e Olivier ficavam trocando cochichos. Emilio não queria admitir, mas se sentia deixado de lado. Era óbvio que o estavam excluindo de algum assunto, e Emilio não conseguia evitar sentir que sua presença era mera formalidade.

Como se os dois tivessem permitido sua presença por pena.

Depois de atravessar um deserto apinhado de árvores finas e secas e de montanhas íngremes e rochosas, chegaram a uma porta desalinhada marcada com formas geométricas.

August colocou a mão na porta.

— É aqui. Atrás dessa daqui.

Ele, é claro, tinha insistido que procurassem por sua alma perdida primeiro. Olivier parecia perfeitamente contente de seguir as ordens de August, o que deixou Emilio irritado. Geralmente, Olivier faria algum comentário sarcástico para desafiar August, mas daquela vez... nada.

Quando passaram pela porta, entraram em uma paisagem nova. Era uma floresta densa, exuberante, de enormes sequoias, e as fragrâncias de eucalipto e pinho dominaram os sentidos de Emilio. Vagalumes sobrevoavam o lugar, emanando uma luz amarela suave de seus corpinhos.

— Por aqui — ordenou August.

Ele seguiu adiante, espantando um vagalume do rosto com um exagero cômico.

Emilio tentou chamar a atenção de Olivier, louco para perguntar que *merda* estava acontecendo, mas Olivier parecia completamente distraído. Mesmo quando encontraram a alma de August, um velhinho aprisionado em um escudo de proteção feito de espinheiros e vinhas afiadas, Olivier manteve os olhos fixos em August.

Apesar de terem chegado juntos até ali, August insistiu em desmantelar o escudo de proteção sozinho. Alguma coisa na técnica dele requeria isolamento total. Então, para o grande alívio de Emilio, ele e Olivier finalmente tiveram um tempo a sós. Os dois se aprofundaram mais na floresta, dando a August o espaço que pedira.

Olivier estava recostado contra o tronco de uma árvore, os olhos ainda fixos em August e no que ele estava fazendo com o escudo. Meu Deus... ele *sempre* tivera aquele interesse todo no August?

Depois de alguns minutos dolorosos de silêncio, Emilio finalmente desistiu. Não conseguiu evitar.

— Você não está nem disfarçando — resmungou, puxando as mangas do suéter.

Olivier cruzou os braços e olhou para ele, confuso.

— Como é?

— Na verdade, você está sendo bem óbvio.

— E, pelo visto, também estou sendo burro, porque não sei do que você tá falando.

Emilio suspirou. *Que se dane.* Ele podia simplesmente perguntar.

— Tem alguma coisa rolando entre vocês?

— Tem... *o quê?* — Olivier quase escorregou de onde estava. — Emilio, meu amor, está ficando doido? Está com febre?

— Você não para de olhar para ele — resmungou Emilio, se sentindo meio idiota. — Quero dizer... agora mesmo, você estava quase babando.

Ele olhou para Olivier por entre os cílios e percebeu que o rapaz estava com uma expressão bem estranha. Os lábios levemente curvados. Os olhos brilhando.

— O quê? — perguntou Emilio. — Por que está me olhando assim?

Olivier deu um sorriso.

— Você está com ciúmes.

Emilio bufou.

— Não estou, *não.*

— Está.

— Não estou com ciúmes.

— Você é a epítome do ciúmes.

— Você está sendo idiota. — Emilio lhe deu as costas, olhando para as copas das árvores acima. — Só estou... preocupado com você. Eu sei que August é um cara bonito, e é fácil se distrair com ele, mas...

— Você acha o August bonito?

Emilio olhou por sobre o ombro. Olivier não estava mais sorrindo.

— É óbvio. — Emilio gesticulou para August, mais adiante, ainda trabalhando no desmantelamento do escudo de proteção, com as sobrancelhas escuras unidas e a boca torta de concentração. — Ele é... ele.

Uma ruga parecida se formou entre as sobrancelhas de Olivier.

Emilio suspirou.

— O quê?

— Bem... — Olivier balançou a cabeça e pigarreou. — Só não sabia que ele fazia seu tipo.

Emilio o analisou por um instante. *Espera aí.* Olhos taciturnos. Boca virada para baixo. Mãos se remexendo de nervoso.

— Ah, meu Deus — sussurrou Emilio, sorrindo.

— O quê?

— *Você* está com ciúmes.

Olivier deu uma risadinha.

— Ah, deixa de ser ridículo.

— Está, sim! Olha pra você. Está todo vermelho e inquieto.

Era verdade. As bochechas de Olivier estavam vermelhas e ele estava puxando o colarinho da camisa, ansioso.

— Você está com ciúmes. Não suporta que eu ache ele atraente.

— Olha, não tem problema nenhum você o achar atraente. Nós concordamos que Augustine Hughes é lindo. Assim, não sou *cego*, pelo amor de Deus...

— Eu não disse *lindo*...

— ... e, de qualquer forma, não tem nada acontecendo entre nós. Só concordamos que uma aliança seria benéfica.

O sentimento maravilhoso que estava crescendo em Emilio desapareceu e deu lugar a uma sensação horrível de desgraça iminente.

— Você fez uma aliança com August? — repetiu Emilio, confuso. — Por que fez isso?

— Porque... — Olivier deu de ombros, chutando uma pedrinha.

— Uau. — Emilio deu risada. — Que explicação detalhada. Obrigado.

— Sei o que estou fazendo.

— Não sabe, não.

Olivier se afastou da árvore e deu passos largos para se aproximar, assomando sobre Emilio de um jeito que o fazia se sentir minúsculo. Ele geralmente gostava daquela sensação. Era reconfortante. Mas naquele momento, com aquele olhar de desprezo de Olivier e a seriedade de sua expressão, o sentimento não era muito bom.

— Se tem algo para me falar... então fala. — Olivier analisou o rosto de Emilio, que praticamente *sentiu* o olhar na pele. — Tem algum outro motivo pelo qual não gostaria que eu trabalhasse com o August? Qualquer motivo.

Emilio engoliu em seco.

— Não.

— Tem certeza?

— Eu... — Emilio sentiu o pescoço esquentando, o calor subindo para as bochechas. — Não sei.

— Emilio...

A expressão de Olivier se suavizou. O desdém em seus olhos mudou para outra coisa. Emilio demorou um tempinho para perceber que sabia o que era. Era a mesma coisa que ele sentia. O mesmo sentimento que o deixava sem ar, que o inundava sempre que olhava para Olivier.

Desejo.

De repente, teve o ímpeto de avançar, agarrar Olivier pelos ombros e pressionar a boca na dele. Podia fazer isso. Sabia que sim. Mas tinha tanto *medo.* Medo da rejeição. De estragar o que já tinham. De descobrir que talvez aqueles sentimentos aterrorizantes que nutria por Olivier não fossem recíprocos.

Mas, acima de tudo… tinha medo de perdê-lo.

— Pronto. — August apareceu diante dele, limpando as mãos.

Olivier suspirou e se afastou de Emilio.

— Já? — perguntou, com certa irritação na voz.

— Por que a surpresa? — disse August, e olhou para os dois, como se percebesse que tinha interrompido alguma coisa. — Devíamos seguir para a próxima alma. Olivier, acredito que queira ser o próximo.

Emilio não conseguiu se impedir de cuspir a pergunta:

— Você não vai embora?

August ergueu as sobrancelhas, perplexo.

— Por que eu faria isso?

— Bom, a gente não tem mais utilidade para você — resmungou Emilio. — Já terminou sua parte. O que te impede de simplesmente voltar a Blackwood?

August suspirou e se virou, olhando para Olivier.

— Você pode cuidar disso?

Um estranho ódio queimou dentro de Emilio, uma frustração acumulada que o fez dar um passo à frente.

— Eu não sou o *cachorro* dele — disse, sem pensar.

August pareceu surpreso. Emilio se retesou, prevendo alguma reação, mas nada aconteceu. Em vez disso, August só assentiu e disse:

— Não. Você está certo. Desculpe. — Ele suspirou e se aproximou. — Olha, Emilio. Não tenho nada a esconder. Acho que uma aliança entre nós… *todos nós*… seria benéfica. Então… não. Não vou embora. Eu disse que ajudaria os dois, e vou ajudar.

Emilio o encarou de volta, perplexo. Não era a resposta que esperava.

— Ah.

August abriu um sorrisinho.

— Bom… se o interrogatório acabou, deveríamos seguir para a próxima alma. Não sei vocês dois, mas estou pronto para…

Ele foi interrompido quando o chão começou a tremer. As folhas das árvores farfalharam e um som horrível de rachadura irrompeu debaixo deles. Emilio olhou para Olivier, sentindo uma pontada de pânico.

— Você... sentiu isso?

August olhou para eles.

— Precisamos encontrar a próxima porta. *Agora.*

Porém, assim que as palavras saíram de sua boca, uma rachadura dividiu o chão entre eles, fazendo com que Emilio e Olivier voassem em uma direção e August, na outra. A rachadura se alargou, até se transformar em uma fenda, com pedaços de terra colapsando e caindo no abismo infinito. O vão só ficava cada vez mais largo, e Emilio se pegou tropeçando para trás, quase caindo no abismo.

Duas mãos o envolveram pelo peito e o puxaram para um local seguro bem quando a rachadura se abriu embaixo de suas pernas.

Os lábios de Olivier roçaram o ouvido de Emilio, a respiração ofegante.

— Você... está bem?

Emilio balançou a cabeça. *Não. Não tô.* Mas as palavras não saíram. Sua cabeça tinha desligado, o corpo estava no piloto automático. Em meio ao caos, mal conseguia ver August do outro lado da fissura, se levantando. Ele parecia bem, mas os braços estavam cheios de cortes, com o sangue manchando sua camisa branca.

— Vão! — gritou August do outro lado, a voz abafada pelo rugido do terremoto. — Encontrem a porta! Vou localizar vocês!

Olivier segurou Emilio pelo pulso e começou a correr. Um caminho iluminado os guiou por entre a floresta que desmoronava, mas Emilio só conseguia se concentrar em Olivier ao seu lado.

Não podia soltá-lo.

Não podia perdê-lo.

O pensamento o impulsionava. E se agarrou a isso com uma determinação fervorosa. Mesmo quando encontraram a porta e a atravessaram, caindo em uma paisagem diferente, em segurança, longe da floresta que desmoronava, o pensamento ainda ecoava em sua mente, como um alarme incessante.

Não podia perdê-lo. Não podia perdê-lo. Não podia...

— Emilio. — Olivier o encarou com olhos inquietos. — Respira. Está tudo bem. Você está em segurança.

Só que ele não conseguia. Não conseguia impedir o pânico em seu peito.

Tudo era entropia e caos, uma corrente sem-fim de barulho e cores e...

— Você está em segurança — repetiu Olivier, sua voz estável.

Então ele gentilmente encostou a testa na de Emilio, e tudo pareceu se acalmar. A cadência da respiração. O som do vento contra seus ouvidos.

Emilio abriu os olhos. Olivier o encarava de volta.

— Está melhor?

Emilio conseguiu assentir de leve.

— Aham. Melhor.

Olivier hesitou, a testa ainda pressionada contra a de Emilio, então finalmente se afastou, ajudando-o a se levantar. Um silêncio tenso pairou sobre eles, com o peso do momento ainda no ar.

Olivier pigarreou.

— Bem. Acho que é melhor continuarmos — disse ele, e hesitou, olhando para Emilio antes de dar meia-volta e se afastar.

Emilio já não estava paralisado pelo medo conforme caminhava atrás de Olivier, acompanhando seu ritmo. No entanto, apesar da calma que o tinha dominado, ainda havia aquele único pensamento incessante o perturbando. Um pensamento que tinha certeza de que não sumiria.

Não podia perdê-lo.

# 29

# AUGUST

Idiota, idiota, idiota. August xingava baixinho ao atravessar a porta seguinte, deixando a floresta que estava desmoronando e chegando a uma nova paisagem: uma rodovia pavimentada flanqueada por uma escuridão preta e estrelada, que se alongava para sempre dos dois lados da estrada de concreto, de modo que a rodovia parecia estar flutuando entre as estrelas, suspensa no universo.

Seu instinto lhe dizia para correr. Para voltar a Blackwood e deixar Emilio e Olivier para trás. Só que tinha prometido que não faria isso. E, por mais que suas promessas geralmente não tivessem qualquer significado, não podia pagar o preço de quebrar essa.

August se concentrou, tentando se localizar. Conseguia identificar vagamente as coordenadas dos dois, embora tudo estivesse estranhamente enevoado. Como se alguma coisa, talvez *alguém*, estivesse obstruindo de propósito sua magia espacial. Provavelmente outro truque de Silas... outro obstáculo para desestabilizá-los.

Não importava. Conseguiria encontrá-los. Só precisava focar.

A determinação o impeliu a agir. A cada poucos minutos, verificava se conseguia sentir a localização de Emilio e Olivier, mas aquela névoa irritante ainda envelopava a localização de todo mundo, deixando quase impossível determinar onde estavam no Éter. Estava pensando em deixar a promessa de lado quando avistou outra pessoa ao longe, uma figura solitária no centro da rodovia.

Era uma menina. Uma das alunas que tinha passado pelo Esquecimento. A pele dela era cinza e translúcida, se desvanecendo nas extremidades. Apesar de August estar caminhando em sua direção, ela não deu nenhum indício de que o enxergava. Sua face não tinha expressão, os olhos eram vazios e distantes.

Ele se aproximou devagar.

— Olá. — August acenou com a mão diante do rosto dela e a garota piscou, olhando lentamente para ele. — Viu duas pessoas passando por aqui agora há pouco? Um menino alto, de cabelo loiro, e um baixo com um suéter largo e jeito meio ansioso?

O rosto da menina continuou inexpressivo, os olhos desfocados. Quando falou, sua voz soou sinistramente monótona.

— O Éter julga os abandonados. Exige ser alimentado. Busca os sacrifícios para que o equilíbrio seja restaurado.

— Certo. — August pigarreou. — Então... isso seria um *não*?

Uma segunda voz surgiu de trás dele.

— Nem tente. Ela é um dos zumbis. Não tem jeito.

August se virou e encontrou um menino parado atrás dele. O garoto tinha um cabelo escuro na altura dos ombros e olhos cansados emoldurados por óculos. Assim como os outros alunos que tinham transicionado, sua imagem piscava e sua pele era levemente translúcida. No entanto, diferente da menina com quem August tinha acabado de falar, ele parecia completamente normal, apesar de sua... condição.

— Do que ela está falando?

— Não sei, não. — O menino deu de ombros e se aproximou. Quando se mexia, sua imagem falhava, como uma tela com estática. — Muitos dos alunos que transicionaram e estão perambulando pelo Éter por muito tempo começam a falar a mesma baboseira. *O Éter julga os abandonados. Exige ser alimentado. Blá, blá, blá.* É bem irritante.

August olhou para o garoto, cético.

— Há quanto tempo você está aqui?

— Perdi as contas lá pela marca dos cem anos...

August ergueu as sobrancelhas, surpreso.

— Mas você parece...

— Normal? Não clinicamente louco? — O garoto deu uma risadinha. — A maioria de nós não é maluco, mas, depois de um tempo, alguma coisa começa a mudar...

August estremeceu ao pensar nisso. Devia ser uma experiência aterrorizante saber que, em algum momento, sem aviso, você ia começar a se perder para o Éter. Sua mente ia se fragmentar. Sua personalidade ia sumir. Até que você não fosse nada além de uma carcaça ambulante para Blackwood, ceifando almas por toda a eternidade.

Ele pigarreou.

— Bem. Estou procurando…

— Eu escutei — interrompeu o garoto. — Mas não os vi. Não vejo ninguém há um tempo, na verdade.

Tinha uma tristeza palpável em sua voz, que fez August querer sair correndo, se afastar o máximo possível.

— Eu preciso seguir em frente. — August começou a caminhar pela estrada.

— Você poderia… — disse o garoto, soando desesperado. — Poderia ficar um pouco? Só… conversa comigo. Por favor.

August parou, uma memória indesejada surgindo em sua mente. A mãe dele deitada na cama, pálida e sem vida. August ajoelhado ao lado dela, implorando a ela para voltar, para não os deixar assim. Mas a mãe tinha partido. Ele sabia, porque segurava sua mão gelada. Ele sabia, porque a irmã gritava atrás dele, agarrando-o pelos ombros, puxando com toda força.

— Por favor, Augustine. — As palavras sufocadas pelas lágrimas. — Fala comigo. Por favor.

August estremeceu ao se livrar da memória e voltar ao presente. Olhou por cima do ombro e viu o garoto o encarando. De longe, seu corpo ficava quase completamente translúcido, mal dava para ver sua expressão através da bruma.

— Não posso — sussurrou August, se virando.

Ignorou a dor no coração, a escuridão desesperada para se libertar. Parte dele queria voltar, oferecer alguma paz ao garoto, mas não podia. Então seguiu em frente, caminhando pela estrada em resoluto silêncio. Por mais que não tenha se virado, *sentiu* a presença do garoto desaparecer, flutuando à deriva com o vento, como se não fosse nada além de fumaça.

# 30

# WREN

A porta de Blackwood tinha transportado Wren para uma paisagem montanhosa com encostas escarpadas e um céu apinhado de estrelas. Dezenas de constelações brilhantes pairavam sobre ela, todas emanando um resplendor amarelo, como se fossem feitas de mel dourado. Uma densa floresta exuberante decorava os dois lados do caminho, com uma vasta vegetação coberta de galhos tortos e sombras opacas.

Wren tinha que admitir: era lindo. Mas sabia também que a beleza do Éter não era nada se comparada com a escuridão que espreitava dentro dele.

Os alunos transicionados vagavam ao longe na periferia, seguindo a linha do horizonte. A ideia de se unir a eles lhe causava um pavor intenso. Não podia. Não depois de ter se esforçado tanto. Não depois de todos os sacrifícios.

Não era uma opção.

Wren sabia que poderia facilmente invocar sua magia espacial para localizar os outros alunos, mas não estava interessada em fazer parceria com ninguém. Sempre trabalhara sozinha em suas tarefas de ceifamento, e não ia mudar esse hábito só por causa do Decênio. De qualquer forma, parecia que sua magia espacial estava obstruída no momento, e uma névoa impenetrável turvava seu senso de direção.

Ela *tinha* percebido alguma coisa, no entanto, antes da neblina cair sobre sua magia espacial. August estava perto de Emilio e Olivier. Na verdade, sabia com certeza que estavam juntos. O que significava que tinham formado uma aliança.

Um sentimento desconhecido surgiu em seu coração. Horrível e amargo.

Wren resmungou e afastou a emoção indesejada. Era idiota se sentir assim. Estava com ciúmes de quê? Se August queria formar alianças, então longe dela impedi-lo. De qualquer forma, Wren gostava de trabalhar sozinha. Até expressara esse fato para Louise no começo da semana, quando estava ensinando sobre o Éter.

Estavam sentadas perto da lareira na Casa Pettyworth, encolhidas junto ao fogo crepitante depois de um longo dia de aulas.

— Então... deixa eu ver se entendi direito — disse Louise. — Cada porta te leva a uma paisagem diferente?

— Exatamente. E tem um número *infinito* de portas.

Louise arregalou os olhos, maravilhada.

— Então como você sabe aonde está indo?

— É um pouco difícil de explicar. Nossa magia funciona como uma espécie de bússola. Ela me guia pelo Éter. Posso sentir a alma perdida me chamando. Quase como se fosse um *puxão* dentro de você.

— E você faz isso sozinha?

— Não necessariamente — explicou Wren. — Às vezes, recebemos parceiros. Eu só gosto de trabalhar sozinha.

Os olhos de Louise brilharam naquele instante.

— Bem, quem sabe... assim que eu desenvolver minha magia e ficar boa o bastante, talvez a gente possa trabalhar juntas. — Ela estava brincando com o babado de suas meias, olhando tímida para Wren. — Eu sei que você disse que prefere trabalhar sozinha, mas... poderia ser divertido.

Uma inquietação dominou Wren só de pensar em entrar no Éter com outra pessoa. Louise, no entanto, pareceu tão ansiosa naquela hora. Os olhos arregalados. A boca curvada em um sorriso esperançoso.

— Não sei. Eu só... — Wren tentou encontrar as palavras certas. — Não confio o bastante em mim para trabalhar com outras pessoas.

O sorriso de Louise diminuiu.

— Como assim?

— É difícil explicar.

— Tente.

As palavras estavam na ponta da língua, pedindo para sair, mas ela apenas dispensou o pedido de Louise e desejou boa noite para a menina. Não era que não quisesse contar.

Ela queria... queria *mesmo*.

Estava desesperada para contar a verdade a alguém, dizer que trabalhar com outra pessoa a aterrorizava porque então correria o risco de machucar alguém. De decepcionar. E, apesar de tudo que aprendera em Blackwood, parte dela temia que ainda fosse a mesma garota que tinha sido em sua antiga vida. A garota que machucava todos ao seu redor com seu comportamento errático. Que não pensava antes de agir. Que brigava com todo mundo que se importava com ela, para se livrar de suas expectativas.

A menina que causara o acidente.

Wren afastou as memórias dolorosas ao parar de repente. Soltou o ar, meio sem fôlego, e apoiou as mãos nos joelhos. *Chega.* Precisava continuar focada. Se não faria parceria com ninguém, então precisava se certificar de ser mais rápida do que todos eles.

Wren viajou pelo Éter, determinada, cruzando porta atrás de porta. Quando por fim encontrou a alma que procurava — um homem se escondendo atrás de uma defesa de espinhos —, ela não perdeu tempo. O homem chegou a implorar para que ela esperasse, tagarelando sobre não estar pronto para a travessia, mas Wren o ignorou, deixando de lado a pena. *Ele está indo para um lugar melhor*, disse para si enquanto alcançava o centro da alma do homem e o levava até o Outro Lado, observando o corpo se desvanecer em um fiapo de luz.

Na mesma hora sentiu o corpo ser tomado pela exaustão. Não era ainda tempo para descansar. Precisava encontrar o caminho de volta antes que os outros chegassem na frente dela. Se ela fosse a última... se fosse eliminada... jamais se perdoaria.

Porém, antes que Wren pudesse localizar a porta de volta a Blackwood, algo no ar mudou. Ela sentiu um arrepio, um formigamento que eriçou os pelos de sua nuca.

Alguma coisa a estava observando.

A sensação daquele olhar se cravou em Wren como garras. Ela girou nos calcanhares, analisando os arredores, mas tudo o que via era a floresta aparentemente infinita. Uma vegetação densa. Galhos finos e secos.

Estava prestes a sair correndo quando uma enorme escuridão rodopiante mergulhou em sua direção, lançando-a para trás com um único golpe. Ela caiu no chão, atordoada.

Era um tipo de sombra. Uma escuridão ondulante. Mas Wren reparou o quanto parecia estar *viva*. Como se respirasse. Senciente. E então a sombra formou um círculo acima de sua cabeça e mergulhou de novo.

Wren arfou e saiu do caminho, desviando-se da escuridão pouco antes que a atingisse.

Quando olhou para cima, todo o Éter pareceu se inclinar.

Sentiu pânico. Ficou em pé às pressas, tentando entender onde era o norte e onde era o sul, mas todos os sentidos estavam sendo bloqueados pela mudança atmosférica, pelo que aquela *coisa* estava fazendo com o Éter. Seus pensamentos foram em todas as direções, sua consciência se apagando, se desintegrando diante dos seus olhos. As cores se transformavam em nada. As formas ficavam embaçadas em uma desordem incoerente.

Estava enlouquecendo?

Nada mais fazia sentido. A consciência lhe escapava. Manchas pretas inundavam sua visão.

Não havia tempo para pensar. Apenas uma voz estridente no fundo da sua cabeça lhe dizendo para fugir, para encontrar uma saída, para correr o mais rápido possível. E, apesar de não conseguir mais ver a escuridão que a tinha atacado, ainda a sentia. À espreita um pouco além do alcance da vista, pairando logo fora do alcance.

Começou a correr.

Blackwood não estava longe. Só tinha cruzado uma porta.

O puxão familiar surgiu dentro dela. Wren ziguezagueou por um aglomerado de árvores, os galhos arranhando seus braços conforme corria. Cada corte causava uma dor aguda em seu corpo, mas não se importava.

Precisava voltar para Blackwood. Precisava...

De repente, o chão debaixo dela cedeu. O mundo ao redor sumiu.

E então estava caindo.

Caindo...

Mais e mais fundo, suspensa na escuridão, engolida por um grande nada.

Bem quando pensou que viveria o resto de sua existência naquele estado perpétuo, caindo pela eternidade, tudo sossegou.

Será que tinha atravessado outra porta por acidente?

Piscou, louca para entender os arredores, mas tudo era entropia e caos. O mundo ao redor dela tinha cheiro de fumaça e cinzas. Uma escuridão atordoante abafava sua visão.

Wren a sentia em todo lugar. Aquela coisa apodrecida consumindo cada centímetro daquela terra.

E então um pensamento horrível passou por sua cabeça.

*A sombra.*

Podia estar por perto. Esperando por ela.

Wren tentou gritar por ajuda, mas sua voz soou incorpórea, como se estivesse flutuando acima e ao redor dela. Como se as partículas de sua própria alma estivessem se desfazendo.

Alguma coisa estava mudando dentro dela. Os átomos se movendo. O corpo se transformando.

E então ela sentiu.

Em todos os lugares. Ao mesmo tempo. Consumindo cada pedacinho do seu corpo sem remorso.

*Dor.*

# 31

# AUGUST

Ele sentiu na mesma hora. Uma ruptura interna. Uma mudança cataclísmica.

August jogou sua promessa no lixo. Suas palavras não tinham qualquer significado agora. Só uma coisa importava.

Ela era a única coisa que importava.

Invocou sua magia espacial, reunindo toda a energia dentro de si para ultrapassar o bloqueio de Silas. A pressão ameaçou derrubá-lo, a exaustão martelando em seu peito. *Espere por mim*, implorou em silêncio, rasgando a névoa em seu mapa interno e a localizando. E então viajou pelo Éter a uma velocidade impressionante, cruzando todas as portas com uma determinação ardente. Com um nome marcado em seu coração. Gravado a fogo em sua alma.

*Wren. Wren. Wren.*

# 32

# WREN

Não havia como voltar atrás. Não havia como reparar o que se quebrara.

Alguma coisa, de alguma forma, a estava matando.

Ela não conseguia enxergar. Não conseguia pensar. Só conseguia se concentrar na dor. A dor infinita e intensa que tinha tomado conta dela. Queria vomitar. Chorar. Gritar. Mas tudo o que conseguia era ficar parada, o corpo convulsionando de modo violento, a subjugando involuntariamente a uma onda atrás da outra de tortura.

Então ela se tornou leve. Flutuando no tempo e espaço, se movendo pela escuridão.

Alguém estava falando com ela. Uma voz. Uma presença. A terra ao seu redor tinha se desintegrado e ela estava de volta na floresta, no brilho familiar do Éter.

— Loughty.

Aquela voz.

Aquela voz familiar, rouca. Conhecia aquela voz. Sempre conhecera.

— August.

Ele estava correndo com ela nos braços, segurando com firmeza. Wren não compreendia aonde estavam indo ou a que distância estavam de Blackwood, só que sua alma, devagar, mas inexoravelmente, estava desaparecendo.

— Fala comigo. — A voz dele soou muito nítida. Muito próxima. – Me conta o que aconteceu.

Wren estremeceu.

— Eu precisava de você.

Não tinha certeza foi sua imaginação, mas jurava que o escutou rindo.

— Quero isso por escrito.

— Estou com muito frio.

— Eu sei, querida. Continua falando.

Mas Wren não conseguia lembrar por que estivera falando ou onde estava ou o que estava dizendo. Só tinha ciência do gosto de cinzas em sua língua, do gelo correndo por suas veias, do leve murmúrio a ninando. E então um pensamento maravilhoso lhe ocorreu.

— August. Acho que estou morrendo.

— Você já está morta. — A voz dele soou distante, distorcida, fragmentada atrás de um véu invisível. — Não dá para morrer de novo.

— Talvez dê — disse Wren. — Talvez eu finalmente tenha descoberto como.

— Você não sabe do que está falando. Vai ficar bem.

August parecia ofegante, o peito subindo e descendo violentamente contra a bochecha de Wren. Por um breve momento, ela pressionou a orelha ao peito dele, procurando uma batida, mas lembrou que nenhum deles tinha pulsação. *Que bobeira minha*, pensou Wren.

— Que bobeira? — perguntou August.

Mas Wren não conseguia mais ouvi-lo. Não direito. Estava ciente da voz dele, o som percorrendo sua pele como água quente, mas estava começando a perder a habilidade de juntar as palavras; o significado se perdia antes que alcançassem seus ouvidos.

— Só me deixa — sussurrou Wren.

— De jeito nenhum.

— Me desculpa.

— Você não tem que pedir desculpas por nada. — A voz de August estava trêmula. — *Nada.*

Ela ergueu o rosto, reunindo toda a energia que ainda tinha para abrir os olhos e analisar os traços do rosto de August. Ali estava a pequena cicatriz sob seu olho, uma linha que adornava sua maçã do rosto direita. Ela ergueu uma mão trêmula, desesperada para tocá-la, senti-la na ponta dos dedos, mas parecia que August estava sumindo, cada vez mais distante de seu alcance.

— Olhe pra mim. — A voz de August soou grave. Nervosa. — *Wren.* Por favor. Abra os olhos e olhe para mim.

Ela sorriu.

— *Claro* que eu precisava morrer para você me chamar pelo meu nome.

— Você não está... — A respiração dele falhou e o silêncio reverberou no espaço entre os dois.

— Foi minha culpa — falou Wren, voz fraca, os olhos se fechando. — Eu não devia ter deixado ela dirigir. Eu devia... devia ter mantido ela em segurança.

— Me conta isso quando voltarmos a Blackwood.

— Não posso.

— Puta que pariu... — Ele estava usando magia. Ela sentia no ar. — Olhe para mim, querida. Abra os olhos. Por favor.

— Minhas mãos estão cobertas de sangue.

— Não tem sangue. Você não está sangrando.

Wren queria contar a August que não era o sangue dela que estava sentindo, mas que em algumas noites o sangue era tanto que ela não suportava estar na própria pele. Que, algumas noites, quando mais nada a acalmava, ainda rezava para um Deus em que não acreditava, pedindo que ele a matasse e acabasse com seu sofrimento.

A última coisa que ouviu foi a voz de August conforme o mundo escurecia.

*Por favor. Não me deixe.*

# 33

# OLIVIER

Emilio desabou de joelhos quando terminou de ceifar a alma destinada a ele, a respiração saindo trêmula do peito. Olivier o olhou com empatia. Era a mesma exaustão nauseante que sentia correr por seus braços e pernas, como se os músculos estivessem encobertos de concreto, a cabeça envolta em correntes de ferro.

Olivier se aproximou com gentileza e colocou a mão no ombro dele.

— Você está bem?

Emilio se retesou.

— Eu... estou bem.

Olivier sabia que ele estava mentindo, escondendo seus verdadeiros sentimentos para poupá-lo. Sentia isso desde o terremoto. Emilio estava apavorado. O que fazia Olivier se sentir impotente de forma irritante. Tinha que haver *alguma coisa* que pudesse fazer para ajudá-lo. Palavras que pudesse usar para consertar qualquer coisa quebrada dentro dele.

Estava prestes a soltar uma piada horrível na esperança de fazer Emilio rir quando uma porta em arco se materializou diante deles. Era feita de tijolos vermelhos e hera espinhosa, com feixes de luz dourada ondulando sob a superfície.

— Bem... — Olivier ajudou Emilio a se levantar. — Parece que acabamos.

Emilio hesitou, olhando para a porta com uma expressão taciturna.

— August não veio ao nosso encontro.

— Tenho certeza de que ele tentou.

— Duvido.

— Para ser justo, eu também não consigo localizá-lo — disse Olivier.

Era verdade. Tentara algumas vezes desde que se separaram, e não conseguira. Era como se o senso de direção de Olivier estivesse todo bagunçado.

— Está tudo enevoado. Provavelmente um dos truques de Silas.

Emilio suspirou.

— Talvez.

Meu Deus, ele estava tão *drenado*. Tão exaurido. Olivier teve um ímpeto quase incontrolável de passar os braços ao redor de Emilio e o abraçar, mas alguma coisa na expressão esquisita do garoto o levou a acreditar que o que ele precisava era de espaço. E, por mais que ficar longe dele lhe causasse quase uma dor física, Olivier ficaria feliz em manter distância se isso fizesse Emilio se sentir melhor.

— Bem, não sei você, mas estou pronto para dar o fora daqui. — Ele gesticulou em direção à porta e deu um sorriso tenso. — Vamos?

Emilio assentiu de leve e deu um passo adiante. Lançou uma última olhada para Olivier antes de abrir a porta e passar por ela. Olivier o seguiu, talvez apenas alguns segundos depois, e cruzou a porta.

Passou pela soleira, voltando a Blackwood. Demorou um momento para se orientar, um pouco confuso com a travessia. Olhou ao redor e percebeu que fora transportado para um ponto a alguns metros dos portões principais.

Emilio, no entanto, não estava à vista.

Um pânico se acendeu dentro dele.

*Se acalma, Olivier*. Não havia motivo para se preocupar. A porta provavelmente transportara cada um para uma área diferente de Blackwood, e Emilio devia estar em algum lugar do campus.

*Ou talvez seja outro truque.*

Não. Tinham completado a prova. Tinham feito tudo que deviam fazer. A única coisa que Olivier podia fazer agora era voltar para a Câmara Opala e esperar pelos outros participantes. Tinha certeza de que Emilio estaria lá. Tinha certeza de que ele estava perfeitamente…

Um som ensurdecer interrompeu seus pensamentos. Como um trovão distante.

Pelo canto do olho, percebeu certa movimentação na névoa, o vago contorno de alguma coisa, ou de *alguém*, cruzando os portões e avançando cambaleante pelo terreno. A parte racional do seu cérebro lhe disse para ignorar aquela distração, para focar e seguir para a Câmara Opala.

Mas Olivier Dupont nunca tinha sido uma pessoa racional.

Aumentou o passo e caminhou em direção ao barulho. De início, não parecia nada de mais. A noite estava silenciosa. Os dormitórios, ao longe, calmos e escuros. Talvez só tivesse imaginado coisas.

Mas então alguma coisa mudou na escuridão. Uma figura.

Avançava em direção ao Salão Bonestrod. Olivier a seguiu, xingando baixinho enquanto fazia o possível para igualar seu ritmo. Correu, com cuidado para não tropeçar nas raízes despontando do chão, até estar a poucos metros dos degraus do Bonestrod.

E então... a figura parou.

Olhou bem para ele.

Olivier conjurou fragmentos de luz na mão, iluminando um caminho reto diante dele. Por alguns segundos, não conseguiu entender o que estava vendo, então a luz diminuiu e a imagem ficou clara.

August estava segurando o corpo inerte de Wren, cuja cabeça estava caída para trás, como uma boneca de pano. A pele dela estava cinzenta e pálida. O corpo, rígido. Em outras circunstâncias, diria que ela parecia... morta.

— Me ajuda. — A voz de August soou rouca, envolta em um tom de angústia que deixou Olivier arrepiado. — Preciso colocá-la em algum lugar. Por favor.

Olivier assentiu, engolindo o pânico, e ajudou August a carregar Wren para dentro do Salão Bonestrod. Ao pousarem-na com gentileza no chão, ele notou que August estava tremendo, com os olhos vermelhos e arregalados. Olivier não sabia bem o que acontecera, mas claramente tinha abalado August.

Olivier se aproximou para tirar uma mecha de cabelo da bochecha de Wren, mas, assim que seus dedos encostaram na pele dela, ele recuou, apavorado.

— Ela está gelada — sussurrou. — Como se tivesse mergulhado no gelo.

— Eu sei. — August limpou uma gota de suor da testa e tirou os cachos do rosto. — Preciso que você a mantenha estável enquanto tento trazê-la de volta.

— Tenta... *o quê?* — Olivier o encarou, espantado. — Como assim trazê-la de volta? Trazê-la de volta de onde?

— Você não entende.

— Então me explica. — Olivier segurou August pelo colarinho, puxando-o para perto. — Você precisa me contar o que aconteceu.

Quero ajudar, mas o que está você dizendo agora, o que está insinuando… é impossível.

August fechou os olhos.

— Ela está morrendo.

Olivier empalideceu.

— Mas ela já está…

— Eu sei. — August tensionou a mandíbula. — Sei disso. Mas há tipos diferentes de mortes. Passamos pela morte humana, mas isso… é diferente. A alma dela está sumindo. Está… Eu não sei explicar, está bem?

Olivier estremeceu.

— Quando isso aconteceu?

— Eu a encontrei assim no Éter. Acho que… *alguma coisa* estava drenando a alma dela. — Uma onda de náusea se formou no estômago de Olivier. — Sumiu quando eu a encontrei.

O tempo estava acabando. Dava para sentir. O fedor da morte permeava o ar ao redor deles. Guardou a miríade de perguntas que tinha para depois e fez conforme instruído, erguendo a cabeça de Wren gentilmente para seu colo. Tirou o casaco e o colocou sobre o peito dela, em uma vã tentativa de aquecê-la.

— O que faço agora? — perguntou Olivier, ciente de como soava agitado. — Me fala o que fazer.

— Só segure firme. — August arregaçou suas mangas manchadas de sangue. — O corpo dela provavelmente vai rejeitar o processo. Preciso que você garanta que ela não se machuque.

— Rejeitar o quê?

— Vou dar a ela um pedaço da minha alma.

Olivier ergueu o rosto bruscamente.

— Espera. Eu acabei de alucinar ou você disse que vai dar um pedaço da sua alma para ela?

— É uma extração simples.

— Uma extração… *não.* — Olivier balançou a cabeça, incrédulo. Não ia nem considerar essa ideia. — Do que é que você está falando? Isso nem é possível. E, mesmo que fosse, poderia te destruir, August.

— Que bom que não estou pedindo sua permissão, então.

Olivier ficou boquiaberto. Não acreditava no que estava ouvindo. A ideia era insana. Era uma abominação mágica, que ultrapassava o perigoso e tênue limite entre eles e a natureza corrompida da magia das sombras. Os alunos de Blackwood sabiam como extrair as almas daqueles que ficavam perdidos no Éter, mas Olivier nunca tinha ouvido falar de ninguém que extraíra a *própria* alma, muito menos uma fração dela. Embora supusesse que a maioria das pessoas não tivera a audácia de tentar algo tão imensamente perigoso.

Mas também, August não era como a maioria das pessoas.

— Está bem. — Olivier fechou os olhos e suspirou. — Digamos, teoricamente, que você vá em frente com isso. O que acontece se acabar extraindo sua alma inteira? E não só o fragmento que pretende dar a Wren? E aí? Você só... deixa de existir?

August hesitou, a respiração falhando um pouco, e então simplesmente deu de ombros, como se Olivier tivesse perguntado o que ele queria para o café da manhã do dia seguinte.

— Acho que apenas vou ter que tentar não fazer isso.

Olivier queria esfregar aquela cara arrogante dele no asfalto.

— Você é maluco — murmurou. — Sabe disso, né?

— É o que dizem.

Olivier mordeu o interior da bochecha. Sabia que não dava para fazer August mudar de ideia. Que ele seguiria em frente com ou sem a sua ajuda. E, apesar do histórico de August de ser um escroto de marca maior, Olivier não estava disposto a ficar parado, vendo-o destruir a própria alma.

— Certo. — Olivier pressionou as mãos com firmeza nos ombros de Wren. — Estou segurando ela.

August soltou um suspiro de alívio e colocou a mão no ombro de Olivier.

— Obrigado.

Olivier deu uma risadinha.

— Não me agradeça ainda.

August chegou mais perto de Wren, colocando a mão com delicadeza na testa dela. Ele parecia acabado; seus olhos arregalados e suplicantes. E, antes que Olivier pudesse dizer qualquer outra coisa, o olhar de August se endureceu com uma determinação arrepiante.

— Não importa o que aconteça — sussurrou ele, a voz firme —, não a solte.

Então enfiou a mão no próprio peito, penetrando até a alma.

# 34

# AUGUST

*August. Acho que estou morrendo.*

Ele teria feito qualquer coisa para impedir. Para salvá-la. E um pedaço de sua alma era um preço pequeno a pagar, considerando toda a situação. Devia isso a ela.

Conforme o mundo ao seu redor se desfazia em uma atordoante amostra de cores e formas, August jurou ouvir a voz de Wren ecoando em algum lugar do caos, chamando por ele, como um canto de sereia. Seus dedos estavam entrelaçados no âmago da própria alma, as pontas soltas se desfazendo e se esfiapando. Já tinha sentido os limites de uma alma antes, quando estava ceifando almas perdidas para o Outro Lado, mas aquilo era diferente. Era a sua *própria* essência. Sua alma inteira na palma da mão.

*August.*

Um movimento errado, um tremor no dedo, e arriscaria se destruir. August lutou contra a pressão em seu peito, a escuridão fervilhando em sua cabeça. Um vazio estava à espreita, um nada convidativo que o chamava. Um vácuo. Uma saída para seu sofrimento.

*August.*

Podia ceder. Parecia tentador, uma libertação do tormento do passado. Mas August sabia que destruir a si mesmo não destruiria o dano que já tinha causado. Precisava estar presente para recolher os cacos. Precisava estar presente por ela.

— August!

A voz de Olivier o trouxe de volta à realidade, e o cômodo em que estavam retornou com uma clareza firme. E, antes que pudesse se perder novamente no vácuo, August arrancou a mão do peito, com uma esfera prateada na palma da mão.

Sua alma.

Ou um fragmento dela, pelo menos.

Não perdeu tempo, se inclinando e pressionando-o no peito de Wren.

A reação foi instantânea.

O corpo dela convulsionou enquanto Olivier a segurava com força pelos ombros. Wren começou a tremer com violência, a cabeça batendo contra as tábuas de madeira do chão a cada movimento repentino.

August se aproximou, protegendo a parte de trás da cabeça dela com as mãos. Arrastou o corpo dela para o colo, aconchegando-a em seus braços.

— Vamos — murmurou ele, baixinho. — Que merda, Loughty. Acorda.

Olivier estava horrorizado.

— Está... está dando certo?

August cerrou os dentes, com gotas de suor encharcando seu cabelo. Sentia o tremor no corpo dela começando a diminuir, o choque passando aos poucos.

— Acho que sim.

Quando Wren finalmente parou de tremer, August a colocou no chão com gentileza, tirando uma mecha de cabelo ruivo do seu rosto.

— O que fazemos agora? — sussurrou Olivier, nervoso.

— Você não faz nada. Não quer se envolver nisso.

— E *você* quer?

August ficou tenso. Olhou para Olivier, sem hesitar.

— Não — respondeu, a voz rouca. — Mas preciso.

E então, sem aviso, os olhos de Wren se abriram e ela arfou, tateando pelo próprio corpo.

— Merda! — xingou Olivier, e cambaleou para trás. — Ela... ela acordou.

— Loughty. — August segurou as mãos dela. — Está tudo bem. Você está bem.

— O que... — gaguejou Wren, olhando ao redor, claramente desorientada. — O que está acontecendo? Onde estou?

— Você se lembra do que aconteceu no Éter? — perguntou August.

Esperava que sim. Pelo menos em parte. Precisava saber detalhes. Precisava saber quem tinha feito aquilo com ela. Ele desmembraria a pessoa inteirinha. Faria com que implorasse por misericórdia. Não haveria som mais doce do que os seus berros de agonia. Nenhum prazer maior do que assistir seu sofrimento.

O rosto de Wren ainda estava pálido, mas a cor estava voltando aos poucos às suas bochechas, como se a vida tivesse retornado ao seu corpo.

— Eu estava andando no Éter — sussurrou ela, a voz trêmula. — Então alguma coisa me atacou. Parecia uma sombra, mas... estava viva.

August engoliu a bile que lhe subia pela garganta.

— Você viu mais alguém?

— Não. — Wren balançou a cabeça. — Talvez. Acho que não. Foi tudo tão rápido. — Ela estremeceu e se apoiou nos cotovelos. — Caí em algum lugar. Estava com dor, mas... Não sei. Fica tudo meio confuso daí em diante.

August soltou o ar, trêmulo.

— Acho que sei o que aconteceu. Mas você tem que prometer ficar calma.

O rosto dela endureceu.

— August. Me conta.

Ele suspirou.

— Você caiu nas Terras das Sombras.

Olivier ficou boquiaberto de descrença.

— *O quê?* As portas para as Terras das Sombras ficam trancadas. Não tem como...

— Eu sei o que vi.

Wren pressionou uma mão trêmula ao peito.

— Por quanto tempo apaguei?

— Não muito.

Os olhos de Olivier se viraram para o rosto dele, as palavras não ditas pairando entre os dois.

*Conte a ela. Conte o que você fez.*

Mas August não podia. Se contasse a verdade a Wren, que tinha alocado um pedaço de sua alma dentro dela, ela ficaria completamente abalada. Surtaria. E ele precisava que Wren permanecesse focada para o resto do Decênio.

Precisava mantê-la em segurança.

— Deveríamos contar para o diretor Silas — murmurou Wren, tentando se sentar. — Ele vai saber o que fazer.

August balançou a cabeça.

— Não acho que é uma...

Um som ecoou ao longe, o interrompendo. Vozes abafadas estavam se aproximando, cada vez mais perto, e então a porta para o Salão Bonestrod se abriu e três rostos familiares apareceram.

— O que estão fazendo aqui? — perguntou August.

Irene, Masika e Emilio estavam diante deles. Todos pareciam sem ar, com a respiração acelerada. Irene foi a primeira a quebrar o silêncio, dando um passo à frente com um suspiro exasperado.

— Estávamos seguindo esse *aí* — disse ela, apontando para Emilio, que se encolheu diante da voz dela. — Nós o encontramos alguns minutos depois de aparecermos em Blackwood. Estava correndo como um doido.

— Vi Olivier correndo de longe. — Emilio coçou a lateral do braço. — Ele parecia... assustado. Achei que alguma coisa pudesse ter acontecido.

Olivier o encarou, confuso.

— E decidiu me seguir?

Emilio ficou vermelhou.

— É. É claro.

Olivier quase se derreteu todo ali mesmo.

— Meu pequeno príncipe no cavalo branco.

Os olhos de Masika se voltaram para Wren.

— Parece que você foi atropelada por um caminhão.

— Valeu. — Wren se ajoelhou. — Sinto como se tivesse sido mesmo.

Emilio se adiantou em direção a ela.

— Você realmente parece acabada. O que aconteceu?

— Alguma coisa a atacou — interveio August. — Ela estava no Éter e uma escuridão a levou para as Terras das Sombras.

Irene empalideceu e se voltou para olhar para Wren com uma surpreendente expressão de inveja.

— Você cruzou para as *Terras das Sombras*?

— Acho que sim. — Wren esfregou a cabeça. — Mas não me lembro de muita coisa. Está tudo meio confuso.

— Como é possível? — Os olhos de Emilio se arregalaram de preocupação. — Pensei que as Terras das Sombras fossem protegidas, para que os alunos de Blackwood não as encontrem. Não era pra gente conseguir localizá-las, muito menos cair acidentalmente nelas.

August balançou a cabeça.

— As portas para as Terras das Sombras não são protegidas para que *nós* não as encontremos. São protegidas para que as coisas dentro delas não *nos* encontrem.

— E como temos certeza de que essa coisa que atacou Wren não a seguiu até Blackwood? — perguntou Masika.

August virou a cabeça bruscamente em direção a ela.

— O que você disse?

Masika revirou os olhos.

— Eu disse…

Um rugido altíssimo a interrompeu. Os seis ficaram tensos na mesma hora, boquiabertos e rígidos. Alguma coisa os estava rondando, cada vez mais perto, o som inconfundível da magia das sombras crepitando no ar. Outro rugido ecoou ao longe, se aproximando, rodopiando ao redor deles.

August olhou para Wren. Seus olhares se encontraram.

E então a escuridão os engoliu a todos.

# 35

# EMILIO

Quando Emilio morreu, sentiu o mundo ao redor lhe escapando. Foi um sentimento estranho saber que tudo estava desaparecendo, substituído por uma pressão acolhedora e quentinha que parecia se espalhar por cada centímetro do seu corpo. E então, antes que pudesse entender o que estava acontecendo, a escuridão o tomou. Ainda se lembrava da sombra imaculada da morte. Como durou para sempre, apagando o resto do mundo e tudo o que conhecia.

Pensara que nunca mais fosse passar por nada do tipo.

Enganara-se.

A criatura da sombra sugou cada partícula de luz do Salão Bonestrod, como se alguém tivesse apertado um interruptor e eliminado toda a luz do mundo. Emilio cambaleou para trás, a respiração embargada escapando da garganta, e então a mão o agarrou, segurando-o.

Ele a empurrou, aterrorizado com o que poderia estar escondido no escuro.

— Ei — sussurrou uma voz gentil, mas urgente. — Sou eu.

Olivier.

Agora conseguia senti-lo. As mãos familiares. O som de sua voz. E então, apesar da escuridão, apesar da incerteza, Emilio relaxou.

— Olivier — sussurrou. — O que... o que está acontecendo?

— Não sei.

— Pelo amor de Deus. — A voz de Irene interrompeu seus sussurros. — Por que toda vez que estou com vocês alguma coisa ruim acontece?

— Acalme-se. — A voz de August ecoou ali perto. — Apenas fiquem quietos.

— É a criatura das sombras — sussurrou Wren. — Consigo sentir.

— Que se foda — resmungou Masika. Um fragmento de luz apareceu no centro da sala, uma esfera de chamas pairando na palma da mão dela. — Não vou ficar aqui no breu, esperando essa coisa nos pegar.

August rumou na direção dela.

— Apaga isso. Agora.

— Por quê?

Um som ecoou ao longe — um zumbido alto. O bater de asas.

August se aproximou.

— Apaga.

Masika se encolheu, fechando a cara. Fechou a mão e as chamas desapareceram.

— Feliz?

— Pra caralho.

A escuridão os consumiu mais uma vez. Emilio respirou fundo, o corpo todo se enrijecendo. Olivier, que ainda estava ao lado dele, se aproximou mais, segurando seu braço com firmeza. Não precisou falar nada. Sabiam tudo que estava implícito no gesto.

*Está tudo bem. Estou aqui.*

Masika suspirou, frustrada.

— Alguém sabe com o que estamos lidando *de fato*?

— Wren deveria saber — zombou Irene. — Considerando que ela é o motivo de essa coisa estar aqui.

Wren grunhiu. Parecia estar tentando se levantar.

— Não sei bem. Não consegui olhar direito. Mas com certeza é algum tipo de magia das sombras.

Um grito cortou a noite.

— *Isso* não parece magia das sombras — comentou Olivier, estremecendo. — Parece… vivo.

— Bem, não importa o que seja, precisamos achar um jeito de nos livrar da coisa — rebateu Irene. — Ficarmos escondidos aqui não vai mudar nada. Voto para sairmos e encararmos a criatura. Com certeza *mais alguém* deve ter escutado. Provavelmente há inspetores e uma horda de Ascendidos a caminho.

— Os dormitórios ficam longe daqui — murmurou Emilio, com cautela. — E já passou do horário do toque de recolher. A maioria das pessoas está dormindo. Então, a menos que alguém tenha acordado por um milagre e escutado... — A voz dele sumiu, mas ficou claro o que queria dizer.

*Estavam por conta própria.*

— Não importa — disse Wren. — Quanto menos gente envolvida, melhor. Aquela coisa é perigosa. Quase... quase me matou.

— Te *matou*? — Irene riu. — Você bateu a cabeça ou coisa assim? Já estamos mortos.

— É verdade — sussurrou Olivier. — Eu vi. Se August não a tivesse encontrado quando encontrou... ela não teria sobrevivido.

— Palhaçada — murmurou Masika, claramente incrédula. — É impossível.

— Olha, não temos tempo de brigar — interveio August. — Não importa se acreditam na gente ou não. Mas Wren está certa. A coisa é perigosa. Não deveríamos envolver outros alunos. Deveríamos lidar com ela sozinhos.

— Tá bom. — Irene suspirou. — Então o que sugere?

O plano era simples. Obviamente, eles tinham vantagem numérica, então o mais sensato era que se dividissem em pares e atacassem a criatura de todos os lados. Ela não poderia lutar contra todos ao mesmo tempo, então teriam a oportunidade perfeita de atordoá-la e, por fim, a destruir. Coisa que, infelizmente, nenhum deles sabia confirmar se era possível. Era uma suposição. Uma teoria.

Mas teria que bastar.

— Masika e eu vamos para a esquerda. — Irene flexionou os dedos e produziu um fragmento de luz prateada brilhante. — Podemos usar a antiga cabana para nos esconder.

— Eu fico com Loughty — disse August. Estava óbvio que não era uma sugestão. — Ela está fraca demais para aguentar sozinha. Vamos na direção norte, rumo ao terreno principal, assim ainda vou conseguir atingir a criatura, mas posso deixar Wren nos dormitórios, se for preciso.

— August — murmurou Wren, a respiração pesada. — Estou bem. Você não tem que ficar me tratando assim.

Ele balançou a cabeça.

— A questão não está aberta a discussões.

— Mas...

— Só vai com ele — interveio Irene, os fragmentos de luz correndo agitados por seus braços. — Não temos tempo para as briguinhas de vocês; parecem um casal de velhinhos se bicando.

— Tá. — Wren olhou para August. — Mas pelo menos me dá uma chance de lutar.

August, que parecia paralisado, perdido nas profundezas da própria mente, assentiu em resposta.

Emilio suspirou e olhou para Olivier. O reflexo da magia de Irene fazia um halo no rosto dele, iluminando seu perfil com um brilho leve.

— Acho que isso significa que você fica comigo.

Os olhos de Olivier o encararam, os cantos dos lábios formando um sorrisinho.

— Acho que sim.

— Ótimo — disse Irene, eriçada. — Agora, vamos sair daqui antes que eu perca a cabeça.

— Depois de você, Vossa Alteza — disse Olivier, curvando a cabeça de modo zombeteiro.

Irene ignorou o comentário com um aceno indiferente ao abrir a porta e sair. Masika estava no encalço dela, com faíscas brotando de sua pele. Emilio observou enquanto as duas desapareciam na escuridão.

August foi o próximo.

— Venha, Loughty. Não enrole.

Wren lançou a ele um olhar fulminante e chegou a abrir a boca para responder, mas August já estava saindo para a noite. Olivier foi logo atrás de Wren, se movimentando rápido pela escuridão, e Emilio, é claro, não pôde fazer nada além de seguir todo mundo.

Ficar a céu aberto ofereceu certo alívio da escuridão sufocante, com o brilho prateado da noite de Blackwood emanando ao longe, mas Emilio sentiu a sombra no momento em que pisou no ar frio da noite... como estava à espreita logo além da vista, seus movimentos farfalhando acima deles, orbitando como um predador analisando sua presa.

Irene e Masika já tinham desaparecido à esquerda dos portões principais, rumo a antiga cabana.

— Sejam discretos — sibilou August, segurando o ombro de Wren, e incentivando Olivier e Emilio a seguirem adiante.

Tinham dado alguns passos quando Wren parou abruptamente, se curvando e caindo de joelhos.

August se ajoelhou para encará-la, segurando-a com firmeza pelos ombros.

— Eu falei. — Ele suspirou. — Você está fraca demais, Loughty. Tem que voltar para o dormitório e descansar.

— Estou bem. — Ela tossiu e seu pulmão chiou. — Só preciso de um momento para…

— Você não tem um momento.

August ergueu Wren nos braços em um movimento repentino antes de ela ter chance de argumentar. Ela tentou impedi-lo, sacudindo as pernas em uma tentativa fraca de se livrar dele, mas August sequer hesitou, seu olhar firme em Emilio e Olivier.

— Vou levá-la de volta à Pettyworth. Fiquem à direita dos portões e se preparem. Volto em alguns minutos.

E então eles desapareceram em uma lufada de fumaça escura.

Olivier piscou no escuro.

— Acho que essa é a nossa deixa.

Emilio seguiu Olivier em direção ao lado direito dos portões. Olhou por um instante para o céu, ciente demais da escuridão que os embalava. Toda sombra que passava fazia seu estômago revirar.

— Ainda está comigo? — sussurrou Olivier.

— Aham. — Emilio pigarreou. — Só estou pensando.

— Sobre o quê?

— Sofrimento eterno.

Olivier deu uma risadinha, olhando por sobre o ombro.

— *Ah.* Não gosta muito de adrenalina e aventura, então?

— Prefiro a segurança da Biblioteca — resmungou Emilio, inclinando o pescoço para olhar o céu.

— É por isso que sempre te pego escondido lá?

Emilio assentiu.

— Gosto de ficar lá. Rodeado por livros. É… familiar.

Olivier assentiu.

— Entendi. Ainda está apegado aos resquícios de sua casa.

— Você não está?

— Não gosto muito de ficar relembrando. Não vejo por quê. Parece desperdício de um tempo valioso.

— Acho importante se lembrar de casa — disse Emilio. — Para se agarrar à sua humanidade.

Olivier hesitou.

— É disso que se trata?

— O quê?

— Sua humanidade. — Olivier se virou para encarar Emilio. — Tem medo de perdê-la?

Emilio deu de ombros.

— Não temos todos?

— Não. — Olivier deu uma risadinha. — De jeito nenhum. Você acha mesmo que *Irene* está preocupada com a humanidade dela?

— Acho que não.

— Viu? — Olivier sorriu, seus olhos esmeralda cintilando na escuridão. — Te falei que eu não estava errado.

— Errado a respeito de quê?

— De você.

Emilio empalideceu.

— Não sei do que...

— Você é bom. — Olivier deu mais um passo hesitante. — E talvez seja a única coisa aqui de que eu gosto de verdade.

Uma faísca de magia crepitou ao longe, os interrompendo. Era ameaçadora e brilhante — um fragmento de luz âmbar brotando do chão e subindo aos céus.

Emilio e Olivier não hesitaram nem fizeram perguntas, apenas correram em direção ao caos pela grama alta, sentindo o ar frio contra o rosto. Emilio abafou o pânico conhecido surgindo dentro dele, a voz no fundo da sua mente implorando para que corresse na direção contrária, abandonasse o navio e deixasse todo mundo para trás. Ele se recusava a deixar a própria covardia o atrapalhar.

E, mais importante, recusava-se a deixar Olivier sozinho.

Eles se aproximaram da comoção e olharam para o céu.

— Lá — murmurou Emilio. — Estou vendo.

Parecia que a criatura era feita de sombras, uma escuridão ondulante que se expandia e contraía, como se cada partícula estivesse viva e respirando. Não tinha características discerníveis, sem rosto ou olhos ou boca, mas tinha garras longas e asas como as de um dragão, que pareciam infinitas, se expandindo pelo céu em grossas ondas pretas.

Irene e Masika tinham ferido a criatura, mas nem de perto o suficiente para incapacitá-la por completo. Como se ouvisse os pensamentos de Emilio, a criatura mergulhou de novo, direto para a cabana de madeira onde Emilio sabia que Irene e Masika estavam se escondendo.

Antes que a coisa pudesse alcançá-las, um fragmento de luz irrompeu do chão e a criatura guinchou, subindo de volta para o céu.

— Me dá cobertura — instruiu Olivier, se agachando.

Ele juntou as mãos e fechou os olhos, franzindo a testa em concentração. Ao separar as mãos, fragmentos prateados de magia vibraram no espaço entre suas palmas, crescendo com intensidade.

Ele não errou. O encantamento atravessou a criatura em cheio.

Ela soltou outro grito agudo, rodopiando em direção a eles.

Emilio se arrepiou.

— E agora?

— Agora — Olivier soltou um risinho de nervoso, cambaleando de leve — nós corremos.

Dispararam para a esquerda, acenando para a criatura os seguir, em uma tentativa de dar a Irene e Masika tempo o bastante para outro ataque. Emilio olhou por sobre o ombro, vendo a criatura sombria curvar o pescoço para trás e soltar um guincho furioso. Ele se preparou, permitindo que a essência familiar da magia fluísse por seu corpo, as partículas lhe correndo pelas veias em direção à ponta dos dedos.

Mas a criatura era mais rápida do que imaginavam.

— Emilio! Atrás de você!

Uma pressão arrebatadora atingiu as têmporas dele e preencheu seu crânio com uma onda desorientadora de escuridão que o fez cambalear e cair de joelhos.

Olivier gritou alguma coisa, talvez o nome dele, mas Emilio não escutava nada além do apito em seus ouvidos. Semicerrou os olhos, tentando ler os lábios de Olivier, mas sua visão começou a embaçar, o mundo ao redor ficando cada vez mais nebuloso.

Escutava uma voz o chamando, mas não era a de Olivier. Era a de sua mãe. O murmúrio terno e doce o envolveu como um pesado cobertor, derrubando-o, puxando-o para mais perto. Mas não podia ser *realmente* ela, podia? Emilio tentou resistir, se fechar, mas a voz dela só ficava mais alta, mais convidativa.

*Emilio... venha para casa.*

As mãos dele bateram contra o chão. Dedos se cravando na terra gelada.

Diante dele, Olivier cerrou os dentes, levando as mãos em direção ao chão. A terra estrondava. Fragmentos de luz verde corriam pelas veias dele, saindo de seus dedos. E então, com um ataque violento, o chão abaixo de Emilio mudou e o atirou para a frente, direto para cima de Olivier, e a pressão sufocante desapareceu de imediato. A voz de sua mãe sumiu.

Olivier segurou com firmeza a cintura de Emilio, o arrastando para trás.

— Você... está machucado? — perguntou ele, com a voz ofegante e trêmula.

A pele de Olivier estava toda suada, o corpo claramente exausto de usar tanta magia.

Emilio se pôs de pé.

— Acho que não.

A criatura estava agachada diante deles, os circulando, soltando um terrível guincho agudo. E então uma coisa muito peculiar aconteceu: a sombra começou a se espalhar, a se multiplicar, até se transformar em pelo menos uma dúzia de criaturas.

Estavam cercados.

Olivier pressionou as costas contra as de Emilio, com uma luz prateada surgindo de seus dedos. Emilio criou um tornado de ar nas próprias mãos. Eles se moviam em círculos lentos, um de costas para o outro, esperando o momento certo de atacar.

— Parece que estamos em um dilema, meu amor. — Olivier deu uma risadinha. — Mas acho que já estive em situações bem piores. Pelo menos você está comigo dessa vez.

Ele baixou uma das mãos e apertou o braço de Emilio de modo reconfortante. Alguma coisa travou na garganta de Emilio, um nó imutável, e ele esticou a própria mão, motivado por um arroubo de bravura. A palma de Olivier encontrou a dele e seus dedos se entrelaçaram. Emilio sentiu um calor que lhe subiu ao peito e embargou sua garganta.

Olivier tinha razão.

Havia jeitos muito, *muito* piores de partir.

Emilio fechou os olhos, se preparando para o choque inevitável de dor... mas ele nunca aconteceu.

Quando abriu os olhos, percebeu por quê.

Masika e Irene tinham vindo correndo da cabana e se juntado à luta; as duas eram um borrão de magia violenta. Masika esticou a mão, soltando uma lufada de vento que fez com que um grupo das criaturas saísse voando pelos ares. Ao lado dela, Irene invocou uma labareda, chamuscando a criatura mais próxima com um chicote feito de chamas. Nem meio segundo depois, ela trocou de postura e encarou outra criatura, girando o punho e a rasgando-a no meio.

— Vocês voltaram — disse Emilio, ofegante, meio aturdido de descobrir que ainda estava consciente e respirando.

Masika olhou para ele e piscou, com um sorriso implicante.

— Bem — ela deu de ombros, um pouco sem fôlego —, *alguém* tinha que tirar vocês dessa confusão.

Olivier suspirou.

— Eu te daria um beijo agora.

— Ei! — gritou Irene, gesticulando para Olivier e Emilio. — Se querem *mesmo* nos agradecer, o que acham de ser úteis?

— Verdade.

Olivier pigarreou, encarando a criatura diante dele com uma risadinha nervosa. Apesar de sua visível exaustão, ele levou as mãos ao chão, focando a atenção em uma raiz de árvore ali perto, até que ela se ergueu do chão, dobrando-se para a esquerda e a direita sob o controle de Olivier antes de sair voando em direção a uma das criaturas, tentando se enrolar no torso dela.

Olivier cerrou os dentes quando a criatura escapou de seu ataque no último segundo.

— *Merda.* Essas bostinhas são mais rápidas do que parecem.

— Onde é que está o August? — gritou Masika, criando uma barreira de defesa ao redor deles.

— Talvez esteja ocupado — sugeriu Emilio. — Ele disse que ia levar Wren para a Pettyworth.

— Ou a magia espacial dele pode ter acabado — acrescentou Olivier, que ainda estava tentando laçar uma das criaturas. — Se está vindo andando de Pettyworth, vai demorar um tempo para chegar.

— *Ou*... ele nos abandonou — reclamou Irene. — Como eu sabia que faria.

— Ele não faria isso — retrucou Olivier. Quando mais ninguém concordou com ele, o garoto olhou ao redor, impotente. — Certo?

Os quatro ficaram em silêncio.

— Tenho uma teoria que talvez seja útil — disse Emilio, olhando para o grupo com cautela. — Mas posso estar errado.

— Bem — disse Masika —, considerando a horda de criaturas das sombras nos rodeando, sou toda ouvidos.

— A criatura original era muito maior do que isso, certo? Tinha um aspecto diferente. Parecia mais viva. — A voz de Emilio falhou enquanto os outros prestavam atenção. — E se essas versões menores não forem reais? Só uma ilusão que a criatura de verdade está projetando para nos distrair enquanto saiu para procurar August e Wren? — Ele suspirou e percebeu a confusão no rosto deles. — Pensem bem. Estamos em menor número, mas somos os únicos atacando. Elas só estão nos rodeando. *Olhem.*

Ele estava certo. As criaturas continuavam os rodeando, mas não se aproximavam.

— Porque, se elas são ilusões, não podem nos ferir *de verdade* — sussurrou Olivier, soltando seu controle sobre a raiz. — Foi exatamente como confundimos a criatura no labirinto. Replicando a Irene.

Emilio assentiu.

— Exato.

— E como você sugere que a gente teste essa teoria? — perguntou Masika.

— Bem... — Emilio coçou a nuca. — Acho que tentamos correr. Se conseguirmos passar por elas, eu estava certo. São ilusões. Nada além de alucinações.

Irene se adiantou.

— E se não forem?

Ele deu de ombros.

— Aí a gente lida com o problema.

Não era um plano. Nem meio plano. Mas era tudo o que tinham.

Masika soltou um suspiro trêmulo.

— Acho que devemos tentar.

Os quatro assentiram. Um momento de hesitação se seguiu.

E então começaram a correr.

Emilio se preparou ao se aproximar da primeira criatura de sombras, prendendo a respiração.

Para seu alívio, passou direto através da criatura, que se desintegrou diante de seus olhos. Depois de ter atravessado, ele seguiu correndo, passando por sombra atrás de sombra, como se não passassem de vapor e ar.

Ele estava certo.

Emilio observou os outros que corriam ao seu lado se darem conta disso.

— Seu idiota brilhante! — gritou Irene, com um sorriso no rosto.

Olivier soltou uma gargalhada de alegria, passando o braço ao redor dos ombros de Emilio, quase o derrubando no chão. Masika parecia aliviada, os cantos dos seus lábios se erguendo em um sorriso. Estavam quase no Pátio Principal que levava aos primeiros dormitórios quando alguma coisa guinchou acima deles.

A criatura das sombras.

A *verdadeira*.

— Merda. — Irene produziu fragmentos de luz prateada em seus dedos. — Ela nos encontrou!

Olivier olhou para cima, o sorriso desaparecendo. Os quatro pararam de repente, congelados. A sombra começou a descer em direção a eles, abrindo as asas e os envolvendo por completo.

— Abaixem-se! — berrou Masika.

Eles se jogaram no chão. Emilio protegeu a cabeça com as mãos, pressionando a bochecha na grama gelada ao fechar os olhos e se preparar.

Esperou. Esperou pela escuridão e pela pressão sufocantes, mas nada aconteceu.

Quando abriu os olhos, foi para ver uma luz branca ofuscante sendo atirada contra a criatura, os protegendo de suas garras afiadas. Foi só quando se apoiou nos cotovelos que percebeu August a alguns metros, de braços esticados, com as partículas de magia o envolvendo em um halo brilhante.

August soltou um berro animalesco e aumentou ainda mais o alcance da luz. A criatura uivou, forçando a barreira de proteção. O pavor brotou no coração de Emilio. *Não vai durar.* August estava exausto, quase depletado de sua visita ao Éter. Ele jamais conseguiria dar fim à criatura sozinho.

Mas então um segundo golpe de magia explodiu de trás de August — uma onda de sombras que atingiu a criatura e a fez implodir, estourando em nada além de cinzas.

As partículas choveram em cima deles, cobrindo a pele de Emilio de fuligem. Os outros olharam para cima, confusos. August parecia igualmente sobressaltado ao esticar as mãos, pegando flocos de cinzas.

Emilio estava prestes a falar quando alguma coisa atrás do ombro de August chamou sua atenção.

Não era alguma coisa… mas *alguém*.

Uma arfada coletiva brotou do grupo quando se deram conta de quem era. Porque, bem atrás de August, rodeada por uma nuvem residual de magia das sombras, estava Louise, pálida e trêmula.

Os lábios dela tremiam enquanto ela encarava as próprias mãos e percebia o que tinha feito.

Os joelhos dela cederam. Os olhos reviraram.

August se adiantou e a segurou bem a tempo, o corpo dela amolecendo nos braços dele.

Foi nesse momento que uma nuvem rodopiante de fumaça apareceu, junto de uma onda de poder estonteante, e então o diretor Silas surgiu diante deles. Ele encarou o grupo de olhos arregalados, o rosto tomado por emoções que não conseguiam ler.

— Bem… — Ele pigarreou. — Acho que é melhor todos me seguirem.

# 36

## AUGUST

Ele precisava se sentar.

August se apoiou em um dos bancos compridos, segurando-se com firmeza no encosto. Tentou acalmar a respiração: *inspire por quatro segundos... expire por quatro segundos.* A última coisa que queria era ter um colapso diante do resto do grupo. Nunca o deixariam se esquecer disso.

Depois que o diretor Silas se deparou com a cena, ele os levou para a Câmara Opala para conversar sobre o que tinha acontecido. Até mandara um inspetor buscar Wren na Casa Pettyworth, determinado a entender a história toda. Todos estavam espalhados pelo salão agora, com Masika e Irene encostadas nos bancos da frente, e Emilio e Olivier sentados a algumas fileiras delas. Wren estava ao lado de Louise, com um braço protetor ao redor dos ombros dela. August, que preferia manter certa distância, tomara a decisão de ficar de pé do outro lado dos bancos.

De início, ninguém falou nada. Um silêncio de arrepiar preenchia o salão, nada além do uivo do vento balançando as árvores do lado de fora. Silas, que estava diante da porta arqueada que levava ao Éter, os observava com uma calma irritante, esperando que alguém começasse.

Não foi surpresa alguma que tenha sido Irene quem finalmente falou:

— Vamos ficar aqui pelo resto da noite, encarando uns aos outros?

Silas suspirou.

— Acho que isso depende só de vocês.

— Já falamos. Não *sabemos* o que aconteceu — rebateu Masika. — A criatura das sombras surgiu do nada…

— Eu sei de onde a criatura das sombras veio — interrompeu Silas. Todo o grupo se retesou, surpreso. Mesmo August não escondeu o choque. — Ela seguiu a Srta. Loughty das Terras das Sombras.

— Mas como ela conseguiu chegar lá, para começo de conversa? — perguntou Olivier. — Não era para ter escudos de proteção?

Silas assentiu, uma expressão sombria tomando suas feições.

— E tem. Ou... talvez *tivesse*. — Ele suspirou, esfregando o rosto, exasperado. — É por isso que o Decênio é tão importante. Por isso precisamos criar uma força-tarefa contra a Ordem dos Damianos. Eles estão... destruindo nossos escudos. Enfraquecendo nosso sistema de defesa.

— Mas não é *você* quem monta esses escudos de proteção? — perguntou Irene, com uma risadinha amarga.

Um silêncio pesado preencheu a sala enquanto Silas se afastava da porta do Éter, se aproximando. Quando falou, havia autoridade em sua voz, um lembrete do poder que borbulhava sob a superfície.

— Sou eu, Srta. Bamford. E mantiveram Blackwood em segurança por mais tempo do que você consegue imaginar. Mas tudo chega a um fim... e chegamos ao nosso. — As palavras dele ecoaram pelo salão. — A Ordem dos Damianos está planejando um ataque há anos. Sinto que está se aproximando. O catalisador. Se não agirmos *agora*, temo que quando chegar a hora... não estaremos prontos.

Emilio estremeceu.

— Então... se você sabe de onde a criatura das sombras veio... o que quer de nós?

— Aquela criatura foi criada por alguém muito habilidoso na arte da magia das sombras. Para destruí-la, é necessário alguém que tenha o mesmo poder. — Silas olhou para o grupo. — Preciso saber *quem*.

August olhou imediatamente para Louise, que tinha o rosto pálido e batia os dentes. Ele deixou o olhar percorrer o grupo. Cada um deles estava pensando a mesma coisa, sendo tomados por uma compreensão silenciosa. Se contassem a verdade a Silas, que Louise tinha de alguma forma conjurado magia das sombras, não tinham como saber o que aconteceria com ela.

August suspirou, cerrando os dentes, e se levantou devagar, com a madeira velha rangendo abaixo dele.

— Não sabemos quem a destruiu.

Silas inclinou a cabeça.

— Verdade?

— Eu tentei destruir a criatura com um golpe de magia corpórea, mas não fui forte o bastante. Então, de repente, puff. — August estralou os dedos, o som reverberando pelo salão. — *Sumiu.*

Silas soltou um suspiro exasperado, olhando para o grupo.

— É verdade? *Nenhum* de vocês viu quem a destruiu?

Emilio balançou a cabeça.

— Tudo o que vi foi o resultado. Não tinha mais ninguém lá.

— Também não vi nada — acrescentou Olivier, ao lado dele.

Silas passou o olhar para Irene e Masika, que simplesmente balançaram a cabeça em resposta.

— Entendi... — Silas assentiu, tirando as luvas de couro bem devagar. — Bom, então parece que a ameaça a Blackwood é ainda maior do que eu pensava. Porque, se não sabemos quem destruiu a criatura, significa que essa pessoa ainda está por aí. Esperando. Se escondendo nos nossos saguões. — Ele olhou para o relógio de bolso, xingando baixinho. — Preciso me reunir com o Conselho para informá-lo sobre o ataque. — Silas ergueu o olhar, com uma expressão severa. — Mais uma vez, vou pedir segredo. Vamos investigar essa questão mais a fundo, mas não é necessário dividir esse fardo com seus colegas até que a gente tenha mais respostas.

O grupo assentiu.

— Muito bem. — Silas fechou o relógio de bolso. — Vocês têm uma semana para descansarem e se prepararem para a próxima prova. Enquanto isso, vou tentar ajeitar essa bagunça antes que saia de controle. Boa sorte, nomeados.

Então ele desapareceu em uma grossa fumaça preta.

O silêncio envolveu o ar mais uma vez. August estava prestes a deixar o salão quando uma voz congelou suas pernas.

— Wren Loughty — chamou Irene, se dirigindo a Wren e Louise. Ela brincava com uma adaga entre os dedos, a lâmina brilhando no escuro. — Estou chocada. Esperava que os outros mentissem, mas *você*? — Ela apontou a ponta da lâmina para Wren com um sorriso de zombaria. — Foi uma agradável surpresa.

A expressão de Wren se fechou.

— Se tem algo a me falar, então fale.

— Ah, não se faça de idiota. — Irene riu. — Isso está claramente ligado à noite do... *você sabe o quê.* — Ela falou as últimas palavras só com o movimento dos lábios, sem som, e apontou para Louise, que se retesou sob seu olhar. — *Ela* conjurou a magia das sombras. Eu sei.

Os outros ficaram tensos quando as palavras saíram de sua boca. Silas podia ter ido embora, mas não tinham como saber quem estava escutando. Apenas falar aquilo em voz alta parecia um risco.

— Então... o que você quer fazer a respeito, Irene? — August cruzou a distância entre eles e assomou sobre ela, encarando-a em desafio. — Qual é o seu grande plano? Quer ameaçar a garota? Tirar a informação dela à *força*?

— Vamos entrar na mente de Louise — respondeu Irene sem hesitar. — Vasculhar suas memórias. Invadir a consciência dela até descobrirmos o que está acontecendo. Se ela está guardando segredos... se é uma Damiana... Vamos ficar sabendo.

Louise soltou um arquejo estrangulado, abraçando os joelhos contra o peito.

Wren se levantou de modo protetor, segurando o banco diante de si.

— De jeito nenhum. Isso é uma enorme invasão de privacidade. Para não falar que poderia fritar a cabeça dela. Ela poderia ficar na enfermaria por *meses.*

— Estou do lado da Wren — resmungou Olivier, com cautela. — Não podemos invadir a cabeça dela.

— Não é hora para moralidades. — Irene soltou uma risada seca. — Estamos lidando com coisas que fogem ao nosso controle. Que estão além das nossas capacidades. E, se a novata tem alguma informação útil, então precisamos saber o que é.

— Ela tem razão — disse Masika, apesar de não parecer animada com a ideia, fazendo uma careta enquanto falava. — Se não contarmos a Silas a verdade a respeito do que vimos... então precisamos ao menos descobrir mais coisas por conta própria. Porque, por mais que me doa admitir, não parece que a situação está resolvida. Parece... — Ela hesitou, como se tivesse encontrado um obstáculo interno, e então continuou: — Parece que está só começando.

Silêncio recaiu sobre eles.

E então...

— Não consegui controlar.

O grupo se retesou, ciente de que as palavras que acabaram de escutar tinham vindo da única pessoa que não havia aberto a boca durante a última hora.

— Eu senti — sussurrou Louise, os olhos cheios de lágrimas. — A magia das sombras. Ela... ela só saiu de mim. Eu vi que vocês estavam em apuros e... fiquei desesperada. — Os dentes dela batiam enquanto lutava para falar. — Não sei como fiz... mas eu *juro* que não faço parte da Ordem dos Damianos. Eu prometo.

— Você tem ideia de como conjura a magia das sombras? — perguntou Wren com gentileza, ajoelhando-se diante dela.

— Não — murmurou Louise, a voz trêmula. — Foi como... uma reação involuntária. Queria encontrar um jeito de salvar todos vocês... então só aconteceu.

— Mas como você sabia que estávamos em apuros? — perguntou Masika, se aproximando.

Louise ficou vermelha.

— Bem... Eu... Eu saí escondida para assistir ao final da segunda prova. Escutei um boato de que os competidores iam reaparecer perto dos portões e pensei que, se esperasse ali por perto, poderia ver quem cruzaria.

— E então nos viu sendo atacados pela criatura — sussurrou Olivier.

Ela assentiu.

— Sei que não conheço vocês muito bem, mas... Wren é minha amiga. E, apesar de não ser óbvio, sei que ela gosta de todos vocês. Só queria achar um jeito de ajudar... de fazer a coisa certa. — A voz dela falhou, um soluço ecoando do fundo do peito.

Wren se aproximou, passando os braços ao redor de Louise. Alguma coisa indesejada se retorceu dentro de August. Uma estranha mistura de ciúmes e medo que o fez querer afundar na própria pele e desaparecer.

— Você fez o que tinha que fazer para nos salvar — sussurrou Wren contra o cabelo de Louise. — Você *fez* a coisa certa.

Irene soltou um suspiro descontente.

— Certo, *tá bom*. Vamos levar ela de volta para o quarto. Não aguento mais esse chororô.

Olivier tocou delicadamente o ombro de Louise.

— A gente leva ela. Louise está na Litterman.

— Espere — falou Masika. — E o Silas? O que falamos para ele?

Os seis se entreolharam.

Louise pigarreou.

— Acho que minha opinião não conta muito, mas… preferiria que não dissessem nada. Pelo menos não até que a gente saiba mais coisas.

Irene estreitou os olhos.

— E por quê?

— Porque… não sei o que tem de errado comigo — admitiu Louise em um sussurro. — Sei que não deveria ser capaz de conjurar magia das sombras, mas conjurei. E o diretor Silas está obviamente obcecado em manter a segurança de Blackwood… manter a ordem e o equilíbrio. Se descobrir que consigo conjurar magia das sombras, então… — A voz dela sumiu, mas August entendeu na hora o que a garota estava tentando dizer.

Vão acusá-la de ser Damiana.

— Voto para deixarmos isso entre nós — disse Wren. — Pelo menos por ora. Podemos fazer uma pesquisa primeiro. Tentar encontrar uma explicação. Se até o final da semana a gente não tiver respostas, então... — Ela olhou para Louise, que assentiu de leve. — Então a gente conta para o Silas.

Emilio concordou.

— Tudo bem por mim.

— Por mim também — acrescentou Olivier.

Masika hesitou, então suspirou.

— Acho que pode ser.

Irene revirou os olhos.

— Ainda acho que é uma ideia muito idiota, mas… *tudo bem*.

August foi o último a responder.

Ele encarou Louise. Direto nos olhos.

— Não vamos falar nada. Mas saiba que *vamos* encontrar uma explicação. Então… se você sabe alguma outra coisa sobre a magia das sombras, alguma coisa que possa nos ajudar a entender como você a conjura, então nos conte.

Louise balançou a cabeça.

— Juro que não sei mais nada.

August assentiu, desviando o olhar dela.

— Então… temos um acordo.

Depois de algumas despedidas, Emilio e Louise deixaram o salão, com Olivier e Masika no seu encalço. Irene hesitou, olhando entre Wren e August, antes de seguir os outros e bater a porta atrás dela com um movimento do pulso.

August se demorou. Brincou com o anel do dedo até que teve certeza de que não tinha mais ninguém ali.

Wren não tinha se mexido, os olhos estavam fixos na porta arqueada do Éter, mas August sabia que ela notava a presença dele. Tinha uma leve tensão no maxilar dela, um leve movimento dos lábios.

E então ela falou.

— Você tem alguma coisa para me dizer?

Os dedos dele congelaram no anel.

— Eu só... — As palavras ficaram agarradas na garganta. Ele respirou fundo. — Queria ter certeza de que você está bem. Depois de tudo que aconteceu.

Ela inclinou a cabeça, uma risada leve ecoando de seu peito.

— Como se você se preocupasse com os meus sentimentos...

August não conseguiu se conter, suas palavras saindo impetuosas e defensivas:

— Meu Deus, Loughty. Você é muito cara de pau. Já esqueceu que fui eu que te encontrei? Quem te arrastou para fora de lá...

— *Por que* você me salvou? — interrompeu Wren, caminhando em direção a ele. — Me explica. Porque tenho que admitir que estou perdida. Estamos competindo, não é? Então por que perder a oportunidade de me eliminar? Por que escolheu me salvar?

— Eu te salvei — sussurrou ele, entredentes. — Não é o bastante?

Ela balançou a cabeça.

— Mereço uma explicação.

Claro que ela merecia uma explicação, mas o que August poderia oferecer a ela além dos pensamentos angustiantes que sem dúvida a perseguiriam assim que Wren soubesse a verdade? O que poderia oferecer que não fosse uma decepção inegável? Não havia palavras que pudessem consertar a situação.

Ele se aproximou e tocou com gentileza o pulso dela. Foi um toque bem de leve. Como uma pena. Mas o bastante para fazer um choque lhe subir ao coração. O bastante para fazê-lo perder a cabeça. Wren ficou tensa, os arrepios familiares subindo pelos braços dela.

Ela fechou os olhos.

— August. Não. Você está evitando a pergunta.

— Porque você sabe que não posso responder. — Ele deixou os dedos desenharem círculos no pulso dela. Cada milímetro dela que tocava era uma regra desobedecida. Outra promessa desfeita. — Nenhuma explicação que eu der vai ser o bastante. Nunca vou te satisfazer. Não posso… Não posso te dar o que você quer.

O rosto dela se contorceu em uma emoção que beirava a agonia.

— Você não sabe o que eu quero — sussurrou ela.

August soltou o pulso dela. Deu um passo para trás, se distanciando.

— Minha doce Loughty… — Ele riu e balançou a cabeça. — Te conheço por inteiro. Cada milímetro da sua alma. É a minha maior fraqueza.

Os olhos dela analisaram o rosto dele, irradiando desespero.

— August...

Ele deu as costas a ela.

— Preciso ir.

Um silêncio ensurdecedor os envolveu, cheio de palavras que imploravam para ser ditas.

— Certo... Ótimo. — Ela passou por ele, os dedos roçando os de August quando se cruzaram.

Houvera momentos em que August pensou que Wren parecia um anjo. Como quando a viu lendo debaixo de uma árvore, coberta pela névoa do fim de tarde, com o cabelo ruivo caindo sobre os ombros. Ou a vez em que a pegou praticando para uma prova, com os braços banhados de fios de ouro, a testa franzida de concentração. Meu Deus, algumas vezes esse pensamento até passou pela cabeça dele quando Wren estava pressionando uma faca contra a sua garganta. Mas foi *naquele* momento, com o rosto dela iluminado pelo prateado de Blackwood e sua silhueta envolta em sombras, que ele teve certeza. Ela era um anjo em todos os sentidos da palavra - vingativa, desoladora, linda.

Perigosa.

— Boa noite, August.

Ele enfiou as mãos nos bolsos e a observou deixar o salão.

— Durma bem, Loughty.

Ele não foi dormir de imediato, incapaz de silenciar os pensamentos em sua cabeça, os pensamentos incontroláveis que o perturbavam como uma doença terminal. Enquanto ficava ali, contemplando por que motivo a tocara de um jeito tão descarado, não pôde deixar de escutar o outro lado do seu cérebro. O lado que implorava que contasse para Wren que ela era a única coisa em que pensava, que só conseguia sonhar com ela. Que, desde a hora em que ela apareceu diante dele, desde o momento em que colocou os olhos nela pela primeira vez, ele soube, sem dúvida nenhuma, que Wren Loughty se tornaria a força imutável que redirecionaria a trajetória da vida dele para sempre.

# PARTE V

# O COMEÇO

# 37

# IRENE

O tiquetaquear do relógio era o suficiente para fazê-la perder a cabeça. Mal tinha dormido nos últimos dias, preocupada demais com a terceira prova iminente e ruminando sobre a noite do ataque da criatura das sombras. Ainda conseguia vê-la quando fechava os olhos. A enorme escuridão. As sombras ondulantes formando asas pontudas. Para não falar da inesquecível demonstração de magia das sombras feita por Louise pouco depois. Apesar da surpresa genuína que percorreu Irene ao ver a novata usando magia das sombras, precisava admitir que aquilo tudo a tinha encantado.

Até mesmo impressionado.

Emilio passara os últimos dias escondido entre as enormes prateleiras da Biblioteca, se afogando em livros e apostilas empoeirados e pergaminhos antigos. De alguma forma, apesar de sua persistência, que beirava a obsessão, ainda não tinha encontrado respostas que explicassem como Louise tinha conjurado a magia das sombras. Irene estava começando a temer que seus esforços fossem inúteis. Se nem Emilio conseguia encontrar o que estavam procurando... então de que adiantava? Louise até tentara conjurar magia das sombras de novo, supervisionada por Wren em suas sessões de treinamento, e *nada*. Não importava o que tentassem, ela não conseguia reproduzir o que tinha feito na noite do ataque.

Tinham decidido se dar uma semana para pesquisar. Se no final daquela semana ainda não tivessem uma explicação para a magia das sombras, *então* procurariam Silas, e o futuro da Louise em Blackwood estaria comprometido. O que significa que tinham dois dias… dois dias para encontrar respostas.

Se dependesse de Irene, passariam o tempo restante pesquisando sobre magia das sombras, usando as últimas preciosas horas para encontrar uma explicação para o que estava acontecendo com Louise. Mas havia um probleminha.

O Baile do Decênio.

Não dava para escapar. Naquela noite, seriam forçados a usar vestidos ridículos e rodopiar pelo salão de banquetes, estampando seus melhores sorrisos. Um tempo valioso que poderiam usar para fazer mais pesquisas seria ocupado por conversinhas idiotas. De início, ficou até animada para ir ao baile, mesmo que só para causar confusão e partir corações, mas agora a participação obrigatória era uma chateação.

Não ajudava que o ferimento em seu abdômen ainda não tivesse se curado por completo. De vez em quando, ainda sentia uma dor aguda e cortante. Uma lembrança da fraqueza que agora carregava na pele.

Mas pelo menos ainda estava ali... ainda estava na competição.

Georgia e Tristan tinham sido eliminados depois da segunda prova. Silas explicara o que acontecera com eles em termos muito vagos: algo a respeito de terem caído em um obstáculo elementar. Carter e Josie estavam visivelmente abalados pela perda de seus parceiros; tinham sido informados de que poderia levar *meses* até que os nomeados eliminados fossem curados por completo, e todo mundo sabia que alguns meses em Blackwood parecia uma eternidade.

Irene, no entanto, não se importava nem um pouco.

Mais dois competidores eliminados significava que estava dois passos mais perto de ser coroada a vencedora.

Depois da última aula do dia, Irene voltou ao dormitório e se jogou sobre o edredom de veludo na cama, brincando com o medalhão em volta do seu pescoço. A janela mais próxima tinha sido deixada aberta, e uma leve brisa adentrava o quarto. Ao longe, conseguia escutar o burburinho incessante dos outros alunos, suas vozes abafadas se mesclando com o vento. A lareira crepitava, fumaça flutuava das chamas dançantes.

Não tinha chamado Mateo desde que recebera o colar. Não tinha muita certeza do porquê, presa entre o desejo de saber mais e uma estranha resistência que a impedia de se chegar perto demais. Se unir à Ordem dos Damianos era uma decisão da qual não poderia se arrepender. E, se fosse para tomar essa decisão irreparável, então queria ter certeza de que a decisão era *dela*, e só dela.

De qualquer forma, se alguém fosse ter respostas sobre o que acontecera com Louise… seria ele.

No entanto, antes que pudesse reunir coragem de chamar o nome dele, a porta do quarto se abriu e uma voz rouca familiar quebrou o silêncio.

— Eu simplesmente não *confio* nela. — Masika entrou a toda no quarto, um tornado de infinita energia e agitação frenética, e começou a andar de um lado para outro diante da lareira, gesticulando enquanto falava. — Tem alguma coisa na história dela que não bate. Não sei bem o que é, mas…

— Masi, por favor — disse Irene, se sentando. — Vai mais devagar. Fale com calma.

— Louise. — Masika passou a mão pelo cabelo em um gesto nervoso. — Você acredita mesmo que ela não faz ideia de como conjurou magia das sombras? Assim… pensa bem. Não dá para conjurar magia das sombras sem abrir mão da sua humanidade. O que significa que ou Louise conseguiu burlar essa lei sagrada, ou é uma Damiana e está mentindo para todos nós.

— Pensa rápido.

Irene jogou a faca que estava escondida debaixo do travesseiro na direção do rosto de Masika sem aviso, a lâmina afiada rodopiando pelo ar com uma velocidade espantosa.

Masika pulou para se desviar no último instante.

— Irene! — Ela fez uma cara feia, arrancando a faca da parede de trás de si. — Dá pra parar de ser babaca por um segundo e me escutar?

Irene ergueu as sobrancelhas em uma surpresa fingida.

— Acho que *alguém* está de mau humor.

— Louise está *mentindo* — retrucou Masika.

Irene se levantou e caminhou devagar em direção à amiga.

— Não está.

— Como você sabe?

— Só sei.

— Mas como pode…

— Eu entrei na mente dela.

Masika se sobressaltou, ficando boquiaberta.

— Você usou magia psíquica nela? Mesmo depois que todo mundo falou para não fazer isso?

— Ah, não fique tão chocada. — Irene tomou a faca da mão de Masika e a atirou no ar. A arma congelou, suspensa no espaço entre elas. — Você concordou comigo naquele dia, lembra?

Masika mordeu o interior da bochecha, claramente descontente por Irene não ter seguido a regra deles. Mas o que esperava? Irene não ia arriscar *tudo* só porque o resto do grupo era covarde demais para fazer o que tinha que ser feito. Então, depois que todo mundo saiu da Câmara Opala, pegando caminhos diferentes para seus dormitórios, Irene tinha entrado escondido no quarto de Louise e revirado a mente dela enquanto a garota dormia.

— E aí? — Masika suspirou. — O que você viu?

— Um monte de nada. — A faca caiu, indo direto para a mão de Irene. — Além de alguns pensamentos sobre sua família e coisas assim. Mas nada a respeito de magia das sombras. Parece que ela realmente não tem ideia de como conjurar.

Para falar a verdade, tinha sido bem decepcionante. Irene esperava *alguma coisa* — uma mentira descarada, ou pelo menos alguma chantagem —, mas parecia que a menina realmente não fazia a menor ideia.

— Não acredito nisso — rebateu Masika. — Eu só... tenho essa intuição. Eu apenas *sei* que a Ordem dos Damianos está envolvida de alguma forma.

Irene ficou repentinamente muito ciente do medalhão em seu pescoço. Seu peso era um fardo inconveniente. Sabia que Masika não enxergava o medalhão, que estava escondido pelo encantamento de Mateo, mas parte dela temia que a garota pudesse senti-lo de alguma forma. Se tinha alguém capaz de enxergar os medos mais profundos de Irene, a sua alma, era Masika.

— Masi. — Irene falou o nome dela devagar, colocando as mãos nos ombros de Masika. — Acho que você está fantasiando um pouco. Pensando demais nisso tudo, como costuma fazer. E, de qualquer forma, tenho que me concentrar em coisas mais importantes agora... — Ela baixou as mãos e caminhou até o guarda-roupas, abrindo as grandes portas de madeira. Dentro, havia um vestido índigo-escuro que cintilava feito uma estrela. — Como colocar esse vestido e ficar *muito* gostosa.

Masika não respondeu, os olhos levemente vidrados. Então ela piscou, cambaleando para a porta.

— Já volto — murmurou, baixinho.

— Do que você está falando? — perguntou Irene, fazendo cara feia de novo. — O baile começa em uma hora!

Masika ignorou seus protestos e saiu pela porta.

— Volto antes disso.

— Não ouse me dar um bolo, Masika Sallow!

Masika acenou para Irene por cima do ombro, balançando os dedos.

— Reserva uma música pra gente dançar!

Irene revirou os olhos, se jogando de volta na cama. Não era idiota. Masika estava aprontando alguma coisa, isso estava evidente. E, em circunstâncias normais, Irene provavelmente teria encontrado um jeito de a seguir e ver o que a amiga estava arrumando, mas algum tempo sozinha era justamente o que Irene desejava.

Tinha uma pessoa com quem precisava conversar.

Tocou o medalhão mais uma vez, abrindo o fecho de metal. Não tinha certeza se era apenas imaginação, mas jurava ter escutado o mais leve sussurro ao abri-lo, uma voz abafada. Como se alguém a estivesse chamando.

Fechou os olhos e sussurrou o nome dele.

— Mateo.

Quando os reabriu, não estava mais sozinha.

— Você veio.

Mateo estava de pé, recostado contra a porta do quarto dela, com um sorriso suave no rosto.

— Você falou a palavra mágica.

Ele tinha aparecido diante dela vestido em uma paleta escura; calças escuras e uma camiseta preta, com as sombras visivelmente correndo por suas veias.

O momento se prolongou. Irene se apoiou nos cotovelos.

— Me conta sobre a criatura das sombras.

O sorriso de Mateo aumentou, fazendo surgir covinhas em suas bochechas.

— Você precisa ser mais específica.

— Você sabe bem do que estou falando. O que era aquilo? E quem a trouxe para Blackwood?

Mateo não respondeu, apenas se aproximou, brincando com um emaranhado de sombras entre os dedos.

— Sabe, Irene… — A voz dele era grave, com um quê de mau agouro. — Você está fazendo perguntas demais para alguém que ainda não concordou em trabalhar comigo.

Ele pretendia intimidá-la, isso estava óbvio. E, por mais que certa apreensão tenha se formado na garganta dela, seria preciso mais do que algumas sombras para que Irene se acovardasse diante dele.

— E *você* está sendo misterioso demais para alguém que eu poderia facilmente abandonar — retrucou ela, sem hesitar, se sentando. — Não te ocorreu que eu poderia ir direto ao Silas e contar que tem um Damiano vagando pelos dormitórios?

Mateo nem piscou. Na verdade, seu rosto… *relaxou.* O sorriso de provocação se transformou em compreensão.

— Você não faria isso.

— E por que tem tanta certeza?

— Porque… você *quer* isso aqui.

Ele avançou e se sentou ao lado dela na cama. Antes que Irene pudesse perguntar o que estava fazendo, Mateo segurou sua mão e abriu com gentileza os dedos dela. As sombras que estavam enroladas nos dedos dele se moveram para a palma da mão aberta de Irene.

— Admitindo ou não, você sabe que o que Blackwood pretende te oferecer, caso vença o Decênio, nunca vai bastar. Você é uma lutadora, Irene. Uma sobrevivente.

Ele olhou ao redor, com o cenho franzido.

— Espera que eu acredite que *isso aqui* vai ser o bastante para você?

Irene não conseguiu responder.

Mateo suspirou e as sombras sumiram. Ele voltou a olhar para ela, colocando uma mecha de cabelo atrás de sua orelha. A surpreendente ternura de seu toque quase fez o coração de Irene sair pela boca.

— Não fui eu — disse ele, as palavras quase inaudíveis —, se era isso que você queria saber.

Irene hesitou.

— O quê?

— A criatura das sombras — explicou Mateo, baixando a mão devagar. — Eu não a trouxe para Blackwood.

— Então quem?

Ele abriu a boca, como se estivesse prestes a falar, mas não falou. Em vez disso, deu uma risadinha, levantando-se devagar enquanto balançava a cabeça. Mateo caminhou até o peitoril da janela, olhando os alunos agitados lá embaixo.

— Você foi extraordinária, a propósito.

Os olhos dele se voltaram para ela. Quando Irene compreendeu o que ele estava falando, estremeceu.

— Eu não enviei a criatura das sombras, mas *estava* assistindo. O jeito como você lutou com ela... sua técnica. Foi implacável. — Ele sorriu ao dizer isso. — Lindo.

Irene revirou os olhos.

— Pura bajulação.

Mateo riu.

— Espero que funcione.

Tinham mais para conversar... palavras não ditas que nenhum dos dois estava preparado para admitir ao outro. E, por mais que Irene soubesse que a voz irritante em sua cabeça não ia sumir, a que lhe dizia para dizer sim, para se juntar a eles, ela também não estava pronta para abrir mão de Blackwood.

Ainda não.

— Você deveria ir... — Irene pigarreou, desviando o olhar dele. — Masika deve chegar a qualquer momento para se arrumar.

Mateo assentiu.

— É claro. O Baile do Decênio... como pude esquecer?

— Vou te chamar de novo — disse ela, brincando com o medalhão. — Depois da terceira prova.

— Vou ficar esperando.

Ela sentiu um arrepio na coluna. Mesmo depois que ele tinha ido embora, desaparecendo em um piscar de olhos, ainda *sentia* sua presença no quarto. Aquele poder arrebatador e inconfundível irradiando no ar, a seguindo como uma segunda sombra. Ela o sentia em sua pele, em sua mente, um parasita insaciável.

Sabia o que o poder queria. O que exigia dela.

Queria ser convidado. Ser reivindicado.

Queria ser *usado.*

# 38

# MASIKA

Masika correu pelas escadarias da Casa Ivory, passando pela horda de alunos frenéticos se arrumando, e saiu em disparada pela noite. A névoa envolvia seus pés, rodopiando em gavinhas finas. Como atrapalhava a visão, ela conjurou uma chama na palma da mão, que iluminou o caminho adiante.

A conversa com Irene não tinha sido uma completa surpresa. Irene era um muro, uma fortaleza impenetrável de isolamento, inabalável em suas opiniões depois que as formava. Sem mencionar que ela andava ainda mais distante do que o normal. Estava com a guarda levantada ao seu redor, como uma gaiola de ferro. Sendo sincera, isso preocupava Masika.

Mas não tinha tempo de dissecar o comportamento estranho de Irene.

Havia uma coisa que precisava fazer.

A conversa havia sido um lembrete de que, às vezes, trabalhar sozinha era o melhor. E, se Irene não queria investigar Louise mais a fundo, então Masika faria isso por conta própria.

Parou pouco antes de entrar na Casa Litterman. As portas do edifício estavam trancadas àquela hora, encantadas com uma barreira que só os inspetores e quem morava lá podiam ultrapassar.

Então… ela pegou uma rota alternativa.

Caminhou até o muro adjacente ao salão comunal e invocou uma lufada de vento sob seus pés, o que a ergueu no ar direto até a sacada do segundo andar.

Masika espanou sua saia e olhou através das portas de vidro.

E foi então que viu Emilio.

Ele estava lá dentro, agachado contra a amurada do mezanino, olhando para alguma coisa no andar de baixo. Trocara o suéter largo de sempre por algo muito mais formal: um terno elegante de três peças com uma gravata esmeralda. No entanto, o que *realmente* interessou Masika foi o caderno no qual ele rabiscava.

Ela abriu as portas sem fazer barulho.

— Emilio.

O garoto pulou de susto, se virando para encará-la com uma expressão espantada. Parecia um cachorrinho perdido, com os olhos arregalados e em pânico.

— Masika... — Ele levou a mão ao peito. — O que está fazendo aqui?

Ela se aproximou e olhou através da amurada. Louise estava dormindo no sofá do salão comunal, deitada diante da lareira, com as mãos embaixo da cabeça.

O que significava que Emilio estivera a observando, o que era curioso.

— Está espionando ela?

— Eu estou... — Emilio hesitou — observando.

— E o que você *observou*? — pressionou Masika, cheia de curiosidade. — Alguma coisa que valha a pena compartilhar?

Ele se atrapalhou com o caderno, o derrubando no chão.

— Não... nada.

— Ah, deixa disso.

— Bem... — Emilio pigarreou. — Ela gosta de desenhar.

— De *desenhar*? — repetiu Masika com uma indignação fingida. — Melhor mandar prendê-la imediatamente.

Emilio fez um beicinho.

— Não é só isso. Ela passa muito tempo olhando pela janela. Como se estivesse esperando alguém ou procurando alguma coisa. — Ele balançou a cabeça e brincou com as próprias mangas. — Sei que não parece grande coisa, mas é muito esquisito. Nunca conheci alguém que passasse tanto tempo só... olhando para o nada.

— Tirando você — brincou Masika.

Ele revirou os olhos.

— Tá. Tirando eu.

— Estou só brincando. Para ser sincera — ela abaixou a voz para um sussurro, se agachando ao lado de Emilio —, foi exatamente por isso que eu vim. Para espionar Louise. Mas parece que você já fez isso.

— Eu sabia! — disse Emilio em um grito abafado, tomando o cuidado de baixar a voz. — *Eu sabia*. Tentei falar com o Olivier sobre as minhas preocupações, mas ele basicamente me ignorou.

— Alguma teoria?

Emilio soltou um suspiro derrotado.

— Nada concreto. Mas... Tenho um plano.

— Me conta.

Ele gesticulou para que ela se aproximasse.

— Já ouviu falar na seção dos inspetores na Biblioteca?

Masika ergueu a sobrancelha, surpresa.

— É restrita. Não temos acesso a ela.

— Tá. Mas... — O rosto de Emilio se abriu em um sorrisinho. — Eu *tenho* acesso.

Ela o encarou de volta, espantada.

— Como...

Ele levou a mão ao bolso e revelou uma chave de ferro, a girando entre os dedos.

— Roubei do inspetor Wesley ontem.

— Ora, ora, ora. — Masika o cutucou de brincadeira. — Você é cheio de surpresas, hein?

Ele ficou vermelho, colocando a chave de volta no bolso.

— Enfim... Na semana passada, li o máximo de livros sobre magia das sombras que pude. E até agora... nada. Mas há boatos de que tem um livro na seção dos inspetores... um dos textos originários da magia das sombras.

— E você planeja entrar escondido lá para pegar ele?

Emilio assentiu.

— Hoje à noite.

— Hoje à noite? — repetiu Masika, confusa. — Mas não podemos faltar ao baile. Assinamos o juramento de alma...

— Eu sei — interveio Emilio com um suspiro. — Mas vai ser rápido. Entrar e sair. E então vou direto para o salão de banquetes. — Ele gesticulou para o terno com uma careta. — É por isso que já estou arrumado.

— E acha que consegue fazer isso sem ser visto?

— Sei que sim — respondeu ele, com uma confiança surpreendente. — Se tem uma coisa que dominei é a arte de ser tão comum que me torno invisível.

Masika franziu o cenho.

— Emilio… você *não* é nada comum.

— Não tem problema. De verdade. Meio que fiz as pazes com isso. — Ele brincou com os punhos do terno. — Algumas pessoas foram feitas para ser o centro das atenções…. para serem forças da natureza, incríveis e brilhantes… E eu simplesmente não sou assim.

Masika negou com a cabeça.

— Você não tem noção nenhuma de como é incrível, né?

Emilio pareceu aturdido. Pigarreou e mudou rápido de assunto.

— Eu… hã… te aviso a respeito do que descobrir. Acho que, assim que pegar o livro, nós seis podemos nos encontrar para lê-lo. Ver se achamos alguma coisa que nos ajude a entender o que está acontecendo com a Louise.

— Acho um ótimo plano — respondeu Masika, então o analisou de cima a baixo, avaliando a roupa dele para a noite. — Você está muito bonito, aliás. *Muito* bonito.

Ele franziu o cenho.

— Pare de tentar me deixar vermelho.

— Mas é tão *divertido* — murmurou Masika, sorrindo. — E, de qualquer forma, é melhor se acostumar, porque sei que certo alguém vai te encher de elogios assim que bater os olhos em você.

Emilio ficou todo corado.

— *Todo mundo* sabe?

Masika se levantou, ajeitando a saia de novo.

— Acho que sim.

Emilio esfregou os olhos com o dorso das mãos.

— Sou um idiota.

— Não é. Na verdade, você é a pessoa mais brilhante daqui. Mas também é *humano.*

Emilio resmungou e bateu a cabeça contra a amurada.

— Por favor, não fala nada.

— Vou guardar o seu segredo. — Ela saiu para a sacada, olhando para ele por cima do ombro. — Mas Emilio… Sei que fomos amaldiçoados com uma existência eterna e que o tempo não é mais uma consequência para as nossas tomadas de decisão… mas faça um favor a si mesmo e não desperdice mais nenhum segundo.

Emilio inclinou a cabeça, confuso.

— Não desperdiçar…

— Conte a ele — implorou Masika. — Para de ser covarde e conta para o Olivier como você se sente.

Ela não esperou para ver a reação de Emilio e saltou graciosamente da sacada, caindo no chão lá embaixo silenciosamente.

Com frequência desejava que alguém tivesse lhe dito a mesma coisa. Sobre a importância de não perder tempo, mesmo quando se tinha ganhado todo o tempo do mundo. Porque, se aprendera alguma coisa nos saguões de Blackwood, uma coisa de que nunca ia se esquecer, era que nada doía mais do que o tempo perdido.

Nada era mais angustiante do que os momentos que jamais poderia recuperar.

# 39

## EMILIO

Emilio não conseguia parar de pensar nas palavras de Masika.

*Para de ser covarde e conta para o Olivier como você se sente.*

Bem, não era uma coisa muito fácil de fazer, considerando que ele com frequência era incapaz de entender os próprios sentimentos.

Não era uma habilidade natural. Mesmo na sua antiga vida. E botar para fora os sentimentos complicados que tinha por Olivier era um risco que podia acabar em destruição. Ou pior: em uma completa humilhação. Não ajudava quando ele se *permitia* pensar nos sentimentos que tinha por Olivier, pois muitas vezes a sensação era de estar na beira de um precipício.

Só não tinha certeza do que o estava esperando lá no fundo.

Quando Masika foi embora, Emilio passou mais alguns minutos observando Louise. Ela não parava de se remexer e resmungar. Depois de um tempo, acordou, se espreguiçando com os braços acima da cabeça. Emilio segurou a respiração, esperando que a garota fizesse *alguma coisa* fora do comum, mas ela apenas caminhou para a escada em espiral que levava aos dormitórios e desapareceu.

Emilio suspirou. Bom, achava que era hora de pôr em prática a fase seguinte da pesquisa.

A Biblioteca.

Mas, primeiro, precisava pegar uma coisa no quarto.

Era uma bobeira. Uma ideia *ridícula* que tivera um pouco mais cedo, uma ideia que pensara ter deixado de lado, mas que, depois da conversa com Masika, voltou à tona. Ele provavelmente nem a levaria a cabo, considerando que só pensar nela o fazia querer se esconder em um buraco e desaparecer. Mas, para o caso de conseguir reunir a coragem para pôr essa ideia em prática, Emilio correu ao quarto e vasculhou sua escrivaninha até encontrar o que estava procurando.

Uma flor.

Colhera a violeta no caminho de volta à Litterman, naquela tarde. Tinha sido uma experiência extracorpórea, como se estivesse possuído pelo fantasma de alguém mais corajoso do que ele. Em um segundo, estava andando, completamente normal, no outro, estava colhendo a flor na intenção de dá-la a Olivier. Não sabia bem de onde a ideia surgira.

As palavras de Masika ecoavam em sua mente: *Faça um favor a si mesmo e não desperdice mais nenhum segundo.* Abruptamente, soube como ia seguir o conselho dela. Daria a flor a Olivier e o convidaria para o baile. Sabia que estava bem atrasado, dado que o baile começaria em menos de uma hora, mas *que se dane.*

Segurou a flor com delicadeza entre os dedos e saiu para o corredor. Infelizmente, estava tão preocupado com os próprios pensamentos que nem viu Olivier vindo em sua direção até que deu de cara com o peito dele.

Emilio cambaleou para trás, em pânico.

— Olivier. O que... O que está fazendo aqui?

— O que *você* está fazendo? — Olivier deu uma risadinha, olhando Emilio de cima a baixo. — Se eu não te conhecesse, ia pensar até que estava se tentando ir escondido para algum lugar.

— Não estou. Eu... — Emilio então tomou consciência da flor em sua mão; sentiu-a contra a sua pele.

— O que é isso?

Emilio ficou tenso.

— O que é *o quê*?

— Isso. — Olivier apontou para a flor. — É uma violeta?

— É.

— Certo... — Olivier deu uma risadinha de novo, se recostando contra a parede. — E tem um motivo para você estar carregando ela por aí?

— Eu estava... — Emilio pigarreou. *Não seja covarde.* — Na verdade, eu esperava...

— Espera... Você arrumou um par para o baile? — interrompeu Olivier, se aproximando. — A flor é para essa pessoa?

— Bem, é... não é...

— *Merda.* Eu devia ter pensado nisso. A gente tem que dar uma flor ou um buquê ou alguma coisinha romântica ridícula para o nosso par, né? — Olivier xingou, passando a mão pelo cabelo. — A Scarlett vai me matar. Ela já acha que sou o pior par do mundo por não querer ir andando com ela para o baile.

Emilio sentiu um peso no peito.

É claro.

— Você… tem um par.

Olivier assentiu, mas parecia muito agitado, mexendo no colarinho da camisa.

— Scarlett Byrne... você a conhece, né? Da nossa aula de Obstáculos Elementares. Enfim, ela praticamente *exigiu* que eu fosse com ela. Disse que eu estava em dívida com ela, por ter me dado as respostas das últimas provas da Birdie. — Ele revirou os olhos. — Assim, não estou reclamando… ela é *linda*, mas…

— Eu tenho que ir.

Emilio deu meia-volta e disparou pelo corredor, esmagando a flor na palma da mão. As pétalas escorreram por entre seus dedos como água.

No que estivera pensando? *Claro* que Olivier já tinha um par. Deveria ter falado mais cedo. Deveria ter reunido coragem e…

— Espera! — Olivier foi atrás dele. — Aonde está indo?

— Eu… — *Não chora, Emilio. Se controla.* — Vou fazer uma pesquisa de última hora.

— Bom, me deixa ir com você.

Emilio soltou o restante das pétalas no chão.

— Você não tem que ir se encontrar com a Scarlett? O baile vai começar em breve.

Olivier suspirou.

— A Scarlett pode esperar. De qualquer forma, ela só pediu para ir comigo para poder fazer ciúmes no ex-namorado.

Emilio parou.

— Só por isso?

Olivier hesitou, analisando o rosto de Emilio.

— Não posso falar pela Scarlett — sussurrou ele, a voz um pouco rouca. — Mas posso falar com toda certeza, sem sombra de dúvida, que da minha parte não tem mais nada. — Ele se aproximou, o rosto bem sério. — *Nada.*

Emilio sentiu o peso no peito diminuir. A pressão relaxar.

— Certo, bem... — Ele pigarreou. — Estou prestes a entrar escondido na Biblioteca. Só vai demorar um minuto.

— Emilio... — Olivier sussurrou o nome dele em um tom conspiratório. — Eu te levei para o mau caminho.

— É para fazer pesquisa.

— Pode explicar melhor?

Emilio deu risada.

— Quanto tempo você tem?

— Para você? — Olivier suspirou. — Uma eternidade.

Cruzaram a névoa do fim de tarde, se aproximando dos degraus da Biblioteca. Nenhum dos dois falou muito durante a caminhada. Uma tensão estranha parecia permear a atmosfera ao redor, uma inquietação implícita.

Olivier dera cerca de três passos em direção às portas principais da Biblioteca quando Emilio o agarrou pelo colarinho e o puxou para trás.

— Aonde acha que está indo? — questionou Emilio.

— Você não disse que ia para a Biblioteca...?

— Sim, mas você não pode simplesmente entrar quando está fechada. Tem escudos de proteção rodeando a entrada principal. Sem falar dos Ascendidos de guarda. — Ele segurou a cabeça de Olivier e a virou para as portas. — Viu? Dois.

Havia dois Ascendidos lado a lado, um menino que Emilio reconhecia vagamente, com cabelo ruivo e pele sardenta, e uma menina chamada Dylan Blatheson. Notoriamente esperta e astuta. Nomeada para o Decênio em seu quinto ano.

Os olhos furta-cor dos dois brilhavam no escuro, fazendo com que parecerem predadores prestes a atacar.

— Temos que dar a volta — sussurrou Emilio, e guiou Olivier em direção à lateral do edifício.

Caminharam bem junto das enormes paredes drapeadas por hera, evitando os feixes de luz lavanda que passavam entre as árvores.

— De qualquer forma... não vamos para a parte principal da Biblioteca — continuou Emilio. — Eles não guardam lá os livros de que preciso. Temos que acessar a seção dos inspetores.

— E como você planeja fazer isso?

Emilio revelou a chave de ferro pendurada em sua cintura.

— Tenho meus meios.

Olivier ergueu a sobrancelha, surpreso.

— Emilio Córdova. Preciso dizer… estou *muito* impressionado.

Emilio sentiu o pescoço esquentar e se aproximou da familiar porta arqueada entalhada na lateral do edifício.

Olivier inspecionou a superfície com uma careta.

— Não tem fechadura — murmurou ele, as mãos pressionadas contra a porta. — Tem certeza de que é a entrada certa?

Emilio revirou os olhos.

— Sai da frente.

Ele segurou a chave e a pressionou reta contra a superfície da porta. Assim que o contorno da chave fez contato com a madeira, fragmentos de luz dourada se acumularam ao redor da chave em um padrão espiral, se espalhando pela porta como meteoros. Olivier fez um som de surpresa atrás de Emilio conforme a luz dourada explodia em fagulhas microscópicas e a porta se abria lentamente, rangendo nas dobradiças.

— Muito bem — Olivier suspirou. — Agora estou impressionado *de verdade*.

Emilio conteve um sorriso.

— Vem comigo.

Do lado de fora, a seção dos inspetores da Biblioteca era encantada para parecer até pequena, mas, quando entraram, o espaço cresceu num piscar de olhos. As paredes escuras de madeira pareciam subir infinitamente em direção aos céus, cobertas do chão ao teto com apostilas e pergaminhos antigos. Um grande orbe pairava no centro da Biblioteca, emanando um brilho esverdeado que cobria o chão ao redor em uma luminosidade esquisita. O ar estava perfumado com a fragrância calorosa de livros velhos e terra úmida.

— Uau. — Olivier empalideceu ao dar os primeiros passos pelo local. — Este lugar é enorme. Assim… parece que se estende para sempre.

— Tenho uma teoria que se estende mesmo — respondeu Emilio. — As paredes altas provavelmente são só uma ilusão, mas minha teoria é que esse espaço é uma fonte eterna de conhecimento. Não há um número quantificável de livros na seção dos inspetores. É um poço sem fim de…

A voz dele falhou. Olivier o estava observando com um sorrisinho peculiar nos lábios.

— O quê?

Olivier deu uma risadinha.

— Foi só um jeito de falar, Emilio.

— Ah. — Ele pigarreou. — Eu sei disso.

Ignorando o rubor inconveniente em suas bochechas, Emilio seguiu até o orbe no centro do cômodo, acenando para Olivier.

— Como é que vamos encontrar o livro de que você precisa? — perguntou Olivier, confuso. — Poderia demorar séculos.

— Na verdade — murmurou Emilio, erguendo as mangas do casaco —, deve levar apenas alguns segundos.

Olivier franziu o cenho.

— O que você…

As palavras morreram em seus lábios assim que Emilio colocou a mão no orbe. Os fios rodopiantes de luz verde consumiram a mão dele, subindo pelo braço em nuvens finas. Olivier ficou observando com uma mistura de maravilhamento e pavor. Emilio sabia que podia ter explicado os mecanismos do orbe, mas preferia assim. Sem mencionar que parte dele secretamente adorava ver Olivier todo preocupado.

Quando o processo estava completo, puxou a mão para fora e a luz se afastou de seu braço, de volta para dentro do orbe.

Por um momento, nada aconteceu. E então alguma coisa fez um barulho ao longe, o som de papel virando, de metal rangendo. O ar ao redor vibrava com magia. O chão ribombou.

— O que está acontecendo? — sussurrou Olivier, preocupado.

— Só espera.

O livro disparou do orbe verde sem aviso, voando por cima da cabeça deles antes de repousar com delicadeza nas mãos de Emilio com um baque. Uma película de luz verde envolvia a capa, mas, assim que Emilio assoprou, o brilho desapareceu.

— Como… — Olivier balançou a cabeça, com um sorriso de descrença no rosto. — Tá bom. Você *precisa* me falar como é que essa coisa funciona.

— Se chama Orbe Vidente, e se conecta aos seus pensamentos. Só é preciso encostar nele e pensar no livro que quer. E, se a Biblioteca o tiver, o livro aparece. — Emilio não conseguiu deixar de sorrir. — Legal, né?

Os olhos verdes de Olivier brilharam de um jeito selvagem e belo, e ele abriu um sorriso radiante. Sua expressão quase roubou todo o ar dos pulmões de Emilio, mas, antes que algum deles pudesse falar qualquer coisa, o som de um feitiço de realocação ecoou alguns passos atrás deles, seguido pelo de sussurros agitados. De palavras urgentes.

— ... não vai ser assim tão simples...

Emilio ergueu o rosto, os olhos arregalados. Parecia que Olivier estava pensando a mesma coisa, porque o agarrou com firmeza pela mão e o empurrou para trás de uma estante bem quando dois inspetores apareceram.

— Não ligo para o que parece... ele ainda é cúmplice. Desde o início.

Era Russo falando. Emilio reconheceu o tom delicado da voz dela e a cadência de suas palavras. Ela usava a capa dos inspetores sobre ombros, com o capuz na cabeça, obscurecendo seu rosto. Ainda que a pessoa ao seu lado também estivesse usando o capuz, Emilio viu claramente que era Birdie. A altura dela combinada com os fios de cabelo loiro-platinado que escapavam do capuz a entregavam. Para não falar do forte sotaque texano.

— Você não tem certeza disso — respondeu Birdie. — As coisas mudam. Nós mudamos.

Elas caminharam em direção ao Orbe Vidente, olhando por cima dos ombros. Emilio reconheceu a expressão delas. A tensão na forma como se mexiam. As duas não queriam ser pegas fazendo o que tinham ido fazer ali.

— É diferente. Essa questão vai *além* de tudo o que a gente sabia. É uma conexão que está além da nossa compreensão. Ele não tem como fugir disso.

— Acho que você tem razão. — Birdie se aproximou mais do orbe. — Além do mais, ele não tem muita escolha. Com certeza você já ouviu falar da... situação dele.

Russo hesitou.

— Ouvi.

Por mais que Emilio quisesse ficar por perto para descobrir do que estavam falando, sabia que não valia o risco de ser pego. E também estavam quase atrasados para o baile.

— Devíamos ir — sussurrou ele, dando um puxão na manga de Olivier.

O rapaz assentiu, os olhos vagando entre Emilio e as duas inspetoras. Claramente, estava dividido entre a necessidade de se proteger e sua curiosidade implacável.

Russo e Birdie tocaram o Orbe Vidente, concentrando-se na luz. Emilio sabia que era a única oportunidade de saírem correndo da Biblioteca sem levantarem suspeitas. Então enlaçou os dedos nos de Olivier e rapidamente contornaram as estantes até chegarem à entrada. Ele não olhou para trás para ver se as inspetoras tinham notado.

Só correu.

# 40

# OLIVIER

— Não acredito que a gente conseguiu se safar.

Olivier se sentia inebriado. Suas mãos formigavam. A cabeça rodava. Era a adrenalina batendo, o que costumava acontecer quando fazia alguma coisa que sabia ser contra as regras. Alguma coisa que podia colocá-lo em apuros. Nunca entendeu bem por que amava tanto aquela sensação, mas era uma característica com a qual tinha nascido. Uma necessidade insaciável de se arriscar. Dessa vez, porém, teve que se perguntar se os sentimentos inebriantes que lhe corriam pelo corpo eram por ter entrado escondido na Biblioteca ou pelo fato de que Emilio ainda não tinha soltado sua mão.

Talvez fossem pelas duas coisas.

— Você ouviu o que elas estavam falando? — perguntou Emilio, guiando-o de volta pela entrada da Casa Litterman.

A lareira crepitava com um fogo moribundo, que iluminava o salão comunal em um fraco brilho âmbar. Mesmo na luz difusa do fogo, Olivier conseguia distinguir os tapetes terracota familiares que adornavam o chão. Os arranjos de flores do campo e as velas derretidas espalhados pela mesa de jantar de madeira clara, no canto do salão.

— Mais ou menos — resmungou Olivier. Queria ter ficado para descobrir mais. Para escutar o resto da conversa. Mas tudo tinha acontecido muito depressa. — Do que acha que estavam falando?

— Menor ideia. Mas, seja lá o que estavam fazendo, elas obviamente queriam ser discretas — sussurrou Emilio.

Os olhos dele desceram para suas mãos entrelaçadas e alguma coisa mudou em sua expressão. Um pequeno curvar no lábio. Então ele soltou a mão de Olivier como se fosse um carvão em brasa e voltou a se concentrar no salão comunal.

Olivier fez o melhor que pôde para disfarçar sua decepção.

— Bom, *nós* também estávamos nos escondendo. Acho que não podemos julgar.

— É. Acho que não.

Emilio se remexeu, inquieto, depois pigarreou.

Meu Deus. Por que tudo de repente parecia tão estranho? Olivier teve uma súbita vontade de mergulhar em uma banheira de gelo.

— Bem. — Ele uniu as mãos, esperando aliviar um pouco da tensão. — Conseguimos o livro!

O rosto de Emilio se iluminou de novo na mesma hora.

— Conseguimos! Vou folhear por alguns minutos... ver se encontro alguma coisa útil. Vai ser rápido.

— Boa ideia.

— Te encontro aqui... — Emilio já estava no corredor. — Daqui a pouquinho!

Ele virou a esquina e desapareceu no quarto.

Olivier ficou ali por um instante. Parecia que seu corpo todo estava zunindo, quase vibrando pela adrenalina. Começou a caminhar de um lado para outro no salão comunal, assobiando baixinho, distraído. Ansioso para ocupar as mãos, estendeu uma delas para brincar com a bainha do paletó, e foi então que percebeu que deixara o terno no quarto, depois de se encontrar com Emilio mais cedo.

— Droga — resmungou.

Achava que tinha alguns minutos antes de Emilio conseguir se desgrudar do livro, então correu rapidamente para o quarto para pegar o paletó. Ao subir as escadas para o segundo andar, sentia-se flutuando. Ainda via o rosto de Emilio lutando contra a vontade de sorrir. Um entusiasmo genuíno cintilando em seus calorosos olhos castanhos enquanto corriam pelo Pátio Principal, de mãos dadas.

Abriu a porta do quarto, os lábios curvados em um sorriso bobo, e paralisou.

Alguém estava esperando por ele lá dentro.

— August.

O rapaz estava sentado na ponta da cama de Olivier, banhado pelo brilho prateado que entrava através da janela aberta. As mãos estavam apoiadas nos joelhos, como se ele carregasse um peso invisível. Usava um terno preto de alfaiataria, com uma capa jogada por cima dos ombros. Os cachos escuros estavam um pouco afastados do rosto, o que só enfatizava o quanto ele era bonito.

Como um anjo caído.

— Oi, Olivier.

Racionalmente, Olivier sabia que tinha que se preocupar. Uma visita surpresa de August, depois de escurecer, não era exatamente algo desejável. Ele, porém, não parecia ameaçador, parecia... cansado. Normalmente, August era uma força da natureza. Um garoto que caminhava com arrogância pelos corredores, com a confiança de quem sabia que ninguém seria tolo o bastante para o desafiar.

Agora, parecia um menino precisando muito de um cochilo.

— A que devo o prazer?

August o encarou, seus movimentos lentos e deliberados.

— Nós dois precisamos conversar.

— Você podia ter batido à porta, sabe? — Olivier fechou a porta atrás de si e entrou no quarto. Estava ciente de cada pequeno movimento. Cada respiração de August. — Tenho que admitir, essa coisa de ficar *ameaçadoramente à espreita no canto do meu quarto* é um pouco teatral, até para os seus padrões.

August não mordeu a isca. Mal deu um sorriso.

— Peço desculpas. É a primeira vez que consigo te encontrar sozinho essa semana — disse ele, inclinando um pouco a cabeça. — Parece que você está sempre com o Emilio.

Olivier se retesou.

— Bem, sou todo seu agora. Fale.

August se inclinou para a frente, os olhos cinza escurecendo.

— A Loughty não pode saber do que aconteceu no Salão Bonestrod.

O peito de Olivier se apertou. *É claro.* Já esperava que August fosse falar com ele a respeito daquele assunto.

— Imagino que esteja se referindo ao fato de que um pedaço da sua própria alma agora mora dentro dela.

A boca de August se curvou em um sorriso triste.

— Correto.

— Certo, bem... não tenho nada a ver com isso.

Não era bem verdade. Ele tinha sido testemunha. Tinha ajudado. E, para falar a verdade, não gostava nada da ideia de mentir para Wren sobre o que acontecera. Mas alguma coisa lhe dizia que August não teria gostado dessa resposta, e a última coisa que queria era arriscar chateá-lo quando não havia ninguém por perto para ouvir Olivier gritar.

— Preciso que você me prometa que não vai falar nada — acrescentou August com um suspiro exasperado. — Olhe nos meus olhos e me prometa.

— Ah, fala sério, August. Você está sendo um tremendo...

— Olivier.

August se levantou e se aproximou dele com um único passo. Ele não era muito mais alto, mas era muito mais intimidador do que Olivier jamais poderia sonhar em ser.

— Chega de piadinhas. Chega de joguinhos. Só... *prometa.*

Olivier se retesou sob o olhar resoluto de August. Era como encarar o olho do furacão. A calma sinistra logo antes de uma destruição total. Já tinha muitas vezes vislumbrado a raiva borbulhando sob a superfície, o perigo à espreita no olhar estoico de August. Mas viver isso de perto, com tanta obviedade, era completamente diferente.

— Você não pode esconder isso dela para sempre — sussurrou Olivier, a voz trêmula. — Você sabe que não é certo.

— Eu sei. — Os músculos do queixo de August saltaram enquanto ele respirava fundo. — Mas ela não pode saber. Pelo menos, não agora. Não antes do fim do Decênio.

— Por quê? — pressionou Olivier, se surpreendendo com a própria coragem.

— Todos temos nossos segredos. Você esconde coisas do Emilio para protegê-lo, certo? Para impedir que ele sofra? — As bochechas de Olivier arderam sob o peso das palavras de August. — Então... me deixe fazer o mesmo.

— Mas... mas é diferente — gaguejou Olivier, se atrapalhando com as palavras. — Eu escondo a verdade sobre as minhas memórias porque o segredo é *meu*. O fardo é *meu*. Mas o que você fez envolve a Wren. Afeta ela diretamente.

August balançou a cabeça com uma expressão angustiada.

— Olivier. Não me force a me tornar o vilão.

— Isso é uma ameaça?

— Não — respondeu August, se aproximando mais. — É um apelo.

Em retrospectiva, Olivier não saberia bem o que fez com que desse a resposta seguinte. Talvez tivesse sido o olhar de desespero de August ou o tremor de suas mãos. Ou talvez tivesse sido o simples fato de que Olivier estava, quisesse admitir ou não, assustado. Porém, fosse o que fosse, se pegou assentindo e colocando uma mão no ombro de August.

— Tá bom — sussurrou ele. — Prometo.

August soltou o ar, trêmulo, assim que as palavras saíram de seus lábios. A tensão em seu rosto se dissipou. Os ombros relaxaram. Então ele caminhou em direção à porta, brincando com seu anel de prata.

— Obrigado, Olivier. Não vou me esquecer disso.

— Espero que não.

August parou perto da porta.

— E me desculpe por entrar sem pedir… Vou bater, da próxima vez.

Olivier só conseguiu rir.

— Por algum motivo, eu duvido.

# 41

# WREN

Wren estava começando a achar que talvez tivesse se metido em uma situação complicada demais. Que sua perfeita existência em Blackwood estava começando a desmoronar, pouco a pouco, e tudo o que podia fazer era ficar olhando de longe enquanto tudo se desintegrava em um grande bloco de *nada*.

Mal conseguiu se concentrar nas aulas daquela semana. Só pensava na viagem ao Éter e em todos os eventos que se sucederam a ela. Mais especificamente, na conversa com August na Câmara Opala. Sabia que não deveria confiar nele. Que não devia cruzar o limite entre os dois. Mas alguma coisa tinha mudado... alguma coisa que não compreendia bem. Era uma pressão implacável. Uma ânsia inevitável. Sempre se sentira estranhamente conectada a August, mas aquilo... era diferente.

Em alguns momentos, nos últimos dias, poderia ter *jurado* que escutara a voz de August em sua mente. Chamando por ela. A rouquidão familiar da risada dele. Honestamente, estava começando a achar que estava perdendo a cabeça.

Ao longo dos anos, houve momentos em que Wren sentiu o limite entre eles cedendo. A muralha ruindo devagar. Mas o relacionamento dos dois fora baseado em uma codependência bizarra e uma curiosidade mórbida. Claro, admitia que August a fazia se sentir viva. Que a presença irritante dele a animava quando Wren mais precisava. Mas não podia se deixar cair na ilusão de algo a mais.

August nunca se abriria com ela. Não como Wren precisava que ele se abrisse. Sentia isso toda vez que ele a encarava... que ele ainda estava preso ao tormento do passado, que havia uma rede de segredos sob a superfície. E Wren sabia que, caso se permitisse se aproximar demais, expor suas vulnerabilidades a ele, August não lhe retribuiria o favor.

Ele a puxaria para baixo.

Tentou ignorar o sentimento enquanto cruzava o Pátio Principal de cabeça abaixada e com as mãos apertando firmemente seus livros. O céu cor de ameixa se derretia em um cinza fraco, com o familiar brilho prateado tomando conta. A névoa do fim de tarde se espalhava pelo campus, turvando seus sapatos em uma fina bruma. Em algum lugar ao longe, o alarme do fim de tarde tocou no Salão Elísio, sinalizando o fim do dia.

Uma sensação de medo pesou nos ombros dela.

Aquele alarme estridente significava que faltava menos de uma hora até o Baile do Decênio. Não estava interessada em desfilar pelo salão de banquetes... não com tudo o que estava à espreita no horizonte. Como podia conversar amenidades e forçar sorrisos quando ainda havia tanta incerteza rodeando o que acontecera com Louise? Tinha o pressentimento de que estavam quase lá. Como se as peças estivessem se encaixando aos poucos e tudo o que precisasse fazer fosse abrir os olhos e ler as respostas escritas diante dela.

*Precisava* entender o que tinha acontecido. Se não por ela... então por Louise. A coitada estava muito abalada depois do que acontecera com a criatura das sombras. Ela mudara de maneira evidente. O *brilho* em seus olhos tinha diminuído, dando lugar a uma preocupação desconhecida. Não era justo. Louise não merecia ser esmagada por aquele fardo. Não merecia nada daquilo.

Wren parou de repente quando algo na sua visão periférica lhe chamou a atenção.

O Salão Asfódelo.

Nenhuma aula era lecionada naquele pequeno edifício de tijolos; ele basicamente abrigava os escritórios dos inspetores e áreas de descanso para os docentes, mas também era onde ficava a enfermaria.

Onde estavam os nomeados que tinham sido eliminados.

*Tecnicamente*, os alunos não tinham permissão para visitar a enfermaria. Era contra as regras. Mas Wren sabia que outras pessoas tinham burlado essa regra, entrando escondidas depois do toque de recolher. Dava certo trabalho. Os alunos que costumavam arriscar eram os que estavam desesperados para visitar as pessoas que amavam, incapazes de aguentar a separação por meses a fio.

Wren sabia que devia apenas continuar andando.

Era inútil. Os quatro nomeados eliminados provavelmente estavam inconscientes, seus corpos se curando enquanto eles permaneciam em estado vegetativo.

Apesar de saber disso, Wren se pegou se aproximando cada vez mais do Salão Asfódelo, até que estava parada bem em frente ao edifício. Cerrou os punhos, inspirando devagar e profundamente.

Entrar seria um risco... que poderia fazer com que fosse eliminada. Mas não conseguia ignorar sua maldita empatia. Não conseguia parar de pensar nos nomeados eliminados perdendo o restante do Decênio. Passando meses confinados na enfermaria, pensando no que poderiam ter feito diferente. Se fosse ela ali, ia querer que alguém a visitasse.

Ia querer se sentir menos sozinha.

*Só uma visitinha rápida*, Wren garantiu a si mesma ao se aproximar dos degraus, decidida.

A primeira barreira de proteção ao redor da porta principal foi bem fácil de desfazer — bom, pelo menos para os padrões de Wren. Era um escudo multicamadas que demandou certo ajuste perto do fim do encantamento, mas, depois de alguns segundos, a maçaneta fez um *clique* e se abriu.

Wren lutou contra a primeira onda de cansaço e entrou, escutando com atenção.

Ouvia duas vozes vindas do andar de cima; o murmúrio baixo ecoava pelo prédio, de resto, vazio. Não estava surpresa de vê-lo quase deserto. A maioria das pessoas, inclusive os docentes, ou estavam se preparando para o baile, ou já estavam a caminho dele.

Wren subiu devagar as escadas para o segundo andar. Espiou com cuidado na esquina, ficando nas sombras.

Lá no final do corredor, bem em frente às portas da enfermaria, havia dois Ascendidos.

Everly Hawthorne e Paolo Valle.

— Mas é *tão* injusto — choramingava Everly, batendo o pé no chão. — Por que a gente foi escolhido?

— É só a escala — disse Paolo, soando um pouco irritado. — No próximo Decênio, vai ser outra pessoa.

— Sei disso, mas *ainda assim*. — Everly resmungou e encostou a cabeça contra as portas. — Nenhum deles vai aparecer aqui hoje à noite nem nada. Eles assinaram o juramento de alma… *Precisam* ir ao baile.

Wren se inclinou para mais perto. *Ela está falando dos nomeados?* Paolo suspirou.

— Sim… mas você se lembra do que aconteceu há três ciclos? Aquela menina… como era o nome dela…

— May Westfield.

Wren buscou na memória, mas não conseguiu identificar o nome. Paolo assentiu.

— Ela quebrou o juramento de alma para vir visitar o namorado, lembra? Demorou *semanas* para cuidar da confusão que isso causou. Ela contou para outros cinco alunos. Foi um desastre.

*Do que é que estão falando?*, perguntou-se Wren. Tentou interpretar as palavras deles, mas era óbvio que faltava uma parte importante da informação. Ignorou sua confusão e voltou a se concentrar na tarefa que tinha se proposto a fazer.

Uma ideia lhe ocorreu.

Wren ergueu as mãos e invocou sua magia ilusória. O cheiro adocicado preencheu seus pulmões, ofuscando brevemente seus sentidos. As runas violeta brotaram de seus dedos, com fios iridescentes dançando no ar como redes brilhantes. Construiu duas ilusões distintas. Um menino e uma menina. Eles não tinham rosto nem identidade discerníveis, mas eram reais o suficiente para convencer, se fossem vistos de longe. O perfil vago de dois alunos.

Fez a primeira ilusão sair correndo para a esquerda do corredor, a forma delgada se movimentando enquanto Wren sussurrava as instruções bem baixinho. O som ecoou alto no edifício silencioso, passos batendo contra as tábuas do piso.

Everly e Paolo ergueram a cabeça ao mesmo tempo.

— Merda. — Everly olhou para a esquerda. — Escutou isso?

— Vá verificar. Vou continuar de guarda para garantir que…

Wren rapidamente mandou a segunda ilusão correr na direção oposta, e mais sons de passos ressoaram no ar.

Paolo olhou para a direita.

— São dois.

— Vai — instruiu Everly, gesticulando freneticamente. — Mas seja rápido.

Para imenso alívio de Wren, o plano funcionou. Everly e Paolo correram em direções opostas, seguindo as ilusões.

Ela não perdeu tempo, caminhando pé ante pé em direção às portas da enfermaria. Prendendo a respiração, torceu para as dobradiças não rangerem. Mas, quando abriu a porta, nenhum ruído ecoou, e ela entrou na sala como uma sombra, em silêncio e sem ser notada.

Um cômodo branco e estéril a recebeu. Não havia janelas. Nem luz natural. Arandelas de ferro ornavam as paredes vazias, enviando uma luz alaranjada pelo ambiente. Havia cerca de doze camas dispostas no perímetro, cada uma delas escondida por uma cortina leve.

Wren caminhou até a primeira cama, espiando atrás da cortina.

Era um menino que não reconheceu, de pele cinzenta e com o corpo cheio de cortes que tinham começado a se curar, o cabelo castanho ainda sujo de sangue seco. Wren fechou a cortina e seguiu em frente.

Ela se aproximou da cama seguinte, esperando encontrar um dos nomeados eliminados do outro lado, mas, quando abriu a cortina, encontrou outro rosto que não reconhecia.

*Tem alguma coisa errada.*

Seguiu assim por alguns minutos. Wren abria a cortina e encontrava uma cama vazia ou outro aluno ferido, mas nenhum dos rostos que esperava ver.

Havia só mais uma cama. Bem no fundo da enfermaria. Ela via a sombra de um corpo deitado atrás da cortina, mas tinha outra coisa... outra sombra debruçada por sobre o corpo, olhando para ele.

Wren segurou a respiração e abriu a cortina.

Então parou, confusa.

Deitada na cama, inconsciente e se recuperando, estava Keira Holland. Uma aluna mais nova que tinha sido vítima da exaustão ilusória. Veias inchadas adornavam sua pele, os lábios estavam secos e rachados. E, ao lado dela, com lágrimas escorrendo pelas bochechas, estava uma outra aluna que Wren reconheceu.

— Maya?

A garota ergueu os olhos, surpresa.

— Wren. O que... o que está fazendo aqui?

— Vim visitar uma pessoa. — Ela abaixou a voz, com cautela. — Como entrou aqui?

— Entrei de fininho durante a troca de turnos da manhã... Estou escondida aqui o dia inteiro.

Maya olhou para Wren por entre os cílios, secando uma lágrima com o dorso da mão. Ela fungou, se recompondo.

— Desculpe... é só que é uma merda ver a Keira desse jeito. Ela teve exaustão ilusória durante a prova do Calligan. Acham que vai ser necessário outro mês para ela recobrar a consciência...

Wren tocou o ombro dela em um gesto de consolo.

— Sinto muito.

Maya sorriu por entre as lágrimas.

— Eu só... Fico com pena dela, sabe? Keira estava ansiosa pela noite de hoje. Alguma coisa no baile... faz todo mundo se sentir normal de novo.

— Entendo o que você quer dizer.

O Baile do Decênio era um lembrete de uma vida que já não lhes pertencia. Até mesmo Wren admitia que parte dela estava animada para ir ao baile, para sentir aquela normalidade, ainda que só por uma noite.

Maya secou o resto das lágrimas e soltou um suspiro para se acalmar. Olhou para Wren, inclinando a cabeça como se um pensamento tivesse lhe ocorrido naquele momento.

— Ué... não era para você estar se arrumando? — Ela olhou para o relógio preto em seu pulso. — O baile vai começar em meia hora.

— Estava indo para a Pettyworth para me arrumar, mas... — Wren olhou ao redor da enfermaria, baixando a voz. — Você viu onde colocaram os nomeados eliminados? Parei para fazer uma visita a eles, mas não os encontrei.

Maya hesitou.

— Quem?

— Nick, Liza, Tristan e Georgia — disse Wren, citando os nomes devagar. — Não sei bem o quanto você sabe, mas eles foram os únicos eliminados até agora, e eu só... Queria passar para vê-los e... — As palavras dela foram interrompidas quando notou o olhar de Maya. Os olhos dela não tinham emoção alguma, como se mal tivesse escutado o que Wren tinha dito. — O que foi?

Maya balançou a cabeça, parecendo bem confusa.

— Eu só... não tenho ideia de quem são essas pessoas.

— O quê? — Wren se aproximou. — Maya, você está em Blackwood há *anos*. Mais tempo do que eu. Claro que você sabe quem são.

— Eu... não sei.

— Você não estava no Comitê do Decênio com o Nick? — perguntou Wren, confusa.

— Eu *estou* no Comitê do Decênio — respondeu Maya.

— Então você *conhece* o Nick — insistiu Wren. — Quero dizer... Juro que já vi vocês juntos várias vezes!

— Nick... — Maya repetiu o nome, com um olhar distante.

Por um instante, Wren jurou ver uma fagulha de reconhecimento no rosto dela, mas então Maya simplesmente se empertigou e disse:

— Enfim, preciso ir. Preciso me arrumar para o baile. Keira ia querer que eu fosse.

— Espera! — chamou Wren, seguindo Maya. — Para! — Ela segurou Maya pelos ombros e a virou, forçando-a a encará-la. — Olha para mim. Você conhece o Nick. Sei que conhece.

Maya a olhou de volta, os olhos arregalados e confusos.

— Não consigo... não sei...

— Liza. Nick. Tristan. Georgia. Foram nomeados para o Decênio. *Todo mundo* sabe quem são os nomeados. Como pode não se lembrar deles?

Lágrimas encheram os olhos de Maya. Ela sorriu, mas tinha algo de *errado*, forçado e perturbador em seu sorriso.

— Wren. Por favor. Deixa... deixa pra lá...

Ela piscou várias vezes, mas Wren ainda conseguiu vislumbrar um estranho rio de névoa cobrindo suas íris. Surgiu só por um instante, nem meio segundo... mas ela viu.

Wren arfou, apertando ainda mais os ombros de Maya.

— Sua mente... alguém mexeu com a sua mente...

Ela xingou baixinho. *É claro.*

— Maya. Olha pra mim. Alguém alterou suas memórias. Fez você se esquecer dos nomeados eliminados. Você consegue lembrar quem foi?

Maya abriu e fechou a boca. Havia pânico em seu olhar, um breve momento de compreensão, mas que se dissipou rapidamente, dando lugar ao mesmo sorriso forçado.

— Não sei do que você está falando. — Maya se livrou das mãos de Wren, cambaleando para trás. — Eu... Eu te vejo mais tarde, Wren!

Antes que Wren pudesse impedi-la, Maya saiu praticamente correndo da enfermaria, fechando a porta atrás de si.

Wren ficou parada por um momento, boquiaberta e de olhos arregalados. Não tinha como negar.

Alguém tinha apagado os nomeados eliminados da memória de Maya.

# 42

# AUGUST

As paredes do salão de banquetes tinham sido encantadas para parecerem salpicadas de luz das estrelas, um cosmo cintilante projetado no teto de vidro. Vinhas pontilhadas de rosas brancas envolviam o peitoril das janelas, se esgueirando até o chão. Bandejas de prata abarrotadas de torres de champanhe flutuavam pela pista de dança. Borboletas encantadas batiam as asas e voavam pelo cômodo em padrões de espiral, um caleidoscópio de cores opalescentes. Alguns alunos estavam reunidos na pista de dança, vagando e cobrindo risadinhas com as mãos, todos vestidos de forma elegante, com cores vivas, uma ostentação que fazia o estômago de August revirar.

Quando finalmente reuniu a coragem de entrar, uma nuvem nauseante dominou seus sentidos. O ar tinha aquele cheiro pútrido de magia ilusória. Ergueu a mão conforme uma borboleta dançava diante dele, a espantando.

Ela desapareceu em uma nuvem de fagulhas índigo e violeta.

Nada além de ilusão. Assim como todo o resto daquele maldito lugar.

— Até que você fica bonitinho arrumado.

A voz de Irene reverberou atrás dele, que virou a cabeça para trás e a olhou de cima a baixo.

Ela usava um elegante vestido longo azul-escuro com uma fenda bem alta, expondo o lado de sua coxa direita. Brincos prateados em forma de adagas pendiam de suas orelhas, a ponta de cada lâmina adornada com safiras cintilantes. *É claro.* Bem como seus uniformes de sempre, as roupas para o baile eram oferecidas pela escola e pensadas para combinar com a personalidade dos alunos. E os brincos de adaga da Irene eram um lembrete bem gritante de que sua beleza vinha a um custo bem alto.

— Belo vestido.

Ela estreitou os olhos.

— Não finja que não está doido para arrancá-lo de mim.

— Preferiria arrancar meus próprios olhos.

— Bom, posso te ajudar com isso.

Ele baixou os olhos para o abdômen dela. Apesar de já fazer algumas semanas desde o ferimento no labirinto, August sabia que a ferida ainda a incomodava.

— Está sarando bem?

— Não se fechou, se é isso que quer saber. — O lábio inferior dela tremeu de descontentamento. — Acho que tinha esquecido como a dor pode ser persistente. Bem quando eu acho que se curou de vez, faço qualquer movimento *um pouquinho* errado e dói tudo de novo.

— Que azar — comentou August.

— Não seja babaca. Ainda teremos duas provas. Você pode ter saído ileso das duas primeiras, mas aposto que não vai ter tanta sorte da próxima vez.

— E você ia adorar isso, né?

Alguma coisa brilhou no fundo dos olhos dela. Uma emoção fugaz. Tão rápida que ele quase não viu.

Irene se aproximou.

— Quer saber? Adoraria *mesmo*. Adoraria te ver desmoronar, se isso significasse que eu seria a última de pé. Porque, não importa o que você faça, não importa quantos truques tenha na manga… vou achar um jeito de vencer.

Ela passou por ele, se virando para olhá-lo por cima do ombro.

— Sempre acho.

E, com isso, ela se afastou, desaparecendo na multidão.

August voltou a se concentrar no ambiente. Os outros nomeados estavam juntos, um pouco separados do resto dos alunos. Josie e Carter estavam praticamente grudados, sentados a uma mesa, cada um com uma taça de vinho. Tinham se tornado inseparáveis desde que perderam seus parceiros, claramente formando uma nova aliança. Emilio e Olivier estavam parados atrás da mesa, se balançando desajeitados ao som da música clássica que ecoava pelo salão. August imaginou que um estava esperando o outro criar coragem de chamá-lo para dançar, mas nenhum deles ousava olhar para o outro.

— Eles são tão irritantes — disse uma voz familiar.

Masika tinha aparecido silenciosamente atrás dele. Usava um vestido bordado dourado, com pulseiras delicadas nos dois braços. Esmeraldas decoravam as peças douradas, reluzindo sob a luz de velas.

— Só queria forçá-los a abrir os olhos.

— Acho que podemos fazer isso por eles. — August voltou-se para ela. - Só um gentil empurrãozinho em seus subconscientes seria o bastante.

Masika balançou a cabeça em reprovação e pegou uma taça de champanhe de uma bandeja que flutuava por perto.

— Por que você faz isso?

— Faço o quê?

— Usa essa fachada de "odeio o mundo". Quer que todos pensem que é apático e frio, mas acho que não é. — Masika deu um longo gole, olhando para ele com cautela. — Você não é um cara ruim, August. Pare de tentar ser.

— Masika. — August se virou para ela, aproximando seus rostos. — Acredite… eu estou *muito longe* de ser bom.

Ela sustentou o olhar dele sem titubear.

— Olha, quer saber? — Ela se aproximou mais. — Ainda não acredito.

August deu uma risadinha, voltando a olhar para a pista de dança. Avistou Irene do outro lado do cômodo, separada dos outros nomeados. Não parava de mexer em alguma coisa no pescoço, mas August não via nada ali.

— A Irene parece mais distante do que o normal.

Masika assentiu, os lábios apertados.

— Pensei que fosse a pressão do Decênio, mas… estou preocupada com ela. Acho que posso senti-la desaparecendo. Como se pudesse ver a rachadura se formando entre nós. Honestamente, meio que me lembra…

— Catherine?

Ela assentiu.

— Sei que não são a mesma pessoa, mas ainda me preocupo. Como poderia não me preocupar?

— Você acha que ela vai se juntar à Ordem dos Damianos.

— Ela já falou disso antes — murmurou Masika, baixando mais a voz.

August balançou a cabeça.

— Irene não faria isso. Ela é inteligente.

— Mas ela está *com medo.* Apesar de não admitir, está apavorada. É por isso que está louca para ter poder. Quer se sentir no controle. E parte de mim fica pensando que, se ela não vencer, se não se tornar parte dos Ascendidos... — Masika se interrompeu, mas August sabia o que ela queria dizer.

— Você vai ter que ficar bem de olho nela.

— Vou ficar.

August suspirou.

— A amizade no pós-vida não é para os fracos.

— O amor também não. — Ela apontou para Emilio e Olivier com um gesto exasperado. — Parte de mim teme que esses dois nunca vão acordar e admitir seus sentimentos.

— Pode ser.

— Falando de sentimentos complicados... — Masika deu uma risadinha.

August ergueu o olhar.

— O quê?

Ela apontou para a entrada.

— Abra os *seus* olhos.

E foi quando August a viu.

O cabelo ruivo estava sem a trança de sempre, caindo por sobre os ombros em ondas soltas. A escola tinha dado a ela um vestido carmesim que chegava ao chão em faixas de seda. Rubis adornavam seu pescoço, como gotas de sangue cristalizadas fixas em sua pele de marfim.

August estava vagamente ciente do olhar divertido de Masika sobre ele, mas não se importava. Não conseguia pensar em nada, em ninguém, além de Wren Loughty diante dele, passando pela multidão como uma chama ensopada de sangue.

*August.*

Ficou tenso ao escutar o próprio nome ecoando em sua cabeça. Por um segundo, pensou que tinha outra pessoa o chamando, que sua mente estava confusa. Mas reconhecia aquela voz.

*Sempre* reconheceria aquela voz.

Wren continuou a encará-lo, o nome dele ecoando em sua mente mais uma vez.

*August.*

Um arrepio paralisante percorreu seu corpo quando ele se deu conta. Imaginara que talvez houvesse efeitos colaterais do feitiço que tinha lançado. Colocar um pedaço da sua alma dentro de outra pessoa tinha que ter consequências.

Leitura de mente, no entanto, foi uma surpresa.

Ele tinha duas opções. Fingir que não tinha percebido e só se aproximar dela como se não houvesse nada de errado. Ou... poderia forçar um pouco mais o limite. Abraçar aquela nova conexão e enfrentar a destruição em potencial que ela deixaria em seu rastro.

Mas, ao observá-la, ao deixar seus olhos recaíram sobre o rosto dela, soube que não tinha escolha. Não quando já sabia o que ia fazer.

Soltou o ar demoradamente... e entrou na mente dela.

*Loughty, querida. Vai ficar aí só me encarando, ou vai deixar o orgulho de lado e vir falar comigo?*

A confusão tomou conta do rosto dela na hora. As sobrancelhas se ergueram. A boca se abriu.

*O quê... O que é isso?*, a voz dela se infiltrou na mente dele. *Por que eu consigo te ouvir?*

Meu Deus... escutar a voz de Wren era uma coisa, mas senti-la dentro de sua mente era outra história. Era atordoante. Vertiginoso. Como uma droga perigosamente prazerosa.

Precisava se controlar.

Suas pernas se mexeram roboticamente, cruzando a multidão. Nenhum deles ousava desviar o olhar enquanto se aproximavam.

Quando estavam finalmente juntos no meio da pista de dança, Wren soltou o ar, chocada.

— Que merda está acontecendo?

August balançou a cabeça.

— Não sei.

Não era bem uma mentira. Ele sabia *por que* estava acontecendo, mas não tinha nem ideia de como era possível.

— Não podemos... Não era para eu conseguir... — Wren balançou a cabeça. — Comunicação telepática vai muito além das nossas habilidades mágicas. Não é... não era pra gente conseguir fazer isso.

August sorriu.

*Bem, acho que somos melhores do que todo mundo.*

Wren bufou.

*Você é insuportável.*

— Você está bonita — acrescentou August em voz alta, a olhando por inteiro.

*Bonita.* Isso não chegava nem perto. Ela estava muito mais do que só *bonita.* Embora, na verdade, ele duvidasse que houvesse palavras para descrever adequadamente o que sentia por Wren.

— Obrigada.

Os olhos dela percorreram o salão, nervosos, como se estivesse procurando alguém.

— Tem alguma coisa te incomodando? — Ele inclinou a cabeça, se aproximando. — Pensei que você seria um pouco mais... *persistente* sobre descobrir por que podemos de repente ler os pensamentos um do outro.

Os olhos de Wren se voltaram para August.

— Eu só... Tem uma coisa importante sobre a qual quero conversar com você.

August sentiu o peito apertar.

— Mais importante do que *isso*? Muito bem. Estou intrigado.

Wren mordeu a parte interna da própria bochecha. E então, para enorme surpresa de August, entrou na mente dele de novo.

*Fui à enfermaria.*

Ele ergueu a cabeça.

— Pra quê?

— Shh. — Wren o segurou pelo pulso e o puxou para mais perto. August tentou ignorar o frio na barriga, o calor se espalhando por seus braços e pernas. — Fui visitar os nomeados eliminados.

— Certo... — August suspirou, perdendo a paciência. — Não vejo a relevância de nada disso, ou como isso é mais importante do que...

*Eles não estavam lá.*

August ficou tenso.

*Como assim?*

*Nenhum deles estava lá. Mas eu vi a Maya... ela estava visitando uma amiga. E, quando perguntei a ela sobre os nomeados eliminados... ela não fazia ideia de quem eram.*

*Isso é ridículo.* August bufou. *A Maya os conhece...*

*Alguém os apagou da memória dela.*

August sentiu as mãos ficando dormentes.

*O quê... por que você acha isso?*

Wren olhou por sobre o ombro, encarando os Ascendidos, que estavam sentados em uma plataforma elevada, bebendo vinho e várias outras bebidas alcoólicas. Mas também pareciam estar observando ela e August de longe.

— Não podemos continuar falando nas nossas mentes — sussurrou ela, se virando para olhar para ele. — Vão suspeitar se só estivermos... olhando um para o outro.

Ela tinha razão. Mas então a música ficou mais alta. O familiar compasso ternário de uma valsa, o piano flutuando pelo ar, amplificado por um encantamento musical. Foi nessa hora que August teve uma ideia: uma ideia *completamente* idiota e irresponsável.

— Poderíamos... — ele pigarreou, olhando para o teto — dançar.

Ela o encarou.

— Eu e você?

— Sim, Loughty.

— Ah.

A expressão dela foi de puro terror. Meu Deus, parecia que ele estava pedindo que ela assassinasse seu primogênito. August lhe estendeu a mão.

— A menos que tenha outras ideias brilhantes...

Ela balançou a cabeça.

— Nenhuma.

August ficou tenso quando Wren pousou a mão na dele, seu peito aquecendo. Ele a trouxe para mais perto, colocando a mão em sua cintura com cautela. Todo pequeno movimento parecia perigoso. Como se equilibrar na beira do precipício.

Ele odiava isso.

Principalmente, odiava o quanto não odiava.

A música os envolveu e August começou a se mover, os passos conhecidos lhe voltando com uma facilidade surpreendente. Fazia um tempo desde que dançara pela última vez, e aquelas memórias pertenciam a uma vida que mal parecia dele, mas os movimentos estavam enraizados em seus músculos, e não eram esquecidos com facilidade.

*Então... me conta*, sussurrou August na mente dela. *O que te faz pensar que tem magia psíquica envolvida?*

*Vi alguma coisa nos olhos da Maya*, sussurrou Wren em resposta. *Uma... névoa.*

August xingou baixinho.

*Parece mesmo alteração mental.*

*Além disso, no começo da semana... Lou também não se lembrou deles. Pensei que fosse só porque ela era novata, mas... aí ela teve um sangramento nasal. Na hora, não considerei nada demais, mas agora...*

*Temos que contar para os outros.* Os olhos de August analisaram rapidamente a pista de dança, fazendo um balanço silencioso dos arredores. *Quando estivermos a sós, óbvio. Não tem como saber quem está envolvido. Francamente, não me surpreenderia se um de nós...*

*Você acha que um dos outros nomeados está fazendo isso?* Wren arregalou os olhos. *Por que algum deles faria algo assim?*

August deu de ombros. Não tinha certeza de mais nada.

Alguns segundos tensos de silêncio transcorreram enquanto continuavam se mexendo pela pista de dança, valsando ao ritmo da música. Pareceu uma eternidade antes que Wren falasse de novo, mas dessa vez em voz alta.

— Você sabe dançar.

Ele riu.

— Por que a surpresa?

Ela sorriu e August desviou os olhos.

— Ah, fala sério. Você não me parece muito o tipo de pessoa que sabe dançar valsa quando necessário.

— Talvez você só não me conheça tão bem quanto pensa — rebateu ele, com um sorriso debochado.

— Usando minhas próprias palavras contra mim? — Wren revirou os olhos. — Quanta maturidade. Sabe, August, você não é tão misterioso quanto pensa.

— É mesmo? — Ele a puxou bruscamente e Wren soltou uma exclamação baixa de surpresa.

Eles não perderam o ritmo; se mantiveram no tempo da música como se um fio invisível conectasse seus corpos.

— Me conta, Loughty. — A voz dele soou grave e rouca ao sussurrar a pergunta ao pé do ouvido dela. — Quem eu sou, então?

Os olhos dela se fixaram nos dele.

— Você... é uma pessoa que evita se aproximar muito dos outros, porque tem medo.

— De quê?

— De que elas vejam quem você é de verdade, e não a fachada que você escolheu.

Os olhos dela analisaram o rosto dele e August segurou a vontade de sair correndo. Era como se encarasse a sua alma. Como se pudesse ver toda a escuridão apodrecendo dentro dele. As partes que queria desesperadamente esconder dela.

— Você não é especial, August. É uma alma perdida e arrasada. Como o restante de nós.

O coração de August se apertou.

— Bom, acho que você descobriu quem eu sou, então.

— Para de fazer isso.

— Fazer o quê?

Wren se inclinou para mais perto, a boca logo abaixo do ouvido dele.

— Agir como se não se importasse.

August sentiu o pânico tomar conta. Parou abruptamente, tirando as mãos dela e dando um passo para trás. Se a multidão ao redor percebeu, ele não estava nem aí.

Parara de prestar atenção nos outros assim que vira Wren.

— O que você quer de mim? — Ele fechou as mãos com força, os dedos trêmulos. — O que você espera? Uma declaração de amor pública? Uma mudança repentina no meu comportamento?

— Para com isso.

Wren ergueu a mão, como se fosse repreendê-lo, e August segurou o pulso dela com um movimento rápido, puxando-a para perto.

— Não posso mudar — sussurrou ele, assustado com o tremor em sua voz. — Eu sou quem eu sou.

— Não estou te pedindo para mudar — respondeu Wren, sem fôlego, ainda o encarando, o desafiando com os olhos semicerrados. — Eu só peço *honestidade*.

— A honestidade tem um preço. E fui tão aberto e honesto com você quanto posso, sem arriscar... — Ele se interrompeu, soltando o pulso dela.

As palavras estavam presas em sua garganta, um sentimento atordoante ameaçando sobrepujar seu autocontrole.

*Não.*

Não agora.

— Arriscar o quê? — pressionou Wren. — Por favor, August. Eu sei… eu sei que você está escondendo alguma coisa de mim. Desde que te conheci, eu sinto. Essa… resistência. Esse muro entre nós. Mas, se você se abrisse comigo, se me contasse sobre o seu passado…

Wren foi pega de surpresa; suas palavras foram interrompidas quando August a puxou para perto de novo, retomando a dança. Dessa vez, ele a segurou sem cautela, sem a distância de antes, permitindo-se senti-la por inteiro.

Ultrapassou o limite e permitiu que seus pensamentos alcançassem os dela.

*Você tem que me prometer que vai ter cuidado.*

Wren ficou tensa, sua expressão confusa.

*Não tente mudar de assunto…*

*Só me escuta.* Ele apertou a mão dela. *Não tente bancar a heroína. Principalmente até a gente entender o que está acontecendo com os nomeados eliminados. Não dá para saber quem está por trás disso e, até falarmos com os outros, todo mundo é suspeito.*

Ela bufou.

*Sou mais do que capaz de me proteger.*

*Sei que é.* August respirou fundo. *Mas preciso que me prometa que, não importa o que aconteça, o que você veja, você vai proteger a si mesma. E apenas a si mesma.*

Ela balançou a cabeça.

*Mas…*

*Por favor*, implorou ele. *Só… promete.*

Wren abriu e fechou a boca, piscando rapidamente, então assentiu. A palavra seguinte saiu em um sussurro ofegante:

— Prometo.

Ele a girou, com a mão apoiada com firmeza nas costas delas, e a inclinou para o chão. Wren perdeu o fôlego, apertando a mão dele. Talvez pensasse que August a deixaria cair, que pretendia humilhá-la diante de todo mundo. Mas ele não deixou. Segurou-a com firmeza, sem desviar os olhos, e a ergueu de novo em um arco gracioso até que o rosto dela estivesse a centímetros do dele. Era vertiginoso ficar perto dela daquele jeito. Saber quantas regras estava quebrando. Quantos limites tinha ultrapassado.

— A música acabou — sussurrou Wren, com a respiração roçando o pescoço dele. — Acho que podemos parar agora.

Mas August não soltou a mão dela. Ele se sentia paralisado, com um pânico fervilhando por sua garganta, tomando conta de seu corpo. Sabia que, se a soltasse, se não a agarrasse, poderia perdê-la para sempre.

— August…

— Não confie em ninguém — sussurrou no ouvido dela, um último pedido desesperado. — Nem nas pessoas mais próximas. Nem em quem já foi gentil com você. Nem em quem parece estar do seu lado.

— Por que está falando tudo isso?

— Porque... — sussurrou August, soltando a mão dela com relutância. Ele se aproximou, os lábios roçando a pele dela ao dar um beijo em sua bochecha. Ele se permitiu entrar na mente de Wren mais uma vez.

*É tudo o que me resta.*

E, com isso, se afastou, cruzando o salão de baile em direção às grandes portas de madeira. Escutou o som distante de Wren o chamando, a música em seus ouvidos, recomeçando outra vez. Os outros alunos o observavam enquanto ele deixava o salão. Seus atos teriam repercussão. Suas palavras carregavam um peso que só ele entendia. E, embora fosse capaz de qualquer coisa para mudar o passado, August sabia que não podia mais fugir do que já estava acontecendo.

# 43

# EMILIO

Emilio não gostava muito de festas. Talvez por causa da música alta ou da socialização forçada. Ou talvez porque da última vez que fora arrastado para uma festa… tinha morrido. Então, apesar da decoração festiva e do entusiasmo geral no salão, não conseguia ficar de bom humor.

— Ah, *vamos*. Só mais uma dança. Você me deve.

Scarlett estava diante de Olivier, com os braços cruzados e a cara fechada. Usava um vestido de babados cor-de-rosa que a deixava parecendo um cupcake, um *lindo* cupcake, mas ainda assim.

Olivier suspirou, balançando uma taça de champanhe nas mãos.

— Scarlett, querida… Já te trouxe para o baile. Dancei as três músicas que combinamos. Até segurei a sua mão quando o Jamie estava olhando, para te ajudar a fazer ciúmes. Acho que já fiz mais do que o suficiente para uma noite.

Ela fez beicinho com a boca pintada de rosa-choque, chateada.

— Mas você é o meu *par*

— Sou seu prisioneiro.

Ela revirou os olhos.

— *Afff.* Você é um chato.

Ela deu meia-volta nos stilettos prateados e saiu batendo os pés, agarrando com raiva a primeira pessoa que encontrou e a arrastando à força para a pista de dança.

Emilio segurou um sorriso. Não ia mentir, parte dele sentia pena de Scarlett, pois Olivier não estava muito cooperativo, mas ao mesmo tempo gostava do fato de que Olivier realmente parecia não ter nenhum interesse para além de cumprir o acordo com ela.

À medida que a música lenta acabou, Josie e Carter, que tinham passado a última meia hora rodopiando pela pista de dança, caminharam em direção a Emilio e Olivier. Estavam os dois suados e ofegantes.

— O que vocês dois estão fazendo parados aí? — Josie riu, tirando a taça de champanhe da mão de Olivier e dando um gole. — É um *baile*. Foi feito para a gente dançar, não para ficar parado de mau humor.

— Não estou de mau humor — protestou Olivier.

— E você? — Josie se virou para Emilio. — Qual a sua desculpa?

Ele deu de ombros.

— Não gosto muito de dançar.

— Ah, deixa disso. — Josie cruzou os braços, em desafio. — Tristan ficaria *furioso* se visse vocês parados aí. Na verdade, acho que teria dado um tapão na cabeça de vocês!

Carter deu uma risadinha.

— E Georgia teria arrastado os dois para a pista de dança, nem que fosse à força.

— É, bem, eles não estão aqui, né? — rebateu Olivier, estragando o clima.

Josie paralisou, como se as palavras tivessem sido um tapa na cara.

— Eu… Eu sei.

— Pessoalmente, não estou no clima de dançar e comemorar quando o resto do grupo está na enfermaria, sabe Deus em que condições — continuou Olivier, pegando outra taça de uma bandeja flutuante. — Para ser sincero, acho bem bizarro que vocês fiquem se exibindo, felizinhos na pista de dança, mesmo sabendo disso.

— Tristan ia querer que a gente se divertisse — sussurrou Josie, a voz vacilante.

Olivier bufou, cambaleando de leve.

— Continue tentando se convencer.

Emilio estremeceu com o tom cruel de Olivier.

— Ei… você está bem? — sussurrou ele com gentileza.

Olivier nem sequer o encarou.

— Ah, estou ótimo.

Carter tocou o ombro de Josie para confortá-la, lançando um olhar de menosprezo na direção de Olivier.

— Bom — disse ele, pigarreando. — Se mudarem de ideia, estaremos na pista de dança. — Ele ofereceu um sorriso simpático para Emilio. — Pelo menos *tentem* se divertir.

Olivier virou o resto da taça quando os dois se afastaram. Era a quarta. Ou talvez a quinta.

Emilio tinha perdido as contas.

— Uma bebida? — ofereceu Olivier.

Emilio se retesou.

— Não. Obrigado.

Olivier bufou.

— Por que não?

Porque, da última vez que fiquei bêbado, acabei me matando.

— Não estou com vontade.

— Você quem sabe.

Emilio suspirou, perdendo a paciência.

— O que está rolando com você? Não tinha o direito de falar com a Josie daquele jeito.

— Não sei do que você está falando — retrucou Olivier, curto e grosso.

Emilio tinha aberto a boca para fazer mais perguntas, mas percebeu Masika do outro lado do salão, gesticulando para eles, com um olhar impaciente.

— Masika está nos chamando.

Olivier suspirou, desinteressado.

— Para quê?

— Não sei bem.

Emilio se afastou da parede e caminhou em direção a ela. Olivier resmungou, mas Emilio o escutou vindo atrás. Sério... O que tinha dado no Olivier? Ele parecera perfeitamente bem quando foram à Biblioteca. Na verdade, Emilio podia *jurar* que tinha rolado uma eletricidade entre eles. Uma faísca.

— Nossa, que demora — resmungou Masika quando se aproximaram dela.

— Estávamos ocupados — respondeu Olivier.

Masika bufou.

— Sei. Ocupados se encarando sem fazer nada.

Um rubor quente se espalhou pelas bochechas de Emilio. Ela estava certa. Ficara mais de meia hora esperando que Olivier se aproximasse dele, mas achava que mais ninguém tinha percebido.

Por sorte, ela não insistiu no assunto.

— Enfim — ela suspirou, se aproximando de Emilio. — Como foi a visitinha à Biblioteca?

Olivier pigarreou. Se tinha ficado desconfortável com o comentário dela, escondia muito bem.

— Emilio conseguiu o livro de que precisava.

— Ótimo! — Ela abriu um grande sorriso. — Então... achou algo útil?

— Só li algumas partes — sussurrou Emilio, olhando nervoso ao redor. — Há algumas teorias em potencial, mas preciso de mais tempo. Não quis arriscar me atrasar. Sabe... considerando que...

Masika assentiu.

— Bom, me conta quando ler. A todos nós. Tenho certeza de que todo mundo vai querer saber.

— Inclusive Louise... — sussurrou Emilio.

Olharam ao mesmo tempo para o outro lado do salão, onde Louise estava, sozinha, batucando na mesa no ritmo da música. Apesar de sua preocupação de que Louise pudesse saber mais do que estava deixando transparecer, Emilio tinha que admitir que ela parecia mesmo inofensiva. Com aqueles grandes olhos azuis e o rosto delicado. Os lábios cor de cereja e os longos cílios.

Parecia mais uma modelo do que uma Damiana.

— Não acredito que *ela* conjurou magia das sombras — resmungou Olivier. — Não faz nenhum sentido. Assim... olha pra ela.

— Mas conjurou — murmurou Masika. — Duas vezes.

Olivier suspirou, foi tomar outro gole da taça e resmungou de frustração quando viu que estava vazia.

— *Afff.* Já volto. Preciso de outra.

Emilio tocou o braço dele com gentileza.

— Essa não é a sexta?

— E daí? — rebateu Olivier, afastando o braço bruscamente e cambaleando um pouco. — Não posso nem beber em paz?

O silêncio envolveu os três. Bastou um segundo desde o momento em que as palavras saíram da boca de Olivier para que o arrependimento transparecesse no rosto dele, mas Emilio ainda ficou chateado com a dureza do seu tom de voz.

Olivier fechou os olhos e fez uma careta.

— Emilio. *Merda.* Eu não devia ter...

— Tá tudo bem — disse Emilio. — Vai.

Olivier hesitou. Abriu a boca e então a fechou, decidindo que não valia a pena falar nada, e voltou para a multidão.

Ao lado dele, Masika suspirou e tocou o braço de Emilio.

— Ei.

Ele não conseguiu olhar para ela.

— Se vai me falar para deixar de ser covarde, adoraria que não falasse.

— Não vou. — Ela o trouxe para mais perto e o virou, para que a encarasse. — O que eu ia dizer era... não deixe essa atitude te afetar. Nós dois sabemos que o Olivier te adora. É só que... — Ela soltou o ar, trêmula. — Olha. Não sei pelo que Olivier está passando agora... mas garanto que não tem nada a ver com você.

— Ele parecia bem mais cedo — sussurrou Emilio, derrotado.

— Já tentou conversar com ele?

Parecia tão simples. *Só tentar.* Mas, apesar de saber que era o sensato a fazer, Emilio não parava de escutar aquela vozinha na cabeça, a que causava medo em seu coração e dúvida em sua mente.

— Eu só... — Ele soltou um suspiro trêmulo. — Preciso de mais tempo.

Masika suspirou, passando os braços em volta dos ombros dele.

— Todo mundo precisa.

# 44

# WREN

Por ser uma das melhores alunas de Blackwood, Wren tinha se acostumado a olhares curiosos, alguns até cheios de inveja. Mas os olhares sobre ela naquele momento a faziam querer abrir um buraco no chão e sumir. Sentia-se claustrofóbica, apesar de estar no meio de um grande salão, como se as enormes paredes que a rodeavam tivessem começado a se dobrar lentamente, prendendo-a em uma gaiola de mentiras e enganação.

Todos tinham visto os dois dançando juntos. August e Wren deslizando pelo salão do baile como um par de fantasmas. E, o pior de tudo, tinham visto August ir embora correndo, deixando-a para trás, para suportar o resto da noite sozinha.

Sua cabeça doía, como se um milhão de pedras ricocheteassem sem parar na base de seu crânio. *Podia ouvir os pensamentos de August.* Não fazia sentido. Não era nem possível. Mas como podia negar, quando vivenciara pessoalmente?

E ainda tinha a questão dos nomeados eliminados. Estava evidente que *alguém* estava apagando memórias sobre eles da mente dos outros alunos, mas quem faria algo tão horrível? Quem sequer tinha a habilidade para isso?

Sentindo um pânico, ela se lembrou da criatura das sombras que tinha entrado em Blackwood depois da segunda prova, e dos alertas subsequentes de Silas sobre os Damianos. Será que *eles* estavam por trás daquilo?

Tinham se infiltrado em Blackwood? Será que *já estavam* ali?

Procurou algum rosto conhecido no salão, mas havia muita gente. Um mar de alunos rodopiando ao redor dela, um borrão nauseante de cores cintilantes. A dor de cabeça desceu pela coluna, e Wren se pegou sem ar, apoiando as mãos nos joelhos. Estava prestes a sair correndo do salão quando uma voz doce surgiu diante dela.

— Está tudo bem?

Era Masika. Ela segurou Wren com gentileza pelos ombros e ergueu o queixo dela na direção de seu rosto.

— Está parecendo que vai vomitar.

— Não... Eu... Acho que tem alguma coisa errada.

Wren olhou com nervosismo ao redor do salão. Não conseguia explicar, mas sentia que os Ascendidos a estavam *observando*. Como se estivessem escutando a conversa, seus olhos brilhantes voltados para ela e para Masika, do outro lado do salão.

— Podemos conversar em outro lugar? A sós?

— Sobre o quê?

Wren a segurou pelo pulso.

— Por favor. Confia em mim.

Masika assentiu em resposta, deixando-se guiar para fora do baile.

Elas se dirigiram ao corredor mais próximo. Havia alguns alunos ao longe, tomando escondidos bebidas encantadas de cantis prateados e se pegando pelas escadas, mas, fora isso, o corredor estava bem silencioso. Wren a levou para o mais longe possível do salão de baile, parando embaixo de uma lâmpada.

Masika suspirou, exasperada.

— Vai me contar o que está acontecendo?

— Os nomeados eliminados — soltou Wren.

— O que tem eles?

— Fui na enfermaria. Eles não estavam lá.

— Como assim eles não estavam...

— Eles não estavam *lá*. — Wren teve dificuldades para pôr as palavras para fora; sua voz falhando de nervosismo. — Não havia corpos. Nenhum rastro deles. Nick. Liza. Georgia. Tristan. Todos eles. Todos eles sumiram.

Masika empalideceu.

— Talvez estejam em outro edifício. Talvez só...

— Tem outra coisa. — Wren se aproximou mais, baixando a voz. — Falei com vários alunos e ninguém se lembra deles.

Masika negou com a cabeça.

— Isso… isso é impossível. *Eu* me lembro deles. *Você* se lembra deles.

— Mas nós estamos competindo no Decênio. Qualquer outra pessoa, qualquer um que não esteja envolvido na competição… é como se os nomeados tivessem sido apagados da mente deles. Todas as memórias que tinham deles desapareceram.

Wren sabia como soava impossível. Ridículo. Na verdade, não teria acreditado, se ela mesma não tivesse testemunhado.

— Tem certeza? — sussurrou Masika.

— Sim… é verdade. — Wren assentiu, frenética. — Juro que não estou mentindo. Juro que não estou…

— Certo. — Masika a segurou com firmeza pelos ombros. — *Acredito em você.*

Wren ficou chocada.

— Acredita?

— É claro. Wren… você pode ser um monte de coisas… mas mentirosa não é uma delas.

— Obrigada. — Wren deu uma risadinha vacilante. — Eu acho.

— Devíamos chamar os outros e contar o que você sabe. — Masika baixou as mãos e brincou nervosamente com uma das pulseiras em seu braço. — Emilio entrou escondido na Biblioteca hoje e pegou um livro sobre magia das sombras. Talvez… talvez esteja tudo conectado, de alguma forma. A magia das sombras… a competição… as memórias. Precisamos reunir todo mundo para conseguir entender.

— Vamos nos encontrar no Salão Bonestrod?

— Não acho uma boa ideia. Se sumirmos por muito tempo, Silas pode suspeitar…

— E o jardim? — sugeriu Wren. — Assim ficamos perto do baile.

— Perfeito.

Elas tinham dado dois passos para voltar ao salão de banquetes quando um pensamento ocorreu a Wren.

Ela parou de repente.

— Espera. Eu… acho que o August não está mais no salão de baile.

Masika se virou para encará-la.

— Como assim?

— Ele foi embora… — Wren se retraiu ao lembrar a expressão no rosto dele antes de sair correndo do salão, deixando-a sozinha na pista de dança. — Acho que ele não planeja voltar.

Masika olhou por sobre o ombro, impaciente.

— Bom, e você sabe para onde ele foi?

— Tenho alguma ideia de onde posso encontrá-lo.

— Então vai. — Masika gesticulou para que ela se movesse. — Vou reunir os outros. Mas… *não demore.*

Wren assentiu e partiu pelo corredor. Abriu as pesadas portas do Salão Elísio e saiu noite afora, a barra do vestido carmesim dançando contra o vento. O ar frio açoitava seu rosto enquanto corria em busca de August. Não tinha certeza de como sabia onde encontrá-lo. Era só uma intuição. Um instinto. Era como se pudesse *senti-lo* chamando por ela, mesmo estando distantes, mesmo quando tudo estava contra eles. E, ao se aproximar dos familiares degraus de granito que levavam ao Memorium, a certeza só aumentou. Aquele sentimento tomando conta dela, a atraindo para mais perto, puxando-a em direção a ele como um elástico sendo liberado.

E, antes mesmo de colocar a mão na maçaneta, antes de ter a chance de abrir a porta, Wren escutou a voz dele chamando por ela, o som a envolvendo como a névoa da manhã.

*Loughty.*

# 45

# OLIVIER

Não havia no mundo quantidade suficiente de champanhe barato para consertar o que ele tinha estragado. Como podia ter falado com Emilio daquele jeito? Com tanta amargura? Com tanta falta de consideração? Mas aquela explosão era só outro lembrete de que talvez Olivier não tivesse mudado tanto quanto achava. Ainda tinha a tendência de afastar as pessoas, de atacar quando estava amedrontado e indeciso. Era um animal selvagem, arrancando o próprio braço com os dentes para se salvar.

Foi pegar outra taça de champanhe por reflexo, mas se impediu, enfiando a mão no bolso do casaco. De que adiantaria afogar as mágoas na bebida? Era só um jeito de fugir do que tinha feito. *Não*… ele precisava enfrentar as consequências de suas ações com o máximo de dignidade possível. Devia dar meia-volta e correr para Emilio, pedir desculpas. Devia…

— Não sei o que fiz de errado.

Olivier olhou por sobre o ombro e encontrou Emilio diante dele. Meu Deus…. nunca tinha se odiado tanto. Emilio o observava com os olhos avermelhados, amassando nervosamente um guardanapo entre as mãos.

— Emilio. — Olivier suspirou, esfregando o rosto, angustiado. — Você não fez nada de errado. Só sou um bêbado idiota. De verdade.

— Tem mais coisa aí. Tem alguma coisa que você não está me contando.

— É claro. Mas o que é um homem sem os seus segredos?

Emilio não desistiu.

— Olivier.

Ele suspirou, apertando a ponte do nariz.

— Tá. Você não vai desistir, né?

Quando Emilio não respondeu, apenas o encarou de modo inabalável, Olivier soube que tinha perdido a batalha.

— Certo, tá bom. Acho que bêbado de champanhe é um momento tão bom quanto qualquer outro para te contar... — Ele suspirou uma última vez antes de reunir a coragem para falar as palavras que esperara nunca ter que falar em voz alta. — Eu estou... esquecendo.

Emilio hesitou.

— Esquecendo o quê?

— Estou *esquecendo* — repetiu Olivier. — Minhas memórias.

E então veio. O que Olivier queria tanto evitar. O que sabia que partiria seu coração em um milhão de pedacinhos. Aquele olhar terrível de angústia quando Emilio se deu conta da verdade.

— Não. — Emilio balançou a cabeça, em negação. — Não... não pode ser. Não pode...

— Temo que sim. — Olivier mascarou seu sofrimento com um dar de ombros, se recostando contra a parede atrás de si. — Se não for coroado vencedor do Decênio, será *tchau-tchau* memórias e *olá* eternidade vagando pelo Éter.

— Como você pode ser tão frio?

A pergunta cravou fundo, como uma espada enfiada direto em seu coração.

— Como é?

— Como pode ficar aí fingindo que é tudo uma grande piada? — disse Emilio.

A tristeza em seu olhar deu lugar a uma expressão desconhecida de raiva que fez Olivier querer evaporar dali.

— Não é tão simples...

— Claro que não é! — gritou Emilio, a voz rouca. — Se você transicionasse... se fosse enviado para o Éter... mudaria *tudo*. Você nunca... você nunca mais poderia retornar a Blackwood. Você nunca...

— Você realmente acha que eu não sei disso? — rebateu Olivier, enfim perdendo o controle, a máscara caindo. Quando voltou a falar, as palavras estavam envoltas em desespero. — Acha que isso não está me consumindo por dentro? Que não estou me afogando na minha própria tristeza? Sabendo que estou prestes a perder tudo? Que posso perder *você*?

Emilio se retesou. As palavras pairaram no ar.

Ele se aproximou, os olhos mais gentis.

— Então por que não me contou?

— Porque... — Olivier esfregou o rosto, exasperado. — Porque sou *idiota.* Porque não queria esse peso nos seus ombros. Não queria ser um fardo, ser olhado com piedade...

— Um fardo? — disse Emilio, voz embargada. — Você nunca seria um fardo para mim. Você é... você é *tudo* para mim. Não entende isso?

Olivier sentiu o coração falhar... com a dor mais maravilhosa. *Você é tudo para mim.* Queria tatuar essas palavras na pele. Gravá-las a fogo na mente. Ouvi-las recitadas pelo resto da eternidade.

Segurou com gentileza o rosto de Emilio antes mesmo de entender o que estava fazendo. Emilio pareceu igualmente chocado, os olhos arregalados e a boca levemente aberta. De repente Olivier se deu conta de como seria fácil fechar a distância entre eles. Como nunca tinha se dado conta de como era simples? Era só um movimento. Um pequeno risco a correr. Um segundo de bravura.

Mas obviamente o universo estava conspirando contra ele, porque foi bem nesse momento que Masika apareceu, ofegando enquanto tentava recuperar o fôlego. Ao lado dela estavam Josie, Carter e Irene... todos com o mesmo olhar de pânico.

Olivier xingou, tirando as mãos do rosto de Emilio.

— Chegou bem na hora, Masika.

— Desculpe interromper — resmungou ela, abrindo um sorriso apologético. — *De verdade.* Mas... vocês precisam vir com a gente para o jardim. Agora.

# 46

# WREN

August estava de joelhos. Com os ombros encurvados e as mãos contra o chão. Ele tinha se posicionado diante da pilha de cartas, como se estivesse as repassando. Quando Wren fechou a porta e entrou, ele não deu sinais de que a tinha escutado, mas ela sabia que August estava ciente da sua presença. Ela sentia. Aquele fio inexorável que unia os dois.

Ele tocou os pensamentos dela, chamando seu nome mais uma vez.

*Loughty.*

— Estou aqui — disse ela em voz alta.

O som da sua voz ecoando pelo cômodo pareceu o bastante para quebrar o feitiço. August a olhou por cima do ombro. Parecia muito cansado. Olheiras profundas manchavam a pele sob os olhos. Havia um peso em seus ombros, como se estivesse sendo esmagado por uma força invisível.

— Você me encontrou — sussurrou ele, com um leve sorriso.

Era o mesmo sorrisinho torto que ela conhecia tão bem… aquele olhar implicante e atrevido. Mas estava mais fraco que o normal, os olhos dele ainda ofuscados por uma angústia.

Wren deu outro passo para mais perto.

— É claro. — Ela sorriu de volta. — Sempre vou te encontrar.

Ele voltou a olhar para as cartas. Wren cruzou o salão até parar ao lado dele.

— Você conhecia algum deles? — perguntou.

August balançou a cabeça.

— Não… bem. Ninguém que teria deixado uma carta. A pessoa que eu perdi simplesmente… se foi.

Wren se ajoelhou ao lado dele.

— Você nunca me contou que perdeu alguém para a Ordem dos Damianos.

August soltou uma das cartas que estava segurando, deixando-a cair no chão sem fazer barulho.

— Foi há muito tempo.

Wren mordeu o interior da bochecha, pensando se deveria perguntar mais ou não. A verdade era que *queria* saber do passado dele. Estava desesperada para finalmente derrubar o muro entre os dois. Se conseguisse fazer August se abrir, talvez pudesse fazê-lo admitir que não eram tão diferentes, no fim das contas. Que toda aquela escuridão, toda aquela raiva e dor que ele guardava dentro de si também viviam dentro dela.

— Sabe... você pode falar comigo sobre essas coisas. — Ela tocou a mão dele. — Eu sei como é perder alguém. Viver com esse buraco no peito... esse sentimento terrível, que nunca some por completo. Alguns dias, eu acordo com tanta raiva... que me assusta. Como pode alguém sentir tanta raiva? — Os dedos dele tinham começado a tremer, mas Wren não desistiu. Só segurou com mais firmeza. — Sei que você quer fugir disso, fingir que não existe... mas isso não vai fazer passar, August. O luto não é um vilão. Só quer te ajudar a lembrar que, apesar de ter perdido alguém, apesar da tristeza e da dor e do coração partido... também já houve amor.

O silêncio recaiu sobre eles enquanto August respirava profundamente. Ela esperava que fosse o bastante, que fosse um último empurrãozinho. Mas ele então simplesmente soltou a mão dela. Como se suas palavras dela não significassem nada. Como se *ela* não significasse nada.

Quando falou, sua voz estava fria e vazia.

— O que você quer de mim, Loughty?

Cada palavra pareceu um tapa na cara. Um lembrete cruel e amargo do que ela sempre tivera medo de aceitar: *aquele* era o verdadeiro Augustine Hughes. Cruel. Frio. O monstro de Blackwood. E talvez fosse hora de aceitar que não tinha como mudá-lo.

Ela pigarreou e engoliu as lágrimas que ameaçavam escapar. Ele não merecia a satisfação de vê-la chorar.

— Preciso que volte para o baile comigo.

August fez uma cara feia ao se levantar.

— Não tenho estômago pra aguentar mais um segundo daquilo.

— Bom, você não tem muita escolha — disse Wren, curta e grossa. — Falei para Masika sobre os nomeados eliminados. Vamos nos reunir aos outros para tentar entender quem é o responsável por...

— Acho que isso não é necessário.

Não o tinham escutado entrar. Nada. Nem um pio. Não até que ele falou, sua voz reverberando no ar, grave e ameaçadora.

O diretor Silas estava no centro do salão principal, entre os bancos. A capa preta amarrada aos ombros o fazia parecer menos humano e mais um espectro, como um fantasma envolto em sombras.

— Diretor Silas. — A voz de Wren soou cheia de apreensão. — Me desculpe. Estávamos... estávamos prestes a voltar para o baile. August precisava tomar um ar, e eu...

— Você não achou estranho que estivéssemos dispostos a mudar uma tradição que é uma das bases do pós-vida? — Silas começou a avançar, as botas batendo nas tábuas de madeira do chão. — Que tenhamos simplesmente aberto mão daquele processo sagrado sem pensar duas vezes? Acho que eu não deveria ficar tão surpreso... todo mundo se acha especial, não é? Todo mundo acha que é mesmo *sem precedentes.*

Ao lado dela, August se retesou. Deu um passo à frente, abrindo os braços diante dela se forma protetora.

— Me desculpe, diretor. — Wren balançou a cabeça. — Eu não... Eu não entendo.

— E se eu dissesse que a gente *não* mudou a tradição? — Silas arrastava a ponta da bengala no chão e um som horrível de madeira arranhada tomou conta do ar. — Que a verdade é que... *todo* Decênio sempre foi uma competição? Todo Decênio sempre envolveu doze nomeados. Doze alunos competindo. E só um deles retornou para reivindicar seu lugar merecido entre os Ascendidos.

— Isso é... impossível — disse Wren, a voz embargada. — Nós... nós saberíamos. Nós...

— Magia psíquica é uma coisa bem poderosa. — Silas deu um sorriso sinistro. — Sei que os alunos têm acesso a uma pequena fração dela, mas se utilizada em seu total poder... alguns diriam que é a magia mais perigosa de todas. Pode te fazer acreditar em coisas que não são verdade. Fazer você ver coisas que não existem. Esquecer coisas.... esquecer *pessoas.*

Wren de repente caiu em si, a verdade feito uma onda implacável quebrando contra seu peito.

— Foi você — sussurrou ela, incapaz de esconder o terror na voz. — *Você* apagou os nomeados eliminados das memórias de todo mundo.

Silas deu outro passo à frente, mas, dessa vez, August se virou também. Avançou, se colocando na frente de Wren, a separando de Silas. Chamas brilhantes brotaram de seus dedos, subindo para os braços. Wren sentia o calor irradiando do corpo dele. A fúria queimando em seus olhos.

— Não... — A voz dele era praticamente um rugido. — Não dê mais nenhum passo.

— É claro, Sr. Hughes. — Silas ergueu as mãos em uma inocência fingida. — Não tenho intenção de machucar nenhum de vocês. Na verdade, ainda gosto muito da sua querida Wren. Ela é uma aluna excepcional e uma competidora temerosa.

— Explique-se — exigiu Wren, empurrando August do caminho.

Não precisava ser defendida. Muito menos depois de ele a ter dispensado tão abertamente.

— É claro. Como quiser. — Silas tirou as luvas de couro bem devagar. — É bem simples. Todo Decênio eu faço o mesmo anúncio. Faço a revelação *surpreendente* de que o sagrado Festival do Decênio se tornou uma competição. E, à medida que as provas acontecem, retiro os alunos eliminados da memória de todo mundo. Vocês esquecem que eles existiram. Cada um de vocês. E só se lembram do vencedor... o nomeado.

Um apito agudo soava nos ouvidos de Wren. Ela lutou contra o pânico, obrigando seu rosto a permanecer neutro.

— Por quê?

— O Éter sempre exigiu equilíbrio — explicou Silas, com calma. — Sempre precisou consumir Almas Corrompidas para funcionar. No entanto, nas últimas centenas de anos, mais ou menos... alguma coisa mudou. Ele começou a resistir a nós. Não perceberam? O jeito como ele revida quando tentam atravessá-lo?

Claro que tinham sentido. O Éter resistia a eles o tempo todo. Mas Wren pensara que fosse normal. Que fosse apenas o jeito como o mundo deles funcionava. Nunca tinha pensado, nem por um momento, que algo assim pudesse ser verdade.

— Não temos certeza do que mudou no Éter, mas ficou evidente que ele precisava de *mais* — continuou Silas. — Que as Almas Corrompidas não bastavam. E os alunos de Blackwood... bem, alguma coisa na alma de vocês sacia o Éter. Pelo menos por dez anos. Então, o Decênio nos deu a oportunidade de fazer esse sacrifício necessário. De entregar um seleto grupo de alunos em troca de ordem e equilíbrio no pós-vida.

August praguejou furiosamente, a voz baixa, passando uma das mãos pelo rosto.

— Ordem e equilíbrio? Você acredita mesmo nisso?

— Eu tenho certeza — respondeu Silas.

— Você é um *monstro* — disse Wren, a voz sufocada.

Os lábios de Silas tremeram.

— Dei a vocês o que queriam.

— *Isso* — sibilou ela, fechando os punhos — não é o que eu queria.

— Não? Você queria a nomeação. A chance de se tornar uma Ascendida. Parte da elite acadêmica. E dei isso a você.

— Mas se eu soubesse...

— Teria mudado de ideia? — As palavras a atingiram como um soco no estômago. Uma falta de ar que fez seus joelhos cederem. — Não minta para si mesma, Wren. A verdade não muda nada. Você ainda teria desejado a nomeação.

— Você está enganado.

Mas, assim que as palavras saíram de sua boca, parte dela hesitou. Teria mudado de ideia? Teria mudado alguma coisa? Sempre fora ambiciosa, talvez até demais.

Ele deve ter lido a dúvida em seu rosto, porque se aproximou, os lábios formando um sorriso torto.

— Não tem como fugir do que vive dentro de você. — A voz dele a atravessou, venenosa e fria. — Na verdade, você me lembra bastante de mim mesmo. O desejo de ser o melhor. De alcançar todo o seu potencial. Foi por isso que te escolhi.

Wren olhou nos olhos dele, recusando-se a desviar.

— Não pareço nada com você.

Ele inclinou a cabeça e estreitou os olhos.

— E a Maeve, então?

Por uma fração de segundo, tudo congelou. Foi como se o mundo ao redor tivesse deixado de existir, nada além dos dois ainda em foco. Ela observou a escuridão cruzar os olhos de Silas, ainda cheios da crueldade das palavras que tinha dito.

Ele tinha aberto aquela caixa fechada dentro dela e a destruído.

Como uma simples palavra.

Um nome.

— Como? — perguntou Wren.

— Sua irmã não deveria ter estado no carro com você. Você a deixou dirigir mesmo sabendo que ela tinha bebido. Para não falar que sua mãe tinha pedido especificamente para você não a levar para a festa. Mas você estava brava com a sua mãe. Queria desobedecer só para provar que estava certa.

O mundo virou de ponta-cabeça. O ar azedou.

— Pare.

Ele não parou.

— Mas não foi só aquela noite. Você viveu focada só em si mesma. Em como fazer os outros ao seu redor cederem aos seus desejos. Você gostava de ser melhor do que todo mundo. Era o seu vício. E preferiu condenar sua irmã à morte precoce do que seguir as regras. — A voz dele ficou mais grave e baixa. — Sou o único que não vai te julgar, Wren. Não vou julgar porque entendo. As regras do mundo precisam mudar, de vez em quando. Às vezes, o sacrifício é necessário para alcançarmos todo o nosso potencial.

As lágrimas ameaçavam escorrer de seus olhos, que ardiam sem parar. Ela sentia August a observando. A mera ideia de que ele estava ali, escutando, a fazia ter vontade desabar. Mas não tinha mais como correr. Como fingir. August finalmente entenderia a verdade nua e crua escondida dentro dela, suas partes mais sombrias estavam expostas.

— Você... você está errado. — Wren balançou a cabeça. — Mudar as regras é uma coisa. Você está sacrificando almas inocentes, está *destruindo*...

— Chega.

Essa única palavra foi como uma mão sufocando sua garganta, a silenciando.

— Agora… — Silas se aproximou, sua sombra se alongando ameaçadoramente pelo chão. — Se não estou errado… acho que estão esperando por vocês no jardim.

Os olhos de Wren se arregalaram em choque.

— Como você…

— É melhor não se atrasarem.

Silas estalou os dedos antes que Wren pudesse pensar no que ele estava prestes a fazer. Em um segundo, os três estavam no Memorium, envoltos em escuridão, e, no outro, estavam no jardim, banhados pelo brilho prateado da noite, entre os outros nomeados.

Masika, que estava falando com os outros, parou no meio de uma frase. Os olhos dela caíram sobre Wren, confusos.

— O que… o que…

— Olá, nomeados — interveio Silas. — Peço desculpas pela intromissão… mas acredito que é hora de compartilhar uma coisinha com todos vocês.

# PARTE VI

## A TRAIÇÃO

# 47

# MASIKA

O relacionamento de Masika com a ansiedade era de vigilância constante. Monitorava seu corpo por sinais. Observava com temor cada sensação que percorria seus membros. Sempre parecera uma inevitabilidade. Algo de que ela não conseguia correr, não importava o quanto tentasse.

Se já tinha havido uma hora para o pânico tomar conta, era aquela. Esperou a adrenalina bater. O entorpecimento agir. Mas, ao ouvir as palavras saindo da boca do diretor Silas, o cérebro dela processou a verdade com lentidão, e não foi pânico que sentiu.

Foi *fúria.*

Sua raiva apagou qualquer sinal de ansiedade do corpo. Era um rio raivoso, desesperado para consumir tudo pelo caminho. Apertou as mãos em punhos firmes, apreciando a dor. A dor significava que ainda estava presente. Que ainda tinha chance de lutar.

Diferente dos outros.

Nick. Liza. Georgia. Tristan. Não estavam feridos. Não estavam se recuperando.

Tinham *sumido.* Sido destruídos.

Nada além de sacrifícios para a fome insaciável do Éter.

Masika resistiu à bile que lhe subiu pela garganta ao relembrar os últimos momentos de Nick. O jeito como ele a olhou. O berro que saíra de sua garganta. Estava gravado no fundo da mente dela, implacável.

Não tinha sido uma ilusão. Não tinha sido um truque.

Tinha sido real.

A dor, a angústia e o desespero.... *tinha sido tudo real.*

O único jeito de sobreviver era vencer. Mas para que vencer, virar uma Ascendida, se isso significava ficar assistindo às pessoas ao seu redor perecerem? Agora tinha ficado claro por que algumas pessoas tinham escolhido cruzar para o Outro Lado, apesar da incerteza que as aguardava. Não estavam dispostas a viver o resto da existência eterna sabendo que seu triunfo, a chegada à elite acadêmica, tinha sido às custas de onze outras almas. O que significava que os nomeados que ficaram, que escolheram se tornar Ascendidos, tinham sido capazes de ignorar essa verdade inevitável.

Entendiam que a vitória estava banhada em sofrimento e escolheram ignorar esse fato.

O diretor Silas apertou as luvas de couro nas mãos e olhou ao redor do grupo.

— Agora… há mais perguntas?

Josie soltou um berro animalesco. Carter a segurou antes que ela caísse, o rosto cheio de choque e descrença. Sua pele estava acinzentada e pálida, as mãos trêmulas até mesmo enquanto segurava Josie nos braços.

Emilio e Olivier não tinham se mexido desde que Silas aparecera diante deles e explicara a verdade sórdida sobre o Decênio. Só ficaram ali, lado a lado, com expressões de negação. Até Irene, cujas emoções eram difíceis de ler, parecia abalada pela notícia, com um pânico crescendo em seu olhar.

Wren e August pareciam estar se impedindo de pular no pescoço de Silas e arrancar a cabeça dele. Masika não os culpava. Entendia aquele ódio, aquela necessidade de infligir sofrimento na esperança de preencher o buraco no peito.

— Está tudo bem, Josie. Está… tudo bem.

A voz de Carter estava embargada por segurar as lágrimas que Masika sabia que cairiam uma hora ou outra. Ele tinha perdido a irmã. A *gêmea*. Parte dele fora arrancada e destruída, tirada dele para sempre.

Josie chorava em seus braços, o som quebrando alguma coisa dentro de Masika.

— Eu nem… Eu nem me despedi. Eu… *ah, meu Deus*. Ele se foi…. ele se foi.

Isso pareceu o suficiente para fazer Wren surtar.

— Como você pôde fazer isso?

Os olhos dela brilhavam com uma raiva feroz. Era assustador. Um lado quase primal de Wren que Masika nunca vira antes.

— Você apagou nossas memórias Deus sabe quantas vezes… fez a gente se esquecer das pessoas. Quantos alunos você destruiu? De quantas pessoas nos esquecemos?

Se Silas ficou abalado com essas palavras, não demonstrou. Apenas suspirou, como se tudo aquilo não passasse de uma inconveniência.

— Não espero que entendam completamente. É tudo bem complicado. Como já falei, o Éter precisa consumir as almas de alunos a cada dez anos. É o único jeito de conseguirmos continuar a andar por ele com sucesso. Se o Éter não estiver satisfeito… então não podemos cumprir nosso papel. Entendem o que estou contando? Sem esses sacrifícios necessários, o Éter perderia a estabilidade. — Ele inclinou a cabeça, sorrindo. — Agora, perguntem a si mesmos: não é um sacrifício pequeno e insignificante para preservar a ordem do pós-vida?

Masika não percebeu suas pernas se mexendo.

Em um segundo, estava parada no meio do grupo, escutando, no outro, estava se jogando em Silas, as mãos desesperadas para agarrar a garganta dele. Porém, antes que pudesse alcançá-lo, um par de braços fortes a puxou de volta, segurando-a com firmeza.

— Não. — Era August. Um braço envolvia o peito dela, e sua voz soou baixa e rouca. — Não vale a pena. Ele não vale a pena.

— Insignificante? — berrou Masika, tentando escapar dos braços de August. Ela enfiou as unhas no braço dele, que não vacilou. Nem sequer se retraiu. — Como você ousa? Eram *pessoas*!

Silas riu, com frieza e zombaria.

— Srta. Sallow…

— Você não é Deus! — cuspiu Masika. — Não pode brincar com as almas das pessoas. Decidir se merecem existir ou não!

Silas a observou com uma expressão inescrutável. Começou a andar de um lado para o outro, passando os olhos pelos nomeados.

— A raiva é uma reação normal. É esperado que se sintam assim. Que fiquem frustrados. Já lidei com isso. Centenas de vezes. Não é a primeira vez que a verdade é revelada antes do previsto, mas os alunos sempre mudam de ideia. Se não, como teríamos o talentoso grupo de Ascendidos que temos nos ajudando a preservar a ordem aqui?

— Então eles são tão doentes e deturpados quanto você! — bradou Masika. — Qualquer pessoa sensata ia preferir cruzar para o Outro Lado do que apoiar uma instituição que se beneficia das cinzas dos alunos.

— É mesmo? — Ele inclinou a cabeça. — Olha à sua volta, Srta. Sallow. Pense bem. Tenho bastante certeza de que, se puder escolher, cada um de vocês escolheria ficar. Que esse sacrifício, por mais terrível que seja, não muda o motivo de estarem lutando.

Masika desviou o olhar dele e passou os olhos pelo grupo.

Não queria que ele estivesse certo. Ele *não podia* estar certo. Mas, ao observar os outros, um a um, uma verdade invencível se assentou em seus ossos. Todos estavam desesperados para ficar, para se salvar. Fosse pelo poder, ou por amor, ou porque era melhor sobreviver do que se lançar no desconhecido.

Todos ficariam. Cada um deles.

A tensão deixou seus músculos. Seu corpo cedeu à restrição de August, e os braços dele afrouxaram o aperto. Ele devia ter sentido também.

Derrota.

— O que isso significa para nós? — perguntou Irene, dando um passo à frente.

Masika estava louca para conversar com ela a sós, para terem um momento sozinhas.

— Não muda nada — explicou Silas. — Vocês todos assinaram o juramento de alma que os vincula ao Decênio… o que significa que *devem* completar todas as provas restantes.

— Mas poderíamos quebrar o juramento de alma — sussurrou Emilio, com uma ponta de esperança na voz. — Seríamos jogados nos limites do purgatório… mas não seríamos destruídos. Ainda teríamos uma chance…

— Peço desculpas, Sr. Córdova. — Silas deu um sorriso sarcástico. — Havia condições... *adicionais* interligadas ao juramento de alma.

Olivier xingou baixinho.

— É claro…

— Se quebrarem o juramento de alma, não serão apenas banidos de Blackwood — disse Silas. — Todo mundo que decidir desistir e não participar das provas restantes será considerado eliminado.

— Eliminado? — repetiu Carter, a voz trêmula. — Como assim?

— Se não participarmos das próximas provas, se quebrarmos o juramento de alma, ele vai alimentar o Éter com a gente de qualquer forma — disse Wren, encarando Silas. — Certo, *diretor*?

Silas sorriu.

— Correto.

Josie enterrou o rosto no peito de Carter, chorando. Ele colocou a mão sobre a cabeça dela em um gesto protetor, a trazendo para mais perto. Os outros pareceram esmorecer à medida que entendiam o que tinha sido dito.

— Não tem como fugir — sussurrou Emilio, a voz quebrada e rouca. — Apenas um de nós vai sobreviver.

Silas assentiu.

— É o único jeito.

Masika queria gritar. Olhou ao redor... para aquelas pessoas que tinha conhecido melhor… de quem aprendera a gostar. Aquele não podia ser o fim da história deles. Um final brutal, nada além de sacrifícios destinados a serem esquecidos.

— Temo que eu tenha mais *um* anúncio surpresa… — disse Silas, interrompendo os pensamentos dela. Ele avançou mais pelo jardim. — Vocês todos devem deixar o baile imediatamente e me seguir.

August ficou tenso, sua expressão se tornando sombria.

— Para quê?

Silas olhou por sobre o ombro, uma faísca de expectativa brilhando em seus olhos.

— Para a terceira prova, é claro.

# 48

# OLIVIER

Olivier sempre se orgulhara de sua habilidade de encontrar brechas. Era capaz de escapar de situações nas quais a maioria das pessoas se sentia paralisada. Era seu jeito, uma qualidade enraizada em seus átomos. Aprendia rápido. Era ligeiro. Esperto.

Mas esse… esse talvez fosse seu calcanhar de Aquiles. A única situação da qual nunca conseguiria escapar. Não conseguia imaginar como contorná-la. Não encontrava brechas. Havia apenas a conclusão inevitável esperando por ele.

Precisava vencer… ou enfrentaria a destruição.

Mas o que era a existência eterna sem Emilio? Para que sobreviver, se seria forçado a suportar o tormento de saber que sua vitória tinha sido paga com a alma dele?

Ninguém teve tempo de fazer nenhuma pergunta enquanto o diretor Silas caminhava com rapidez noite adentro, os guiando para fora do jardim e de volta ao caminho principal. Ele voltou para o caminho de cimento, com passos rápidos.

Porém, quanto mais caminhavam, mais ficava claro que Silas os estava levando em direção aos portões principais.

Emilio parecia confuso.

— Estamos… estamos deixando a escola?

— Estamos, Sr. Córdova.

— Mas… — Emilio olhou para os outros com uma expressão de espanto. — Pensei… que não tivéssemos permissão para isso.

— As circunstâncias mudaram.

August tomou à frente.

— Aonde está nos levando?

Silas parou perto do grande portão arqueado entalhado na entrada de Blackwood, a bainha do casaco se agitando com o vento. Procurou no bolso, com um brilho de diversão nos olhos, e revelou uma grande chave de ferro.

— Bem, acredito que terão que me seguir para descobrir.

Assim que Olivier passou pelos portões, cruzando o limite que separava Blackwood da floresta ao redor, algo mudou. Uma mudança na pressão atmosférica. O vento acelerou, espalhando folhas marrons pelos pés deles, vibrando no âmago de Olivier, alterando a forma como o ar passava pelos seus pulmões.

Então, sem aviso, o mundo escureceu, com nuvens cinza pontilhando o céu.

Segundos depois, pequeninos flocos de neve caíam sobre eles.

— Isso é… — Emilio ergueu uma das mãos. — Isso é neve?

— Parece que sim — sussurrou Wren, alguns passos atrás dele.

Olivier abriu a boca e deixou um floco de neve cair na língua.

— É neve *de verdade*.

— Acho que já percebemos que está nevando — resmungou Irene, com amargura.

Um floco de neve caiu nos cílios e ela piscou para se livrar dele, olhando para o céu de cara feia.

— Se apressem, nomeados! — chamou Silas adiante, gesticulando para se aproximarem. — Recomendo que me acompanhem. Não iam gostar de se perder na floresta.

Quanto mais andavam, mais gelado ficava o ar, um frio glacial voando com o vento. As nuvens acima escureceram, mudando de um cinza-claro para um preto sem estrelas, como se o céu estivesse prestes a se abrir.

— Chegamos.

Silas parou diante de uma clareira. Era um círculo perfeito cortado no meio da floresta, uma abertura com uma vista aberta para o céu obscuro acima. Bancos de pedra despontavam da terra, com dezenas de flores crescendo da grama salpicada de neve. Oito arcos de pedra adornavam o perímetro da clareira, com trepadeiras e várias outras plantas enroladas em sua estrutura como laços de fita.

— Onde estamos? — perguntou Josie, fugando. — É parte de Blackwood?

— Não parece — sussurrou Masika, cautelosa.

— Estamos em uma encruzilhada — explicou Silas, apontando para a clareira com um movimento das mãos. — A floresta pela qual andamos *tecnicamente* ainda fazia parte de Blackwood. Esta clareira, no entanto, marca o fim do território de Blackwood. O começo do que espreita além.

— E o que exatamente *espreita* além? — perguntou Irene, com um suspiro impaciente.

— O resto do purgatório — respondeu Silas com um sorriso cínico. — Um mundo escuro e traiçoeiro. Sei que talvez estejam acostumados com a estrutura e a segurança de Blackwood, mas o que espreita além das nossas fronteiras é tudo, *menos* seguro.

— Chega desses joguinhos. — August enfiou as mãos bem fundo nos bolsos. — Só conta onde estamos.

— Muito bem. — Silas ofereceu a ele um sorriso de lábios apertados. — Como podem ver, há oito arcos nos rodeando. Um para cada um de vocês. Eles estão conectados com uma localização específica nos limites do purgatório. Ao cruzar o arco, vocês se materializarão nessas várias localizações, separados do resto do grupo. Quando chegarem, devem localizar um elixir que permitirá que desfaçam uma ilusão. Vocês terão exatamente uma hora.

— É só isso? — zombou Irene. — Uma *ilusão*?

— Será mais complicado do que pensa, Srta. Bamford.

— O que acontece depois que a gente as desfizer? — perguntou Wren, com os braços firmemente no peito.

— Vocês devem achar o arco original e o atravessar. Então emergirão nesta clareira para voltar a Blackwood e encontrar a mim e aos nomeados restantes no Salão Bonestrod.

Os nomeados restantes. Olivier estremeceu. Sabia o que essas palavras significavam… que alguns não voltariam.

— Tá bom — falou Irene. — Podemos começar logo?

Silas bateu palmas e o som ecoou no ar.

— Muito bem. Nomeados… por favor, escolham um arco.

Por um segundo, ninguém se mexeu. Era como se estivessem tentando memorizar o rosto uns dos outros. Como se estivessem tentando parar o tempo e preservar o momento, de alguma forma.

Silas suspirou.

— Entendo a hesitação de vocês, mas precisamos prosseguir. Estamos com a agenda apertada. — Ele deu uma olhada no relógio de bolso em seu casaco. — *Ah*… por favor, me desculpem por ter que partir, mas tenho um compromisso. Vocês podem começar a prova e encontrarei os que restarem no Bonestrod. — Ele sorriu, encarando-os sob os olhos cílios escuros. — Boa sorte.

Em um piscar de olhos, Silas desapareceu em uma nuvem de fumaça preta.

Irene foi a primeira a se aproximar do arco. Estava prestes a passar quando Masika fez um barulhinho, arfando de descrença.

Irene congelou, as mãos fechadas.

— O que foi?

— Você não vai me dar *tchau*? — perguntou Masika, incrédula. Não era bem uma pergunta, era uma acusação. A voz dela vacilou a cada palavra. — Depois de tudo o que ficamos sabendo? E se um de nós não voltar? E se for a última vez que nos vemos?

Olivier prendeu a respiração. O silêncio era tão denso que dava para se afogar nele.

Irene olhou para trás, a boca entreaberta. Olivier podia jurar que viu um lampejo de pesar nos olhos dela, mas se dissipou rapidamente, dando lugar àquele olhar frio e implacável de determinação que Irene estampara desde que Silas contara a verdade a eles.

— Que diferença faz?

Masika se retraiu.

— Que *diferença* faz? Que merda, Irene. Você não entende? Você é cruel e egoísta e manipuladora. Já perdi as contas de quantas vezes me magoou com um *sorriso* na cara. E, apesar de tudo isso, apesar da crueldade que exibe e da dor que causa aos outros… você é minha *amiga*.

Uma lufada de vento fez o cabelo de Irene esvoaçar, e um lado do rosto ficou coberto por um véu escuro. Os olhos dela estavam cheios de lágrimas, as mãos trêmulas ao lado do corpo. Irene abriu a boca, como se fosse falar alguma coisa, então simplesmente se virou para encarar o arco, passou por ele e desapareceu no ar.

O silêncio varreu a clareira em um golpe devastador. Os olhos de Masika estavam grudados no espaço onde Irene estivera apenas alguns segundos antes. Seus olhos vidrados estavam arregalados. Por um momento, Olivier teve certeza de que ela cairia de joelhos e desmoronaria por completo, mas aí alguma coisa mudou.

Ela limpou as lágrimas. Respirou fundo para se acalmar.

Quando se virou para olhar para eles, a tristeza tinha sumido. A única coisa que restava era um olhar frio de decisão.

— Ela está certa — disse Masika. — Deveríamos acabar logo com isso.

Os outros começaram a atravessar, um por um.

Carter foi primeiro, se aproximando de um dos arcos em silêncio. Olivier estremeceu com a expressão nos olhos dele. Era o olhar de quem tinha aceitado seu destino. Um olhar de pura renúncia. Ele não falou uma única palavra antes de desaparecer no arco.

Josie limpou as lágrimas que não paravam de cair enquanto abraçava Emilio.

— Eu... não consigo.

— Consegue, sim. — Emilio colocou as mãos nos ombros dela. — Sei que consegue.

Ela deu um último abraço nele antes de se virar para o próximo arco. Um suspiro trêmulo escapou dos seus lábios quando ela se virou para olhar o resto do grupo com um sorriso meio falho.

— Boa sorte.

E então ela cruzou, desaparecendo no ar.

August e Wren foram os próximos. Olivier tinha esperado uma última conversa dramática entre os dois, uma última discussão... mas não houve nada. Simplesmente se encararam por um longo momento, com o silêncio reverberando no espaço entre eles. E então se viraram para os dois arcos ao mesmo tempo e sumiram.

Olivier olhou para Masika e Emilio.

— Bem. — Ele pigarreou. — Acho que é a nossa vez.

Masika ergueu o canto da boca em um sorriso triste.

— Isso não é uma despedida. Ainda podemos chegar à última prova.

— Eu sei, mas... — Olivier não precisou falar em voz alta. Eles sabiam. Mesmo que sobrevivessem àquela prova... apenas um deles chegaria ao final.

Emilio soltou o ar, trêmulo.

— Queria... Pensei... — Ele olhou para os dois e balançou a cabeça. — Não sei como fazer isso.

— Está tudo bem. Não precisa fazer nada. — Masika respirou fundo. — Vou primeiro.

Ela caminhou para o arco seguinte, os olhos semicerrados, e parou no limiar. Sua respiração acelerou, o peito subindo e descendo como se ela estivesse prestes a entrar em pânico. Quando olhou por sobre o ombro, Olivier teve o ímpeto de correr para impedi-la. Para agarrá-la pelos ombros e a puxar de volta à segurança.

— Se essa *for* a última vez que conversamos — disse ela, com um sorriso pesaroso, —, então só quero dizer que fiquei feliz por termos nos tornado... lamentavelmente conhecidos. Não foi por muito tempo, mas... foi o bastante.

Ela passou pelo arco antes de eles poderem responder.

Olivier segurou o choro que lhe subiu pela garganta, se virou para olhar Emilio e viu o próprio desespero nos olhos dele. Eles se encararam, sem se mexer, sem ousar respirar.

— Emilio. — Olivier sussurrou o nome dele, se agarrando a isso com uma deferência divina.

Xingou baixinho enquanto tentava encontrar as palavras certas, amaldiçoando a própria falta de jeito. Suas mãos tremiam de medo e expectativa... com a possibilidade de romper um selo que nunca deveria ter fechado.

Um silêncio paralisante os envolveu. A expressão de Emilio mudou de sofrida para angustiada ao segurar o rosto de Olivier entre as mãos, unindo suas testas com um carinho delicado.

— Eu sei — sussurrou Emilio.

Essas duas palavras entraram no coração de Olivier e o espatifaram.

Eles se separaram, sem desviar o olhar, em um momento vertiginoso de incerteza.

Mas o terror tinha paralisado Olivier. Ele não conseguia se mexer. Só conseguia olhar para Emilio, para o calor de seus olhos, e rezar que o amor que tinha por ele fosse o suficiente para congelar o tempo.

— Precisamos ir — sussurrou Emilio, quebrando o encanto.

Olivier assentiu, apesar da dor.

Eles se aproximaram dos últimos arcos. Um sentimento forte e avassalador acertou Olivier em cheio. Como água escorrendo pela garganta, o pânico entrou em seus pulmões.

Emilio olhou para ele.

— Te vejo no Bonestrod?

Olivier assentiu, as palavras que queria falar se perdendo no pânico. Lavadas pela correnteza.

E então, com um último suspiro, cruzaram os arcos e o mundo ao redor se dissolveu.

# 19

# IRENE

Irene estava começando a achar que morreria de frio antes que o Decênio tivesse qualquer chance de destruí-la. Caíra em uma tundra infinita, com nada além de neve e gelo e enormes montanhas no horizonte. Foi uma transição abrupta… tanto espaço aberto depois de anos sem ver nada além de Blackwood. Estava difícil de compreender. Aceitar que havia mais lugares no purgatório do que somente os muros da Academia.

Era assustador. Emocionante.

*Precisava saber mais.*

Os dedos brincavam distraidamente com o medalhão enquanto caminhava. Já tinha tentado chamar Mateo, mas parecia que a conexão já não funcionava mais, agora que ultrapassara os perímetros de Blackwood. Mas precisava falar com ele. Perguntar se ele sabia a verdade sobre o Decênio.

Alguma coisa ao longe chamou sua atenção. Um objeto enfiado na neve. Brilhava com a luz prateada do céu, mas não entendeu o que era até parar bem diante dele.

Uma xícara de chá.

Ela a pegou do chão e a inspecionou com atenção. A alça era feita de prata polida e adornada com rubis brilhantes, e um líquido preto familiar preenchia o fundo.

O elixir.

Irene não perdeu mais tempo e o tomou de um gole só.

A ilusão se espalhou pelos olhos dela como água quente. Ela piscou, sentindo um torpor nos braços e nas pernas, e, ao abrir os olhos, se viu dentro de uma gaiola de vidro, com um holofote a iluminando de cima.

Havia escuridão por todos os lados, um nada assustador à espreita além das paredes de vidro.

Estava sozinha.

Ou assim pensava.

Uma figura emergiu das sombras.

— Parece que você se meteu em uma confusão.

Irene jamais se esqueceria daquele rosto. Maçãs do rosto proeminentes. Cabelo bem preto. Um par de olhos tão escuros quanto os dela. Com o mesmo batom vermelho que usara todos os dias da curta vida de Irene, uma profunda cor de cereja que fazia parecer que seus lábios tinham sido pintados com sangue seco.

— Mãe?

A mãe pressionou as mãos contra o vidro.

— Irene.

Não.

Irene cambaleou para trás, colidindo com a parede de vidro. Uma onda de medo desceu por sua garganta, obstruindo os pulmões, apertando o peito.

Não era real. Não podia ser real. Mas o pânico que a tomava era. O terror que a paralisava. *Aqueles* sentimentos eram reais. Eles se espalharam como fogo, consumindo cada centímetro do corpo dela.

*Se controla*, repreendeu-se Irene. Era só uma ilusão. Feita para distraí-la da tarefa em si. Mas, ao tentar invocar sua magia, ela não veio; havia apenas um vazio dentro dela.

— Tem alguma coisa te incomodando, querida?

Irene deu um pulo ao ouvir a voz da mãe.

— Você não é real. Você… você é só uma ilusão.

— Minha Irene… sempre tão rebelde. Tão cabeça-dura. — A mãe riu, o som ecoando de um jeito onírico. — Olha só pra você. Presa. Nada além de uma garotinha teimosa presa na própria mente.

— Estou aqui por sua causa — cuspiu Irene. — Por sua causa eu estou morta.

— Isso não é verdade.

— É. Você me abandonou. — A memória ameaçou voltar à mente de Irene, mas ela a repeliu, engolindo as lágrimas raivosas. — Você podia ter me mandado para outro lugar. Mas foi egoísta.

— Não estamos aqui para falar do passado, Irene.

— Estamos aqui para quê, então?

Os olhos da mãe se voltaram para baixo, em direção ao chão. Irene seguiu seu olhar.

E estremeceu.

Uma água escura tinha começado a subir do chão, cobrindo seus tornozelos e panturrilhas. A respiração de Irene travou, o peito retorcido de pânico. Ela socou a parede de vidro com o máximo de força que tinha.

— Por favor! Me deixa sair!

A mãe inclinou a cabeça.

— Não percebe? Você está sempre afastando as pessoas. Mesmo as que chama de *amigos*. Ninguém fez isso com você. — Ela deu uma batidinha no vidro e sorriu. — Essa, minha querida, é uma gaiola que você mesma construiu.

— Não. — Irene cerrou os dentes, invocando as runas violeta da magia ilusória nas mãos. — Nada disso é real. É só uma ilusão. E vou me livrar de você.

A água subia a uma velocidade alarmante, chegando acima dos joelhos e ao seu quadril e ao redor da cintura. Um frio terrível gelava seus ossos, paralisando os braços e pernas.

— Melhor se apressar — comentou a mãe. — O tempo está acabando.

Ela ia conseguir. Já desmantelara ilusões parecidas antes. As runas violeta nasceram de seus dedos, pairando no ar enquanto Irene as movia e tentava encontrar o padrão certo. Mas a água subia com mais velocidade do que ela conseguia trabalhar. Em sua cintura. Acima do peito. Chegando ao pescoço. Água gelada a devorando.

Consumindo.

Ela arfou enquanto a água lhe batia no queixo. Suas mãos continuaram a produzir as runas debaixo d'água, mas não conseguia mais vê-las. A água era muito escura, quase preta, e obstruía completamente sua visão.

Em algum lugar ao longe, a mãe dava risada. Aquele som cruel criou uma nova onda de pânico em seu corpo.

E então a água passou de sua boca, a engolindo por completo. Tudo pareceu desacelerar. Seus pulmões doíam. A garganta ardia. Queria respirar. Deixar a água entrar. Se entregar.

Era uma ilusão, o que significava que, ainda que a água não fosse real, o potencial de ser consumida era. Seu corpo ficou dormente enquanto a escuridão impenetrável da água obscurecia sua visão. O silêncio penetrante pressionava seu crânio.

Esse não podia ser seu fim. Nada além de um sacrifício. Se fosse destruída, o que a esperaria no final? Se não o Outro Lado... então o quê? Um vazio? *Ela se recusava.* Uma menina que se agarrara à vida apenas para ser atirada no purgatório merecia um fim melhor.

Não. Ela não ia terminar assim.

Já tinha sobrevivido a coisas piores. Superara sofrimentos piores do *isso.*

Os pulmões de Irene começaram a ceder. Pensou em Masika. Sua amiga. Será que ainda podia chamá-la assim? Depois de como a tratara. Dos segredos que escondera. Pensou em Masika a olhando na clareira, o apelo silencioso em seus olhos.

*Não vá.*

*Não me deixe.*

Mas ela fora.

Porque Irene era esse tipo de pessoa. Ela sobrevivia, mesmo que fosse às custas dos outros. Destruiria todo mundo ao seu redor se fosse para preservar tudo aquilo por que lutara. E mesmo enquanto a ilusão ameaçava consumi-la, afundá-la, sabia que tinha só uma opção.

Lutaria.

E venceria.

# 50

# EMILIO

Estava caminhando pela densa neve pelo que pareciam horas, abraçando a si mesmo com força, quando se deparou com o corpo. Neve recém-caída cobria os braços e pernas feito açúcar, obstruindo o lado do rosto e envolvendo a silhueta. Mas Emilio reconheceu a pele marrom e o cabelo loiro-escuro. O vestido com fenda que ela tinha usado no baile. A tatuagem de bússola que marcava a pele do pulso.

Josie.

Ele caiu no chão quando os joelhos cederam. Colocando as mãos com gentileza nos ombros dela, virou-a para cima, revelando um rosto cheio de veias saltadas e erupções cutâneas. Os olhos estavam arregalados, a boca, aberta, com uma espuma branca ainda escorrendo do canto.

A ilusão a tinha consumido.

E a destruído.

Ela segurava uma xícara de chá, com o finzinho do elixir ilusório ainda no fundo.

— Sinto muito mesmo — balbuciou ele.

Seu coração estava partido; sabia que parte dela desejara aquilo. Por que o que era uma existência eterna sem a pessoa que amava? Assim como ele tinha certeza de que, se Olivier não retornasse, se não sobrevivesse, Emilio não tinha intenção nenhuma de se salvar.

O corpo dela começou a se desintegrar devagar, sumindo em pequenas partículas de magia e cinzas, até que Jocelyn Foster não passasse de uma massa de partículas dançantes no vento.

Emilio foi se afastando de onde o corpo estava, tentando muito conter a ânsia de vômito. *Ela se foi.* O pensamento fez sua cabeça rodar enquanto seguia em frente, avançando pela neve. Teria desmoronado de tanto pânico se não tivesse avistado o lago ao longe.

Parou, semicerrando os olhos para enxergar melhor... e foi quando viu.

A xícara de chá estava no centro do lago congelado, apoiada no gelo fino, como se o desafiasse em silêncio. *Vá em frente*, parecia dizer. *Você não tem coragem*. Mas ele tinha, sim. Ainda que suas mãos tremessem ao dar o primeiro passo na água congelada adiante. Ainda que sua respiração tivesse descompassado e seu peito, se enchido de pânico.

Precisava conseguir.

Apertou o passo, virando o rosto para longe do forte vento, até estar de pé no gelo. Quanto mais se aproximava da xícara, mais o pânico parecia aumentar. Assim que bebesse o elixir, não teria como voltar atrás. Precisaria desmantelar a ilusão ou pereceria. Não havia outra opção.

Seu pensamento se voltou a Olivier. À forma como ele olhou para Emilio antes de atravessar o arco.

Deveria ter sido mais corajoso. Deveria ter se aproximado e finalmente reunido a coragem para contar para Olivier como se sentia... *de verdade*. Como o amava desesperada e imprudentemente. Como faria todo o possível para ficar com ele, mesmo que isso significasse deixar de lado seu sonho de ir para o Outro Lado. Porque, se tinha alguém por quem valia a pena ficar, por quem valia a pena aguentar a eternidade... esse alguém era Olivier.

Mas sentira muito medo, ficara muito envolto nos próprios pensamentos. E agora não tinha como mudar o que já tinha sido feito.

As mãos de Emilio tremiam ao pegar a xícara. Com uma última inspiração, se preparou e tomou todo o líquido, permitindo que a ilusão o dominasse.

O tempo parou. O vento sossegou. Até mesmo o pânico de Emilio se dissipou, dando lugar a um aconchego macio que o envolveu como água corrente. E, quando abriu os olhos, se encontrou em um lugar aonde jamais imaginara voltar.

Sua casa.

As paredes amarelas desbotadas, com uma delicada moldura branca. A poltrona de couro do pai encostada em um canto da sala e voltada para a televisão, ainda com a marca do corpo dele. A mesinha de vidro no centro, em que Emilio tinha se cortado aos quatro anos, o retrato da mãe e o micro-ondas sujo que apitava no meio da noite.

E então uma voz.

— Emilio! Venha aqui!

As pernas dele se moveram roboticamente. Um passo. Outro. E então estava na cozinha, olhando para a mãe perto da pia. Ela estava com seu vestido preferido, o azul-claro com flores brancas, de pés descalços.

— Até que enfim. Estava te chamando.

Emilio balançou a cabeça. Ele sabia. *É só uma ilusão.*

As linhas de expressão no rosto dela, o barulhinho da água batendo no fundo da cuba, as rachaduras nas paredes. Nada daquilo era real. Como poderia ser? Não tinha nenhuma maneira de recuperar sua mãe. De recuperar aquela vida. E, por mais que quisesse muito se deleitar com aquela ilusão, se deixar mergulhar nela e se envolver nela, sabia que não deveria dar ouvidos às ilusões.

Deveria destruí-las.

Ele invocou as runas nas pontas dos dedos. Desmantelar ilusões não era bem seu forte, mas sabia o bastante para conseguir. O suficiente para se salvar.

— Meu bem, pare com isso. — A mãe deu uma risadinha, que ressoou como um sino dos ventos. — Venha me ajudar.

— Não posso.

Emilio cerrou os dentes enquanto as lágrimas se acumulavam em seus olhos. Não deveria interagir com a ilusão, não deveria incentivá-la, mas não conseguia evitar. Tinha passado todas as noites em Blackwood sonhando em ver a mãe uma última vez, em ouvir a voz dela de novo. Ah, se pudesse ficar por um tempinho… Só mais um pouquinho.

— Olha ele aí! — ecoou uma voz de trás.

Emilio se retesou, baixando as mãos, as runas se desintegrando.

O pai estava com um jornal enrolado embaixo do braço. A luz da manhã que entrava pela janela iluminava sua pele marrom e a barba curta e grisalha. Ele parecia tão real… tão dolorosamente humano.

— Papá?

— Estávamos te esperando.

O pai riu, dando um tapinha nas costas de Emilio. O calor da sua palma calosa foi demais. Parecia familiar. Sólido. Como se o pai não fosse uma simples ilusão, mas de carne e osso.

— Por que não se senta? — perguntou a mãe com um sorriso. — Estou quase terminando o café da manhã.

— Eu... — balbuciou Emilio. Uma onda de adrenalina o lavou, afastando todos os pensamentos racionais de seu cérebro. — Não posso.

— Por que não? — O pai caminhou em direção à mãe e lhe deu um beijo na bochecha. — Olha. Guardamos o seu lugar.

Emilio olhou os pais sem acreditar.

— Isso... isso não é real.

Eles inclinaram a cabeça ao mesmo tempo. O sorriso do pai falhou, mas apenas por um segundo, e logo retomou sua expressão calorosa.

— Não seja tonto. Senta com a gente, Emilio. Por favor. Sentimos sua falta.

— Eu sei. — Emilio engoliu o bolo na garganta, se afastando dos pais até dar com as costas na parede atrás dele. — Senti falta de vocês também. Mas... não posso. Tenho que abrir mão de vocês.

Esticou as mãos e invocou as runas mais uma vez. Sua cabeça latejava enquanto organizava as runas, separando-as e as reconstruindo. Via as costuras da ilusão agora... as partes que não pareciam certas. A imagem dos pais piscava. Os rostos derretiam como cera.

— Pare — sussurrou a voz da mãe em algum lugar no meio do caos.

— Por favor — implorou o pai.

Mas Emilio não podia ficar. Não eram seus pais de verdade, porque os de verdade tinham *sumido.* Arrancados de sua existência pela injustiça da morte. Por muito tempo, Emilio pensara que poderia continuar apegado aos pais ao se agarrar ao passado, ao negar a realidade e afastar a aceitação para o fundo da mente. Mas sabia a verdade agora.

— Sinto muito.

Com essas palavras, a ilusão se transformou em fragmentos de luz e cor, e Emilio os apagou com a ponta dos dedos, destruindo o que restou.

Ele foi jogado de volta ao chão ao recuperar a consciência, batendo com os joelhos no lago congelado abaixo. O ar gelado entrou com tudo em seus pulmões quando pressionou as mãos contra o gelo.

Tinha conseguido. Estava livre. Desmantelara a ilusão.

Mas, ao erguer os olhos, preparado para encontrar o caminho de volta ao arco, percebeu que tinha alguém diante dele.

Era Olivier.

Mas não era.

Olhos vermelhos cor de sangue o encaravam. Duas fileiras de dentes pretos e podres.

Era o mesmo clone de Olivier com o qual tinha lutado no labirinto. Quando a criatura falou, a voz soou distorcida, como se arrastada por uma lixa, por pregos enferrujados.

— Me fala, meu amor. Qual é o propósito de voltar?

Emilio ainda estava de quatro no chão. O corpo todo tremia, não de frio, mas do terror que se espalhava por seu peito.

— Eu não… — A voz dele vacilou, cheia de dor. — Eu não entendo.

O clone de Olivier se agachou diante dele, olhando no fundo dos seus olhos. Inclinou a cabeça, os olhos banhados de sangue brilhando de divertimento.

— Você sabe tão bem quanto eu que não tem nenhuma chance de vencer. Você não é nada parecido com os outros. Não tem o que é preciso. Posso te ajudar a acabar com tudo. Cortar o cordão umbilical. Não tem por que postergar o inevitável. Prometo que não vai doer.

Emilio balançou a cabeça.

— Não.

— Não tem como escapar.

Mas talvez tivesse, sim. Atrás do clone, bem ao fundo, estava o arco familiar pelo qual Emilio atravessara. E, antes que tivesse a chance de pensar demais, de duvidar da coragem em seu coração, Emilio ficou de pé e correu.

Ultrapassou o clone, com as pernas ardendo, o peito arfando. Só mais uns metros. Alguns passos. Ia conseguir. Era rápido. O vento batia, varrendo seus cabelos, cobrindo sua pele naquele hálito gelado.

A mente dele se voltou para Olivier. O som de sua voz. O calor de seu toque.

Não podia perdê-lo. Não podia perdê-lo. Não podia…

Em um momento, Emilio estava fugindo do clone, com os olhos fixos no arco ao longe, no seguinte, estava jogado no chão, e a força do golpe tinha aberto uma rachadura no lago congelado.

O clone estava em cima dele. Emilio se debateu, impotente. Chutou. Arranhou. Tudo para escapar. Para se libertar. Mas o clone era mais forte; segurou seus braços no chão, com um sorriso perverso nos lábios, saboreando seu medo, praticamente se alimentando dele.

— Você é patético. *Fraco.*

— Não — choramingou Emilio. — Não... não sou.

Mas Emilio não acreditava nas próprias palavras.

Talvez *fosse* fraco. Mole. Meio desgastado. Mas isso era tão errado assim?

Ele gostava de ser diferente dos outros. De não ter permitido que a morte endurecesse seu coração. De se importar. Havia força nisso. Ele se importava profundamente e sentia tudo. Era o seu ato de rebeldia. Olhar a morte nos olhos e lutar contra ela. Ele não se curvava contra as mãos geladas dela. Recusava-se a mudar.

Mesmo agora.

Não se arrependia da fraqueza.

Agarrou-se a ela. Fechou os olhos e pensou no pai e na mãe. No amor que tinham dado a ele, costurado em seu coração. Pensou em Olivier. Em como ele fazia Emilio se sentir vivo mesmo ao enfrentar tantas mortes. Se não fosse pela sua fraqueza, talvez nunca tivesse se aberto para a possibilidade de mais.

Talvez nunca tivesse conhecido Olivier.

Emilio abriu os olhos. Algo frio estava pressionando sua pele, algo liso e pontudo.

Metal.

Não teve tempo de perceber a adaga antes de o clone cravá-la em sua barriga.

# 51

# MASIKA

Masika aterrissou no pé de uma montanha. Piscou para tirar a neve dos olhos enquanto tentava recuperar o equilíbrio, suas mãos tentando alcançar a encosta. A face da montanha parecia se alongar até o céu, e o chão abaixo dela era uma paisagem traiçoeira de neve e gelo.

Flocos de neve derretiam em seus lábios quando se recompôs, dando meia-volta para olhar seus arredores. Achava que teria um caminho óbvio a seguir, um sinal apontando a direção certa, mas não tinha nada. Preparou-se e começou a contornar a montanha.

Fragmentos afiados de gelo e neve açoitavam sua pele, rajadas de vento embaçavam sua visão. O vento uivante ecoava por todos os lados, um som agudo que enchia sua cabeça.

Depois do que pareceu uma eternidade trilhando pela densa neve, Masika viu um leve brilho ao longe. Pairava contra as rajadas de neve que ofuscavam sua visão, uma luz laranja distante, mas bem nítida, que balançava de um lado para outro.

Ao se aproximar da luz, sua visão clareou. Era um lampião pendendo de um poste de madeira, balançando ao vento, e o metal enferrujado rangia a cada movimento. Masika o pegou, agradecida pelo calor que irradiava de sua única chama, e o apontou para a montanha.

E foi então que encontrou a porta arqueada entalhada na rocha.

O alívio a dominou.

Felizmente, a porta não estava trancada e ela conseguiu abrir, cambaleando para dentro da base da montanha quando uma lufada de vento a impelia.

Quanto mais espiava ao redor do corredor desconhecido, mais ficava claro que o lampião não era só um auxílio, mas uma necessidade. Estava quase um breu, não havia nada além da luz da chama para aplacar a escuridão. O espaço cheirava a madeira queimada, como se houvesse uma fogueira por perto, o que a encorajou a seguir em frente.

Quando o caminho começou a se ampliar, Masika se encheu de esperança. No final do corredor, havia um grande cômodo circular aberto dentro da montanha.

As paredes subiam em direção ao céu, parecendo tão altas quanto a montanha em si. Havia um fogo crepitante no centro do lugar, o estalar das brasas cortando o silêncio. Diante do fogo, havia um tapete vermelho esfarrapado e um sofá de couro, pedaços de gelo e rochas espalhados pelo chão.

Ela se aproximou do fogo e se ajoelhou, estendendo as mãos em direção a ele. Um alívio a inundou.

Assim que tinha se aquecido o bastante, começou a inspecionar os arredores, com olhos bem atentos. Então avistou a xícara disposta no centro do tapete.

O elixir ilusório.

Masika se pôs de pé e pegou a xícara. Quando a estava levando aos lábios, uma voz soou atrás dela.

— Eu não faria isso, se fosse você.

Um tom de provocação. Um conhecido sotaque texano.

O corpo todo de Masika se enrijeceu ao olhar por sobre o ombro. Birdie e Russo, lado a lado, a apenas alguns passos dela.

Mas tinha algo *diferente.*

Não usavam as capas de inspetores de sempre. Na verdade, não estavam com *nenhuma* das roupas de sempre. Estavam com calças pretas e botas de couro que chegavam aos joelhos, e uma túnica preta amarrada na cintura. Birdie tinha uma aljava de couro presa à cintura, com adagas prateadas penduradas no quadril. Russo estava com um longo sabre amarrado ao ombro e uma esmeralda brilhante pendendo em uma correntinha de prata no pescoço.

Masika já tinha bebido o elixir? *Essa* era a ilusão? Mas, ao olhar para a xícara, o líquido preto ainda estava lá.

Birdie se aproximou.

— Isso aqui é bastante real, Srta. Sallow.

Masika entrou em pânico ao ouvir as palavras saírem da boca de Birdie. Não conseguiu entender muito bem o que na voz da inspetora a deixou nervosa, mas estava claro que tinha alguma coisa errada.

Masika olhou para as duas.

— Isso é parte do Decênio?

— Não — respondeu Russo, enojada. — Não fazemos parte dessa competição sádica.

— Estamos aqui para te ajudar — explicou Birdie. — Sabemos de um jeito de quebrar o juramento de alma. Um jeito de sair da competição com a alma ainda intacta.

As palavras das duas ecoaram contra as paredes da montanha. A barriga de Masika se revirou de apreensão. *Um jeito de me livrar do juramento de alma.* Era bom demais para ser verdade. E nada *tão* bom assim existia sem um preço.

— Como? — perguntou ela.

Foi Russo quem respondeu.

— Você vai precisar deixar Blackwood. Para sempre.

Masika repassou mentalmente o que ela disse.

— E fazer o quê, exatamente? Ir me esconder nos limites do purgatório e esperar que a Ordem dos Damianos me encontre?

As duas trocaram olhares. Masika percebeu a comunicação silenciosa. Palavras não ditas fervilhavam nos olhos delas, um lampejo de hesitação escondido por segredos. Era o tipo de olhar trocado por duas pessoas que sabiam que o que estavam prestes a dizer mudaria tudo.

— Vocês duas... — a voz de Masika tremeu quando se deu conta — são parte da Ordem dos Damianos?

— Éramos — explicou Russo. — Não mais.

Masika não pensou. Invocou sua magia, fragmentos prateados crepitando na palma de suas mãos, se preparando para lutar.

Birdie ergueu uma das mãos, em aviso.

— Não tem como vocês serem Damianos — disparou Masika, sem baixar a guarda. — É impossível. Precisariam ter aberto mão da sua humanidade. Silas teria percebido, ele teria...

— Ele não percebeu porque nós *não* abrimos mão da nossa humanidade — interrompeu Russo, parecendo um pouco irritada. — Trabalhávamos disfarçadas para a Ordem dos Damianos. Éramos meio Damianos, se quiser pensar desta maneira. Não abrimos mão da nossa humanidade, porém ainda estávamos passando informações para a Ordem.

— Mas não estamos mais — acrescentou Birdie, com um olhar de súplica. — Já tem um tempo que não estamos.

Masika sentiu o pânico crescendo dentro do peito. Ela ergueu as mãos, a magia faiscando em alerta.

— Por favor. Não estamos aqui para te machucar.

— A menina é desconfiada demais — resmungou Russo com um suspiro exasperado. — Sabia que ela não entenderia. Podíamos ter procurado outros primeiro. Não temos tempo para isso.

As palavras confundiram Masika ainda mais.

— Parem! — Ela encarou as duas inspetoras. — Por que eu deveria confiar em vocês? Eram Damianos. Traidoras. Além disso, sabiam o que Silas estava fazendo com a gente esse tempo todo. Podiam ter nos alertado. Podiam ter *salvado* os outros nomeados.

— Não é tão simples assim. — Birdie suspirou. — Nossa aliança com a Ordem dos Damianos foi quebrada. E nossa relação com Blackwood é… complicada. Não podíamos interferir no Decênio, não sem arriscar tudo aquilo em que andamos trabalhando.

Masika grunhiu, frustrada.

— Isso não faz nenhum sentido!

— Então deixa a gente explicar — implorou Birdie.

Masika queria escutar, mas o pânico começou a se espalhar por seu corpo. Devia atacá-las agora, quando estavam de guarda baixa. Era a oportunidade perfeita. Bastava invocar sua magia e conseguiria…

— Se não quer escutar a gente — interveio Russo, seus olhos pretos cintilando —, então talvez escute outra pessoa.

Masika inclinou a cabeça, confusa. Antes que pudesse perguntar quem, um som reverberou atrás dela, o ruído familiar de um feitiço de realocação. Então passos. Um após o outro. Lentos e deliberados.

Uma voz reverberou contra as paredes da montanha… uma voz que Masika pensava que nunca mais escutaria.

— Minha pombinha… sentiu minha falta?

Fazia anos desde que a vira pela última vez. Anos desde que ouvira aquela voz.

Mas não havia dúvidas de que era realmente ela.

Catherine.

Tinha os mesmos olhos castanho-esverdeados, a mesma pele e cabelo castanho-claro. Mas tinha algo diferente. Havia uma dureza no olhar de Catherine que Masika não reconhecia. Nenhum calor. Nenhum sorriso astuto. Ela usava o mesmo uniforme preto de Birdie e Russo, com um corpete de armadura e uma lança afiada na mão direita.

— É mesmo você? — Masika se ouviu sussurrar.

Catherine sorriu, se aproximando.

— Ah, qual é... não me reconhece, depois de todo esse tempo?

— Mas... — Masika inspirou fundo e cravou as unhas nas mãos. — *Por quê?*

— O que Birdie e Russo contaram é verdade — explicou Catherine, sua voz firme e autoritária. — Éramos parte da Ordem dos Damianos, mas nossa lealdade não está com eles. Nem com Blackwood.

— Então com quem?

Catherine apertou a lança com mais força.

— Ninguém.

Não fazia sentido. Havia apenas dois lados, a Ordem dos Damianos e a Academia Blackwood. Não tinha meio-termo. Uma terceira parte. Nenhum jeito de fugir das regras que governavam o mundo deles.

Ainda assim...

A terra parecia tremer com violência abaixo dela. Masika oscilou, mas recuperou a compostura, respirando fundo.

— Não entendo — sussurrou entredentes.

— Pense na gente como uma resistência — falou Russo, atrás dela.

Masika a olhou por sobre o ombro.

— Contra o quê?

O rosto de Catherine ficou mais brando. Ela se aproximou, as palmas para cima, em sinal de rendição. Embora suas dúvidas ecoassem dentro dela feito um alerta, Masika não a interrompeu. Deixou que falasse.

— Nada nasce corrupto — começou Catherine, a voz calma e firme. — Tudo é corrompido. Isso vale para os dois lados. A Escola Blackwood foi criada para o bem, mas, nas mãos erradas, se corrompeu. O mesmo vale para a Ordem dos Damianos. O que começou como um grupo de pessoas com as mesmas ideias, trabalhando em prol de um objetivo em comum, se transformou em uma busca pessoal d'O Desalmado por vingança.

O Desalmado. A entidade desconhecida que os Damianos cultuavam. O líder deles.

— Se os dois lados se derrotarem, o pós-vida vai desmoronar. Vai acabar em destruição. — Catherine apontou para seu trio. — Queremos impedir isso.

A Academia Blackwood.. corrompida. Ao absorver essas palavras, parte de Masika teve que admitir que não ficou surpresa de saber das trevas por trás da instituição em que tinha passado tantos anos. Segredos infestavam seu submundo. Se Silas conseguia manter um segredo como o Decênio dos alunos, por que não outros?

— Esperem — sussurrou Masika, sem fôlego. — Vocês disseram que Blackwood se corrompeu nas mãos erradas, mas… isso não é possível. Silas *sempre* foi o diretor da escola. Desde o início da criação.

A máscara estoica de Catherine caiu um pouco. Um lampejo de ódio em seus olhos.

— Não — sussurrou. — Não foi.

Foi Birdie quem falou em seguida, em um tom gentil:

— Silas é o diretor há séculos… mas não foi o primeiro. Ele entrou no Éter como uma alma corrompida.

Um apito agudo soou nos ouvidos de Masika.

— O quê? Isso… não pode ser verdade. Se uma alma corrompida chega ao purgatório, é consumida pelo Éter para manter o equilíbrio.

A voz de Russo soou cortante como um vento forte.

— Foi diferente com o Silas. Ele nasceu com a raiva entranhada nos ossos. Com a fome de vingança na alma. E, quando cruzou para o Éter, encontrou um jeito de lutar contra o destino. Ele resistiu. — Os olhos escuros dela analisaram o rosto de Masika. — Você sequer sabe para onde vão as almas corrompidas? Como são consumidas?

Masika hesitou.

— Não.

— São levadas para as Terras das Sombras — explicou Birdie. — Se uma alma consegue atravessar e é marcada como corrompida, é jogada nas Terras das Sombras e consumida. A única coisa que resta é uma sombra de quem eram. Só a podridão, a decadência e a corrupção. Mas, quando Silas foi levado para as Terras das Sombras, encontrou um jeito de lutar. Ele não foi consumido… *ele* consumiu. Toda a escuridão. A escuridão pútrida das terras. E foi assim que aprendeu a conjurar magia das sombras.

— Quando estava forte o bastante, foi para Blackwood em busca de vingança — continuou Russo. — Ele culpava Blackwood por ter nomeado a alma dele como corrompida. Queria criar as próprias regras. A própria hierarquia do que era bom e do que... não era. Então se infiltrou em Blackwood, destruiu o verdadeiro diretor e assumiu o cargo. E todo mundo que tentava lutar com ele, discursar contra ele, era banido de Blackwood.

— Vocês não se perguntam por que o Éter luta contra vocês? — perguntou Catherine, se aproximando. — Por que exige esses sacrifícios horríveis?

— Silas — sussurrou Masika, se dando conta.

Catherine assentiu.

— Quando ele assumiu Blackwood, alguma coisa no Éter mudou. Foi como se ele conseguisse *sentir* a corrupção. Começou a exigir mais e mais, pedindo as almas dos alunos em troca de funcionar direito. Se quisermos retornar o Éter ao seu estado natural, precisamos parar o Silas de uma vez por todas. Ele *precisa* ser destruído. É a única forma de restaurar equilíbrio de verdade no pós-vida.

Segundos se arrastaram. Nada além do vento uivando e o silêncio opressor.

Masika encontrou a voz.

— Os que foram banidos... para onde foram?

— Para os limites do purgatório — respondeu Catherine. — Se esconderam.

— A Ordem dos Damianos — sussurrou Masika, juntando as peças aos poucos. — Foi assim que se formaram. Os alunos e inspetores que foram banidos quando Silas assumiu.

Birdie assentiu, solene.

— Sim. E seu propósito original *era* realmente encontrar um jeito de derrubar Silas, mas então... o Desalmado chegou.

— Nada nasce corrupto... — sussurrou Masika, a verdade assentando dentro dela. — Tudo é corrompido.

Os olhos de Catherine analisaram seu rosto.

— Entende agora? Não se trata de escolher lados, mas de parar a corrupção antes que ela se espalhe. Precisamos parar o Silas, mas também precisamos impedir a Ordem dos Damianos de destruir Blackwood. Se algum dos lados vencer... o pós-vida em si vai se desfazer.

— Por que está me contando isso?

— Porque queremos que se junte a nós. — Catherine parou, esperando uma resposta, mas Masika não conseguia falar. — Eu sei que não é mais fácil escutar tudo isso, e sei que nós duas precisamos conversar sobre...

Um barulho súbito abafou as palavras dela. Passos. Respirações aceleradas.

Catherine pulou na frente de Masika, girando a lança que segurava. Com o movimento, alguma coisa mudou dentro da arma. Primeiro, Masika pensou que fosse só um truque da luz, um reflexo do gelo abaixo dela.

Mas então a ponta da lança se estilhaçou em fragmentos brilhantes, se espalhando pela arma em uma correnteza de luz prateada.

Embeberam as armas em magia corpórea. Masika perdeu o fôlego.

— Ele está aqui. — Catherine bateu a lança contra o chão, posicionando-a diante de si como um escudo.

O peito de Masika estremeceu ao tentar respirar.

— Quem?

Birdie e Russo se movimentavam com uma rapidez que a sobressaltou, se apressando para a frente de Masika, a protegendo com os braços.

— Ele vai tentar distraí-la — sussurrou Birdie, com as adagas nas mãos, iluminadas com a mesma magia da lança de Catherine enquanto eram rodopiadas entre os dedos da inspetora. — Sei que a situação é complicada, mas também sabemos do que ele é capaz.

Russo assentiu e desembainhou seu sabre, que brilhava com uma luz prateada.

— Não podemos confiar nele.

Masika sentia que estava enlouquecendo. Nada fazia sentido.

— Alguém pode me explicar o que está acontecendo? — gritou.

E então alguém entrou no cômodo.

Ele emergiu da escuridão do corredor, com um olhar confuso em seus olhos cinza. O cabelo escuro despenteado. Os lábios entreabertos. A camisa branca desabotoada e para fora da calça. O olhar dele recaiu sobre Masika, se fixando no dela em um momento de descrença.

Ela quebrou o silêncio.

— August?

Ele deu um passo à frente, mas Catherine virou a lança em direção ao seu rosto e August cambaleou e parou de repente, com as mãos para o alto.

— Me deixe falar com ela.

— Você já não fez o bastante? — retrucou Catherine.

Masika tentou dar um passo em direção a ele, mas Birdie a bloqueou.

— Não. Não chegue perto dele.

— Mas eu conheço ele — sussurrou Masika, olhando para August, que tinha uma expressão de desespero. Ele queria contar alguma coisa para ela. *Precisava* contar. Via isso escrito no rosto dele. — Ele é meu... meu...

— O quê? — rebateu Catherine, os músculos da mandíbula tensionando. — *Amigo?* É isso que você acha? Foi nisso que ele fez você acreditar?

— Masika...

August começou a se aproximar dela, mas parou quando Birdie atirou uma adaga na direção do rosto dele, que deu um passo para o lado, se desviando no último segundo. A adaga explodiu em fragmentos de luz brilhante, atingindo a parede de gelo atrás dele, e voou de volta para a mão de Birdie. O rosto dele se contorceu de frustração.

— Só preciso de um segundo para explicar a ela. Você sabe que tem coisas que não posso...

— Explicar o quê? — interveio Masika, a voz vacilante. — August. O que... O que está acontecendo?

Os olhos de August percorreram todos eles. Masika nunca o tinha visto tão abatido, tão arrasado. Alguma coisa o perturbava, atormentava, sua boca abrindo e fechando, hesitando para falar.

— Conte a ela. — As palavras de Catherine estavam cheias de um ódio que Masika não entendia. — Ou eu conto.

E então August falou seis palavras que mudaram tudo.

— Faço parte da Ordem dos Damianos.

Masika hesitou. Atônita. A boca ficou seca e alguma coisa se estilhaçou dentro dela.

— Sou parte da Ordem há um bom tempo. Mas é complicado. — Os olhos dele recaíram sobre Catherine. — E *ela* sabe disso. Todas elas sabem. É por isso que só preciso de alguns segundos para explicar por que não posso simplesmente...

— Sim, todas nós estamos bem a par da sua situação — sibilou Russo. — Mas isso não muda o fato de que te demos uma saída. Uma oportunidade de largar a Ordem e se juntar a nós. Mas você disse não. Continuou trabalhando para eles.

August balançou a cabeça, o rosto contorcido de angústia.

— Mas só porque eu *precisava*....

— Ele vem ajudando a Ordem dos Damianos a se infiltrar em Blackwood — afirmou Catherine, cada palavra dura e apressada, enquanto olhava para August e Masika. — Ele ajudou uma das líderes da Ordem a entrar, recentemente. Está ajudando ela esse tempo todo. E, se não fosse por August, ela nunca teria conseguido atravessar os portões.

Masika deu um passo para trás, sentindo-se incerta e traída.

— Isso é... isso é verdade?

August não hesitou.

— Sim.

Uma palavra. Foi o que bastou para a sensação de traição tomar conta.

O primeiro feitiço saiu da mão de Masika sem avisar, um fragmento de luz prata voando direto por cima da cabeça de Catherine e atingindo August bem no ombro. Ele soltou um grito rouco, cambaleando para trás, com uma combinação de dor e descrença nos olhos que a fez vacilar, mas só por um momento.

— Por favor — sussurrou ele, as mãos erguidas. — Não faz isso.

— Você mentiu para mim — disse Masika, voz embargada. — Para todos nós.

August agarrou o ombro, as sobrancelhas franzidas de dor.

— Eu *precisei*.

— Porque recebeu ordens? — perguntou Masika, torcendo para estar errada.

— Sim, mas... — August fez uma careta, xingando baixinho. — Masika, por favor. Posso explicar, mas você precisa vir comigo. Me dá uma chance.

Masika queria escutar. Queria acreditar que tinha alguma verdade nas palavras dele. Porém, a traição a atingira até o fundo da alma, e só conseguia se concentrar na fúria que crescia em seu peito.

Catherine deu um passo para o lado e observou Masika com um olhar que beirava o triunfo, com os olhos selvagens e os lábios curvados em um sorriso. Birdie e Russo assistiam em silêncio. Ela sabia o que estavam lhe oferecendo.

Permissão.

Masika tinha ouvido o bastante.

Soltou outro feitiço. E outro. Um grito irrompia de sua garganta a cada arroubo de magia. August se desvencilhou de cada um deles, sem erguer a mão contra ela, sem lutar de volta. Mas Masika queria que ele lutasse. Só para que a traição doesse menos. Para que a decisão de odiá-lo fosse mais fácil.

Ele cambaleou e caiu de joelhos no chão gelado.

— Levante e lute comigo — falou Masika, áspera, cambaleando para frente.

Suor escorria pelo pescoço dela ao invocar mais magia nas palmas. Estava se exaurindo, se esgotando completamente, mas não se importava.

August balançou a cabeça, o cabelo escuro caindo por sobre os olhos ao encará-la.

— Não.

Mais um. Ela só precisava de mais um golpe para acertar as coisas. Mas, quando o feitiço deixou suas mãos em direção a August, ele desviou e o feitiço atingiu a parede atrás dele. A montanha ruiu, rachaduras se abrindo na rocha, e tudo ao redor dela começou a colapsar.

Fragmentos de gelo caíam do alto, se espatifando no chão. O lugar rugia.

Os olhos de August se arregalaram de horror.

— Está desabando!

Masika olhou ao redor, procurando por Catherine, mas ela tinha ido embora. Russo e Birdie não estavam em lugar algum. Quando se virou para olhar para August, ele ainda estava parado perto da porta, gesticulando que ela se apressasse, com os olhos arregalados e desesperados.

— Masika!

Ela não conseguia escutá-lo.

E então as paredes desabaram.

# 52

# IRENE

Irene mergulhou através do arco e caiu de volta na floresta. Sentia a água gelada a puxando. A voz da mãe ecoando em sua cabeça como uma mosca irritante. Mas, apesar do pavor que corria em suas veias, tinha desmantelado a ilusão.

Tinha lutado com unhas e dentes e escapado.

A floresta estava silenciosa… nada além do farfalhar das folhas e o leve sussurrar do vento. Pensou em ficar por ali por um tempinho, esperando para ver se algum dos outros passaria pelo arco, mas decidiu que era melhor não.

Se tinham sido eliminados… não tinha nada que ela pudesse fazer.

Irene caminhou pela floresta, se mantendo no caminho que tinham usado na ida, até que chegou aos portões de Blackwood. Quando se aproximou, os portões se abriram por conta própria, como se lhe dessem as boas-vindas.

As folhas secas estalavam debaixo de suas botas enquanto ela caminhava em direção ao Salão Bonestrod. Quando chegou, percebeu que as portas de madeiras estavam levemente entreabertas. Respirou fundo, se preparando, e as abriu.

Congelou quando viu o que a aguardava do outro lado.

August estava sentado em uma das longas mesas, com as mãos na nuca. Parecia completamente arrasado, com sangue escorrendo de um grande corte no ombro. Wren, por outro lado, parecia bem ilesa. Não havia ferimentos à vista.

Mas nada disso foi o que a chocou.

Diante de todo mundo, no chão, estavam Olivier e Emilio. Mas tinha alguma coisa errada. Olivier estava sentado atrás de Emilio, segurando o corpo dele contra o peito, as mãos pressionadas contra o abdômen do garoto.

Tinha sangue. *Muito sangue.*

Escorria da barriga de Emilio, escapando pelos dedos de Olivier enquanto ele tentava desesperadamente segurá-lo firme. Alguma coisa tinha rasgado a pele de Emilio, um talho enorme bem no meio da barriga.

Ninguém falou nada. Olivier chorava com uma intensidade de arrepiar, xingando enquanto pressionava o ferimento. O sangue de Emilio cobria quase todo centímetro do corpo de Olivier. Manchava sua camisa, os braços e o pescoço. Até o cabelo.

Irene ficou olhando, congelada.

— O que aconteceu? — Ouviu-se perguntar.

Olivier se retesou, como se não tivesse notado sua presença. Ergueu os olhos vermelhos.

— Eu... não sei. Eu o encontrei assim. Ele foi... — A voz de Olivier falhou quando um soluço saiu de seu peito. — Ele foi esfaqueado. Foi... alguém... ou alguma coisa...

Irene avançou, cambaleando, as mãos trêmulas.

— Mas era... era só uma ilusão. Isso não é possível.

Emilio a encarou, fraco, lutando para manter os olhos abertos. O rosto estava marcado por uma calma estoica que a deixou nervosa. Como se tivesse aceitado seu destino.

E então ela percebeu, ao olhar pelo cômodo.

— Cadê a Masika? E os outros?

Com isso, Wren parou de andar de um lado para outro, ergueu os olhos e balançou a cabeça.

— Josie e Carter foram eliminados. Encontrei o corpo de Carter... — Ela fez uma careta e piscou para afastar as lágrimas. — Mas... não sabemos onde está Masika.

Irene tinha aberto a boca, preparada para fazer mais perguntas, quando as portas da câmara se abriram e o diretor Silas entrou. A bengala batia contra o chão de madeira a cada passo.

Ele os recebeu com um aceno solene de cabeça.

— Olá, nomeados. Estou contente de ver que...

A voz de Olivier abafou o resto da frase.

— *Faça alguma coisa!*

Silas parou de repente e analisou a bagunça no chão.

— Por favor — implorou Olivier com um choramingo rouco, gesticulando para a barriga de Emilio com uma mão trêmula, a boca aberta de pavor. — Eu imploro. Por favor... só... cura ele. Ele desmantelou a ilusão. Ele completou a prova.

— Tem razão, Sr. Dupont. Ele *completou* a prova. Mas os ferimentos permanecerão. Precisam se curar naturalmente.

— Mas... não dá! Esses ferimentos não se curam! — gritou Olivier. O desespero na voz dele causou calafrios em Irene. — Ele precisa de remédios ou de um... curandeiro. Ele não vai conseguir competir na última prova, a menos que a gente ajude!

Mas Silas só balançou a cabeça, sem se importar.

— Temo que não possa fazer nada.

O corpo inteiro de Olivier tremia com raiva, a mandíbula cerrada, o peito arfando a cada respiração aterrorizada. Mas não saiu de onde estava, no chão, com as mãos pressionando firmemente o torso ensanguentado de Emilio.

Irene pigarreou, cuidando para deixar a voz tranquila.

— Onde está Masika? Ela conseguiu?

— A condição de Srta. Sallow é... incerta. Sua última localização conhecida foi na base de uma montanha, perto dos limites do purgatório, mas... — Silas inspirou devagar, como se estivesse se recompondo. — Não conseguimos encontrá-la.

Um tremor irrompeu nos dedos de Irene.

— Não conseguiram... *encontrá-la*?

— O Conselho está investigando o assunto — explicou o diretor Silas com calma, mas alguma coisa no tom de voz dele levou Irene a acreditar que o homem estava muito mais preocupado com a situação do que deixava transparecer. — Por ora, ela será considerada eliminada.

— Mas como isso é possível? — disse Wren, com uma expressão atordoada.

— Garanto que estou fazendo tudo ao meu alcance para localizar a Srta. Sallow. — Os olhos dele escureceram com uma ameaça velada. — Minha sugestão é que aproveitem o tempo que resta com seus colegas nomeados. Amanhã é a última prova. Durmam bem.

Ele passou pelas portas, um fantasma envolto em escuridão, desaparecendo sem outra palavra.

E foi isso. Mais dois alunos tinham partido. Eliminados. Apagados das memórias dos outros. Uma desesperança sufocante surgiu em Irene, ameaçando afundá-la. Estava presa dentro de um trem em alta velocidade, que não tinha pretensão de desacelerar.

Irene olhou para os outros. Estavam em silêncio, com os olhos cheios de dúvidas.

Sabia que estavam todos pensando igual. Todos tinham se dado conta da mesma coisa.

Não tinham controle nenhum. *Nunca* tiveram controle de nada. Blackwood sempre estivera um passo à frente, planejando seu destino, mostrando as peças devagar, como um fio se desenrolando, e agora podiam apenas observar enquanto tudo se desfiava.

# 53

# OLIVIER

Ele era tão pesado.

Embora Emilio parecesse pequeno, o peso de seu corpo inerte era o suficiente para deixar Olivier sem fôlego. Mas o carregaria até o inferno, se isso significasse encontrar um jeito de salvar a vida dele.

Correram para o quarto dele como um tornado encharcado de sangue. Olivier colocou Emilio com gentileza na cama e começou a procurar por todo canto alguma coisa para curá-lo. Uma agulha de costura. Um alfinete. Usaria até um grampeador, se ajudasse.

Estava afundado no armário quando escutou Emilio fazer um barulho. Uma palavra sussurrada e abafada por um soluço.

Olivier se virou, nervoso.

— O que foi? Está tudo bem? Está doendo?

— Só… — Emilio se esforçou para olhar para ele. O rosto estava muito pálido. — Vem deitar comigo.

— Preciso continuar procurando. Tem que ter alguma coisa…

— O corte é muito profundo. Você não vai conseguir curar.

— Cale a boca. — Olivier continuou procurando. As mãos tremiam. As lágrimas ofuscavam sua visão. — Vou te curar.

— Por favor.

Não. Ele não ia parar. Não ia deixar Emilio desaparecer. Não *podia*. Não era certo. Não era justo. Emilio era o melhor dentre todos eles, o único que fazia aquele maldito lugar valer a pena. Se alguém precisava conseguir, era ele. Olivier faria de tudo para que conseguisse.

Só precisava de mais tempo.

— Aguenta aí. Por favor. Só um segundo.

Olivier nem sabia mais com quem estava conversando. Emilio. O universo. Deus. Qualquer um que estivesse escutando. Que pudesse ajudar. Fuçou as gavetas, as roupas caindo pelo chão.

— Tinha que ter alguma coisa aqui… qualquer coisa…

— Olivier.

O som de seu próprio nome o fez recobrar a sensatez. Congelou com as mãos enfiadas em uma pilha de roupas. Fechou os olhos, fazendo uma careta. Mas não podia ignorar o chamado de Emilio. Reuniu toda a coragem que restava e se virou.

Emilio estava deitado na cama, segurando o ferimento, com sangue escorrendo por entre os dedos. Os lábios tremiam com um leve sorriso.

— Deita aqui comigo.

As pernas de Olivier se mexeram. Quando chegou à cama, se deitou ao lado de Emilio. Não se importava com o sangue que ensopava os lençóis. O sangue que manchava sua camisa e sua pele.

Só precisava estar perto.

— Você tem que lutar — sussurrou Olivier, acariciando o ombro de Emilio e gentilmente levando a cabeça dele para seu peito. — Por mim. Por favor.

— Estou tentando.

— Eu sei.

Emilio suspirou, mas o som saiu errado.

— Eu tentei… tentei correr. Mas não fui… Não fui rápido o bastante.

— Isso não importa mais.

— Sinto muito por ter fracassado.

Olivier balançou a cabeça e colocou uma das mãos na testa de Emilio. Afastou o cabelo suado dos olhos dele.

— Não seja tonto. Você está aqui. Você conseguiu. E agora só tem que aguentar…

— Mas estou cansado.

— Precisamos ficar acordados.

Estava implorando. Barganhando.

Emilio fechou os olhos.

— Promete que vai ficar aqui.

— Até o final.

— Meu… pequeno príncipe no… cavalo branco.

Mal dava para ouvir a voz de Emilio, de tão fraca.

Olivier segurou o rosto dele.

— Ei. Olha pra mim. Não... não se vá. Preciso de você, tá? Preciso de você aqui.

— Estou... aqui. — Os lábios de Emilio se curvaram em um leve sorriso, mas suas pálpebras tinham começado a se fechar, pesadas.

Olivier foi tomado pelo pânico ao sacudir de leve o rosto de Emilio.

— Emilio. Por favor. Aguenta só mais um pouco.

Emilio deu uma respirada trêmula, abrindo os olhos bem lentamente.

— Por que... não me conta... uma história?

Olivier hesitou, surpreso.

— Uma... uma história?

— Pode ser... qualquer coisa — disse Emilio, fraco. A mão ensanguentada agarrou o pulso de Olivier como a uma tábua de salvação. — Só... me conta... da sua antiga vida. Me conta... do que você se lembra.

— Certo. — Olivier assentiu com vontade. Faria qualquer coisa, diria o que fosse, se isso mantivesse Emilio acordado. — Eu... cresci em uma cidadezinha perto de Paris. A cerca de... quarenta minutos da cidade, na costa.

Emilio murmurou.

— Eu sempre... quis ir a Paris. — Ele tossiu, e sangue se espalhou pelos seus lábios. — Quando... você... morreu?

Olivier limpou o sangue com o dorso da mão.

— No fim do século XIX. Acho. Não consigo... não consigo lembrar bem.

Emilio deu uma risadinha, o som rouco e falhado.

— Que... velhote...

Olivier não pôde deixar de rir, limpando as lágrimas que surgiam em seus olhos.

— Dezoito não é velho.

— Queria... ter te conhecido... naquela época.

— Eu, não. — Olivier balançou a cabeça. — Assim que cheguei em Blackwood... Eu não era *nada*. Só um idiota teimoso vivendo pela eternidade. Era desleixado. Irresponsável. Estava em queda livre pelo purgatório. Mas então você apareceu... — Olivier segurou o rosto de Emilio com a mão trêmula. — Você apareceu e eu juro que senti meu coração bater de novo. Às vezes, acho... Acho que nunca vivi de verdade até te conhecer. — Ele pressionou a testa contra a de Emilio. — É por isso que preciso que você fique. Por mim. Mesmo que isso me torne egoísta. Mesmo que você me odeie por isso. Porque a verdade é que… não suporto pensar na eternidade sem você.

Emilio fechou os olhos. Estava à deriva, desaparecendo aos poucos.

Olivier se prometeu que ficaria acordado. Permaneceria vigilante. Mesmo que Emilio dormisse, ele se forçaria a lutar contra a exaustão e manteria os olhos abertos. A verdade era que parte dele temia que, se desviasse o olhar, caso se permitisse mesmo um *segundo* de fraqueza, Emilio escorregaria por entre seus dedos e desapareceria.

No entanto, quanto mais ficava assim, com Emilio nos braços e o peso da exaustão cobrando seu preço, mais se percebia sucumbindo à inevitável pressão do sono.

Porque, às vezes, a exaustão era mais do que se podia suportar.

E às vezes promessas não bastavam.

# 54

# EMILIO

Em um vale ensolarado, em um dia quente de verão, Emilio fechou os olhos. Sabia que devia abri-los, mas era tão bom simplesmente ceder, flutuar sem peso no tempo e espaço, livre das amarras do medo. Tinha alguém chamando por ele, uma voz que conhecia bem, uma voz que amava. Queria falar para aquela voz que sentia muito, mas não tinha certeza do motivo. Imaginava que não importava.

Nada mais importava.

# 55

# IRENE

Ela falou o nome dele, que apareceu em um piscar de olhos.

Usando as roupas pretas de sempre, Mateo se misturava com a escuridão do quarto dela, como se fosse feito de sombras, sua silhueta embaçada. Ela se perguntou, brevemente, quanto dele já tinha sumido de fato. Quanto dele era humano e quanto tinha sido consumido pelas sombras que corriam por suas veias.

Quando ele falou, sua voz soou acolhedora.

— Olá, Irene.

Ela se aproximou e o segurou pelo colarinho.

— Você sabia?

Não houve hesitação.

— Sabia.

— Por que não me contou? — sibilou ela. — Eu merecia saber a verdade. Merecia saber...

— Teria mudado alguma coisa? — Ele segurou o rosto dela entre as mãos. — Olhe nos meus olhos e diga. Se soubesse a verdade, que todo mundo seria sacrificado, isso teria te impedido de querer a nomeação?

Irene abriu a boca, lutando contra as lágrimas que se formavam em seus olhos. Queria dizer *sim*. Que teria sido capaz de abrir mão daquela chance. Que preferia cruzar para o Outro Lado a viver sabendo que sua vitória vinha sob o custo de outras onze almas.

Mas não conseguia.

Afastou-se dele, limpando as lágrimas teimosas com o dorso da mão.

— Masika — falou devagar, com os olhos no chão. — Ela desapareceu na terceira prova. Não conseguiram encontrá-la. Preciso saber... preciso saber se ela conseguiu ou não. Se ela se foi.

— Sinto muito. — Ele balançou a cabeça e tocou o ombro dela. — Não sei. Não fiquei sabendo de nada disso.

Apesar do que sabia sobre Mateo, acreditou nele. Era alguma coisa no jeito como ele a olhava, aberto e honesto, apesar do perigo à espreita abaixo da superfície. Não havia muros entre eles. Mateo não se preocupava em esconder a escuridão dentro dele porque sabia que Irene a compartilhava.

— Quero me juntar a vocês. — As palavras saíram de sua boca antes que pudesse impedir. — Quero me juntar à Ordem dos Damianos. Mas fui forçada a assinar o juramento de alma. Estou amarrada ao Decênio até o fim.

Mateo se aproximou.

— *Na verdade*... eu estava torcendo exatamente por isso.

Ela o olhou de volta, surpresa.

— Como assim?

— Só porque eu quero que você faça parte da Ordem dos Damianos não significa que não queira que se torne parte dos Ascendidos.

Irene balançou a cabeça.

— Eu não entendo.

— Você pode ser nossa espiã. — As sombras correndo pelas veias dele se escureceram, um poder intoxicante pairando no ar. — Nossa conexão com Blackwood.

— Quer dizer... uma agente infiltrada?

— Só até conseguirmos colocar nosso plano em ação — explicou ele. — Pense bem. Você pode manipular todos eles e assistir enquanto caem direitinho na sua armadilha.

— Mas qual exatamente *é* o plano da Ordem dos Damianos?

— Eu... não posso te contar — sussurrou ele, com um olhar apologético. — Ainda não. Assim que o Decênio terminar, quando você for coroada a vencedora, então terei permissão para compartilhar tudo com você.

— E se eu não ganhar? — perguntou Irene, a voz vacilante.

Mateo respirou fundo. Naquele momento, coberto pela escuridão do quarto, Irene jurou ter visto um lampejo das sombras nas íris dele.

— Isso não é uma opção.

Irene assentiu.

— Eu consigo.

— Sei que consegue. E, quando conseguir, quando for coroada a vencedora, precisa estar pronta para abrir mão.

Ele não precisava explicar melhor. Ela sabia exatamente do que estava falando.

Da sua humanidade.

Irene muitas vezes desejara deixar sua humanidade para trás. Arrancá-la, como se fosse um tumor. Mas agora que a realidade se apresentava, a decisão não parecia tão simples.

Mateo devia ter percebido sua dúvida, pois se aproximou. Quando falou, soou gentil.

— Tudo bem ficar com medo. Eu também fiquei. Mas, se quer se juntar a nós, precisa estar pronta para abrir mão disso. — Ele se aproximou. — Preciso saber. Quando chegar a hora, estará pronta?

Os olhos dela se voltaram para as sombras que corriam nas veias de Mateo. A palavra que ele tinha usado para descrever a sensação ecoava na cabeça dela como um hino de oração.

Poder.

— Quero destruí-lo — sussurrou Irene, consumida pela raiva. — Quero ver o Silas se acovardar de medo. Tudo o que ele fez, todo o sofrimento que causou, quero que ele sofra dez vezes mais. Quero vê-lo arruinado pela minha vingança.

O rosto de Mateo endureceu, sua expressão calorosa habitual se transformando em uma fúria gelada.

— Vamos nos certificar disso. — As palavras dele eram um voto. Uma promessa tácita. — Juntos.

# 56

## WREN

Wren estava caindo.

Caindo.

Caindo…

A mãe estava gritando. Chamando seu nome. Implorando que ficasse. Que ficasse com ela.

A terceira prova a forçara a reviver o momento do acidente, uma cena nauseante que queria desesperadamente esquecer. Depois que desmantelou a ilusão, pensou que estaria livre, que tinha se salvado.

Mas ainda não conseguia fugir dos sonhos.

Não podia fazer nada para se poupar de ser arrastada de volta àquela noite, de novo e de novo. Só conseguia ficar lá…. encharcada em uma poça do próprio sangue… observando o céu sem estrelas acima… os faróis iluminando o rosto da mãe… o cheiro de borracha queimada no asfalto… a mão ensopada de sangue ao lado dela… o esmalte lilás lascado… era o preferido da irmã…

*Abra os olhos.*

Wren acordou gritando. O quarto estava um breu, com um feixe de luz entrando pela janela aberta. Não pretendera dormir, mas a exaustão da terceira prova aparentemente fora demais. O suor encharcava seu cabelo e sua nuca. Levou a mão ao peito, desesperada para sentir uma pulsação. Uma vibração. Alguma coisa que mostrasse que, de alguma forma, apesar de tudo, ainda estava viva.

Não notou a pessoa parada à porta até se sentar.

August.

Nenhum deles se mexeu. Apenas se encararam.

Ele pigarreou.

— Eu... escutei você gritar — sussurrou ele, a voz trêmula.

À medida que os olhos de Wren se acostumaram com a escuridão, percebeu que ele estava sem fôlego, o peito subindo e descendo ao tentar se acalmar. Estava em pânico. As bochechas rosadas e os olhos arregalados e assustados.

Ela o encarou, descrente.

— E veio ver como eu estava?

— É claro. — Ele engoliu em seco, se recostando contra o batente, e olhou ao redor com cautela, quase tímido. — Posso... posso entrar?

Wren se sentou direito, gesticulando para que ele entrasse. Porém, assim que ele deu o primeiro passo para dentro, ela percebeu que tinha alguma coisa errada. Parecia que August estava mancando de leve, a mão direita segurando o ombro.

— O que aconteceu?

— Me machuquei na prova.

Ele se sentou na escrivaninha dela, com uma expressão tensa no rosto.

— Acho que tenho uma coisa que pode ajudar — murmurou Wren, se inclinando para procurar embaixo da cama.

Tateou no escuro, percorrendo o chão, até que seus dedos roçaram o vidro gelado da garrafa de destilado. Ela a colocou ao lado dele e August a olhou com cautela, agarrando a beirada da mesa.

— Muito bem — sussurrou Wren. — Primeiro, vamos ver qual é a situação.

Ele fez uma careta ao desabotoar a camisa, os dedos firmes. Seu abdômen definido era visível no escuro, a pele iluminada pela luz prateada que adentrava o quarto.

August puxou o lado esquerdo da camisa e revelou o rasgo no ombro. Wren não conseguiu segurar um arquejo. Não foi o sangue ou a pele dilacerada que a sobressaltou, mas as partículas de magia que fervilhavam abaixo da superfície. Não era um ferimento comum.

— Quem fez isso com você? — perguntou ela, voz abafada, passando a mão ao redor do corte.

A raiva surgiu em seu peito, repentina e familiar. Ele balançou a cabeça.

— Ninguém. Foi azar.

— Sério? Não vai me explicar melhor? — Wren esperou, mas August continuou em silêncio, a boca fechada como um túmulo. Ela deu uma risadinha amarga. — Certo. A honestidade tem um preço. Eu entendo.

— Loughty.

— Tudo bem.

Ela mordeu a língua e se aproximou, se posicionando entre os joelhos dele. Era óbvio que alguém tinha lançado um feitiço de magia corpórea nele. Que alguém o tinha ferido com magia. Mas quem e por que eram um segredo que August não tinha intenção de revelar.

Ela ergueu a garrafa e a balançou de leve.

— Vou jogar direto no ferimento.

— Tá.

— Vai doer.

Ele bufou.

— Obviamente.

*Tá bom. Seja um babaca*, pensou Wren antes de virar a garrafa no ferimento.

A reação de August foi instantânea; um gemido baixo escapou de sua garganta enquanto batia a cabeça contra a parede. Ele agarrou a mesa com mais força. Todos os músculos do corpo dele se flexionaram. A boca se abriu e uma respiração curta saiu de seus lábios enquanto seus olhos se abriam de repente, encarando o rosto dela, como se estivesse procurando alguma coisa.

— Eu avisei.

Ele assentiu e fez uma careta.

— Justo.

— Espera — sussurrou ela. — Acho que tenho alguma coisa com que enfaixar a ferida.

Ela estendeu o braço, tirando uma das fronhas do travesseiro. Era fina e delicada, mas melhor do que nada. Antes que August pudesse protestar, Wren pressionou o tecido contra o ferimento.

Ele soltou um grunhido.

Wren ergueu os olhos para os dele.

— Desculpe.

— Está se desculpando por quê? — resmungou August, quase entediado. — Você está me ajudando, sendo que nunca te dei motivos para isso. — Ele hesitou, a respiração curta, antes de acrescentar: — Se alguém deve se desculpar… sou eu.

— Por quê?

Ele deu de ombros.

— Por tudo.

— Bom, eu também não sou fácil.

Ele balançou a cabeça.

— Isso não é verdade. Você não é… você não é nada parecida comigo.

— Acho que sou mais parecida com você do que estamos prontos para admitir — rebateu ela, antes que pudesse se impedir.

Ele fez uma careta.

— Efeito colateral da proximidade forçada.

— Forçada? — Wren passou o tecido por debaixo do braço dele e de volta sobre o ferimento. — Foi você quem começou a vir atrás de mim, August. Ninguém te forçou a falar comigo.

— Não foi isso que eu quis dizer.

— Foi o quê, então?

— Eu só… — Ele fez uma careta, então recuperou a compostura. — Às vezes, acho que mesmo que não tivéssemos morrido, que tivéssemos nascido com séculos de diferença, ainda teríamos dado um jeito de nos encontrar.

— Destinados a suportar o tormento da companhia um do outro — acrescentou Wren com um sorrisinho, alisando o tecido.

— Tormento. — August fechou os olhos ao repetir a palavra. — É como você descreveria nossa relação?

A mão da Wren congelou acima do ferimento.

— Que palavra você usaria?

Ele abriu os olhos e desenhou a palavra seguinte nos pensamentos dela.

*Complicada.*

Nenhum deles se mexeu, seus olhares fixos um no outro. Wren sentiu o peito se encher de frustração.

— Você não pode fazer isso, August. — Balançou a cabeça, se afastando dele. — Tanto morde e assopra.

August se retesou.

— Loughty…

— Uma hora, tenho certeza de que não significo *nada* para você, outra... — Ela passou a mão pelo cabelo, com uma risadinha amarga escapando da garganta. — Bem... se fosse idiota e ingênua o bastante para acreditar nisso, diria que está agindo como... como se você se importasse comigo...

— E se eu me importasse? — interveio August, a voz rouca.

O silêncio recaiu sobre eles como uma lufada de vento repentina.

— O que você disse? — sussurrou Wren.

August suspirou alto.

— Seria tão ruim... se eu... *me importasse* com você?

— Não. — Wren caminhou em direção a ele. — Claro que não seria.

August a encarou, ainda segurando a beirada da mesa. Como nenhum deles se mexeu, ele virou o olhar para a bandagem.

— Obrigado... por isso. Estou melhor.

Ela pigarreou.

— É claro.

August ainda não se mexeu. Parecia paralisado, mordendo o lábio inferior.

Wren aproveitou a oportunidade. Adentrou os pensamentos dele.

*Você precisa de mais alguma coisa?*

Ele a encarou, surpreso. Houve um momento de hesitação antes que Wren sentisse os pensamentos dele em sua mente.

*Não... não preciso.*

Wren se aproximou, os passos lentos e firmes, até estar bem diante dele, entre seus joelhos.

*Mas você quer alguma coisa.*

August esticou a mão e enganchou o dedo indicador no dela, a puxando para perto. Com muito mais gentileza do que das outras vezes em que a tocara, tanto que ela mal sentiu o toque de seus dedos na pele.

— O que eu quero nunca importou — sussurrou ele em voz alta.

— Deveria importar.

— A vida não é tão simples assim. — Um músculo do pescoço dele se retesou. — E a morte menos ainda, ao que parece.

A pergunta estava na ponta da língua dela. Implorando para escapar. Para ser pronunciada.

Wren resolveu se arriscar.

— O que está te impedindo?

August ficou tenso, prendendo a respiração.

— De quê?

Wren esticou a mão e tocou o rosto dele.

— De fazer o que deseja.

Ele suspirou e a puxou para perto. Wren sentiu seu peito firme, o desejo despertando em seu ventre.

— Se eu pudesse te contar... — Ele balançou a cabeça. — Não quero mais esse fardo.

— Então me conta — implorou ela, chegando mais perto.

Seus quadris pressionavam o interior das coxas dele, os pontos de contato ardendo como se os dois estivessem prestes a pegar fogo.

— Está tudo desmoronando — sussurrou ele.

— O quê?

August a segurou com mais força.

*Meu autocontrole.*

Ela sentiu um calor no fundo do peito, um anseio tão doloroso que não pôde fazer nada a não ser suspirar e se aproximar mais. Sabia que o que estavam fazendo era inconsequente, que todo passo para mais perto era um ferimento autoinfligido, um ato de rebeldia contra a própria racionalidade, mas não se importava.

Não tinha certeza do futuro. E se aquela fosse a última noite deles...

O espaço entre os dois faiscava de calor, e então a mão dela estava no rosto dele, os dedos roçando o pescoço, um fervor se espalhando pelo corpo dela. Uma necessidade incontrolável de abraçá-lo.

August ficou tenso sob o toque dela, mas apenas por um instante, antes de relaxar, se entregando como se estivesse em transe. Ele não rompeu o contato visual, mas Wren notou sua respiração ficando cada vez mais pesada quando começou a desenhar pequenos círculos na mandíbula dele com a ponta do polegar.

— Você não tem que fingir nada comigo, August. Não precisa reprimir nada. — Os dedos dela subiam e desciam pela pequena cicatriz em sua maçã do rosto. — Você não está sozinho.

Ele ficou sem fôlego.

— Eu *estou* sozinho, Loughty.

— E quanto a mim?

— Você — August soltou um grunhido, o pescoço tenso — é meu sofrimento eterno.

A mão de Wren congelou na bochecha dele.

— Sofrimento?

— Isso te ofende?

— Um pouco.

— Pois não deveria.

Ele se aproximou mais, erguendo uma das mãos em direção a ela, a princípio com cautela, os dedos seguindo a costura da bainha de sua camiseta. Como Wren não protestou, ele segurou sua cintura e a puxou para si.

— Você é meu sofrimento porque preciso usar todas as minhas energias para não deixar meus princípios de lado e agir de acordo com os meus desejos. Tenho o impulso de ficar com você todo o tempo. Estar fisicamente perto de você.

— Tem? — sussurrou Wren, os dedos trêmulos no pescoço dele.

August respirou fundo e sorriu, mas foi um sorriso dolorido. Angustiado.

— É irritante.

— O quê?

— O quanto eu penso em você.

Ela o estudou, esperando uma faísca de ironia, mas não encontrou nada. Apenas aqueles olhos cinzentos a olhando, o subir e descer do peito, a leve tensão na mandíbula enquanto ele esperava pela sua resposta.

Ela sussurrou a pergunta seguinte na cabeça dele.

*Então por que não toma uma atitude?*

Era um desafio. Um pedido. Ela segurou o pescoço dele com mais força e observou com satisfação quando August cerrou a mandíbula. Subiu mais a mão, devagar, passando os dedos pelos cachos escuros dele.

— Acha que também não fico tentada? — Ele inclinou a cabeça contra o toque dela, obediente. — Que não sonhei com isso? Que já não fiquei maluca com o tormento dos meus próprios pensamentos?

Os dedos dele apertaram sua cintura com força. Todos os nervos dela estavam à flor da pele, uma energia crepitante pulsando nos dois. Ela poderia se perder completamente, caso cedesse, caso se permitisse.

— O que está te impedindo agora?

— Minha consciência — sussurrou ele, com um tom sarcástico.

— Não sabia que você tinha consciência.

Era para ser uma brincadeira, uma implicância, mas alguma coisa no jeito como as palavras saíram dos lábios dela causou uma eletricidade na atmosfera do quarto. Ele cerrou a mandíbula e a puxou para ainda mais perto, destruindo qualquer espaço remanescente entre eles.

— Ah, mas eu tenho.

As bochechas de August ruborizaram. Ele se inclinou, roçando os lábios no rosto dela em um toque muito delicado. E tão breve que foi angustiante. E então se afastou e sussurrou:

— Mas sendo completamente honesto com você... está por um fio.

— Que bom.

Ele acariciou a cintura dela antes de subir a mão até seu ombro, sem parar até que os dedos estivessem debaixo do seu queixo. Ele fez Wren inclinar a cabeça para trás e encostou a ponta do nariz no dela.

— Por que acha bom?

— Porque... — Wren se arqueou em direção a ele. — Fios podem se romper.

E esse foi todo o encorajamento de que ele precisava.

Os lábios de August cobriram os dela antes que Wren pudesse emitir qualquer som. Não houve uma introdução suave. Nenhuma hesitação. Só um desespero avassalador de sentirem um ao outro, de estarem próximos, de beberem um do outro com uma vontade descarada que normalmente os deixaria nervosos.

Wren se pegou caindo em cima dele, os braços ao redor do seu pescoço. August a segurava com firmeza, as mãos famintas e desesperadas para percorrer cada milímetro do corpo dela... o pescoço, a cintura, as costas. Um murmúrio leve ecoou dos lábios dele, e foi o suficiente para fazê-la gemer e se perder completamente.

A temperatura no quarto mudou quando August se colocou de pé, a empurrando para trás. Ele a guiou para a cama, sem se afastar, seus lábios unidos a cada passo. Ele a deitou com delicadeza no colchão, afastando o cabelo do rosto dela com a mão aberta.

Por um momento, ele se afastou, procurando os olhos dela.

— Tudo bem...?

— Sim — interveio Wren, corando por soar ofegante. — Isso é... tem certeza de que é o que *você* quer?

August baixou o rosto de novo, pressionando os lábios contra os dela.

— Não é óbvio? — gemeu ele contra sua boca. — O quanto eu preciso desesperadamente de você? Como sou completamente seu?

Wren percorreu as mãos pelo peito dele, as palmas queimando contra a pele, e puxou sua boca novamente para a dela. Ultrapassar aquele limite parecia com pular de um precipício, como estar em queda livre e saborear a inevitável destruição que a aguardava no fundo.

Os olhos dele analisaram o rosto dela, procurando alguma coisa.

— Wren. — O nome dela saiu de seus lábios como uma prece. — Tem certeza?

Se tinha certeza de que queria aquilo? Claro. Sempre soubera, apesar de tudo, que a conexão com August era algo de que nunca poderia escapar. Tinham se tornado a salvação um do outro. Almas destinadas a colidir. Mas também sabia que não era inteligente. Que estava se abrindo à possibilidade de ter o coração partido. De encontrar algo muito parecido com esperança, só para que no dia seguinte fosse despedaçada pela última prova.

Ela o queria de formas que nem entendia muito bem. De formas que a aterrorizavam.

Sabia que ele devia estar sentindo a mesma coisa. Confrontado com a mesma hesitação. Viu isso refletido nos olhos dele. Aquela vontade louca de se aproximar unida ao medo de que pudesse ser a última vez.

Mas, no fim, a resposta era simples.

Wren entrelaçou os dedos nos dele e o puxou para mais perto. Deu um beijo no pescoço dele, se deleitando com como August se derreteu com o toque. Quando ele a encarou, ela viu adoração refletida em seus olhos. Divindade.

*Tenho certeza.* Wren deixou as palavras fluírem na mente dele sem restrição.

E, pela primeira vez desde que tinha visto August caminhando pelos saguões da Academia Blackwood, nenhum deles brigou para preencher o espaço com palavras. Nenhum deles desafiou o outro com comentários sarcásticos, querendo ser o melhor.

Pela primeira vez, ficaram em silêncio. Os corpos comungando sob o brilho prateado da noite.

Wren acordou horas depois, com o gosto dos lábios de August ainda na boca, com a sensação do toque dele ainda queimando na pele. Mas, quando abriu os olhos, esticando a mão em direção a ele, não havia nada lá.

Apenas uma cama fria e gelada.

Não se surpreendeu. Já esperava que ele fosse embora. August não era de encarar as emoções, e a dor de perderem um ao outro provavelmente era demais para ele. Ela não levou para o lado pessoal.

Se a situação estivesse invertida... ela teria feito a mesma coisa.

Mas, depois que acordou, não conseguiu voltar a dormir. Era mais do que apenas as memórias de August. Alguma coisa estava *faltando*. As peças tinham sido reveladas, a verdade sobre o Decênio era um fardo indesejado que ela agora carregava a cada respiração. Mas nada explicava como Louise tinha conseguido acessar magia das sombras. Nada respondia às perguntas que os assombraram na última semana.

Wren pegou seu casaco na mesa de cabeceira e saiu do quarto caminhando pela Pettyworth. A neblina impenetrável parecia o toque leve de um fantasma, ofuscando sua visão e desorientando seus sentidos. Sua mente era uma bagunça tremenda de desespero, mas, mesmo assim, ela sabia exatamente para onde ir, e seus pés se mexiam com firmeza.

A Casa Litterman estava diante dela, com as janelas completamente desprovidas de luz. Era como olhar para a carcaça de um monstro. Estremecendo, Wren se aproximou das portas duplas. Ao colocar a mão na maçaneta, percebeu que os escudos estavam desativados. *Que estranho.* Os escudos de proteção sempre funcionavam durante a noite, prevenindo que alunos de outras casas entrassem sem um acompanhante.

Mas não tinha tempo de desvendar esse mistério.

Wren apenas considerou que deu sorte e entrou. Subiu as escadas, xingando sempre que a madeira velha rangia sob seu peso. Os dormitórios ficavam no segundo e no terceiro andares, outro labirinto de corredores e portas, parecido com o da Pettyworth. Mas Louise mencionara o número do seu quarto havia algumas semanas, então Wren sabia exatamente onde encontrá-la.

Quarto 31.

Wren bateu à porta, segurando a respiração. Esperava escutar o farfalhar de pés, o som da cama rangendo quando Louise se levantasse para recebê-la, mas não houve nada.

Bateu mais uma vez.

— Lou? — sussurrou ela, encostando a orelha contra a porta. Ainda nada.

Wren colocou a mão na maçaneta, surpresa ao encontrar a porta destrancada. Abriu a passagem e entrou no quarto.

Um arquejo abafado escapou da sua garganta ao perceber o que a esperava do outro lado.

O quarto tinha sido revirado. Papéis e diários estavam rasgados e espalhados pelo cômodo. Os lençóis não estavam apenas jogados no chão, mas *rasgados*. Como se tivessem sido mutilados por um animal selvagem. Tinta preta manchava as paredes, com divagações sem sentido que não tinham começo nem fim.

E, o mais importante, não havia nem sinal de Louise.

Wren levou a mão trêmula à boca ao observar a bagunça diante dela, avaliando as paredes, tentando entender o que aquela escrita aleatória significava. Algumas palavras se destacavam: *carnificina, enganação, profecia, despertar.* Mas nada daquilo fazia sentido.

Alguma coisa chamou sua atenção. Um pedaço de papel sobre uma mesa de madeira.

Ela se aproximou devagar, com uma tensão horrível no peito, as entranhas se revirando.

E foi quando viu.

Seu nome. Escrito em tinta vermelha. Muitas e muitas vezes.

WREN. WREN. WREN. WREN. WREN. WREN.

Recolheu o papel com a mão trêmula, erguendo-o contra o brilho prateado do céu. Mas alguma coisa estava errada. A tinta não era só vermelha. Era um carmesim escuro, seco e cheio de crostas.

Era *sangue.*

Wren arfou, soltando o papel. Cambaleou para trás, atordoada por pânico e confusão. Ficou paralisada, com um monte de perguntas, uma mais aterrorizante que a outra.

Louise tinha feito aquilo? Alguém a tinha raptado? A amiga estivera mentindo aquele tempo todo?

Wren precisava encontrá-la. Saiu correndo do quarto, determinada a achar Louise, mas acabou dando de cara com outra pessoa. Arfou, preparada para lutar, invocando uma chama entre os dedos…

— Srta. Loughty! — Era o inspetor Calligan. Ele segurou com força o ombro de Wren com uma das mãos, a outra segurando um lampião. — O que está fazendo aqui? Estávamos te procurando.

— Eu… eu vim procurar Louise. Para falar com ela. — Wren tentou acalmar a respiração, falando entre arfadas. — Mas ela não está no quarto dela. Ela não está lá…

— Ah, tenho certeza de que Louise só saiu de fininho para algum lugar… assim como *você*, aliás.

Wren balançou a cabeça.

— Mas o quarto dela… Acho que alguma coisa pode ter… *espera.* Você disse que estavam procurando por mim?

Calligan assentiu, solene.

— Houve uma alteração. Circunstâncias imprevistas alteraram o calendário do Decênio.

Wren sentiu o pavor se acumulando na barriga.

— Como assim?

Calligan se adiantou, o brilho do lampião iluminando o espaço entre eles.

— Você precisa vir comigo — sussurrou ele. — A quarta e última prova está prestes a começar.

# 57

# OLIVIER

Ele acordou sem ar.

Ao seu lado, Emilio estava imóvel. Frio. Aparentemente sem vida. Mas não tinha sumido. Se o ferimento tivesse acabado com ele, então teria se desintegrado em partículas, consumido pelo Éter. Mas ainda estava ali, deitado ao lado de Olivier, carne e osso.

Talvez Olivier pudesse fazer alguma coisa. Se não podia curar o ferimento com agulha e linha, então talvez precisasse pensar em algo além do mundo físico.

Teve uma ideia.

Só porque não tinham mais a habilidade de se curar com magia, não significava que não pudessem *ser curados* por *outras pessoas*. Era uma possibilidade. Uma esperança. E foi o suficiente para fazer Olivier pular da cama.

Sabia aonde precisava ir, mas não gostava da ideia de deixar Emilio sozinho. Porém, se tinha alguém com uma infinidade de informações sobre magia no quarto, era Emilio. E o quarto dele ficava a apenas algumas portas. Levaria apenas alguns segundos.

Olhou para Emilio, memorizando cada detalhe do rosto dele.

— Espera — sussurrou. — Por favor.

E então disparou para o corredor.

Começou a vasculhar a escrivaninha de Emilio no segundo em que entrou no quarto. Como suspeitava, havia dezenas de livros e anotações guardados nas gavetas e espalhados pela superfície de madeira. Tinha que ter algo ali que não estava vendo. Qualquer coisa. Um feitiço que o ajudaria a curar o ferimento. Que pudesse desacelerar o sangramento.

Uma coisa chamou sua atenção. Era o livro que tinham roubado da seção dos inspetores na Biblioteca. O livro sobre magia das sombras.

Nem pensou. Agarrou o livro e correu de volta para o próprio quarto, parando de repente quando entrou.

Emilio ainda estava lá, respirando de modo curto e superficial. A pele, que costumava ser um marrom quente, estava de um branco doentio.

Olivier correu até a cama e começou a folhear com pressa pelas páginas. Era quase ininteligível... páginas e páginas sobre maldições de alma e portais das sombras. Nada daquilo era útil. Não era daquilo que precisava.

Até que bateu os olhos em uma página sobre encantamento de rejuvenescimento. Sobre consertar e curar almas.

Mas havia um porém que não tinha considerado. Um requisito que não possuía.

Precisava acabar com a própria humanidade.

— Não — sussurrou Olivier, soluçando. — Não, não, *não*.

Tinha que ter outro jeito. Um jeito de quebrar essa regra. Mas, quanto mais Olivier lia, mais entendia que não podia fazer nada. Não era que não estivesse disposto a abrir mão da própria humanidade para salvar Emilio... isso ele faria em um piscar de olhos... mas não sabia *como*. O texto não explicava o processo.

Ao lado dele, Emilio gemeu. Foi um som bem baixinho, quase inaudível. Os olhos se mexiam sob as pálpebras fechadas.

— Sinto muito — chorou Olivier.

Deu um beijo suave na testa de Emilio enquanto o choro fazia seu corpo tremer.

Se Emilio não ia escapar, então Olivier ficaria com ele. Até o fim. Mesmo que isso significasse abrir mão de seu lugar na última prova e condenar sua alma para toda a eternidade. Não se importava mais.

Mas então os olhos de Emilio se abriram um pouquinho. Ele estava sussurrando alguma coisa.

— O que você disse? — perguntou Olivier, se aproximando.

— A... página... — balbuciou Emilio, sua consciência oscilando.

— Que página?

Emilio tossiu e sangue se espalhou pelos lábios dele.

— A... página... 439... olha... a teoria...

Olivier foi virando as páginas do texto antigo freneticamente, até que chegou à página 439. Não fazia sentido algum. Não ajudava em nada. Era uma antiga magia das sombras, conhecida como infiltração de alma. Com base nas anotações de Emilio, nas margens, parecia um feitiço que permitia que uma pessoa habitasse a alma de outra. Quase como uma possessão.

Olivier deu um gritinho ao encontrar alguma coisa rabiscada em vermelho.

Era a letra cursiva de Emilio. Ele escrevera, claro como o dia, oito palavras simples. Uma pergunta.

SERÁ QUE TEM OUTRA PESSOA DENTRO DE LOUISE?

Mas, antes que Olivier pudesse perguntar a Emilio o que ele queria dizer, como essa informação era útil, a porta do quarto se abriu.

Olivier levou um instante para entender para quem estava olhando.

As inspetoras Birdie e Russo estavam na porta, as duas sem fôlego, como se tivessem corrido.

— Rápido — arfou Russo. — Não temos muito tempo.

Olivier negou com a cabeça.

— Eu não entendo…

— Podemos salvar ele — interveio Birdie com uma olhada rápida por cima do ombro. — Mas vocês precisam vir com a gente. Agora.

# 58

## WREN

Uma vez, quando Wren tinha doze anos, caiu de uma árvore no quintal de casa e quebrou o pulso. Foi uma fratura feia, os ossos se estilhaçando ao contato com o chão. A mãe ficara furiosa. Falara milhares de vezes para ela não subir na árvore, mas Wren, sendo o tipo de pessoa que era, não dera ouvidos. Queria provar para si mesma que conseguia. Ou talvez só quisesse fazer o oposto do que lhe ordenavam.

Naquela noite, quando a mãe a colocou na cama, olhou nos olhos da filha e falou:

— Suas ações têm consequências. Você precisa pensar antes de agir. Não há segundas chances quando se trata de vida ou morte.

Apesar de ter sido um conselho sábio, a mãe estava errada.

A morte dera a Wren uma segunda chance na vida, um caminho para a redenção. Uma chance de provar para si mesma, para a mãe, para todo mundo, que dava ouvidos às regras.

Que podia ser boa.

Mas agora essa segunda chance lhe fora tomada. Ao entrar na Câmara Opala, com os sapatos batendo contra o chão de mármore, pensou no conselho da mãe.

Não há segundas chances.

Irene já estava aguardando lá dentro, recostada em um dos bancos compridos, de braços cruzados, envolta em uma energia inquieta. Batia o pé com nervosismo, olhando rapidamente para Wren antes de voltar o olhar para o chão.

August também estava lá.

Ele a observou, inescrutável, mas seus lábios se ergueram um pouquinho quando a viu. Um sorriso.

Ela parou diante dele.

— August.

Para sua surpresa, ele esticou a mão e entrelaçou os dedos nos dela.

— Loughty.

— Ah, meu Deus — resmungou Irene. — Finalmente decidiram ficar juntos? Um dia antes da destruição mútua? Jesus amado. Isso é tão shakespeareano da parte de vocês!

Wren baixou a voz para sussurrar:

— Preciso falar com você.

— O que foi?

— Eu... fui no quarto da Lou. Tinha alguma coisa errada. Estava um desastre. Como se alguém o tivesse destruído, ou... revirado, procurando por alguma coisa.

— Ela pode só ser bagunceira. — August deu uma risadinha, dando de ombros. — Sei que não é a única.

— Não, não é... — Wren xingou baixinho, puxando-o para mais perto. — August. Me escuta. Eu sei o que vi. Estava... estava *ruim*. Tinham umas coisas escritas nas paredes. Ela escreveu... escreveu uma coisa com sangue...

— O quê? — O sorriso debochado de August desapareceu. — O que ela escreveu?

— Meu nome.

Toda a atitude de August mudou. Os olhos cinza escureceram com uma expressão que fez Wren se arrepiar. Porém, antes que pudesse contar mais, as portas da câmara se abriram e o diretor Silas entrou.

— Bom dia, nomeados. — Ele assentiu e caminhou pelo cômodo, com a bengala na mão. — Recebi notícias infelizes. Temo que perdemos mais dois nomeados na noite passada.

Wren ficou em choque. *Não. Não pode ser.* Mesmo Irene pareceu surpresa com a notícia, o corpo inteiro se enrijecendo. Se Wren não a conhecesse, diria até que Irene parecia... preocupada.

— Como assim? — perguntou Wren, sem fôlego.

— Bem, parece que Emilio e Olivier ficaram... indispostos.

Indispostos? Mas aquilo não fazia o menor sentido. Olivier estava bem quando Wren o viu pela última vez. Tinha retornado da terceira prova sem nenhum ferimento. A condição de Emilio era preocupante, mas não havia motivo para os dois serem eliminados.

— Mas eu não…

— Não temos tempo para entrar em detalhes — interveio Silas rapidamente, parando diante da porta arqueada do Éter. — O tempo está passando, e precisamos começar a quarta e última prova.

— E qual é? — perguntou Irene com um suspiro irritado.

— Escondi um item específico no Éter — explicou ele, gesticulando para o portal. — Para a última tarefa, vocês precisam viajar para uma paisagem especialmente escolhida em busca desse item. Diferente da outra prova no Éter, desta vez vocês estarão todos na mesma paisagem. Então… se encontrarem outro nomeado, sintam-se livres para eliminar seus rivais.

Wren queria dar um soco na cara dele e apagar aquele sorriso. Claro que ia sugerir aquele tipo de coisa. Para Silas, eles não passavam de sacrifícios. Eram descartáveis. Almas insignificantes destinadas a serem consumidas.

Irene se aproximou.

— Vai nos contar que item é esse?

Silas balançou a cabeça.

— Isso é parte do desafio. Se a conexão da sua alma for forte, então conseguirá encontrar, não importa o que seja.

Ele bateu a empunhadura da bengala no portal, fazendo surgir uma nuvem de magia, que se espalhou por toda a superfície de madeira como uma chuva de meteoros.

— Agora... — Ele uniu as mãos, se afastando do arco. — Quem gostaria de ir primeiro?

Não era uma pergunta sincera. Todo mundo sabia quem iria primeiro.

Irene não vacilou. Ela se adiantou, encarando a porta e se preparando, mas alguma coisa na expressão dela deixou Wren confusa. Era um olhar que nunca tinha visto antes.

Um momento de hesitação. De dúvida.

Irene mordeu o interior da bochecha, olhando por um segundo para Wren. De repente, não parecia mais a víbora cruel que Wren sempre soube que era. Ela pareceu… assustada.

Uma estranha sensação de desespero tomou Wren sem aviso. Um desejo de proteger Irene de alguma forma, apesar da animosidade entre elas. Afinal de contas, era provável que aquela fosse a última vez que se viam, os últimos momentos que compartilhavam.

Wren se adiantou.

— Irene… Eu...

Mas alguma coisa na sinceridade da voz de Wren devia ter sobressaltado Irene, porque foi bem naquela hora que ela balançou a cabeça, se virou para o portal e o cruzou.

Silas observou August e Wren de longe, esperando. Precisavam tomar uma decisão.

*Quem é o próximo.*

August passou a mão pelos cachos, preocupado, e soltou uma risadinha seca.

— Parece que eu deveria ter preparado um discurso ou coisa assim.

Wren tentou sorrir, mas não conseguiu. Ela se sentia inexplicavelmente vazia.

— Tudo bem. Palavras nunca foram o nosso forte.

August esticou o braço, colocando uma mecha de cabelo dela atrás da orelha.

*Lembre-se do que te disse. Sobre se salvar. Não tente ajudar ninguém, está bem?*

Wren engoliu em seco, assentindo.

*Eu sei.*

Mas Wren não queria se lembrar disso. Não queria se salvar, se isso significasse perder mais alguém no processo.

Se significasse perder *ele.*

August se aproximou do portal, mas Wren o puxou de volta.

— Espera.

Ele suspirou, as sobrancelhas franzidas.

— Loughty.

Ela não lhe deu uma chance de objetar, apenas o puxou e segurou o rosto dele entre as mãos, se aproximando, sem se importar que Silas estivesse olhando.

Seus lábios se encontraram em um momento de puro desespero. Mais um beijo. Mais um momento juntos. Ela só precisava de algo a que se agarrar. Alguma lembrança dele. August passou as mãos pelo cabelo dela, puxando-a mais para si, e tudo pareceu derreter.

Mas não foi o bastante. Nada seria.

Wren sussurrou as palavras seguintes no ouvido dele.

— Me encontre. Onde quer que esteja, onde quer que a gente acabe, não pare de me procurar.

E, como não suportaria assisti-lo se afastando, assistir August a deixando, ela pulou na frente dele, ignorando o som de sua voz a chamando, e passou pela porta.

# 59

# IRENE

Fazia anos desde a última vez que Irene tinha ido ao Éter sozinha. Estava acostumada a ter sua parceira ao seu lado. Sua companhia constante. E a ausência de Masika a atingiu com mais força do que esperava ao cruzar os limites e chegar ao Éter, como um enorme vazio em seu peito.

Respirou fundo, trêmula. Seus ouvidos apitavam. O estômago doía. Era a transição familiar. Nada novo.

Mas daquela vez... teve que lidar com isso sozinha.

Assim que sua visão se aclimatou e percebeu onde estava, Irene arfou.

Estava dentro do que parecia um prédio de Blackwood. Porém, mesmo com tudo parecendo igual na superfície — as tábuas escuras do piso, as trepadeiras subindo as paredes, as arandelas de ferro penduradas pelo caminho —, percebia rachaduras estranhas na projeção do Éter. Os espelhos estavam distorcidos. O chão, levemente empenado.

E isso não era tudo.

Ao caminhar, seguindo pelo corredor, parecia que não estava se mexendo. Como se o corredor se alongasse para sempre diante dela, como se o chão se movesse abaixo dos pés.

Irene fixou o olhar à frente, sem querer sucumbir aos truques do Éter. Suspeitava que não deveria olhar nos espelhos que decoravam as paredes. Que, caso se permitisse mesmo um breve momento de fraqueza, encontraria alguma coisa horrível à espreita no reflexo.

Não sabia bem aonde ir. A cada esquina que virava, acabava em um corredor idêntico. Tentou invocar sua magia, sentir seu mapa interno. Tinha um lampejo bem leve de *alguma coisa* ao longe. Alguma coisa familiar.

Tentou registrar quantas vezes tinha feito uma curva, pois era um jeito de continuar focada, mas não demorou muito para perder as contas. Estava caminhando pelo que pareciam horas e o efeito exaustivo do Éter já tinha começado a agir. Suas pernas estavam dormentes. O peito pesava, e a cabeça latejava sem parar.

Olhou para a direita…

Um erro. Um erro repentino, idiota.

Olhou direto para um dos espelhos, se esquecendo da promessa de manter os olhos adiante, e deu um berro quando viu o que a olhava de volta.

Era seu próprio rosto. Cansado e exausto. Mas não estava sozinha.

— Você me abandonou.

No reflexo, Masika estava atrás dela, com o rosto ensanguentado e cheio de cicatrizes. As palavras ecoaram na cabeça de Irene, inundando sua mente em uma repetição desorientadora. Seu lado racional sabia que era uma ilusão, mas o outro, o que estava de luto pela perda repentina da amiga, não pôde deixar de responder.

— Eu tinha que continuar — disse Irene. — Você teria feito a mesma coisa.

— Eu teria me despedido. — A voz de Masika ecoava ao seu redor, a expressão mudando de magoada para raivosa. — Eu teria tentado te encontrar.

Irene se aproximou do espelho.

— Não sou uma boa amiga. Não sou nem uma boa pessoa. Na verdade, te fiz um favor. Foi mais fácil para nós duas.

O rosto de Masika piscou, se deformando dentro do espelho.

— Você não é uma má pessoa, Irene. Você se agarra a essa ideia porque é mais fácil fazer isso do que encarar a pessoa que se tornou. Você quer correr do monstro dentro de você. Da escuridão que a persegue. Mas você não é assim.

— Você não sabe quem eu sou.

Masika inclinou a cabeça.

— Você e eu sabemos que isso é mentira. Eu fui a única que te conheceu de verdade. Que viu a menininha assustada por trás da máscara, de quem você pensava que tinha se livrado.

— Pare — ofegou Irene.

Afastou-se do espelho, mas a parede atrás dela se afunilara, a prendendo em uma passagem. Não tinha para onde correr, e foi forçada a escutar as palavras da ilusão.

— Sua mãe te magoou, então você jurou magoar o resto do mundo. Pegou essa raiva e deixou que a transformasse na pessoa que você mais temia.

— Pare…

— Mas espero que tenha valido a pena. Espero que tenha valido a pena perder a única amiga que tinha.

Um berro de angústia escapou da garganta de Irene enquanto ela esmurrava o espelho. Fragmentos de vidro explodiram para todos os lados com o contato de seu punho, e uma rachadura dividiu a ilusão de Masika em duas.

— Você não pode continuar correndo de si mesma — sussurrou a outra garota, sua voz sumindo. — Não importa a escolha que faça. Não importa aonde vá… *você* sempre estará lá.

Quando Irene piscou, a imagem de Masika desapareceu. A passagem tinha voltado ao normal, expondo o caminho adiante. Irene respirou com dificuldade, lágrimas quentes ardendo em seus olhos, e encarou o espelho mais uma vez. Esperou que o rosto de Masika reaparecesse, esperou escutar a voz da amiga mais uma vez, mas ela tinha partido.

Irene ficou com a única coisa que sempre temera de verdade. O monstro real à espreita na escuridão de seu quarto.

A coisa da qual jamais poderia escapar.

Ela mesma.

# 60

# WREN

Estava em seu quarto.

Tudo estava igual ao espaço com o qual tinha se acostumado: a escrivaninha de carvalho e o espelho manchado. Os lençóis adornados com flores do campo. As cortinas de renda branca e as prateleiras empoeiradas. Mas Wren sabia que não era o quarto dela *de verdade*. Para começar, sentia os efeitos do Éter ao redor... aquele sentimento intoxicante em seus braços e pernas, o peso na cabeça. Mas também havia uma diferença gritante entre aquele quarto e o real. Quando olhou pela janela, não viu as costumeiras árvores espalhadas pelo Pátio Principal. Em vez disso, havia o que parecia ser um céu preto infinito com estrelas cintilantes, um universo inteiro se alongando diante dela.

Wren olhou para o espelho da penteadeira e analisou sua aparência. Mal reconheceu a pessoa que a encarava. Compartilhavam das mesmas características físicas — cabelo ruivo, pele branca, sobrancelhas grossas —, mas aquela não era ela de verdade. Sabia que tinha mais alguém, espreitando logo além de sua visão.

A pessoa *por trás* do rosto.

A Wren do passado. A pessoa conhecida por cometer erro atrás de erro, por deixar um rastro de destruição por onde passava, sem remorso. A pessoa que não se preocupava em parar e pensar sobre como suas ações afetariam as pessoas ao redor. Como suas ações poderiam magoar quem mais amava no mundo.

Aquela nova versão de Wren, com notas perfeitas e o comportamento de santinha, era apenas uma personagem. Um disfarce. Um jeito de esquecer a Wren do passado e a substituir por uma Wren palatável. Uma Wren *boa*.

Se pudesse esquecer o passado, poderia esquecer o acidente. Poderia deixar tudo para trás.

Por isso tinha se agarrado ao Decênio com tanto desespero. Por isso ficara obcecada com a ideia da grandeza acadêmica. Mas agora todos aqueles sonhos e toda aquela esperança dentro dela tinham sido destruídos.

Como poderia viver consigo mesma se escolhesse se tornar Ascendida, sabendo o preço pago?

Houve um barulho ao longe. Era difícil distinguir onde, exatamente, mas sabia que era alguém pedindo ajuda, com uma urgência palpável na voz.

As palavras de August ecoaram em sua cabeça como um alerta.

*Mas preciso que me prometa que, não importa o que aconteça, o que você veja, você vai proteger a si mesma.*

*E apenas a si mesma.*

Wren xingou baixinho. August teria que perdoá-la.

Saiu do quarto para o corredor, indo em direção à voz, que ficava cada vez mais alta. Alguma coisa naquela voz soava familiar; um tom de comando que conhecia bem. E foi quando Wren a viu.

Irene.

Ela estava no fim de um corredor ridiculamente longo, o corpo afundando nas tábuas do piso, as pernas sendo consumidas por um grosso líquido preto. Irene se contorcia, impotente, se agarrando ao chão diante dela, mas parecia que, não importava o quanto tentasse, não conseguia se libertar.

— Me ajuda!

Wren não parou para pensar. Só começou a correr.

Se conseguisse alcançá-la rápido, se conseguisse silenciar o pânico e se concentrar no ar entrando em seus pulmões, poderia salvar Irene. Dar mais tempo a ela. Mas o líquido estava arrastando Irene para baixo com mais velocidade do que Wren imaginara. Subindo pelas pernas e coxas.

Quando Wren chegou, deslizando pelo chão ao lado dela, a gosma escura já estava na cintura de Irene.

Wren esticou uma das mãos para ela.

— Se segure! Vou te puxar!

Irene estava com os olhos arregalados de pânico, mas assentiu, cerrando os dentes.

Suas mãos se entrelaçaram. A palma de Irene estava úmida de suor e daquele líquido estranho, mas Wren segurou firme, cerrando os dentes e puxando com força.

Wren cambaleou para a frente, chegando perigosamente perto.

— Aguenta firme!

O líquido passou da cintura de Irene. Em direção ao peito. Envolvendo devagar seu pescoço. Os braços foram engolidos, junto com a mão de Wren. Mas ela ainda assim não soltou.

Não podia se permitir desistir.

— Por favor — sussurrou Wren.

Suas mãos estavam escorregando. Se continuasse segurando a mão de Irene, sabia que cairia lá dentro também. Que encontraria o mesmo destino. Mesmo sabendo disso, não conseguia abandonar Irene.

— Não consigo… — disse Irene, a voz abafada, quando a lama adentrou sua boca. — Wren… Eu… Eu…

E então alguma coisa aconteceu.

A cara de pânico de Irene sumiu. Ela parou de gritar. O terror em seus olhos desapareceu.

Os lábios dela se curvaram em um sorriso tranquilo.

— Wren — sussurrou ela. Mas tinha alguma coisa errada. Não era a voz de Irene. — Sempre tão boazinha.

E então aquela coisa que parecia Irene agarrou Wren pelo pescoço e a puxou para baixo.

Wren caiu de barriga no chão, usando as mãos para amortecer a queda. Aquela lama esguichou em seu rosto, um gosto amargo invadindo sua boca. Ela fez uma careta ao se colocar de joelhos, analisando os arredores desconhecidos.

Era um campo aberto, com as estrelas iluminando o céu noturno acima. A grama abaixo dela estava seca e apodrecida, se desfazendo entre seus dedos.

Não tinha tempo para pensar no que era aquela criatura. Por que tinha escolhido o rosto de Irene. Tinha que se concentrar. Precisava achar um jeito de sair dali. Era óbvio que tinha se desviado do caminho certo.

Mas, antes que pudesse se mexer, uma voz a chamou:

— Loughty?

August estava ali, a poucos metros, com o peito arfando a cada respiração, as bochechas rosadas. Estivera correndo, o suor escorrendo por sua testa e pelo pescoço.

— August.

Ela se aproximou e passou os braços em volta dos ombros dele, segurando seu rosto por instinto. Precisava saber que ele era real. Que não era só uma ilusão. Mas tudo nele parecia sólido. Parecia ele.

— Como chegou aqui? Você me seguiu?

Ele se afastou e a agarrou com firmeza pelos ombros.

— Precisamos ir embora. Agora.

— Ir embora? — repetiu Wren, incrédula. — Para onde? Não podemos *ir embora*.

— Sei de um lugar para onde podemos ir.

— Mas o juramento de alma… — Ela balançou a cabeça, confusa com as palavras dele. — Não podemos. Temos que terminar a prova…

— Isso não tem importância — interveio August, segurando as mãos dela e as colocando em seu peito. — Sei um jeito de contornar o juramento.

— Não estou entendendo. — Os pulmões de Wren se encheram de pânico, ameaçando consumi-la como um rio turbulento. — August. O que você disse não faz sentido…

— Me escuta. — Havia desespero na voz dele enquanto implorava. — Sei um jeito de nos livrarmos do juramento de alma. Um lugar onde podemos nos esconder. Mas preciso que confie em mim. — Ele levou as mãos dela aos lábios, dando um beijo bem leve nos nós de seus dedos. — Pode fazer isso por mim? Confiar em mim?

Wren tentou falar, mas nada saiu. Foi tomada por uma horrível compreensão que a deixou tensa ao lado dele.

— Mas… se você descobriu um jeito de se livrar do juramento de alma… por que não contou aos outros? Por que não ajudou *eles*?

August se retesou com a acusação.

— Não é tão simples. Posso explicar tudo depois que você vier comigo…

— E depois disso? Nos escondemos pelo resto da eternidade na fronteira do purgatório enquanto Silas continua a destruir outras almas inocentes?

— Mas… — August balançou a cabeça, a testa franzida, confuso. — Não entende? Isso não importa, porque você estaria *em segurança*.

Ela se afastou dele, só um pouquinho. O suficiente para voltar à razão.

— Se um de nós vencer, podemos tentar derrubá-lo. Se nos escondermos, não poderemos fazer nada. Essa é a saída fácil.

— Eu não me importo. — A voz de August soava urgente, e trêmula de um jeito que lhe causou um aperto no peito. — Eu *quero* a saída fácil. Toda a minha vida foi difícil. Dolorosa. Se não formos embora agora, então… — Ele passou a mão pelos cachos e soltou um grunhido. — Você não entende. Tem muita coisa que preciso te contar. Mas estamos ficando sem tempo.

— Tempo para o quê? — Wren se aproximou.

Ele congelou, os olhos fixos nos dela. Um momento de paralisia os dominou.

Mas August nunca teve a oportunidade de responder.

Ele se curvou para a frente, as mãos pressionando o peito, e soltou um berro de agonia. Todos os músculos de seu pescoço se contraíram e ele desabou no chão quando seus joelhos cederam.

— August! — Wren se inclinou, procurando freneticamente algum ferimento, mas não tinha nada. Nenhum corte. Nenhum sangue. Nada que indicasse o que o estava machucando. — O que foi? Qual é o problema?

Ele jogou a cabeça para trás enquanto a dor tomava seu corpo. Duas palavras saíram de sua boca:

— Me. Deixe.

Wren inclinou a cabeça em confusão. Lágrimas ofuscavam sua visão.

— O quê? — sussurrou ela, a voz trêmula.

Ele gemeu, as veias do pescoço saltadas.

— *Agora.*

Alguma coisa ecoou atrás deles. O som era retumbante, como o de um trovão.

Wren levou um segundo para entender o que era.

Uma gargalhada.

— Por mais divertido que tenha sido — disse uma voz familiar —, sinto muito, mas temos que encerrar o show. Estou um pouco entediada com todo esse drama.

Wren não entendia para o que estava olhando. Não fazia sentido algum.

Louise estava atrás dela, de braços cruzados e o rosto expressando divertimento. Ela olhava para Wren com uma calma assustadora, uma firmeza no olhar que fez uma onda de pânico percorrer seu corpo. Mas *tinha* algo diferente nela. Os olhos não eram mais de um azul-claro que lembrava ondas e gelo.

Eram um tom castanho-escuro. Quase completamente pretos.

— Lou?

— Tente de novo.

E então Louise piscou, os olhos mudando do preto para o conhecido azul. O sorriso em seu rosto se dissipou, dando lugar a puro pânico e desespero.

Ela olhou ao redor, perplexa.

— Onde… Onde eu estou?

Wren estremeceu, vendo a confusão se espalhar pelo rosto de Louise. O medo.

Louise piscou e os olhos ficaram pretos mais uma vez, um sorriso malicioso curvando seus lábios.

— Ela é uma chorona, essa aí. — Era a voz de Louise, a voz que pertencia à amiga que Wren conhecia, mas tinha uma desconhecida nota de crueldade. Todas as palavras cheias de veneno. — Que bom que não preciso mais dela.

August grunhiu de onde estava, no chão, e agarrou Wren pelo pulso, enfiando as unhas na pele dela. Wren se retraiu, mas ele não a soltou, segurando-a com mais força. August lutou contra a dor, cerrando os dentes enquanto falava.

— Corre — implorou ele. — Por favor.

Mas Wren não conseguia. Precisava entender o que estava acontecendo.

De uma vez por todas, precisava saber a verdade.

Soltou a mão de August com gentileza e se levantou para enfrentar Louise.

— Quem é você?

— Lá vamos nós. — Louise uniu as mãos em deleite. — *Agora* você está fazendo as perguntas certas. — Ela se aproximou de Wren, se deleitando com sua confusão. — Ah, fala sério. Não tem nenhum chute? Sabe… aquele novato… qual o nome dele? Emilio, acho. Ele praticamente descobriu. Uma pena ele ter se ferido. Estava *prestes* a resolver toda essa questão.

— Você está… possuindo a Lou, não está? — perguntou Wren, a voz trêmula.

Louise, ou melhor, a pessoa *dentro* de Louise, soltou uma gargalhada.

— É um pouco mais complicado do que isso.

Wren se retesou.

— Deixe ela em paz. Você mesma disse... que não precisa mais dela.

— É, bem... Infelizmente, ela sabe demais. Viu coisas demais. Se eu cortasse nossa conexão, Louise teria acesso a todas as minhas memórias. Veria tudo o que fiz quando estava no controle.

— Você não pode morar dentro dela para sempre.

— Tem razão. — Ela suspirou, o sorriso malicioso vacilando um pouco. — Não posso.

Louise estalou os dedos e seus olhos voltaram para o azul. O pânico tomou conta mais uma vez. Sua expressão se tornando mais consciente.

— Wren — choramingou ela, a voz trêmula. — O que... O que está acontecendo comigo?

Wren correu na direção de Louise sem hesitar, abraçando-a com força.

— Você está bem. Vou tirar você daqui.

— Sinto que estou ficando louca — Ela soluçou. — Eu não... não entendo o que está acontecendo comigo...

— Me escuta, Lou. Não é culpa sua. — Wren segurou o rosto dela entre as mãos. — Vou encontrar uma saída. Vou te levar de volta a Blackwood e vai ficar tudo bem. Não vou deixar ninguém te machucar.

Louise abriu a boca para falar, mas um som de engasgo saiu de sua garganta e seus olhos se arregalaram de pavor quando não conseguiu encontrar a própria voz.

— O que... — As mãos de Wren tremiam conforme assistia, aterrorizada. — O que está havendo?

Louise não respondeu. Não podia. E então sua pele começou a rachar. A se desintegrar. A se rasgar inteira. Wren estendeu a mão para o rosto dela, que se abriu ao seu toque, se derretendo em poeira. Pedaços de pele e carne flutuavam no ar, evaporando em nada.

Um grito ecoou da garganta de Wren enquanto tentava abraçar a amiga, mas pedaços de Louise derretiam como cera de vela. Seu rosto desapareceu. Os ossos viraram pó. Cada pedacinho da pele sumiu, caindo como areia ao vento, dando a ela um novo rosto. O rosto que estivera à espreita na superfície, esperando a primeira oportunidade para atacar.

Um rosto com um sorriso cruel. Com olhos pretos e dentes pontudos e maçãs do rosto tão afiadas que poderiam cortar um coração ao meio.

E então Louise Nordain se foi.

Diante de Wren estava alguém completamente diferente. Uma garota com cabelos pretos cobertos de sombras.

— Que pena. — Uma voz malvada e rouca zumbiu no ar, reverberando com poder. — A menina tinha potencial.

Wren ficou cega de ódio. Perdeu o controle de todos os sentidos, os arredores se desfazendo em uma paisagem incoerente, sem forma nem significado. Só conseguia se concentrar na raiva em seu coração. Na fome de destruir a garota diante dela, de desmembrá-la, pedaço a pedaço.

— O que… você… fez… com ela? — perguntou Wren, cada palavra embargada e ofegante.

A garota a encarou de volta, os olhos sem emoção.

— O que precisava ser feito.

Não.

Wren partiu para cima dela, uma magia voraz percorrendo suas veias. Porém, antes que pudesse agarrá-la pelo pescoço, a garota estalou os dedos e o corpo de Wren congelou. As pernas ficaram duras como pedra. Os músculos, rígidos. Ela não conseguia se mexer, presa dentro do próprio corpo.

— Se… afasta dela. — A voz de August ecoou atrás de Wren, que não podia virar a cabeça para olhar, mas sabia que ele ainda estava agonizando de dor. Dava para ouvir na voz dele. Cada palavra soava torturada. — Não… toque nela.

— Você sabe que não posso prometer isso.

— Edith. — August sussurrou o nome com uma familiaridade arrepiante. — *Por favor.*

O rosto da garota endureceu. Um breve momento de pesar, em que alguma coisa além de crueldade emanou dela. E então ela curvou os lábios em um sorriso e soltou uma gargalhada sarcástica.

— Ah, poxa. Eu queria ter falado meu nome pessoalmente, mas agradeço a apresentação, irmãozinho.

# 61

# AUGUST

Nunca quisera que ela descobrisse as coisas daquele jeito. Preferiria ter levado a verdade para o túmulo, com a escuridão apodrecendo dentro dele, o destruindo aos poucos, do que ouvir aquelas palavras em voz alta. Do que ver o olhar de Wren quando ela entendeu quantos segredos escondera dela.

Foram anos e anos de mentiras vindo à tona.

E ele só conseguia ficar ali parado, olhando.

Parecia que Edith estava saboreando o momento. Adorando o caos que criara.

— Imagino que August não te contou sobre nosso drama familiar... — Ela caminhou em direção a Wren com passos lentos e ameaçadores. Sombras brotavam de seus braços e pernas, se enrolando como cobras. — Não me surpreende. Nós não estamos nos dando muito bem, no momento.

August grunhiu.

— Eu vou... acabar com você...

Edith o ignorou, concentrada em Wren. August percebia que ela estava batalhando para se libertar do feitiço, seus olhos apavorados ao permanecer congelada no chão. Mas mesmo que Wren conseguisse de alguma forma vencer o encantamento, ainda estaria impotente contra Edith.

— Sabe, eu e meu irmão tínhamos um acordo. E eu pensei que tudo estivesse seguindo conforme o plano, até saber que os sentimentos dele tinham ficado... complicados. — Edith sorriu e ergueu uma sobrancelha. — Engraçado. Não achava que meu irmão fosse capaz de amar alguém. Por outro lado, ele sempre gostou de me surpreender.

Ela se esgueirou para mais perto, erguendo a mão na direção do rosto de Wren. Uma das sombras em seu braço deslizou para o ombro de Wren, chegando à escápula. August observou, sem poder fazer nada, Wren arregalar os olhos de medo. Ele lutou contra a dor, se erguendo de joelhos, mas não conseguia se livrar da magia que o mantinha no chão.

Não podia salvá-la.

— Esses dias, tive o pressentimento de que não podia mais confiar no meu irmão. Pode chamar de intuição fraternal. Então decidi entrar em Blackwood e cuidar do nosso plano pessoalmente. Mas quando todos vocês foram chamados para o Decênio, bem… tudo ficou mais complicado. — Edith soltou um suspiro. — Forcei a barra na segunda prova. Mostrei minha jogada cedo demais. Sabe, meu irmão e eu temos um jeitinho de saber quando o outro está por perto. E, quando enviei a criatura das sombras, soube que ele tinha finalmente sentido minha presença.

Wren balançou a cabeça.

— Mas…

— Eu sei que você deve ter um monte de perguntas, mas vai ter que esperar. Estamos ficando um pouco atrasados no cronograma. — Ela estalou os dedos e o corpo de Wren estremeceu quando o feitiço a libertou. Antes que pudesse retaliar, uma das sombras se enrolou em sua cintura, a restringindo. — Desculpe. Medidas de precaução.

Wren grunhiu ao lutar contra o aperto.

— Por que está fazendo isso?

O sorriso de Edith se tornou sombrio e ela voltou o olhar para August.

— Quer contar para ela? Ou eu conto?

O pânico o dominou enquanto ele lutava com a dor. Parecia que seu corpo estava envolto em chamas, o cérebro latejando sem parar.

— Loughty… — Os pulmões o traíram, e August respirou fundo com dificuldade. Tentou se manter concentrado, manter os olhos nela, mas pontinhos marrons começaram a atrapalhar sua visão. — Eu… escondi coisas de você. Menti para você. Mas preciso que saiba que nunca teria permitido que ela… nunca teria permitido que ela te levasse.

O rosto de Wren se contorceu em confusão.

— Me levasse?

August se inclinou para a frente quando outra onda de dor atingiu seu peito, mas manteve os olhos focados nela. Parte dele temia que, se desviasse o olhar, se cedesse à dor, a perderia por completo.

— Edith me recrutou. Há muito tempo. Me convenceu a entrar para a Ordem dos Damianos antes de eu entender o que ela tinha se tornado.

As palavras escaparam de uma vez. Ele sabia que não tinha muito tempo. Que Edith venceria aquela batalha de qualquer jeito. Não podia impedi-la. Não agora. Mas podia tentar fazer Wren entender. Podia usar os segundos que tinha para tentar consertar o que havia quebrado.

— Eu fui... fui ordenado a ganhar sua confiança. A levar você até ela quando estivesse pronta. E no começo... eu *ia* fazer isso. Achava que era a coisa certa. Mas... eu não sou mais assim. Não é quem eu quero ser. E, quanto mais me aproximava de você, mas eu sabia que não ia conseguir levar o plano até o fim. Tudo...

Um grito gutural escapou dele quando outra onda de dor o fez desabar no chão. Ele olhou para cima por entre os cachos suados, fazendo uma careta ao se recolocar de volta de joelhos. Mal conseguia falar, mas tinha que continuar.

— ...tudo mudou. Eu sabia que não conseguia mais. Que não podia ajudar Edith. Parte de mim já sabia há anos que a Ordem dos Damianos tinha se tornado apenas outra forma de destruição. — Ele inspirou e lutou para permanecer consciente. Ela precisava ouvir tudo. Cada palavra. — Mas foi *você* quem acendeu a luz de novo, Wren. Quem me trouxe de volta à vida depois de anos e anos me afogando. Foi você quem me arrastou para fora do inferno. Foi você. Sempre foi você. E sempre será você.

O silêncio tomou conta da noite. Palavras não ditas fervilhavam nos olhos de Wren.

E então uma única palma. E outra. E outra.

— Que bonito! — zombou Edith com um sorrisinho. Ela uniu as mãos em zombaria, jogando a cabeça para trás e soltando uma gargalhada. — Você planejou isso? Porque assim, achei muito inovador. Você devia colocar por escrito. — Ela segurou o rosto de Wren, se aproximando. — Mas infelizmente temos que interromper esse festival do amor. Temos que ir para outro lugar.

Wren lutou contra suas amarras.

— Não vou a lugar nenhum com você.

O olhar de Edith endureceu.

— Então vai assisti-lo sendo destruído.

August desabou no chão quando uma dor terrível atingiu seus membros. Era fogo. Por todo lado. Envolvendo seus braços e pernas. Ele queria arrancar a própria pele. Livrar-se das camadas e se deixar derreter. Devia estar gritando. Havia um barulho ecoando em seus ouvidos, alto e desagradável. Mas tinha perdido a noção de direção, consumido pela dor infinita.

Uma voz cortou o caos.

— Pare!

A dor desapareceu. August arfou, dedos cravados no chão.

Assim que viu o olhar no rosto de Wren, ele soube.

Entendeu o que ela estava prestes a fazer.

— Não. — Tentou ficar de joelhos, mas estava muito fraco. Muito destruído. Engatinhou, desesperado para alcançá-la. Para salvá-la da decisão irreparável que estava prestes a tomar. — Não faça isso.

Mas Wren já estava esticando a mão, encorajando Edith a se aproximar. Ele observou, cheio de terror, quando Edith esticou a mão para Wren. Houve um breve momento de hesitação, um lampejo de arrependimento nos olhos de Wren.

*Adeus, August.*

Ele balançou a cabeça.

*Por favor. Não faça isso.*

A voz dela inundou a mente dele uma última vez.

*Lembre-se da sua promessa.*

E então ela deu a mão para Edith e as duas sumiram sem deixar nenhum rastro.

# DEPOIS

# 62

## MASIKA

Sons de passos ecoavam ao redor dela — aqui e ali, e sumiam de novo. Ela tentou abrir os olhos, mas um peso os manteve fechados. Como se estivesse submersa em algum líquido. Enrolada em um cobertor pesado. Ruídos se agitavam acima dela. Mais altos, então mais baixos, depois quase inaudíveis. Uma baderna incoerente que não fazia sentido aos seus ouvidos.

O tempo se misturava. Dias ou semanas ou anos. Não sabia.

E então vieram as vozes. Algumas conhecidas. Outras, não.

*Meu Deus. O que aconteceu com ela?*

*... nós a alcançamos o mais rápido que pudemos.*

*... me promete! Promete que ela vai acordar!*

Queria se comunicar. Contar que estava ali. Que ainda estava aguentando firme.

Mas nenhum som saía.

*Estamos fazendo o possível!*

*Eu não entendo. Por que a deixaram para trás?*

*Nós tentamos. Foi muito rápido.*

Um calor febril se espalhou por seu corpo. Um convite bem-vindo a desistir, a adentrar a escuridão e se deixar levar pela correnteza. Talvez fosse a resposta. Parar de lutar. Parar de correr.

Se render.

*Tem alguém segurando a minha mão.* Foi o primeiro pensamento que lhe veio à mente quando finalmente venceu a escuridão e abriu os olhos. Paredes de pedras a rodeavam, o lampejo de uma vela. Aromas doces de fumaça de lenha e bálsamo permeavam o ar, preenchendo seus pulmões.

Uma voz cortou o silêncio.

— Você está bem.

A mão entrelaçada na sua deu um aperto de reafirmação. Quando virou a cabeça e localizou a fonte da voz, um alívio avassalador a tomou. Foi como se um peso tivesse sido tirado de seu peito, uma felicidade estonteante que fez seus olhos se encherem de lágrimas na mesma hora.

Era Emilio. Sentado ao lado dela, sem camisa, com uma atadura branca enrolada no torso.

— Emilio... — Sua garganta doeu ao falar o nome dele. — É você mesmo?

Ele deu uma risadinha, se inclinando para tirar um cachinho castanho do rosto dela.

— Sou eu.

Masika sentiu o ímpeto de passar os braços ao redor dele, mas era evidente que não estava recuperada por completo. Seu corpo estava rígido, algumas partes em carne viva.

Analisou o cômodo desolado. Não tinha nada, com exceção da cama em que estava deitada e um pequeno tapete esfarrapado. Um único lampião iluminava o cômodo com um brilho fraco, jogando uma luz laranja no rosto de Emilio.

— Onde estou?

— Num lugar seguro.

Uma batida à porta interrompeu a conversa. Masika ergueu os olhos e encontrou outro rosto familiar sorrindo para eles.

— Bem-vinda de volta. — Olivier se recostou conta a porta, braços cruzados. Ele a observava com uma apreensão estranha, como se temesse que ela pudesse desintegrar diante de seus olhos. — Por um segundo, achei que fôssemos te perder.

Masika tentou um sorriso fraco.

— De jeito nenhum.

Quando se apoiou nos cotovelos, uma dor indesejada percorreu seu corpo em uma onda violenta, uma agonia que se espalhou pelos braços e pernas como fogo.

Masika ofegou, trêmula, agarrando os lençóis.

— Por que tudo dói?

— Nosso juramento de alma foi rompido, mas... houve consequências. Não temos mais a habilidade de nos curar magicamente. — Alguma coisa mudou no rosto de Emilio. Um momento de hesitação. Ele suspirou. — Na verdade... acho que você tem que ver uma coisa.

Ele pegou um pequeno espelho de mão de trás de si.

— O que é? — perguntou ela.

— Olha.

Quando Masika olhou no espelho, se retraiu.

Um corte enorme atravessava seu rosto, da sobrancelha direita ao queixo. Pele ainda rosada se misturava ao tecido cicatrizado. Vestígios de pontos de emergência que tinham costurado seu rosto.

— Ah... — Ela passou o dedo pela cicatriz, fazendo uma careta ao sentir a pele grossa. — Entendi.

— Pode ser que se cure com o tempo. — Olivier se aproximou, a voz baixa e cautelosa. — Que suavize um pouco. Mas...

— Não tem nenhuma garantia — interveio ela, completando sua frase.

— Sei que vai precisar de um tempo para se acostumar com a cicatriz — sussurrou Emilio, pegando o espelho da mão dela com delicadeza —, mas o resto do seu corpo está sarando bem rápido. Disseram que em poucos dias talvez você já consiga andar.

O coração de Masika se apertou.

— *Disseram?*

— Russo e Birdie e... — Olivier hesitou e olhou para Emilio.

Masika assentiu, compreendendo.

— Catherine?

— É.

— Então vocês já sabem dela?

Olivier se remexeu.

— Sabemos.

Masika assentiu e fechou os olhos.

— É, bem. Elas me deixaram lá.

— Mas voltaram — sussurrou Emilio baixinho. — E salvaram você. Nós. — Ele gesticulou para a atadura amarrada em sua cintura. — Se elas não tivessem ido atrás de mim, eu não teria sobrevivido. Estaria acabado.

— Cadê elas? — perguntou Masika.

Pensar em Catherine tão perto a deixava nervosa.

— Com os outros.

— Outros?

— A Resistência não tem só as três. — Olivier se aproximou, parando perto de Emilio e colocando uma das mãos nas costas dele. — Há outros. Dezenas. E eles têm um plano para derrotar Silas e a Ordem dos Damianos. Um jeito de impedi-los antes que destruam o pós-vida por completo.

— Querem a nossa ajuda — murmurou Emilio, se aproximando. — Querem que a gente se junte a eles.

Parecia o plano perfeito. Queimar a Ordem dos Damianos e assistir Silas desmoronar. Mas parte dela estava tão *cansada*. Cansada de lutar. De fugir.

Olivier se sentou ao lado de Masika.

— Tem mais uma coisa. Soubemos que Irene terminou a última prova… e escolheu se tornar Ascendida.

Alguma coisa lá no fundo da alma de Masika se quebrou. Um sentimento profundo de traição.

Ela mascarou esses sentimentos com um dar de ombros indiferente.

— Não estou surpresa.

— Ainda dá tempo de argumentar com ela — acrescentou Emilio. — Se conseguirmos falar com ela, podemos tentar convencê-la a se unir a nós. É difícil, mas… — Ele colocou a mão no ombro de Masika e deu um sorriso fraco. — Podemos tentar.

O silêncio recaiu sobre eles. Masika sabia que aquele momento era crucial. O momento que não apenas determinaria o destino deles, mas o selaria. Não haveria como retornar. E não dava para mudar o que já tinha sido feito. Se iam lutar, lutariam até o fim.

— O que me dizem? — Olivier olhou de um para outro. — Prontos para salvar o pós-vida?

— Temos escolha? — Emilio suspirou, se recostando contra a parede. Olivier lhe deu um cutucão de brincadeira e sua expressão ficou mais leve. — Tá bom, tá bom. É. Vamos salvar o pós-vida, ou sei lá.

Eles olharam para Masika, esperando sua resposta. Esperando sua decisão.

Mas, para ela, a resposta era fácil.

— Tô dentro.

# 63

# IRENE

Irene afundou na poltrona de couro e jogou as pernas em cima da escrivaninha, olhando para a placa dourada.

*IRENE MANETTE BAMFORD — ASCENDIDA*

Tinha acabado de se mudar para seu novo quarto no Alojamento dos Ascendidos. A coitada da Liza estivera certa… realmente *era* encantado para parecer maior do lado de dentro. Ao entrar, Irene tinha sido recebida pelo que pareciam centenas de andares empilhados infinitamente acima dela. Era realmente a coisa mais impressionante que já vira, uma torre infinita de conhecimento e poder escondida em plena vista.

Irene olhou o espelho atrás de si e ficou tensa por instinto. Ainda não estava acostumada a ver um par de olhos brilhantes a encarando de volta. Eles cintilaram quando ela inclinou a cabeça de um lado para o outro, uma luz dourada dançando em suas íris.

Uma batida à porta tirou seu foco do espelho.

— Srta. Bamford. — Era o inspetor Wesley. Ele abriu uma fresta da porta, espiando-a com aqueles olhos verde-amarelados. — Sua primeira reunião com o restante dos Ascendidos começa em breve. Estão te esperando. Temos que discutir algumas questões… começar nossos esforços para tentar recuperar os alunos que sumiram.

Alunos que sumiram. Era só disso que os inspetores e os outros Ascendidos falavam desde o fim do Decênio.

Cinco alunos — Wren, August, Masika, Emilio e Olivier — tinham desaparecido sem deixar rastros. Suas almas aparentemente tinham *partido.* O que significava que o Éter não fora alimentado de forma adequada. Irene já tinha começado a escutar relatos de alunos enfrentando mais obstáculos do que o comum. Estranhas perturbações no Éter, fazendo com que falhassem nas missões de ceifamento. E, de acordo com Silas, as coisas só piorariam com o tempo. Se não recuperassem os alunos que sumiram, se não dessem suas almas para alimentar o Éter, o pós-vida em si deixaria de existir.

Irene assentiu com firmeza.

— Certo. Eu já vou.

Wesley assentiu e hesitou um pouco, brincando com a maçaneta, antes de fechar a porta com relutância.

Por fim, o plano de se tornar Ascendida fora bem simples. Assim que terminou a última prova, encontrando o item — uma pulseira de quando era viva —, se transportou de volta para Blackwood, onde o diretor Silas e os seis inspetores a receberam de braços abertos.

Eles a aplaudiram. Comemoraram. Como se sua vitória fosse algo a ser celebrado.

Irene tinha estampado um sorriso enorme no rosto. Apertara a mão deles e fingira gostar da vitória, fazendo-os pensar que estava radiante. *Grata*. Talvez, se fosse outra pessoa, qualquer outra pessoa, não tivessem acreditado. Tivessem visto que era fingimento. Se ela fosse uma pessoa mais generosa. Mais legal. O tipo de pessoa que hesitaria ao enfrentar uma decisão como aquela.

Mas Irene Manette Bamford não era conhecida por ser legal.

Levantou-se da poltrona e começou a juntar suas coisas, colocando a papelada na mochila e a jogando no ombro. Wesley estava certo. A primeira reunião com os Ascendidos estava para começar.

E, apesar de Irene ter a intenção de ir, tinha uma coisa que precisava fazer.

Ela agarrou o medalhão pendurado no pescoço.

Sussurrou o nome dele.

Era hora de começar a trabalhar.

# 64

## AUGUST

Há muitos anos, séculos, August fizera uma promessa. Prometera que, mesmo que tivesse entrado para a Ordem dos Damianos, mesmo que tivesse aberto mão dessa parte de si, não deixaria a escuridão o consumir. Se não usasse magia das sombras, se tivesse autocontrole, ficaria a salvo. Não se tornaria o mesmo que a irmã.

Não teria que abrir mão de sua humanidade.

Tinha funcionado para ele. A irmã precisava de alguém infiltrado, alguém que permanecesse em Blackwood até que chegasse a hora certa. Se tivesse aberto mão da sua humanidade, alguém teria percebido. Teriam notado sua mudança e o revelado. Então Edith não o pressionou. Deixou August manter sua humanidade, pelo bem da Ordem.

Mas agora August tinha feito uma nova promessa, que superava todas as outras.

*Me encontre. Onde quer que esteja, aonde quer que a gente acabe, não pare de me procurar.*

Iria até o fim do pós-vida, nem que fosse se arrastando, sangrando e em carne viva, se isso fosse preciso para trazer Wren de volta. Arrasaria qualquer alma no caminho, pedacinho por pedacinho, até que não restasse nada além de um abismo vazio. Arrancaria sua humanidade com as próprias mãos e deixaria a escuridão entrar.

O que fosse preciso.

Ele faria.

Ele a encontraria.

August invocou as sombras.

… e elas responderam.

# 65

# WREN

No fim, o inferno era silencioso de um jeito sinistro.

Wren sempre imaginara que escutaria as almas perdidas gritando de agonia, os gritos torturados dos condenados ecoando em sua cabeça para toda a eternidade. Mas não tinha nada disso. Só o silêncio e o gotejar de uma torneira em algum lugar por perto, um barulho incessante que lhe dava nos nervos.

Ping. Ping. Ping.

Mas, quanto mais Wren ficava presa atrás das grades, tremendo no frio e na umidade, mais começava a pensar que talvez Edith não a tivesse levado para o inferno, mas para outro lugar.

Algum lugar pior.

— Peço desculpas pelo estado das suas acomodações atuais.

A voz de Edith ecoou no escuro; ela estava alguns passos diante da cela, recostada contra uma porta. A versão monstruosa que Wren vira no Éter tinha sumido, dando lugar a uma aparência mais humana. Os olhos ainda eram frios e pretos, e seus traços, duros e brutais, mas não havia sombras a envolvendo. Nem dentes afiados nem sorriso malicioso. Só uma garota vestida de escuridão.

— O que você quer?

— Essa é uma pergunta simples com uma resposta extremamente complicada.

Wren ficou de pé, cambaleante. O corpo todo doía. A cabeça latejava. Tentou se equilibrar, se agarrando à barra de ferro ao seu lado.

— Bom, considerando que é bem improvável que você tenha qualquer intenção de me libertar, tenho certeza de que pode me dedicar esse tempo.

Edith riu. Riu *de verdade*. O som era leve e gracioso.

— Tempo não é um problema. Nunca foi. Sempre tive muito tempo. Alguns diriam que até demais.

— Tá bom. Vou simplificar a pergunta. — Wren bufou, agarrando as barras da cela. — O que você quer de *mim*? Por que todo esse trabalho de fazer August se aproximar de mim?

Ela tentou ignorar o arrepio que percorreu seu corpo à menção do nome dele.

Sempre pensara que o relacionamento dos dois fora obra do destino.

Mas agora sabia a verdade.

Tinha sido cuidadosamente orquestrado pela Ordem dos Damianos. E parte dela não podia deixar de se perguntar quais partes do relacionamento foram reais e quais tinham sido apenas obrigação.

Os lábios de Edith se curvaram em um sorriso.

— Olha. É uma história longa e muito entediante que eu com certeza vou te contar outro dia. Mas, por ora, tudo o que você precisa saber é que planejamos nos infiltrar em Blackwood e destruir a escola. Estamos planejando há anos, mas finalmente está chegando a hora. O recomeço. Uma folha em branco. E, de acordo com o Desalmado, é *você* quem vai nos ajudar com isso.

Wren hesitou, pasma.

— Eu?

Edith caminhou em direção às barras, a escuridão abrindo caminho. Naquele momento, Wren se deu conta de como Edith e August eram realmente parecidos. No começo, pensou que talvez o uso da palavra *irmão* não fosse literal. Um termo usado por membros da Ordem. Mas naquele momento ficou evidente que o parentesco deles era de sangue.

A mesma cor de pele. Cabelo escuro. Maçãs do rosto proeminentes. Os dois eram lindos de morrer — e obviamente perigosos sob a superfície.

— Quero te mostrar uma coisa.

Ela mexeu o pulso e a porta da cela se abriu.

Wren pressionou a cabeça contra a parede atrás de si.

— Não vou a lugar nenhum com você.

Os lábios de Edith se curvaram em um sorriso.

— Vamos lá. Seja boazinha. Você não está algemada. E prefiro que continue assim.

Wren hesitou, as mãos trêmulas ao lado do corpo. Tentou invocar magia corpórea em suas veias, uma faísca de luz prateada, mas nada aconteceu. Tentou várias e várias vezes, mas restava apenas um buraco vazio no lugar.

Ela ficou em choque.

— O que você fez?

— Você vai receber sua magia de volta quando eu souber que posso confiar em você.

— Você... — Wren balançou a cabeça. Não era possível. — Como?

— Tem muita coisa que você não sabe. — Edith suspirou, gesticulando para que se aproximasse. — O que te ensinaram naqueles saguões iluminados é apenas uma fração do que você é capaz de fazer.

Wren saiu com cautela da cela, mantendo alguma distância.

— Os outros estão em segurança?

Edith deu de ombros.

— Por ora.

— Eles vão me procurar.

— É isso que espero.

Wren parou na frente de Edith e tentou não se retesar sob seu olhar.

— Você não pode me deixar aqui para sempre. Sei que pensa que vou te ajudar a derrubar Blackwood, mas está errada. Odeio o Silas tanto quanto você, mas não significa que vou destruir Blackwood e todo mundo lá dentro.

— Talvez não agora. — Os olhos de Edith percorreram seu rosto e seus lábios tremeram. — Mas vai.

Ela se virou e abriu a grande porta entalhada na parede de pedras. Wren viu o brilho de alguma coisa do outro lado — grama alta e montanhas —, e sentiu o cheiro leve de terra. Isso a impulsionou a avançar, louca para se livrar do confinamento da prisão.

Saiu para o ar fresco da noite.

Emergiram em um campo, rodeadas por colinas. O céu era de um preto vazio, sem estrelas nem brilho prateado. Montanhas irregulares cobertas de gelo cortavam o horizonte como uma coluna dorsal, em direção ao céu em pontas ameaçadoras. Wren só podia imaginar que estavam em algum lugar nos limites do purgatório, mas não tinha ideia de onde. Não podia ser o Éter. Ela se sentiria diferente, drenada.

— Onde estamos?

Edith a ignorou, gesticulando para que caminhasse.

— Vem. Tem algumas pessoas que eu quero que conheça.

Enquanto cruzavam o campo, alguma coisa começou a se materializar na visão de Wren. Um buraco entalhado no pé de uma montanha. Um lampejo de luz dançava dentro da caverna enorme, com um burburinho de movimento e vozes. Quanto mais perto chegavam, mais Wren começou a perceber que não era imaginação, que realmente *tinha* alguma coisa dentro da caverna.

Um acampamento.

Barracas pretas e douradas. As fragrâncias doces de fumaça e magia. O crepitar de dezenas de fogueiras em buracos no chão. Luzes bruxuleantes penduradas de um lado a outro da caverna, e lampiões balançando com a brisa fria. Galhos retorcidos brotavam do chão, pontilhando o terreno rochoso com as carcaças de árvores.

E as pessoas. *Tantas pessoas.* Dezenas, se não centenas. Algumas conversavam enquanto caminhavam, trocando sussurros apressados. Outras riam e bebiam sob o brilho das fogueiras. Algumas lutavam no que pareciam duelos de treinamento. Lançavam magia corpórea umas nas outras. Esquivavam-se de ataques. Outras assistiam, dando vivas, as mãos erguidas no ar.

Wren parou de repente.

— Que lugar é esse?

Edith analisou o terreno com um sorriso tranquilo. Havia orgulho nos seus olhos escuros.

— Essa... é a Ordem dos Damianos.

As sombras que corriam pelas veias de Edith zumbiram de satisfação, subindo e descendo pelo corpo dela como fitas desfiadas. Ela sorriu, e uma coroa feita inteira de sombras giratórias apareceu sobre a sua cabeça.

— E estamos te esperando há muito, *muito* tempo, Wren Loughty.

# AGRADECIMENTOS

Escrever estes agradecimentos me parece um daqueles momentos do tipo "me-belisca-meu-deus-isso-não-pode-ser-real", então peço que tenham paciência comigo enquanto tento agir como um ser humano normal e me expressar de forma coerente. Há tantas pessoas a quem preciso agradecer, não só por me ajudarem a criar este livro, mas também pela pessoa que eu sou. Então, nada mais justo do que começar com aqueles que literalmente me trouxeram ao mundo.

Aos meus pais, Viviana e Jorge, mais conhecidos como Mami e Papi, ou Vivi e Chochi. Este livro não existiria sem vocês. Sou incrivelmente sortuda por ter sido criada por pais que permitiram que eu seguisse meus sonhos, não importa o quão louco e inalcançável cada sonho pudesse parecer. *Gracias por todo.*

Aos meus superirmãos, Camila e Andy. Camila, não vou pesar a mão no sentimentalismo porque ISSO SERIA BREGA. Mas você foi, é e sempre será minha maior inspiração. Eu não teria sequer aberto meu primeiro livro se não estivesse desesperada para imitar tudo o que minha irmã mais velha fazia. Andy, sou tão sortuda por ter contado com seu apoio constante ao longo dos anos. Mesmo com mais de três quilômetros entre nós, nunca tive dúvidas de que você sempre estaria torcendo por mim.

Ao meu incrível vovô Tato. Obrigada por ser um pilar na minha vida. Ainda lembro de quando eu ligava para você da escola porque tinha esquecido alguma coisa em casa, e você, sem hesitar, ia dirigindo até lá para me entregar (e ainda fazia amizade com todas as funcionárias da secretaria ao chegar). Você é o melhor avô de todos, e eu espero ter te deixado orgulhoso. E, é claro, um obrigada gigante à minha Nonna, que não está mais aqui com a gente, mas cujo amor permanece.

Ao restante da minha família, agradeço com carinho. Há tantos de vocês que eu acho que esse agradecimento teria vinte páginas se eu fosse nomear todos aqui. Para todas as minhas tias, tios, primos e todos os demais: *¡los quiero a todos*!

Às minhas supertalentosas e incríveis agentes, Ariele Fredman e Gwen Beal. Obrigada por me apoiarem de maneira incansável e fiel desde o primeiro dia. Vocês duas acreditaram nessa história quando ela era apenas uma sementinha do que ainda se tornaria, e eu serei eternamente grata por isso. Eu sinto que ganhei na loteria por ter vocês ao meu lado e não poderia se mais grata pela nossa parceria. Que façamos muitos e muitos livros juntas, sempre em direção ao topo! E obrigada a Geritza Carrasco, Laurie-Maude Chenard e Paloma Ortega por ajudar a nos manter organizadas e por compartilharem seus insights. Muito obrigada também à equipe da Curtis Brown UK, em especial a Steph Thwaites e Grace Robinson. E um agradecimento enorme à Savanna Wicks por ter encontrado tantos lares ao redor do mundo para esta história.

À Lydia Gregovic, minha editora maravilhosa e talentosa. Eu sou tão sortuda por ter você como minha editora já na minha estreia (para falar a verdade, eu sabia que você seria a editora perfeita para mim quando mencionou a cena da mão do Mr. Darcy na nossa primeira ligação). Seu feedback atento e minucioso transformou este livro em tudo o que eu sempre sonhei que pudesse ser — e até mais. Mal posso esperar para trabalharmos juntas no segundo livro e continuarmos a história da Academia Blackwood.

À toda a equipe editorial na Random House Children's Books: muito obrigada por defender a ideia deste livro e acreditar nela desde o começo. Obrigada a Colleen Fellingham e Barbara Perris por lerem este livro com um nível de atenção e detalhe que eu só poderia sonhar em ter. Agradeço imensamente também a Noreen Herits, Madison Furr e Constance Inglima, assim como Kristin Guy e Gabriella Murdoch. Serei eternamente grata por poder contar com uma equipe tão incrível, que tornou possível levar este livro às mãos dos leitores. E obrigada a Liz Dresner e Ray Shappell. Tive tanta sorte de ter uma equipe talentosa dando vida a esta capa. E falando em capas, muito obrigada a Abel Klaer pela capa dos meus sonhos! Impossível imaginar uma capa mais perfeita do que essa e serei eternamente grata pelo seu talento. Por fim, toda a minha gratidão ao restante das pessoas que trabalham para fazer meu sonho se tornar realidade na Random House Children's Books, incluindo a editora-chefe Tamar Schwartz, a designer Cathy Bobak pelas lindas ilustrações do miolo, a gerente de produção Tracy Heydweiller, a editora Wendy Loggia, por sua excelente liderança, e Judith Haut, Gillian Levinson e Barbara Marcus por todo o apoio que me deram.

Também gostaria de agradecer a todas as pessoas queridas na minha vida que me apoiaram desde o começo. Eu não teria realizado esse sonho sem vocês.

Ao Josh — eu não poderia ter escrito este livro sem a sua paciência, gentileza e apoio infinito. Obrigada por fazer café da manhã para mim, levar o cachorro para passear quando fico ansiosa demais, por garantir que todas as janelas estão trancadas (mesmo que você já tenha verificado antes), por me avisar quando as luzes param de piscar nos filmes e por sempre se esforçar para me fazer rir. Sinceramente, não há palavras que consigam expressar por completo o quanto você significa para mim, então vamos nos contentar com: eu te amo.

À Andrea: minha shmoo moo. Minha melhor amiga — praticamente — desde que nascemos. Se algum dia eu tivesse que dar um exemplo de como uma melhor amiga de verdade se parece, eu teria isso na ponta da língua. Obrigada por estar sempre ao meu lado, não importa o que aconteça, nos momentos bons e ruins. Eu sou tão grata por poder chamá-la de melhor amiga. Um beijo para toda a família Cantor por ser a segunda família mais maravilhosa que uma garota poderia ter. Obrigada por me deixar comer seu pão de banana e não me expulsarem de sua casa, mesmo eu tendo perdido a conta de quantas vezes passei a noite lá.

Dylan — cara… a gente passou por TANTA coisa juntas. Obrigada por me manter viva às cinco da manhã, quando eu estava tendo um ataque de pânico no Alo Yoga tentando vestir um manequim enquanto estava há dias sem dormir e sobrevivendo apenas de café gelado e um sonho. Obrigada por ouvir todas as minhas ideias de escrita, por me deixar desabafar e reclamar, e por não me julgar quando te envio reels do Kylo Ren no meio da noite.

Às minhas meninas de Miami. As OGGC. Obrigada por serem meninas comigo. Não poderia ter contado com um grupo melhor para passar pelas experiências da adolescência. A amizade e apoio de vocês são coisas que levarei com carinho sempre.

Ao Logan, por me ajudar quando cheguei a Los Angeles e por ser um cunhado superlegal. A Ann e Colin, por me apoiarem durante todo esse processo e sempre torcerem por mim.

Também gostaria de agradecer a todos os professores e educadores que sempre acreditaram em mim. À Soraya Penate, por tornar meus anos de jardim de infância repletos de risadas e diversão; foi na sua sala de aula que eu fiz os meus melhores amigos. À Ellen Kahn, por cultivar meu amor pelos livros e pela literatura; nunca esquecerei a alegria que sentia sempre que entrava em sua sala de aula. À Phebe Hibshman, por me ajudar a descobrir minha voz e permitir que minha criatividade florescesse; algumas das minhas lembranças favoritas da época do ensino médio foram naquele palco. À Joan Trujillo, por fazer de sua sala de aula um espaço seguro; serei sempre grata a sua paciência e apoio durante o ensino médio. A todos os outros educadores: vocês são incríveis! Obrigada por tudo o que fazem.

Muito obrigada a todos os leitores iniciais e betas que leram alguma versão deste livro.

À Taylor Epperson, De Elizabeth, Camilla Raines, Lindsay Marshall, Chantel Pereira, Spence (@hlp726), Marie (@mariem author), Naomi (@pensandposes), Emi (@woodsywriter), Anin (@AninDeGuzman) e todos que eu tenha esquecido de mencionar... obrigada! E mais um agradecimento especial às minhas amigas escritoras — Callie Rowland, Veronica Bane, Kendall Annette — por serem pessoas maravilhosas e estarem dispostas a ouvir meus devaneios. Obrigada por me manter (minimamente) sã.

Sei que isso é um pouco estranho, porém também gostaria de agradecer ao meu cachorro, Mr. Darcy. Sei que você é um cachorro e não consegue ler, e nem tem polegares opositores, mas obrigada por me fazer companhia durante minhas sessões de escrita e se mudar para o outro lado do país comigo durante um dos momentos mais difíceis da minha vida. Te amo, amigão.

E, por fim, obrigada a *vocês*, leitores. É graças ao seu apoio que sou capaz de chamar essa coisa maravilhosa de trabalho. Cresci querendo escapar para os mundos de fantasia, então espero que vocês encontrem seu lugar e conforto ao escapar para o mundo da Academia Blackwood. Para vocês, todo o meu amor.

Este livro foi composto na tipografia Minion Pro,
em corpo 11,5/14,6, e impresso em
papel off-white no Sistema Cameron da
Divisão Gráfica da Distribuidora Record.